HEYNE

Das Buch

Mac McQuarry hat schon bessere Tage gesehen. Nachdem er bei seinen Vorgesetzten in Ungnade gefallen ist und den Polizeidienst quittieren musste, schlägt er sich als Privatdetektiv durch. Eines Tages trifft er die schöne Julie Carlson, die den Verdacht hegt, von ihrem Ehemann betrogen zu werden. Mac hält zwar sonst nichts davon, Privates mit Geschäftlichem zu vermischen, doch als Julie ihn engagiert, kann er nicht widerstehen. Mac ist nicht nur von Julies atemberaubender Schönheit fasziniert, sondern hat außerdem mit ihrem Mann noch eine Rechnung offen: Allem Anschein nach hatte Sid Carlson bei Macs unrühmlicher Entlassung aus dem Charlestoner Police Department seine Hände mit im Spiel. Doch was als einfacher Routineauftrag beginnt, wird für den Privatdetektiv bald zu einem gnadenlosen Kampf ums Überleben. Plötzlich schweben er und Julie in Lebensgefahr, und auf ihrer Suche nach der Wahrheit können sie nur noch einander vertrauen …

Die Autorin

Die preisgekrönte amerikanische Schriftstellerin Karen Robards schrieb über 20 Romane, darunter zahlreiche Bestseller. Sie lebt mit ihrem Ehemann und ihren drei Söhnen in Kentucky. Im Wilhelm Heyne Verlag sind außerdem ihre Romane *Piraten der Liebe* (01/10631), *Nacht des Schicksals* (01/13465) und *Die Frau des Senators* (01/13601) erschienen.

Karen Robards

Gefährliches Vertrauen

Roman

Aus dem Amerikanischen
von Lilo Kurzmüller

WILHELM HEYNE VERLAG
MÜNCHEN

HEYNE ALLGEMEINE REIHE
Nr. 01/13649

Titel der Originalausgabe
TO TRUST A STRANGER

Umwelthinweis:
Dieses Buch wurde auf chlor- und
säurefreiem Papier gedruckt.

Deutsche Erstausgabe 11/2002

Printed in Denmark 2002
Umschlagillustration: Picture Press/Corbis/Raymond Gehman
Umschlaggestaltung: Nele Schütz Design, München
Satz: Pinkuin Satz und Datentechnik, Berlin
Druck und Bindung: Nørhaven, Viborg

ISBN 3-453-86420-4

http://www.heyne.de

Ich widme dieses Buch vor allem meiner Nichte Catherine Spicer und meinem Neffen Hunter Johnson. Auch Samantha Spicer, Bradley, Blake und Chase Johnson, Austin und Trevor Johnson, Jason Wearren, Justin Kennady und Rachel Rose sei es zugedacht; und natürlich in Liebe meinem Mann Doug und unseren drei Söhnen Peter, Christopher und Jack.

Prolog

1987

»Bitte! Bitte tun Sie das nicht!« Kelly Carlsons Stimme brach. Mit tränenüberströmtem Gesicht blickte sie über die Schulter auf den Mann, der sie vorwärts stieß. Ihr nasses Gesicht glänzte silbern im Mondlicht.

»Weiter! Bleib erst am Wagen stehen«, befahl der Mann und hielt seine Pistole dabei unablässig auf ihren Rücken gerichtet. Seine Augen waren so kalt und tot wie der Lake Moultrie, der sich wie ein schwarzer Spiegel vor ihnen ausbreitete. Der brandneue Chevrolet stand an einem etwa drei Meter hohen bewaldeten Steilufer. An lauen Sommerabenden wimmelte es hier von Familien, die picknickten. Doch an diesem Abend lag die Temperatur um den Gefrierpunkt, und so störte niemand die grausame Szene am Auto.

»Bitte! Ich flehe Sie an!« Kellys Stimme überschlug sich fast. Sie stolperte vorwärts, totes Laub raschelte unter ihren Stiefeln.

Daniel McQuarry hätte ihr sagen können, dass alles Bitten und Flehen reine Zeitverschwendung war. Er hätte es auch gesagt, wenn ihm nicht der Mund mit Klebeband verschlossen worden wäre.

Außerdem war er noch ganz benommen von den Schlägen, die er kurz zuvor bekommen hatte. Ihm war schlecht, und den Schmerzen in der Brust nach zu schließen, hatten sie ihm mindestens ein halbes Dutzend Rippen gebrochen. Daniel lehnte mit dem Bauch an der kühlen, sanft geschwungenen Fahrertür des Wagens, die Hände mit Handschellen auf dem Rücken gefesselt, eine Pistolenmündung im Kreuz. Als er jetzt blinzelnd durch einen blutigen Schleier beobachtete, wie Kelly zum Heck des Wagens stolperte, entschuldigte er sich im Geiste bei ihr. Er hätte die Gefahr erkennen müssen, hätte all das verhindern können. Wie dumm und überheblich war er doch gewesen, zu glauben, er könne dem Teufel in die Hölle folgen und würde statt nach Schwefel immer noch nach Rosen duften, wenn er wieder herauskam. Wenn.

So war es sein ganzes Leben lang gewesen, und nun würden er und Kelly, die süße, blonde zweiundzwanzigjährige Kelly mit dem tödlichen Geheimnis, das sie ihm nie hätte anvertrauen dürfen, dafür mit dem Leben zahlen müssen.

Mit dieser Erkenntnis wurde die Angst nun stärker als der Schmerz. Sein Herz raste. Auch er war erst fünfundzwanzig. Sein Leben lag noch vor ihm, und er wollte noch nicht sterben.

Schlechte Karten, hätte seine Großmutter gesagt. Wenn ihm nicht schnell etwas einfiel, war er für immer raus aus dem Spiel.

Daniel versuchte sich zu bewegen, und sofort wurde die Angst von bohrendem Schmerz vertrieben. Jeder kurze Atemzug durch die zerschlagene Nase malträtierte die gebrochenen Rippen, und er musste sich zusammenreißen, um nicht ohnmächtig zu werden. Er durfte nicht das Bewusstsein verlieren, sonst hatten sie keine Chance zu überleben.

Aber war die Hoffnung nicht reiner Selbstbetrug? Er und Kelly hatten sowieso keine Chance mehr. Wie oft hatte er im Training solche Situationen durchgespielt, und jetzt sah er einfach keinen Weg, sich zu befreien.

Er kannte die Männer. Er hatte mit ihnen gearbeitet, hatte Spaß mit ihnen gehabt. Sie waren einst Freunde gewesen, auch noch, als er für die Regierung die Drecksarbeit machte. Einer der Männer ging nun zum Kofferraum und ließ ihn aufspringen. Langsam und unheilvoll hob sich der Deckel wie ein Geist über einer bodenlosen finsteren Grube. Und plötzlich wusste Daniel mit eisiger Klarheit, dass dieser Kofferraum sein und Kellys Grab werden würde.

Daniel kannte nicht nur die Männer, sondern auch ihre Methoden. Und die waren nicht schön. Gewalt war so natürlich wie das Atmen, wer im Weg war, wurde beseitigt. Er und Kelly waren im Weg. Die Männer hatten aus ihnen die Informationen, die sie haben wollten, herausgeprügelt – zumindest glaubten sie das –, jetzt waren sie nichts weiter als Abfall, der entsorgt werden musste. Da half es Kelly auch nicht, dass sie die Schwiegertochter des Bosses war.

Kelly drehte sich nach Daniel um. »Bitte, tu etwas!« Ihre Augen waren schreckgeweitet, ihre Schultern bebten sichtlich unter dem Lederblazer. »Du musst etwas unternehmen, sonst bringen sie uns um, Daniel. Du darfst das nicht zulassen, du darfst nicht zulassen, dass sie uns töten!« Sie war nun völlig aufgelöst, heulte und schluchzte, drehte sich wieder zu ihrem Wächter um. »O Gott, bitte, töten Sie uns nicht. Ich mache alles, was Sie wollen, alles. O bitte, ich habe solche Angst ...«

»Was Sie getan haben, war falsch«, sagte der Bewacher und zwang Kelly mit einem Griff an die Schulter, sich wieder umzudrehen. »Und jetzt rein in den Kofferraum.«

»Nein, nein, bitte, ich ...« Hysterisch nach Luft schnappend, riss sich Kelly in diesem Augenblick los. Sie rannte vom Wagen weg in Richtung Straße, dieses graue, asphaltierte Band der Hoffnung, das ihr kein Glück gebracht hätte, selbst wenn sie es hätte erreichen können, was unmöglich war. Ihre hohen, spitzen Schreie zerrissen die Schwärze der Nacht und ließen Daniels Blut gefrieren. Und plötzlich musste er an das Quieken einer Sau auf der Schlachtbank denken.

Kelly hatte die Männer mit ihrer Flucht tatsächlich überrascht und damit ein paar Sekunden gewonnen. »Hinterher!«, tönte es dann, und alle bis auf Daniels Bewacher rannten Kelly nach.

Jetzt oder nie. In einer fast übermenschlichen Anstrengung sammelte Daniel alle ihm verbliebenen Kräfte, trotzte er den Schmerzen und der Schwäche, wirbelte herum und trat zu. Verglichen mit dem, was er in Bestform zu leisten vermochte, war die Aktion ein Witz, aber immerhin kam sie für den Mann hinter ihm völlig unerwartet.

Mit einem Stöhnen sank er zu Boden.

Und Daniel lief. Lief so schnell er konnte zu den schützenden Bäumen etwa hundert Meter links von ihm. Wenn er sie erreichen konnte, hatte er vielleicht den Hauch einer Chance. Aber noch während er rannte und bei jedem Schritt heftiger die heißen Messer des Schmerzes in seinem Körper spürte, wusste er, dass es vergeblich war. Sinnlos.

Wie aus weiter Ferne hörte er einen Schuss und einen Schrei: Kelly. Sein Herz setzte für einen Schlag aus. Im Rennen fing er an zu weinen, etwas, das er seit seinem siebten Lebensjahr nicht mehr getan hatte.

Als die Kugel ihn traf, war es beinahe eine Erleichterung. Er fiel vornüber aufs Gesicht, als hätte ihn ein Maultier getreten. Trotzdem tat es nicht einmal weh. Die Explosion in seinem Körper hatte die Schmerzen weggeblasen. Mit schwindenden Sinnen dachte er noch, dass sein Rückgrat getroffen worden sein musste. Und er bemerkte das große Loch in seiner Brust. Aus ihm floss Blut wie Wasser aus einem Hahn. Innerhalb von Sekunden bildete sich um ihn eine dunkle und matt schimmernde Pfütze.

Er spürte zwar keine Schmerzen und keine Angst mehr, aber er fror.

Nie würde er Mutter, Geschwister und Großmutter und all jene, die er sonst in seinem Leben geliebt hatte, wiedersehen.

Bei dem Gedanken kamen ihm noch mehr Tränen.

Aber als die Männer ihn schließlich erreicht hatten, hochhoben und zum Wagen schleiften, waren Daniels Tränen versiegt, und er blickte mit einem leichten Lächeln zu den Sternen empor. Und als sie ihn neben die arme Kelly, die ihn mit glasigem, gebrochenem Blick ansah, in den Kofferraum warfen, hatte er immer noch den Sternenhimmel vor Augen.

Er sah ihn sogar noch, als er starb.

1

Fünfzehn Jahre später

Wach auf!

Julie Carlson öffnete die Augen. Für Sekunden lag sie regungslos und starrte mit rasendem Herzen in die Dunkelheit. Sie wusste nicht, was sie geweckt hatte und was sie so ängstigte. Augenblicke später war sie sich bewusst, dass sie in ihrem eigenen Bett lag, in ihrem eigenen Schlafzimmer, und sie erkannte das vertraute Summen der Klimaanlage, die versuchte, die Julischwüle aus dem Zimmer zu halten. Sie wandte den Kopf. Der dicke Teddy, den sie vor langer Zeit von ihrem verstorbenen Vater bekommen hatte, saß stoisch auf seinem angestammten Platz auf dem Nachttisch. Die digitale Anzeige des Weckers ließ seine Umrisse aufglühen.

Sie musste einen Albtraum gehabt haben. Das würde auch erklären, warum sie zusammengekrümmt wie ein Embryo unter ihrer Decke lag, statt wie sonst auf dem Bauch, warum ihr Herz so hämmerte und sie das unbestimmte Gefühl hatte, dass etwas passiert war, etwas – ihr fiel nur ein Wort ein – Furchtbares.

Irgendetwas stimmt nicht.

Sie hörte die Worte genau, obwohl sie nur in ihrem Kopf widerhallten. Sie war ganz allein im Schlafzimmer und im großen oberen Stockwerk ihres Hauses. Ihr Mann Sid schlief offenbar wieder einmal im Gästezimmer.

Bei diesem Gedanken verkrampfte sich ihr Magen. Als sie zuletzt gegen elf unten gewesen war, hatte ihr Mann noch auf der Couch gesessen und ferngesehen.

»Nach den Nachrichten komme ich auch hoch«, hatte er gesagt. Sie wollte sich nicht schon wieder streiten, wie so oft in letzter Zeit. Also hatte sie geschwiegen, im Geiste drei Kreuze gemacht und war alleine ins Bett gegangen. Doch als sie jetzt auf die Uhr sah, stellte sie fest, dass es bereits zwei Minuten nach Mitternacht und sie noch immer alleine im Bett war.

Vielleicht – vielleicht kam er ja doch noch. Vielleicht sah er nach den Nachrichten noch Letterman? Oder Leno hatte irgendeinen besonderen Gast?

Klar, und der Papst ist Protestant. Sei kein Idiot, sagte sie sich. Die Ängstlichkeit wurde von aufkeimender Wut vertrieben. Sie streckte sich.

Hörst du das?

Sofort wuchs die innere Anspannung, und sie konzentrierte sich darauf, sich nicht von dem wiederkehrenden Grauen überwältigen zu lassen. Sie tastete nach dem Lichtschalter.

Und erstarrte mitten in der Bewegung, als sie es hörte.

Wie von weiter Ferne. Mehr eine Schwingung als tatsächlich ein Geräusch: Das Garagentor wurde geöffnet. Als sie es begriff, riss sie die Augen auf und ballte die Hände zu Fäusten. Wieder raste ihr Herz, wieder verkrampfte sich ihr Magen. Sie ermahnte sich, ruhig und tief zu atmen.

Alle Gebete waren umsonst, alle Hoffnungen trügerisch gewesen. Es geschah wieder.

O Gott, flehte sie, *was soll ich bloß tun*?

Zu diesem Zeitpunkt konnte Julie Carlson nicht ahnen, dass ihr Leben in weniger als einer Stunde beendet sein sollte.

Nur ein einziges Licht brannte im Erdgeschoss von Julies ansonsten vollkommen finsteren Haus. Es war ein großes Haus in einer privat bewachten Reichensiedlung westlich von Charleston. Und wenn alles nach Plan lief, würde sie in einigen Minuten ganz allein darin sein.

Dann würde er aus den Schatten am Haus heraustreten, die Hintertür aufbrechen und die Treppe hinaufschleichen. Bis zur ersten Tür links. Dahinter lag das große Schlafzimmer, in dem sie sicher schon schlief. Es war kurz nach Mitternacht.

Überraschung!

Roger Basta musste lächeln. Das wird lustig, dachte er, und sein Atem beschleunigte sich beim Gedanken daran, was er mit Julie Carlson machen würde. Seit zwei Wochen schmiedete er Pläne, übte sich in Geduld, beobachtete sie, studierte ihren Tagesablauf genau, und heute würde er die Früchte seiner Arbeit ernten.

In Augenblicken wie diesen liebte er seinen Beruf.

Das Licht im Erdgeschoss verlosch. Das Haus war nun völlig dunkel.

Nur noch wenige Minuten.

Er nahm das Foto aus seiner Jackentasche. Zwar konnte er in der Dunkelheit nichts erkennen, aber das war nicht nötig, denn er hatte jedes Detail im Kopf, kannte es so gut wie sein eigenes Spiegelbild: Julie Carlson im weißen Bikini, braungebrannt und lachend am Swimmingpool in ihrem Garten.

Drei Tage zuvor hatte er das Bild selbst aufgenommen.

Eines der vier Garagentore gegenüber von seinem Versteck öffnete sich automatisch. Ein schwarzer, großer Mercedes glitt fast lautlos heraus und fuhr die Auffahrt hinunter. Ihr Mann verließ sie pünktlich wie immer.

Das Garagentor schloss sich wieder. Der Mercedes erreichte die Einfahrt des Grundstücks und bog nach links in Richtung Interstate ab. Das Haus lag still und schwarz.

Alles lief wie am Schnürchen.

Basta wusste, dass die Alarmanlage nun ausgeschaltet war, was die Sache wesentlich einfacher machte. Ihr Mann würde frühestens in drei Stunden zurückkehren. Basta hatte mehr als genug Zeit.

Aber vielleicht würde es sich lohnen, sich die Zeit zu nehmen? Er dachte wieder an das Bild.

Julie Carlson war heiß.

Und er hatte Anweisung, die Sache so wenig professionell wie möglich aussehen zu lassen.

Meine Spezialität, hatte er gesagt.

Jetzt setzte er seine schwarze Segeltuchtasche neben sich auf den gepflegten, golfplatzähnlichen Rasen und hockte sich daneben. Die Luft war süßlich und heiß und voller Mücken. Eigentlich sollte man in solchen Nächten mit kaum mehr als ein Paar Shorts bekleidet sein, aber er trug eine lange schwarze Hose und einen langärmligen schwarzen Pulli. Er überprüfte kurz den Inhalt der Tasche. Alles da: Einbruchwerkzeug, breites

Klebeband, Taschenlampe, dünne Nylonschnur und ein Kugelschreiber als Garotte, chirurgische Einmalhandschuhe und Kondome. Er prüfte noch einmal den Sitz seiner Strickmütze, die ihm bis über die Augenbrauen ging. Den gesamten Körper rasierte er stets sorgfältig vor Erfüllung eines Auftrags, da er auf keinen Fall Spuren am Tatort hinterlassen durfte. Den Kopf rasierte er nur deshalb nicht, weil ihm das als zu auffällig erschien, sollte er beispielsweise nach einer Tat in eine Polizeikontrolle geraten. Er durfte niemals auffallen.

Außerdem wirkte er sehr harmlos mit seinem dünner werdenden grauen Haar. Er konnte gar nicht verhindern, dass viele Menschen ihn sahen, wenn er irgendwohin reiste, um einen Auftrag zu erledigen. Aber erinnern konnte sich keiner an den unscheinbaren ergrauenden Mittfünfziger. Solange keiner einen DNA-Test bei ihm machen würde, funktionierte die Tarnung. Und dank Strickmütze hatte er noch an keinem Tatort etwas gerichtsmedizinisch Verwertbares hinterlassen. Die ersten beiden hatte er außer Gefecht gesetzt und mit Klebeband gefesselt, bevor sie hätten versuchen können, ihm die Mütze vom Kopf zu reißen, und mit Julie Carlson würde es nicht anders laufen.

Er war nämlich gut.

Er steckte die Taschenlampe in seine Hosentasche, zog den Reißverschluss der Tasche zu, hob seine Pistole auf, erhob sich und lief zur Rückseite des Hauses. Das Wasser des Swimmingpools glitzerte im Mondlicht, der Duft von tropischen Blüten lag schwer in der Luft, Zikadenzirpen und das Quaken der Baumfrösche durchdrangen die Nacht.

Eigentlich könnte South Carolina sein Lieblingsort werden, dachte Basta, wenn es nicht so verdammt schwül wäre.

Die rückwärtige Schiebetür war sein Ziel.

Keine zwei Minuten, und er wäre drinnen.

Kinderspiel. Ohne Alarm oder Hund, dafür mit lächerlichen Schlössern. Sie könnten genauso gut ein Schild aufhängen: »Einbrecher willkommen«.

In diesem Moment ging im Erdgeschoss ein Licht an.

Er hatte gerade die Hand nach dem Griff der Schiebetür ausgestreckt und erstarrte mitten in der Bewegung, als auch er durch die Scheibe im Licht stand. Hier lief etwas schief. Aufs höchste alarmiert zog er sich einige Schritte in den sicheren Schatten eines Magnolienbaums zurück. Während der drei Wochen, in denen er das Haus beobachtete, war sie niemals nach unten gekommen, nachdem ihr Mann weggefahren war. Vielleicht war sie krank? Oder sie hatte Besuch? Nein, das wäre ihm nicht entgangen.

Egal.

Genauso überraschend, wie es angemacht worden war, wurde das Licht wieder gelöscht, und erneut lag das Haus in vollkommener Dunkelheit. In die kommende Aufgabe versunken, betrachtete er das Haus, die sich schwach gegen den Himmel abzeichnende Fassade, die leeren, toten Fenster, die zwei Türen. Er suchte nach ihr in den Schatten der Nacht, überließ sich ganz seinen Instinkten, wie ein Raubtier seiner Beute auflauert, fast glaubte er durch die Wände ihren Atem hören zu können.

Wo war sie?

Da ließ ihn ein Geräusch herumfahren. Es kam von

der anderen Seite des Hauses, wo er eben noch seine Tasche untersucht hatte. Jeden Schatten, der sich ihm bot, ausnutzend, lief er zurück zu den Garagen und sah, dass sich ein zweites Tor öffnete.

Schon hatte er seine Pistole in der Hand, doch erkannte er gleich, dass sie ihm nichts nützen würde.

Julie Carlsons Jaguar schoss heraus, beschleunigte bis zur Einfahrt, bog nach links und verschwand in der Nacht.

So schnell ging das.

Und er stand da und starrte ihr nach, während sich das Garagentor mit einem dumpfen Schlag schloss.

Sie war entkommen. Er brauchte einige Augenblicke, um das zu verstehen. Als die Erkenntnis schließlich durchgesickert war, fühlte er sich beinahe betrogen, zumindest hereingelegt. Und er war wütend, weil sein guter Plan auf so simple Weise durchkreuzt worden war.

Hatte sie vielleicht gewusst, dass er auf sie wartete? War er etwa, ohne es zu ahnen, in eine Falle getappt? Er sah sich schnell um. Der Firma, für die er arbeitete, war so etwas immer zuzutrauen.

Doch dann kam er schnell wieder zur Vernunft. Es gab keine Falle. Schließlich war er viel zu wichtig für die Firma. Und Julie Carlson konnte unmöglich wissen, dass er hinter ihr her war. Da hätte sie schon ein Medium sein müssen.

Nein, wahrscheinlich hatte irgendein Notfall sie ihre Routine durchbrechen lassen. Er wusste es nicht, aber er musste es auch nicht wissen. Wichtig war nur, dass sie früher oder später zurückkommen musste.

Und er hatte Zeit.

Er würde warten.

Auch als absoluter Profi war man eben gegen solche Zufälle nicht gefeit.

Gelassen lief er zur Rückseite des Hauses und summte sogar ein Lied vor sich hin. Wie passend, dachte er amüsiert, als er die Melodie erkannte: »Ti-i-me is on my side, yes it is …«

2

»Nimm es bloß nicht persönlich, McQuarry, aber du bist wirklich die hässlichste Frau, die ich je gesehen habe.«

Mac warf seinem Partner einen schrägen Blick zu. Der lief neben ihm und kicherte völlig ungeniert. Es war ein fast unerträglich heißer Freitagabend, und die beiden hatten sich auf dem Parkplatz des *Pink Pussycat* getroffen, Charlestons berüchtigtster Schwulenbar.

»Hey, was geht's dich an? Hauptsache, ich fühl mich schön.«

»Ein Rendezvous mit mir kannst du dir jedenfalls abschminken.«

»Wir haben bereits eins, schon vergessen? Also halt die Klappe!« Mac blieb mit dem Pfennigabsatz in einem Riss im Asphalt hängen, taumelte und wäre beinahe gestürzt. Er hielt sich instinktiv an Hinkles Arm fest. »Verdammt! Keine Ahnung, wie Frauen mit diesen Dingern laufen können. Die Füße tun mir jetzt schon weh. Und morgen bin ich wahrscheinlich ein Krüppel.«

Hinkle schüttelte Mac glucksend ab. »He, behalt deine Hände bei dir. Du weißt, wie eifersüchtig Rawanda sein kann, und wenn unser Mann sieht, dass du mich belästigst, tritt er dir in den Arsch.«

»Du hast doch nur Glück, dass er so ein Rassist ist, sonst dürftest du in dem Fummel herumlaufen.«

»Anders als manch anderen Leuten, würde mir das auch stehen. Heh! Wenn du mit mir ausgehst, kratzt du dich gefälligst nicht am Hintern, verstanden?«

»Ich kratz mich nicht am Hintern, ich halt nur die Scheißstrumpfhose fest.« Er zog noch einmal kräftig am Oberschenkel, weil die Strumpfhose entschlossener nach Süden zog als weiland General William Tecumseh Sherman während seines Rachefeldzugs im Amerikanischen Bürgerkrieg. »Und jetzt halt endlich die Klappe. Wir gehen rein.«

Sie mischten sich unter die Menge am Eingang zur Bar.

Das *Pink Pussycat* befand sich in einer Gegend, die schon längst von billigen Strip-Schuppen und Pornoläden erobert worden war. Der dreigeschossige Klinkerbau war vollständig flamingopink gestrichen, und an der Fassade hing eine überdimensionale Katze mit einem Martini in der Pfote. Die schmalen Fenster waren wie ein Gefängnis mit schwarzen Stahlrohren vergittert.

Ein Gorilla am Eingang kontrollierte Gesichter und Ausweise. Jetzt, kurz vor Mitternacht, hatte sich schon eine ziemlich lange Schlange vor ihm gebildet, und Mac stellte erleichtert fest, dass mindestens die Hälfte der Leute so grotesk aussahen wie er. Ohne Schuhe war er vielleicht eins achtzig groß, mit diesen verdammten High Heels kam er mindestens auf eins neunzig, so dass er über die Menge hinwegsehen konnte. Na ja, zumindest konnte er so vielleicht ihre Zielperson besser ausfindig machen.

Ihren Informationen zufolge hatte Clinton Edwards eine Schwäche für blonde Transis mit dicken Hintern. Seine Frau zahlte eine Menge dafür, ihm das erst zu beweisen und danach die Scheidung einzureichen. Also war Mac zu einem blonden Transi mit dickem Hintern geworden. Er hasste solche Fälle aus tiefstem Herzen. Und dieser spezielle Fall war ganz besonders unappetitlich. Aber die beiden Privatdetektive McQuarry und Hinkle waren nicht gerade erfolgreich genug, um wählerisch zu sein.

Mit anderen Worten: Für Geld wackelten sie sogar mit dem Hintern.

»Ein Zehner pro Nase, und ihr seid dabei«, sagte der stark beohrringte Glatzkopf mit einem abschätzigen Blick. Mac steckte schon so sehr in seiner Rolle, dass er dem Kerl beinahe mit seinen langen falschen Wimpern zugezwinkert hätte. Aber dann ließ er es lieber. Der Glatzkopf war klein, aber stämmig, so ein Kraftraum-Typ. Bei denen wusste man nie. Am Ende stand er noch drauf, und Mac hatte keine Lust auf einen nächtlichen Ringkampf mit dem Gorilla.

Ein anderer nächtlicher Ringkampf war da schon wahrscheinlicher. Allerdings war Edwards mit seinen laut ihren Unterlagen über einhundertzwanzig Kilo Lebendgewicht ein schwabbeliger Sechziger und damit erheblich ungefährlicher.

Wie aufregend, dachte Mac mit einem lautlosen Seufzer. Genau sein Typ. Was macht man nicht alles für die Miete.

Hinkle zahlte, und sie betraten den verrauchten

und nach Bierdunst stinkenden Raum. In den Ecken standen Plastikpalmen, der DJ spielte Margaritaville. Auf der kleinen, dreckigen Tanzfläche schoben sich die unterschiedlichsten Pärchen hin und her: Mann und Mann, Frau und Frau, Irgendwas und Irgendwas. Eine falsche Blondine mit Titten so groß wie Basketbälle zog sich auf der Bühne langsam und umständlich zur Musik aus. Gerade schälte sie sich aus einem Goldlamee-Tanga, und Mac stellte erst im letzten Augenblick mit Schrecken fest, dass die Blondine ein Blonder war. Er riss sich von dem Anblick los, schließlich waren sie geschäftlich hier. Prüfend sah er sich in dem Raum nach Edwards um.

Da kniff ihm jemand in den Arsch.

»Jip!« Mac war so erschrocken, dass er unwillkürlich ein paar Zentimeter in die Luft sprang und sich bei der Landung auf seinen High Heels beinahe den Fuß verknackst hätte. Er fand sein Gleichgewicht an einem Stehtisch wieder, richtete sich auf und drehte sich um. Es kostete ihn größte Selbstbeherrschung, nicht seine Glock aus dem Büstenhalter zu ziehen.

»Hey, Finger weg von meinem Mädchen!«, fuhr Hinkle den bebrillten Buchhaltertyp an, der Mac mit eindeutig schmutzigen Absichten von oben bis unten musterte. Dabei grinste Hinkle so dämlich, dass Mac ihn am liebsten geschlagen hätte.

Der Buchhalter hob abwehrend und entschuldigend zugleich seine Hände. »Kein Problem, Mann, konnte ja nicht wissen, dass sie nicht allein ist.« Er ließ sich in einen Stuhl fallen und griff nach seinem Bier. Über den Rand des Glases hinweg warf er Mac einen eindeutigen Blick zu, und als Hinkle einen Moment wegsah, formte er seine Lippen sogar zu einem Kuss.

Mac hatte es mit schreckgeweiteten Augen gesehen. Er biss sich auf die Zunge und brachte ein angestrengtes Lächeln zustande.

»Bis später«, sagte der Buchhalter.

»Ja, bis später«, gab Mac mit seiner besten Falsettstimme zurück. Als er dann die Bar ansteuerte, achtete Mac darauf, seinem Verehrer nicht zu nahe zu kommen. Mist, jetzt taten ihm beide Knöchel weh, und die Nacht hatte kaum angefangen. Er rief sich den Betrag ins Gedächtnis, den sie von Mrs. Edwards für den Auftrag erhielten. Wäre er nur etwas niedriger gewesen, hätte Mac in diesem Augenblick kehrtgemacht und wäre nach Hause gegangen.

»Von jetzt ab gibst du mir Deckung, verstanden?«, raunte er Hinkle zu. Aber Hinkle schien ihn gar nicht zu hören. Er starrte ausdruckslos in den Raum hinein.

»Scheiße, da ist er.«

Mac versuchte seinem Blick zu folgen. »Wo?«

Tatsächlich, da saß Edwards mit einer überwältigenden Blondine – die ein Kerl war, wie Mac sich immer wieder ins Gedächtnis rufen musste – an einem kleinen, runden Ecktisch. In diesem Augenblick schlug die Blondine ihre langen Beine auseinander, stand auf, lächelte Edwards zu und verschwand hinter einer Tür mit der Aufschrift »Ladys«.

»Auftritt Mac«, sagte Hinkle atemlos.

Mac sah der Blonden nach, sah Hinkle an, sah zum Ausgang und schickte sich schließlich ins Unausweichliche. Manchmal musste ein Mann eben tun, was ein Mann tun musste.

»Ich glaube, ich muss mal für kleine Mädchen«, sagte er mit hoher Tuntenstimme und stolzierte der Blondine hinterher.

Hinkles Lachen klang wie das einer Hyäne unter Drogen.

Mac wollte die Blondine dazu bringen, ihn und Hinkle an den Tisch zu laden. So wäre die Kontaktaufnahme mit Edwards am einfachsten. Wenn das nicht klappte, würde Plan B in Kraft treten müssen, und der Gedanke an Plan B behagte Mac gar nicht. Er sah vor, dass Mac mit Edwards intim werden müsste. Intimer, als er jemals mit jemandem werden wollte, der nicht zwei X-Chromosomen hatte.

Egal, dachte er, als er die Toilettentür aufstieß, es würde so oder so eine lange Nacht werden. Er hätte eben doch auf seine Großmutter hören und Rechtsanwalt werden sollen.

Julie fuhr langsam um die Ecke und suchte mit Blicken die Straße ab. Dann drückte sie zum dritten Mal innerhalb von fünf Minuten den Knopf der Zentralverriegelung. Nur noch mal zur Sicherheit. Schließlich war es nicht gerade die beste Idee, um diese Zeit mit einem Jaguar durch die übelste Gegend von Charleston zu fahren. Aber als sie losgefahren war, hatte sie noch nicht gewusst, wohin der Weg sie führen würde. Wenn Dummheit strafbar war, konnte sie zumindest mildernde Umstände geltend machen. Den Entschluss, Sid nachzufahren, hatte sie in dem Moment getroffen, als sie gehört hatte, dass sich das Garagentor öffnete. Sie war ihm einfach gefolgt, weil sie endlich wissen wollte, wo er sich herumtrieb, wenn er sich nachts aus dem Haus schlich. Nun war sie also hier und fragte sich, ob diese Umgebung ein gutes Licht auf ihre Ehe warf.

Die Straße, in der sie stand, war beleuchtet von

Neonschildern: GIRLS LIVE! und ADULT MOVIES! und SEXXX!

Julie hatte das Gefühl, dass sich der Knoten, den sie seit einiger Zeit in ihrem Magen spürte, noch fester zusammenzog.

Was ging hier vor? Sid war vierzig Jahre alt und so gesund wie ein Gaul. Sie war neunundzwanzig, sauber, duftend und mit ihrem durchtrainierten Körper, ihren langen schlanken Beinen, ihrem schwarzen, üppigen Lockenkopf für einen Ehemann alles andere als abstoßend. Sie kaufte ihre Unterwäsche sogar in der Victoria Street.

Trotzdem hatten Sid und sie seit mehr als acht Monaten keinen Sex mehr gehabt. Und an ihr hatte es sicher nicht gelegen. Sie hatte sich alle Mühe gegeben und sogar manchmal Lust gehabt. Aber wenn man ständig erfolglos versuchte, den eigenen Mann zu verführen, nagte das schon am Selbstwertgefühl. Vor allen Dingen bei jemandem, der einst trotz schlechter Herkunft Schönheitskönigin von South Carolina gewesen war.

Julie hatte Sid zur Rede gestellt, aber Sid war nichts Besseres eingefallen, als den Tod ihres Sexuallebens mit dem ewigen beruflichen Stress zu begründen. Er wolle nur in Ruhe gelassen werden.

Zusammen mit seinem inzwischen pensionierten Vater hatte er ein Bauunternehmen aufgezogen, das auf Luxushäuser spezialisiert war, die sie in ganz Carolina errichteten. All American Builders war sehr erfolgreich, das Geld floss in Strömen.

Julie hatte keinen Zweifel daran, dass der Beruf Sid stresste, aber so sehr, dass er auf Sex verzichtete? Vergiss es!

Der Groschen war bei ihr erst gefallen, als sie in seinem Medizinschrank eine Packung diamantförmiger, blauer Pillen gefunden hatte: Viagra. Und sogar da hatte sie für einen Moment gehofft, er wäre wegen ihres Problems bei einem Arzt gewesen, der ihm die Pillen verschrieben hätte. Aber warum sagte er dann kein Wort? Entdeckt hatte sie das Viagra am Montag. Da waren es noch acht Stück gewesen. An diesem Freitag hatte sie noch mal nachgesehen: Da waren's nur noch sechs.

Also hatte sie sich ihr aufregendstes Nachthemd angezogen, war zu ihm runter ins Wohnzimmer gegangen, um ihm gute Nacht zu sagen, hatte sich ins Bett gelegt und auf ihn gewartet.

Der Rest war Geschichte, wie es so schön hieß. Plötzlich wurde ihr ziemlich klar, was hier lief.

Sid hatte offensichtlich ein Sexualleben – nur nicht mit ihr.

Sie dachte an das Viagra und daran, dass er wenigstens die Wahrheit gesagt hatte, was seine Leistungsfähigkeit unter Stress anging.

Ihr war schlecht, seit sie das Garagentor gehört hatte. Am meisten setzte ihr die Vorstellung zu, dass hier das wunderbare Märchen vom Aschenputtel, das das große Los zieht und reich heiratet, zu Ende sein sollte. Tot. Ihre Ehe war tot. So tot wie eine überfahrene räudige Katze. Aber das war nicht das Schlimmste. Das Schlimmste war, dass ihre ganze Familie von Sid abhing: Ihre Eltern lebten in einem Haus, das ihm gehörte. Ihr Schwager war stellvertretender Direktor bei All American Builders und bekam dafür ungefähr drei Mal mehr, als er verdiente, so dass Becky sich zu Hause um die Kinder kümmern konnte.

Sie wollte nicht an dieses hässliche Wort denken, aber es stand groß vor ihren Augen und war deshalb nicht zu ignorieren: Scheidung.

Bis zu dem Zeitpunkt, als auch in ihrem Kopf zwei und zwei endlich vier ergab, hatte sie nicht einmal an die Möglichkeit denken wollen, dass ihre Ehe vor dem Aus stehen könnte. Vielleicht würde sich ja doch alles zum Guten wenden, hatte sie sich gesagt. Vielleicht würde der Stress in der Firma nachlassen, und dann wäre er auch nicht mehr so unfreundlich und schroff zu ihr und würde vielleicht nicht mehr im Gästezimmer schlafen und sich nachts aus dem Haus schleichen.

Und vielleicht gab es den Osterhasen ja wirklich.

Sie hatte ihm all das auch gesagt. Sanft und kreischend und in jeder Tonlage dazwischen. Er könne nicht mehr, hatte er gesagt, weil es so viel Kraft kostete, ihr einen Lebensstandard zu finanzieren, den sie nicht gewohnt war. Das hätte ihm erst die Manneskraft und dann den Schlaf geraubt, und deshalb würde er im Gästezimmer schlafen, aus Rücksicht nämlich, um sie nicht zu stören, während er sich rastlos hin und her wälzte, und manchmal wäre es dann so schlimm, dass er einfach herumfahren würde, zu seinen Häusern, das würde ihn etwas beruhigen.

Aha, hatte sie gesagt.

Und immer noch versucht, ihm zu glauben, feige wie sie war.

Denn ein intaktes Heim und eine intakte Familie waren ihr sehr wichtig. Als Kind hatte ihr dieser Halt gefehlt. Mutter, Schwester Becky und sie waren oft so arm gewesen, dass sie in Obdachlosenasylen hausen mussten. Hunger war eine konkrete Bedrohung und nicht Thema einer Fernsehdokumentation über Afrika gewesen. Später hatte ihre Schönheit der Familie die Möglichkeit gegeben, der Hölle zu entfliehen. Mit ihrer Schönheit hatte sie Sid und damit den Hauptgewinn für ein armes Mädchen gewonnen: den gut aussehenden Millionärssohn. Mit zwanzig hatte sie sich unsterblich in ihn verliebt. Er betete sie an. Das war jetzt acht Jahre her, und irgendwo schien unterwegs etwas schief gelaufen zu sein.

Ihrer Ehe war einfach langsam und schleichend die Luft ausgegangen. Wie einem Luftballon, der eben noch schön und bunt war und nun klein und feucht und verschrumpelt.

Und es war Viertel vor eins, und sie spionierte im übelsten Rotlichtviertel der Stadt ihrem Mann nach, der sicher in dieser Gegend kein Haus gebaut hatte, dessen nächtliche Betrachtung ihn beruhigen konnte.

Kehr um und fahr einfach nach Hause, sagte sie sich. Wenn er merkte, dass sie ihm nachspionierte, würde er sie umbringen, und es war sowieso alles vorbei. Sie hatte seinen schwarzen Mercedes auf diese Straße abbiegen sehen. Als sie ihm einige Minuten später folgte, war der Wagen verschwunden. Und kein Sid weit und breit.

Dafür gab es genug andere zweifelhafte Gestalten, denen der Jaguar auffiel. Fünf-Dollar-Nutten beäugten sie gierig vom Gehsteig aus. Noch gieriger wurde sie von den schmierigen Typen angestarrt, die einen Augenblick zögerten, ehe sie im Eingang der Pornokinos verschwanden. Ein halb nackter, über und über tätowierter Glatzkopf kam über die Straße auf den Jaguar zu, blieb vor ihr stehen, lenkte ihre Aufmerksamkeit auf sich, indem er mit der Faust auf die Kühlerhaube hieb, und machte dann leckende Bewegungen mit seiner gepiercten Zunge.

Okay. Das war's. Abbruch der Mission. Sie würde nach Hause fahren. Wer heute flieht und rennt von hinnen, der kann ein andermal gewinnen.

Sie bog auf einen Parkplatz, um zu wenden, zog den Jaguar herum – und sah, dass die Parkplatzausfahrt von einem blauen Pick-up versperrt wurde.

Leicht verwirrt runzelte sie die Stirn. Ihre Verwirrung steigerte sich, als sich die Türen des Pick-up öffneten und zwei mit zu weiten Jeans und Unterhemden bekleidete Skinheads ausstiegen und auf den Jaguar zukamen.

Julies Verwirrung wich Angst. Blitzschnell erfasste sie die Situation: Zurücksetzen konnte sie nicht, da die Parkbuchten hinter ihr alle belegt waren. Der blaue Pick-up versperrte tatsächlich den einzigen Zugang. Instinktiv drückte sie auf den Knopf der Zentralverriegelung. Es gab nur ein hohles Klacken, da die Türen schon verriegelt waren. Die Fenster waren ebenfalls geschlossen. Die Skins kamen näher. Was sollte sie tun? Ihr Handy! Es war in ihrer Handtasche. Hektisch griff sie danach auf dem Beifahrersitz, wühlte darin herum, bekam eine Bürste, Lippenstift, Kaugummi und anderen Kram in die Finger, aber kein … doch, da war es.

Gerade als sie es herauszog, klopfte es an die Scheibe. Julie hob den Kopf und sah sich einem grinsenden Klon von Eminem gegenüber.

»He! Mach auf!«

Er wirkte fast freundlich, nur die Pistole in seiner Hand nicht.

Beim Anblick der Waffe schnappte Julie nach Luft,

und ihr Herz begann zu rasen. Mein Gott, sie würden sie ausrauben oder entführen oder Schlimmeres. Was sollte sie bloß tun? Was konnte sie tun? Er war mit einer Pistole bewaffnet und sie mit einem Handy!

Kein faires Duell, dachte sie. Er musste nur abdrücken, sie musste 911 wählen. Keine Frage, wer schneller sein würde.

Aber auch das war eigentlich egal, denn das hier würde sich nicht geheim halten lassen, und so würde Sid davon erfahren und wissen, dass sie ihm gefolgt war, und er würde sie dafür umbringen. Um umgebracht werden zu können, müsste sie natürlich erst dieses Duell gewinnen. Sid machte ihr Angst, aber zunächst musste sie sich vor dem Typ am Fenster fürchten.

»Hörst du schlecht? Ich habe gesagt, du sollst aufmachen, blöde Schlampe!«

Diesmal klang er ganz und gar nicht freundlich. Und er hielt die Pistole auch nicht mehr auf Hüfthöhe, sondern direkt auf sie gerichtet.

Julie stellte sich vor, wie eine Kugel die Scheibe durchschlagen und ihr Fleisch zerfetzen würde. Ihr Herz schlug noch schneller, und ihr Mund war trocken wie Papier. Verteidigungs- und Fluchtinstinkt stritten sich, und der Fluchtinstinkt gewann die Überhand. Julie schlug den Rückwärtsgang rein, trat aufs Gaspedal und hämmerte gleichzeitig auf die Hupe. Der Jaguar machte einen Satz zurück, die Hupe dröhnte, die Skins fluchten, und Julie krachte voll in die Seite eines schwarzen Chevy Blazer, der gerade aus seiner Parkbucht heraussteuerte. Der heftige Aufprall ließ Julie nach vorne schnellen. Sie warf den Kopf herum, und in diesem Augenblick ging ein

Schauer von Scherben auf sie nieder. Der Skin griff ins Wageninnere und zog die Verriegelung hoch. Als hätte er alle Zeit der Welt, öffnete er dann die Tür, beugte sich über die angststarre Julie, löste ihren Gurt und zog sie aus dem Wagen.

Sie landete auf Hintern und Ellenbogen und schrie auf vor Schmerz. Die Skins stiegen in den Jaguar, der blaue Pick-up machte den Weg frei, und weg waren sie.

Die schlechte Nachricht: Der Jaguar war weg. Die gute Nachricht: Sie lebte noch.

Musik und Stimmen drangen an ihr Ohr und lösten ihre Starre. Überrascht stellte sie fest, dass sie ihr Handy immer noch in der Hand hatte. Man konnte gut auf ein Auto verzichten, solange man noch ein Telefon hatte. Sofort begann sie hektisch, die erste Ziffer der Notrufnummer einzutippen, dann hielt sie inne und wurde sich erstmals ihrer Situation bewusst. Mit nichts bekleidet außer einem pinkfarbenen Slip, Turnschuhen und einem hauchdünnen Na-wie-wär's-Nachthemd lag sie in der übelsten Gegend von Charleston auf dem Parkplatz eines miesen Striptease-Schuppens mit blauen Flecken am Hintern im Dreck: Wie, um Himmels willen, sollte sie das Sid erklären?

O Gott, was würde die Klatschpresse aus der Sache machen?

Vielleicht, so überlegte sie, war es doch keine so gute Idee, den Notruf zu wählen. Ihr Zeigefinger schwebte über der Neun. Aber was sollte sie sonst tun?

»Ärger mit Ihrem Kerl, was?«

Eine männliche Stimme. Aber was sich in ihr Blickfeld schob, war alles andere als männlich. Kräftige Waden in schimmernd schwarzen Strümpfen über riesigen Füßen, die in messerscharfen schwarzen High Heels steckten. Julie hob den Blick und sah kantige Knie und eine Handbreit darüber den Saum eines sehr kurzen roten Rocks. Julie legte den Kopf in den Nacken. In dem roten Rock steckte eine tief dekolletierte schwarze Bluse, drapiert mit einem roten Schall. Brüste so groß und spitz wie Verkehrshütchen. Platinblondes Haar bis zum Hintern. Ein kantiges, männliches Kinn, das sich hinter einer dick geschminkten Lüge verbarg. Das alles stützte sich auf einen breitschultrigen, schmalhüftigen Körper von mindestens ein Meter neunzig. Dolly Parton als Terminator.

Offenbar hatte sie, statt eine Antwort auf die Frage zu geben, nur dumm geglotzt, denn die Frage wurde etwas ungeduldiger wiederholt. Und erst in diesem Moment ging Julie auf, in welches Schlamassel sie geraten war.

»Mein Auto! Diese Punks haben mein Auto gestohlen!«

Sie rollte sich auf die Knie, stand unsicher auf und starrte sinnlos in die Richtung, in der ihr Auto verschwunden war. Dabei hatte sie die Schmerzen in Ellbogen und Steißbein völlig vergessen. Die Straße vor ihr war so belebt wie zuvor, aber weder von ihrem Auto noch von dem Pick-up eine Spur. Hundert Meter weiter war eine große Kreuzung. Sie konnten in alle möglichen Richtungen verschwunden sein.

Julies Knie fühlten sich an, als wären sie aus Gummi. Sie hatte das Gefühl, hinfallen zu müssen, aber dann riss sie sich zusammen und stand gerade. Eine erstaunlich kräftige Hand half ihr dabei.

»Sie hatten wohl ein oder zwei Gläser zu viel.« Auch die Stimme war männlich und dabei etwas unfreundlich. Sie drehte sich um und blickte Dolly als Terminator ins Gesicht. Und sie sah himmelblauen Lidschatten über stahlblauen Augen über kirschroten Lippen und einem bläulich schimmernden Kinn. Von dem war keine Hilfe zu erwarten, beschloss sie.

»Nein!«, rief sie, riss ihren Arm los, blickte auf ihr Handy und wählte die erste 1 nach der 9. Dann hielt sie wieder inne. Sid …

»Jedenfalls hat mein Wagen ziemlich was abbekommen. Haben Sie überhaupt einen Führerschein? Sind Sie versichert?«

»Bitte?«, fragte sie irritiert. Sie war so mit dem Abwägen der Pros und Contras ihrer Situation beschäftigt, dass sie die Frage gar nicht gehört hatte.

»Führerschein? Versicherung? Was man eben alles so dabeihaben sollte, wenn man jemandem in den Karren gefahren ist.«

Julie konzentrierte sich. Also gut. Ein Problem nach dem anderen. Der Kerl hier … also die Tussi … was auch immer. Jedenfalls hatte Dolly Schwarzenegger offenbar Angst, auf dem Schaden sitzen zu bleiben. Und der war nicht ohne, wie ein Blick auf das Auto ihr sagte. Die tiefe Delle reichte von der rechten Fondtür bis zum hinteren Kotflügel.

»Klar! Na klar hab ich Führerschein und Versicherung. In meiner Handtasche. Und meine Handtasche ist in meinem Auto. Und mein Auto ist soeben gestohlen worden, verdammt noch mal! Ich muss es unbedingt wiederhaben, verstehen Sie?« Resigniert ließ sie die Arme sinken. Der Jaguar war über alle Berge, kein Zweifel. Und das konnte sie unmöglich vor Sid geheim halten. Warum also nicht gleich in den sauren Apfel beißen und die Polizei holen. Es war sowieso alles egal.

Doch noch immer zögerte sie. Vielleicht gab es ja doch noch irgendeinen Ausweg, den sie bisher übersehen hatte. Sie warf Dolly einen flehentlichen Blick zu, und der wurde erwidert. In Dollys Augen blitzte so etwas wie Geilheit auf. Julie hatte in ihrem Leben genug Blicke auf sich gezogen, um sich ihrer Bedeutung sicher zu sein. Auch das noch. Fast hätte sie einen hysterischen Lachanfall bekommen. Gab es noch eine Steigerung nach all den Katastrophen dieser Nacht? Erst schleicht sich ihr untreuer Ehemann in ehebrecherischer Absicht aus Bett und Wohnung. Dann folgt sie ihm in eine Gegend, in der es wahrscheinlich von Sittenpolizei nur so wimmelt, nur um überfallen und ihres Jaguars beraubt zu werden. Und zur Krönung des Ganzen stand sie nun in Reizwäsche auf dem finsteren Parkplatz einer Sexbar und wurde von einer Drag Queen angemacht.

Okay. Zeit, die Bullen zu rufen.

Besser geht's nicht.

Dolly hatte sie fertig inspiziert, und ihre Blicke trafen sich. Julies Blick verriet Trotz und Widerspenstigkeit. Sie war absolut nicht in der Stimmung, sich von diesem Monster sexuell belästigen zu lassen. Dollys Blick war definitiv der eines Mannes, der eine attraktive Frau betrachtete. Sie sahen sich ein paar Sekunden zu lange in die Augen, ehe er den Kopf senkte und diesmal ganz offen Julies Beine zu bewundern schien.

Sie wollte gerade den Mund aufmachen, um Dolly ein paar tödliche Beleidigungen um die Ohren zu schlagen, aber sie kam ihr zuvor.

»Also ich finde, Kleine, du solltest zu diesem Outfit unbedingt High Heels tragen.«

Dolly machte sich tatsächlich Gedanken über ihre Schuhe? Gleich würde Julie noch durchdrehen. Vielleicht würde sie aber auch Dolly einfach eine scheuern. Doch dazu kam es nicht.

Es kamen Leute von der Straße auf den Parkplatz. Ein eng umschlungenes Pärchen und eine elegant gekleidete Dame strebten ihren Fahrzeugen zu, und es sagte eine Menge über die Gegend aus, dass sie Julie im Nachthemd, die Drag Queen und das kaputte Auto nicht eines Blickes würdigten.

Nicht wichtig, dachte Julie. Wichtig war einzig und allein, dass sie ihr Auto wiederbekommen und nach Hause fahren konnte, ehe Sid von dieser Sache Wind bekam. Die Frage war nur, wie?

»Ach, scheiß doch auf Sid«, murmelte sie halblaut zu sich selbst. Denn der war sowieso an allem schuld.

»Miss Carlson?«, fragte Dolly Schwarzenegger etwas ungläubig in diesem Moment, und Julie drehte sich entsetzt nach ihr um. Es gab also doch noch eine Steigerung. Es war noch viel schlimmer, als Julie befürchtet hatte. Die Drag Queen kannte ihren Namen.

Das Herz schlug ihr bis zum Hals, als sie Dolly mit weit aufgerissenen Augen anstarrte und sich kurz überlegte, einfach zu leugnen, dass sie es war. Aber fast im selben Augenblick erkannte sie, dass das die Situation nur noch verdächtiger gemacht hätte, und darum konnte sie es auch gleich hinter sich bringen und alles gestehen.

»Ja. Ich bin's.«

Für endlose Sekunden herrschte Schweigen, während Dolly sie von oben bis unten musterte. »Tja«, sagte sie dann, »wenn das kein Hammer ist.«

Julie hatte keine Ahnung, wie Dolly das gemeint haben konnte, aber es klang nicht sehr freundlich.

»Hallo, Debbie!«, rief jemand in diesem Moment, und Julie drehte sich um. Ein merkwürdiges Paar kam auf sie zugeschwankt. Er fett, im knittrigen Anzug und offensichtlich betrunken. Sie sehr attraktiv, blond und in einem eleganten kleinen Schwarzen lächelnd an seinem Arm hängend. Sie näherten sich und blieben einige Schritte entfernt stehen, wobei die Blondine den Fetten stützen musste, damit der nicht umfiel. Man konnte seine Fahne auf mehrere Meter Entfernung riechen, und Julie rümpfte angeekelt die Nase. Wenigstens hatte er nicht sie gemeint, sondern Dolly. Dolly war also Debbie. Der Mann schien allerdings zu gewöhnlich, um einen Paradiesvogel wie Debbie zu kennen.

»Debbie, du kennst doch noch die Adresse, oder? Komm einfach vorbei, das wird ein Riesenspaß.« Sein Blick wanderte zu Julie und zog sie fast aus. »Und bring ruhig deine hübsche kleine Freundin hier mit.«

»Um nichts in der Welt würde ich das verpassen wollen, Clint«, flötete Debbie im höchsten Falsett. »Geht ihr nur schon voraus, du und Lana, ich komme gleich nach.«

»Wir haben genug Stoff für alle, wie du weißt, auch für deinen kleinen Freund. Ihr kommt beide rüber, und wir amüsieren uns die ganze Nacht, okay?« Clint grinste Julie auffordernd an, und sie machte unwillkürlich einen Schritt zurück. Dann wurde Clint von Lana weggezogen, und die zischte Julie noch zu: »Lass dich ja nicht blicken, du Dreckstück!« Und Debbie hauchte sie zu: »Bis später, Zuckerschnecke.«

Zuckerschnecke? Debbie? In diesem Moment begriff Julie, dass offenbar auch Lana ein Kerl war. Fassungslos blickte sie dem Paar hinterher.

»Denkt die etwa, dass ich auch ein Mann bin?«, fragte Julie empört.

Debbie grinste nur. »Machen Sie den Mund zu, Miss Carlson, sonst kommen da Fliegen rein.« Debbie legte Julie einen Finger ans Kinn. »Sie sollten sich eigentlich geschmeichelt fühlen, denn Sie haben Lana eifersüchtig gemacht. Vor mir hat sie jedenfalls keine Angst, wie Sie wohl bemerkt haben.«

Das ist alles vollkommen verrückt, dachte Julie, sie musste in einer Parallelwelt gelandet sein. Aber darum konnte sie sich jetzt nicht kümmern, denn sie saß immer noch tief im Schlamassel.

»Das Auto!«, rief sie und war entschlossen, die letzte 1 des Notrufs zu wählen. Sie tat es aber wieder nicht.

»Rufen Sie jetzt die Polizei an oder nicht?«, fragte Debbie. »Ich hab heute noch was vor, kann also nicht die ganze Nacht warten, und wir brauchen die Polizei für die Versicherung.«

Debbie hatte eine bedrohliche Haltung angenommen, und Julie war beeindruckt. Schließlich hatte man es nicht jeden Tag mit einem fast zwei Meter großen Transvestiten zu tun.

Sie rang sich zu einem Geständnis durch: »Ehrlich gesagt, hab ich ein mittleres Problem, okay? Mein Mann darf auf keinen Fall erfahren, dass ich heute hier war, verstehen Sie?« Wenn Debbie sie kannte, kannte sie vielleicht auch Sid, obwohl es schwer vorstellbar war, dass der Macho Sid sich mit einem Transi abgeben würde. Aber gerade das gab Debbie in Julies Augen etwas Vertrauenswürdiges. Jetzt erst sah Julie ganz klar: Sie konnte die Polizei unmöglich rufen, denn wahrscheinlich gab es im ganzen Staat keinen Polizisten, der Sid nicht kannte. Vielleicht konnte sie Debbies Vertrauen so weit gewinnen, dass man die Sache ohne Bullen erledigen konnte. Und wenn nicht, hatte Julie wenigstens Zeit gewonnen.

»Ach ja?«, antwortete Debbie. Es klang eher neugierig als verständnisvoll. Sie winkte kurz dem knallroten Corvette nach, mit dem Lana und Clint gerade vom Parkplatz rollten.

»Sie wissen offenbar, wer ich bin. Dann wissen Sie auch, dass Geld keine Rolle spielt und ich für den Schaden aufkommen kann und werde. Aber bitte, wenn es geht, ohne Polizei.«

»So, so«, sagte Debbie. »Vielleicht sollten wir es uns einfach in meinem Wagen gemütlich machen, und Sie erzählen mir dann alles. Vielleicht kann ich Ihnen ja helfen?«

Debbie griff mit harter Hand nach ihrem Arm und drängte sie zum Wagen. Weil sie keine Wahl hatte, wehrte sich Julie nicht, sondern ließ sich auf den ledernen Beifahrersitz des Blazers schieben. Als Debbie die Tür zuschlug, klang es wie ein sich schließender Sargdeckel. Nein, dachte sie in diesem Augenblick, es war sicher nicht die beste Idee in ihrem Leben gewesen, zu einem fremden Hünen in Frauenkleidern ins Auto zu steigen.

3

Julie Carlson war genauso scharf, wie Mac sie in Erinnerung hatte. Prima Titten, geiler Arsch, tolle Beine, die Haut honigfarben, die Lippen voll und feucht, die Augen groß und dunkel, das Haar schwarz und lang und seidig. Würde ausgebreitet auf einem Kissen wunderbar aussehen, kam ihm plötzlich in den Sinn. Er hatte sie das erste Mal auf ihrer Hochzeit gesehen. Damals war er noch bei den Bullen gewesen, und er hatte auf der Feier für die Sicherheit zu sorgen, auch wenn er in seinen Gedanken ganz woanders war – zusammen mit der hübschen Braut. Aber die hatte nur Augen für ihren Zukünftigen: John Sidney Carlson IV, geboren mit dem goldenen Löffel im Mund, ein Kerl, der zumindest damals noch alles, was er tat, groß und erfolgreich aufzog. Die Hochzeit – Sids zweite übrigens – war da keine Ausnahme. Tausend geladene Gäste inklusive dem Gouverneur und Prominenten aus Medien und Gesellschaft hatten Mac und seine Kollegen zu überwachen. Macs besonderes Augenmerk galt aber der Braut, Julie Ann Williams, die bis vor einem Monat amtierende Miss South Carolina gewesen war.

Acht Jahre war die Hochzeit her, und seither war viel Wasser den Mississippi runtergeflossen. Mac hatte man schon vor einiger Zeit aus dem Polizeidienst gefeuert, und er war sicher, dass dieses korrupte Schwein Sid hinter seiner Entlassung steckte. Aber Mac hatte noch andere, viel fettere Hühnchen mit Sid zu rupfen. Da war vor allem die Sache mit seinem Bruder. Daniel, acht Jahre älter als Mac, war vor gut fünfzehn Jahren spurlos verschwunden. Er und Sid waren schon seit der Schulzeit gute Freunde gewesen, und irgendwie wurde Mac das Gefühl nicht los, dass Sid zumindest wusste, was mit Daniel passiert war.

Mac, seine Mutter und Großmutter dachten zuerst, Daniel hätte einfach beschlossen fortzuziehen. Immerhin war er schon fünfundzwanzig, also alt genug, um selbst zu entscheiden, was er mit seinem Leben anfangen wollte. Und schließlich hatte er sich noch nie Vorschriften machen lassen. Aber nachdem sie monatelang nichts mehr von ihm gehört hatten, befürchteten sie, Daniel könnte in Schwierigkeiten stecken. Aus den Monaten wurden Jahre. Mac entwickelte die verrücktesten Theorien über Daniels Schicksal: Saß er vielleicht im Gefängnis und hatte sein Gedächtnis verloren? Hatte er ins Ausland fliehen müssen? In der Zwischenzeit waren Mutter und Großmutter gestorben, ohne jemals wieder von ihrem ältesten Sohn und Enkel gehört zu haben. Aber Mac hatte beiden auf dem Totenbett geschworen, dass er Daniel finden würde.

Mac war siebzehn gewesen, als er das letzte Mal in seinem Leben mit Daniel gesprochen hatte. Daniel hatte ihm am Telefon gesagt, er könne nicht mit Mac zum versprochenen Basketballspiel gehen, weil er dringend einen Job für Richie erledigen müsste. Richie war ihr ganz persönlicher Spitzname für Sid. »Rich« wie »reich«. Und Richie war reich, unermesslich reich aus der Sicht zweier Jungs aus der Arbeiterklasse, deren Vater beim Streifendienst »gefallen« war. Etwas in Daniels Stimme hatte ihm damals gesagt, dass dieser »Job« kein gewöhnlicher Job sein konnte, den andere zwischen neun Uhr morgens und fünf Uhr nachmittags erledigten. Aber Mac hatte nicht nachgefragt, und Daniel hatte nichts weiter erklärt. Viel später, als Mac längst bei der Polizei war, hatte er angefangen, nebenbei auf eigene Faust nach seinem Bruder zu suchen. Sid stand ganz oben auf seiner Liste der Verdächtigen, und er fand erstaunliche Dinge über ihn heraus: Sids erste Frau zum Beispiel hatte ihn ziemlich genau zu dem Zeitpunkt verlassen, als auch Daniel verschwunden war. Erst ging sie offensichtlich zurück nach Kalifornien, dann fehlte plötzlich jede Spur von ihr. In der Szene erzählte man sich, Sid hätte seine Hände im Drogenhandel. Das schien zu passen. Vielleicht hatte Daniel einen »Job« als Drogenkurier für Sid. Jedenfalls hatte Daniel erstaunlich viel Geld für einen, der gerade aus dem Militärdienst entlassen worden war. Beweise hatte Mac jedoch nicht, und bei den zuständigen Behörden schien niemand an einem Verfahren gegen Sid interessiert. Kein Wunder, denn die Carlsons waren Leute mit viel Einfluss in der Gegend, und es wollte sich wohl niemand aus falschem Ehrgeiz die Karriere versauen. Auf freundliche, aber bestimmte Weise bekam Mac von allen dasselbe zu hören: »Halt's Maul, vergiss die Sache mit deinem Bruder, und steck deine Nase nicht in fremde Angelegenheiten.« Auch dass Daniel einige Jahre der falschen Seite des Gesetzes nahe gestanden hatte, half wenig weiter.

Irgendwann waren die Ratschläge nicht mehr freundlich, sondern unmissverständlich: Nichts als unbewiesene Gerüchte hätte er in der Hand, und wenn er nicht aufhörte, im Dreck zu wühlen, würde man ihn aus der Polizei werfen. So einfach war das.

Und nun eröffnete sich ihm durch einen wunderbaren Wink des Schicksals auf einmal die Chance, ein paar Antworten zu erhalten, auf die er schon so lange wartete. Da saß doch tatsächlich Sids ehemalige Schönheitskönigin im rosafarbenen Negligé in seinem Wagen, sexy wie eh und je, hatte Schwierigkeiten mit ihrem Mann und fragte ihn, Mac, um Hilfe! Die Götter hatten ihn erhört.

Er fischte das Handy aus seinem Dekolleté, begann zu wählen und startete den Motor, alles gleichzeitig. Die Klimaanlage begann zu rauschen. Er stellte sie ab und ließ die Fenster runter. Das Leben auf den Straßen der Stadt drang als stetes Summen in den Wagen.

»Heh, Moment mal!«, protestierte Julie und sah ängstlich zu Mac herüber.

Gott, war sie schön! Sid hatte in seinem Leben immer mehr unverdientes Glück als Verstand gehabt, und seine Frau gehörte dazu, keine Frage.

»Entspannen Sie sich«, sagte Mac mit einem flüchtigen Lächeln zu ihr. Ein Lächeln, das Mut machen sollte, aber das Gegenteil bei Julie bewirkte, weil es durch die grotesk geschminkten Augen und Lippen zu einer Fratze wurde.

Mac legte den Rückwärtsgang ein und fuhr los. Dann ging Hinkle dran.

»Ich bin's«, sagte Mac. »Kleine Änderung im Plan. Du gehst rüber zur Dumesnil Street Nummer 85 und machst ein paar Fotos, okay? Edward gibt da 'ne Party, und ich brauche Bilder fürs Album.«

»Wieso ich?« Seiner Stimme nach war er gar nicht begeistert von dem neuen Plan. »Warum nicht du, nachdem ihr euch so nett angefreundet habt? Jetzt, wo es ernst wird, ziehst du wohl den Schwanz ein, was?«

»Jemand ist mir ins Auto gefahren, und ich muss

mich erst mal um die Formalitäten kümmern. Das kann etwas dauern. Also mach die Fotos, okay?« Er fuhr in Richtung Ausgang des Parkplatzes. Der leichte Fahrtwind, der in den Wagen drang, machte die Temperatur beinahe erträglich.

Die Frau neben ihm hörte Macs Teil des Gesprächs natürlich mit und schien noch verunsicherter. Mac lächelte wieder. Das war wirklich das Beste, was ihm seit langer Zeit passiert war, und er würde die Gelegenheit nicht ungenutzt verstreichen lassen.

»Edward hat keine Ahnung, wer ich bin«, sagte Hinkle, »wie soll ich denn deiner Meinung nach da reinkommen?«

»Kauf dir von mir aus 'ne Pizza und spiel den Lieferanten. Scheiße, denk dir halt was aus. Werden 'ne Menge Leute da sein, da fällst du gar nicht auf.« Mac nutzte eine Lücke im Verkehr und fädelte sich hinter einem weißen Cadillac nach Süden in den Verkehr ein. Wenn die Diebe Profis waren, sagte er sich, war der Jaguar über alle Berge. Wenn es nur Kids waren, die ein paar Runden drehen wollten, stand er vielleicht irgendwo in der Nähe am Straßenrand.

»Ich glaube nicht, dass das eine gute Idee ist«, sagte Julie unvermittelt. »Würden Sie mich bitte wieder zum Parkplatz zurückbringen?«

Mac drehte sich zu ihr um, lächelte und hob den Zeigefinger der rechten Hand, als wollte er sagen: Nur einen Augenblick Geduld, bitte. Er sah, wie sie nachdenklich ihr Handy betrachtete und gleichzeitig mit der rechten Hand nach dem Türgriff tastete. Wollte sie vielleicht aus dem fahrenden Auto springen? Sie war doch wohl nicht lebensmüde?

»Logisch«, sagte Hinkle wieder, »weil es natürlich

überhaupt nicht auffällt, wenn ein schwarzer Hetero bei der weißen Homo-Party Fotos schießt. Die reißen mir den Arsch auf, Mann! Scheiße, Mann, es ist wirklich jedes Mal dasselbe!«

»Danke, Kumpel, wir sehen uns dann«, sagte Mac gerade, als er an einer roten Ampel halten musste.

Julie hatte die Hand immer noch am Türgriff. »Worum ging es denn?«, fragte sie neugierig.

»Ich hätte eigentlich auf einer Party Bilder schießen sollen, aber wegen Ihnen klappt das jetzt nicht. Ein Freund übernimmt den Auftrag.« Er sah sie scharf an, während er das Handy zusammenklappte und wieder in sein Dekolleté gleiten ließ. Wirklich ziemlich unbequem, diese Wonderbras, aber dafür sehr brauchbar als Pistolenholster und Handyhalter. Sehr elastisch und belastbar. Musste die NASA entwickelt haben.

»Wollen Sie aussteigen?«, fragte er und deutete auf ihre Hand an der Tür.

Sie sah ihn schuldbewusst an und ließ die Hand in den Schoß fallen, als hätte sie sich verbrannt. »Ich? Nein, wie kommen Sie darauf?«

»Ich meine ja nur. Das könnte gefährlich werden mitten auf der Straße.«

Sie erbleichte.

»Sie könnten überfahren werden.«

Die Ampel schaltete auf Grün, und Mac fuhr über die Kreuzung. Er fuhr Richtung Battery. Wenn es nur ein paar Kids gewesen waren, war das kein schlechter Ort, um ein gestohlenes Auto abzustellen. Es war nun angenehm kühl im Wagen.

»Wohin fahren wir?«, fragte sie sehr freundlich. Julie hatte den Türgriff nicht wieder angefasst. Ihre Hände lagen entspannt im Schoß auf ihrem Handy. Sie kaute auf ihrer Unterlippe. Mac fand, dass das sehr erotisch aussah, und ärgerte sich sofort über seine Geilheit. Die konnte bei seinem Plan nur stören. Da kam ihm ein Gedanke.

»Sie glauben doch nicht etwa, dass ich Sie entführe, oder?«, fragte er belustigt.

Sie hörte auf, ihre Unterlippe zu kauen, und warf ihm einen Blick zu.

»Vielleicht. Und? Entführen Sie mich?«

Sie war wirklich kaltschnäuzig, das musste er ihr lassen. Julie stieg in seiner Achtung.

»Unsinn. Bei mir sind Sie so sicher wie bei Ihrer eigenen Mama, das schwöre ich Ihnen«, sagte er und bog gleich darauf nach rechts in eine – wenn überhaupt möglich – noch miesere Gegend ab. Hier gab es keine Bars, sondern finstere Kaschemmen, keine professionellen Nutten, sondern die billigsten Fünf-Dollar-Schlampen und entsprechende Freier. Hier mieden die Menschen das Licht der Laternen und verbargen sich wie Küchenschaben in den Schatten der Hauseingänge. Allerdings waren die meisten dieser Leute gefährlicher als Küchenschaben.

»Na ja«, sagte Julie, »ich hab ein bisschen nachgedacht, Debbie, und ich glaube, es ist doch besser, wenn ich jetzt die Polizei rufe, weil ...« Sie griff demonstrativ nach ihrem Handy, der Daumen schwebte über den Wahltasten.

Debbie? Wer ist Debbie?, dachte Mac für eine Sekunde, und dann erst viel ihm seine Rolle ein. Er grinste. Debbie war der Name seiner Exfrau. Er war ihm eingefallen, als er sich auf der Damentoilette im *Pink Pussycat* im Spiegel betrachtet hatte. Mit der Perücke hatte er sogar eine gewisse Ähnlichkeit, wie er zugeben musste. In diesem Moment wurde sich Mac bewusst, dass er alles andere als normal aussah. Kein Wunder, dass Julie Carlson ihm nicht traute.

»Ich dachte, Ihr Mann darf nicht wissen, was passiert ist.«

Kaum hatte er das gesagt, begann sie unwiderstehlich auf ihrer Unterlippe herumzukauen, und Mac musste sich mit aller Kraft aufs Fahren und die Suche nach dem gestohlenen Auto konzentrieren.

Julies Hand mit dem Handy zitterte leicht. »Das stimmt … aber …«

»Und darum sollten wir wohl besser weiter nach Ihrem Wagen suchen, oder?«

Sie schnappte nach Luft und drehte sich ruckartig zu ihm. »Glauben Sie wirklich, da gibt es auch nur den Hauch einer Chance, ihn zu finden?«

Für einen Augenblick war Mac von der aufkeimenden Hoffnung in ihren Augen betroffen. Es war offenbar wirklich nicht besonders lustig, mit diesem Sid verheiratet zu sein, wenn sie so viel Angst vor ihm hatte. Na gut. Mac würde ihr helfen. Heute wollte er ihr Ritter in der glänzenden Rüstung sein. Zumindest bis sie das Auto gefunden hatten. Danach konnte er für nichts garantieren.

Er hatte zu lange auf eine Gelegenheit gewartet, sich Sid vorzuknöpfen, da würde er jetzt nicht wegen dessen Frau sentimental werden.

»Könnte schon sein. So ein Jaguar wird auch auf Bestellung gestohlen. Auf Baujahr und Typ genau. Oft braucht jemand billige Ersatzteile.«

»Auf Bestellung?«, wiederholte Julie ungläubig.

Mac bog in die Bay Street ein und überholte eine

Pferdekutsche für Touristen. In der Ferne glänzte die Bay ölig im Mondlicht. Ein Nebelhorn hallte unheimlich durch die Nacht.

»Ganz normal heutzutage. Besonders bei Luxuswagen wie Ihrem.«

Er blickte auf ihre Oberschenkel, die sie eng zusammengepresst hielt, die nackt und glatt waren und die unter ihrem kurzen Nachthemd fast bis zu ihrem Schritt zu sehen waren, und er ertappte sich bei der Frage, ob diese Schenkel so schmecken würden, wie sie aussahen: nach Honig. Er ärgerte sich darüber, dass er sich ablenken ließ, richtete seinen Blick wieder auf die Straße und griff gleichzeitig nach seinem Handy.

»Wie lautet Ihre Zulassungsnummer?«, fragte er nüchtern.

Sie sagte es ihm, und er wählte eine Nummer.

»Was ist?« Die ruppige Stimme am anderen Ende der Leitung gehörte Mutter Jones. Mutter Jones war der Hehler für alle großen und kleinen Autodiebe der Stadt. Als junger und unerfahrener Polizist hatte Mac ihn zwei oder drei Mal eingebuchtet, nur um festzustellen, dass Mutter Jones schon am nächsten Tag wieder auf freiem Fuß war. Mac war clever genug, um schnell zu kapieren, wie die Sache lief. Also wusch in Zukunft eine Hand die andere, und die beiden wurden sogar so etwas wie Freunde. Auch nachdem Mac aus dem Polizeidienst entlassen worden war. Wenn es jemanden in Charleston gab, der über den Verbleib eines gestohlenen Jaguars Bescheid wusste, dann war es Mutter Jones.

Mac brachte Mutter kurz auf den Stand der Dinge und fragte, ob er ihm helfen könnte.

»Was hast du mit der Sache zu tun?«, fragte Mutter

Jones misstrauisch. Manchmal vergaß er, dass Mac inzwischen die Seiten gewechselt hatte.

»Ich bin nur ein Freund von der Lady, die den Wagen vermisst. Ihr Mann rastet aus, wenn er erfährt, dass der Jaguar gestohlen wurde, und jetzt sitzt sie hier neben mir und heult mir die Sitze voll, solche Angst hat sie vor dem Kerl.«

Julie warf ihm einen beleidigten Blick zu. Mac sah sie an und legte einen Zeigefinger auf die Lippen.

»Scheiße, Mann«, sagte Mutter Jones ehrlich betroffen, »so was kann ich auf den Tod nicht haben.« Mac wusste schon, wo man bei ihm den Hebel ansetzte. Mutter Jones war ein begeisterter Familienmensch und hatte sechs Töchter. »Ein Mann, der seine Frau verprügelt, gehört hinter Gitter!«

»Ganz meine Meinung«, sagte Mac. »Wie sieht's aus? Kannst du uns helfen?«

Sekunden der Stille am anderen Ende der Leitung. »Vielleicht. Aber das kostet dich was.«

»Geht klar«, sagte Mac. Das war es Julie sicher wert, die hatte ja Geld genug.

»Ich muss ein bisschen herumtelefonieren, das kann dauern. Mal sehen, was ich tun kann. Gib mir deine Nummer, dann ruf ich dich wieder an«, sagte Mutter Jones.

Mac gab ihm die Nummer, verabschiedete sich und sah Julie triumphierend an.

»Wird Sie was kosten, aber Sie kriegen den Wagen wohl wieder. Paar Tausend oder so.«

»Dachte ich mir schon.« Julies Blick war voller Ekel und Verachtung. »Nicht zu fassen: Man stiehlt mir mein Auto, und ich muss bezahlen, um es wiederzubekommen.«

»Oh, ich kann Mutter auch noch mal anrufen und sagen, dass Sie es sich anders überlegt haben«, sagte Mac.

»Nein«, sagte sie schnell, und ein Anflug von Panik huschte über ihr Gesicht. »Nein, ich will es ja.«

Mac nickte langsam. Julie musste wirklich große Angst vor Sid haben, überlegte er. Er sollte eigentlich kein Mitleid mit ihr haben, aber er konnte nicht anders.

»Wie ich Mutter kenne, wird die Zahlung bei Lieferung fällig. Vorausgesetzt, er findet den Jaguar.«

»Ich könnte ihm einen Scheck geben – das heißt, wenn meine Brieftasche noch im Wagen ist.«

Ein Scheck, dachte Mac, oje. Er seufzte. »Lady, ohne Cash geht nichts.«

Sie wirkte ratlos. »Aber ich habe nur ungefähr fünfzig Dollar bei mir. Wenn ich meine Brieftasche wiederhabe, kann ich an einem Automaten Geld ziehen, aber die geben einem nicht mehr als zweitausend Dollar auf einmal, glaube ich.«

Mac fiel der Vorschuss ein, den er und Hinkle am Nachmittag von Elizabeth Edwards für ihren Auftrag erhalten hatten. Das Geld lag bei ihm zu Hause im Safe. Eigentlich hatte Mac es gleich morgen früh zur Bank bringen wollen. Hinkle würde ihn umbringen, wenn Mac es jetzt für Julies Jaguar ausgeben würde. Aber Mac sagte sich, dass die Investition sich lohnen würde. »Ich kann Ihnen das Geld leihen«, sagte er. »Wenn Sie's mir zurückzahlen. Ich kann mich darauf verlassen, oder?«

Sids Frau war kreditwürdig, keine Frage. Aber vor allem schien sie größtes Interesse daran zu haben, dass Sid nichts über diese Nacht erfuhr. Vielleicht hatte Julie Carlson einen Liebhaber? Ihr Geheimnis war Macs Sicherheit.

»Ja sicher, Sie bekommen es wieder!«, rief Julie sichtlich erleichtert.

»Gut«, sagte er trocken. Er versuchte sich gerade vorzustellen, wie es wohl war, Julie Carlsons Liebhaber zu sein, und der Gedanke machte ihm Spaß. Aber wieder rief er sich zur Ordnung. Sie war heiß, o ja, sie war wirklich heiß. Aber sie war nichts für ihn, er musste die Finger von ihr lassen.

Denn hier ging es nur um Sid und um einen Weg, an ihn heranzukommen. Dafür brauchte er Julie und für nichts anderes. Er würde ihr bei der Suche nach dem Jaguar helfen und dafür so viel Information über Sid aus ihr herausquetschen, wie möglich.

Mac bog in seine Straße ein. Vor den Reihen einstöckiger, leicht heruntergekommener Mittelstandshäuser standen Reihen leicht heruntergekommener Mittelstandsautos. Er hielt am Randstreifen.

»Was machen wir hier?«, fragte Julie und klang dabei wieder nervös.

»Hier wohne ich. Und ich habe zufällig etwas Bargeld im Haus. Außerdem will ich mir schnell etwas anderes anziehen, damit ich – falls Mutter den Jaguar findet und wir ihn treffen – nicht den falschen Eindruck erwecke.« Er grinste mit seinen grellrot geschminkten Lippen.

»Oh …« Julie sah ihn verständnisvoll an. »Er … er weiß es also nicht?«

»Nein, er weiß es nicht.« Mac stellte den Motor ab und zog die Handbremse an. »Was ist? Kommen Sie mit rein, oder fühlen Sie sich sicherer, wenn Sie im Auto warten?«

Julie blickte durch die Windschutzscheibe auf die düstere Straße. Außer einem alten Mann, der offensichtlich darauf wartete, dass sein Terrier sein Geschäft auf dem Grünstreifen verrichtete, war niemand zu sehen.

»Ich denke, ich komme lieber mit rein«, sagte sie, »falls Sie nichts dagegen haben.«

Sie öffnete die Tür und stieg aus.

Er riss sich die Perücke vom Kopf, warf sie auf die Rückbank und kratzte sich genüsslich am Kopf. Dann kletterte auch er aus dem Wagen, verschloss ihn und lief auf den Eingang seines Hauses zu. Er konnte das Geräusch hören, das die Seide ihres Nachthemds auf ihren nackten Oberschenkeln verursachte. Reiß dich zusammen, dachte er.

Sie stiegen die Stufen zur Veranda empor. Er schloss die Tür auf, öffnete sie und trat einen Schritt zurück, um ihr den Vortritt zu lassen.

Als sie an ihm vorbei in das vollkommen unbeleuchtete Haus trat, musste Mac unwillkürlich grinsen, denn er erinnerte sich an einen Spruch seines Bruders Daniel, der perfekt zu dieser Situation passte:

Fühl dich ganz wie zu Hause, sagte die Spinne zu der Fliege …

4

Als sie dann an der Haustür auch noch von einem kleinen Pudel mit Bellen und Schwanzwedeln begrüßt wurde, fühlte sich Julia fast sicher. Der Hund war zu niedlich mit seinem pinkfarbenen Strasshalsband.

Kein normaler Mann, schon gar kein Triebtäter, würde so einen Hund besitzen.

»Hallo, du süßer kleiner Kerl«, rief Julie und ging vor dem Tier in die Knie, während Debbie das Licht in der Diele anknipste. Der Pudel schnupperte einmal kurz, gab dann sofort sämtliche Hemmungen auf, warf seine Vorderpfoten auf Julies nackte Knie und versuchte ihr das Gesicht abzulecken. Der Schwanz des Hundes flog dabei so begeistert hin und her, dass der ganze Körper durchgeschüttelt wurde. Wirklich ein Musterbeispiel an knuddeligem Hund. Julies Meinung über Debbie stieg enorm. Ihre Klamotten waren unmöglich, die Perücke eine Beleidigung jeglichen Geschmacks, aber der Pudel wog alles wieder auf.

»Ist das Ihrer?«, fragte Julie, nur um ganz sicherzugehen.

»Jawoll. Darf ich vorstellen? Josephine.« In Debbies Stimme war eine Veränderung vorgegangen, und Julie blickte zu ihm hoch. Auch äußerlich hatte er sich verändert: Die Perücke fehlte. Verschwitzte dunkelblonde Locken standen ihr wild vom Kopf ab. Debbie als Boy George, dachte Julie. Und Debbie warf dem Pudel einen eher missbilligenden Blick zu, der Julie an Sids Worte erinnerte, die er immer äußerte, wenn sie sich mal wieder einen Hund wünschte: Hunde bellen, haben Flöhe und pinkeln in die Wohnung. Trotz des kühlen Tons und des kritischen Blicks bestand für Julie allerdings kein Zweifel daran, dass Debbie den Pudel lieben musste, denn er war sehr gepflegt und hübsch zurechtgemacht.

»So ein Schatz«, sagte Julie.

»Finden Sie? Heute Morgen hat sie einen meiner Schuhe gefressen«, sagte Debbie mit einem finsteren Blick auf Josephine. Sie deutete ins Wohnzimmer. »Machen Sie's sich bequem. Bin gleich bei Ihnen.«

Er stöckelte auf seinen High Heels in einen dunklen Flur. Julie blieb allein zurück und sah sich um.

Das einstöckige Haus war nicht besonders groß und wahrscheinlich ungefähr zur gleichen Zeit gebaut worden wie die anderen billigen Motels und Apartmenthäuser in dieser Gegend nördlich des Broadways. Sie stand im Wohnzimmer: weiß gestrichene Gipswände, abgenutztes Parkett, Gardinen mit Goldkante vor dem Fenster zur Straße, mit Tweed bezogene Couch, davor ein rechteckiger Wohnzimmertisch aus Eiche massiv und ein Fernsehsessel aus Velours. An der Wand gegenüber ein riesiger Fernseher. Neben dem Sessel stapelten sich Zeitschriften. An der Wand hingen scheinbar wahllos Landschaftsbilder.

Debbie hatte zweifellos einen ausgefallenen Kleidergeschmack, eine originelle Innendekorateurin war sie sicher nicht.

Julie setzte sich auf die Couch, und Josephine hopste neben sie und schob ihre Schnauze unter ihren Arm. Während Julie ihr geistesabwesend den Kopf tätschelte, bemerkte sie den blumigen Duft, der von dem Pudel ausströmte. Wie nett, dachte sie und verwarf mit dieser Entdeckung auch die allerletzten Zweifel an der Redlichkeit ihres Gastgebers.

Nachdem das geklärt war, konnte sich Julie auf das näher liegende Problem konzentrieren: Wie viel Zeit blieb ihr noch?

Sid kam eigentlich nie später als Viertel nach drei nach Hause. Das wusste sie genau, weil sie nachts schon so oft auf ihn gewartet und den Geräuschen der sich öffnenden Haustür gelauscht hatte. Also mussten sie und der Jaguar spätestens um drei zu Hause sein, wenn ihr Versuch, Sid auszuspionieren, nicht auffliegen sollte.

War das zu schaffen?

Sie sah sich um, konnte aber nirgends eine Uhr entdecken. Weil sie bei diesen Gedanken nervös geworden war, stand Julie auf und lief durch das Wohnzimmer in Richtung Küche. Josephine folgte ihr. Die manikürten Krallen an ihren Pfoten machten bei jedem Schritt klackende Geräusche. Die L-förmige Küche war genauso langweilig eingerichtet wie das Wohnzimmer. Den unteren Teil des »L« hatte Debbie zu einem kleinen Büro umgebaut, komplett mit Schreibtisch, Computer, Aktenschrank – und Uhr.

1:58. Das bedeutete, dass Julie gerade einmal eine Stunde Zeit blieb, um den Wagen zurückzubekommen und nach Hause zu fahren. Sie begann, ihre Fingernägel zu kauen.

Sie verließ die Küche und erreichte den Flur, an dessen Ende das Schlafzimmer lag, in dem Debbie verschwunden war, und rechts vom Schlafzimmer das Bad. Aus diesem tauchte Debbie im gleichen Augenblick wieder auf. Er hielt ein Badetuch in den Händen, rubbelte sich das Haar und trug nichts als ein Paar Jeans.

Seine Brust war nackt. Eine sehr männliche Brust, wie Julie sich eingestehen musste: breite Schultern und braungebrannte Haut über durchtrainierten Muskeln; zwischen Kehlkopf und Bauchnabel ein dunkelbrauner, nicht zu dicker Flor aus weichen Brusthaaren; gut gebaute, starke Arme.

Die Jeans, die Debbie trug, war alt und abgewetzt und hing lässig auf seinen schmalen Hüften, so dass man einen guten Blick auf den darüber liegenden Waschbrettbauch und den tief darin eingebetteten Bauchnabel hatte.

Julie konnte sich kaum einen Menschen vorstellen, der weniger Ähnlichkeit mit jener Debbie hatte, die sie auf dem Parkplatz kennen gelernt hatte. Sie war ehrlich überrascht über diesen Auftritt.

Er hatte sie bemerkt, blieb stehen, ließ das Handtuch sinken und sah sie an. Das Make-up war verschwunden, das sandfarbene Haar stand nicht mehr wild und verschwitzt ab, sondern sah gewaschen, weich und angenehm verwuschelt aus. Sein Gesicht war kantig, aber attraktiv. Jetzt, da kein Lidschatten mehr störte, erkannte Julie, dass er fast türkisblaue, leuchtende Augen unter kräftigen Augenbrauen hatte. Zum Niederknien.

Die gerade Nase, der schmale, aber ausdrucksstarke Mund und das kräftige Kinn komplettierten das Bild eines ausgesprochen gutaussehenden Mannes.

Debbie als Mann war eine Wucht.

Während Julie die neue Debbie etwas fassungslos anstarrte, gingen ihr alle möglichen nicht jugendfreien Gedanken durch den Kopf.

»Aber Sie sind doch hoffentlich schwul, oder?« Sie hatte nicht über die Frage nachgedacht, es sprudelte einfach aus ihr heraus, und als es heraus war, hätte sie sich am liebsten auf die Zunge gebissen.

Er erwiderte ihren Blick mit zusammengekniffenen Augen und gerunzelter Stirn.

»Spielt das eine Rolle?«, gab er ganz cool zurück.

O Gott, sagte sich Julie, was für ein Fauxpas. Hoffentlich war er nicht nachtragend. Ihr Pech, dass sie sich mit den Benimmregeln in der Transvestiten-Szene nicht so gut auskannte.

»Ach was! Nein, kein bisschen! Das spielt überhaupt keine Rolle«, rief Julie eifrig. »Ich finde, jeder Mensch hat das Recht, nach seiner Fasson glücklich zu werden. Ich bin, wie ich bin, und so …«

Ihr war wirklich gleichgültig, ob Debbie schwul oder bisexuell oder sonst was war. Aber aus dem rein weiblichen Blickwinkel betrachtet, wäre dieser Kerl als Schwuler eine echte Verschwendung. Aber vielleicht war es auch besser so, dachte sie. Die Versuchung, die von ihm ausging, wäre angesichts ihrer aktuellen Ehekrise und erzwungenen sexuellen Enthaltsamkeit einfach zu groß gewesen. Also wollte sie ihn einfach als gute Freundin betrachten und seine körperlichen Attribute bewundern, ohne sie zu begehren. Das hatte doch auch was und war alles in allem gesünder.

Meine Freundin, der Dressman. Sie musste schmunzeln.

»Egal«, murmelte er und sah sie dabei noch einmal durchdringend mit seinen blauen Augen an, dann drehte er sich um und ging wieder ins Schlafzimmer. Sekunden später kam er zurück, während er sich gleichzeitig ein verwaschenes schwarzes T-Shirt über den Kopf zog.

Die Vorderseite zierte eine Bierreklame.

Erstaunlich, was ein viel beschäftigter Transvestit so in der Freizeit trug, sagte sich Julie, aber was wusste sie schon?

Nicht viel, wie sie erst in jüngster Zeit hatte erfahren müssen.

»Ich muss so bald wie möglich nach Hause«, sagte

Julie. »Wie lange kann das mit dem Jaguar denn noch dauern?«

Sein Gesicht entspannte sich.

»Nicht mehr lange. Mutter ruft uns an, sobald er Ihren Wagen gefunden hat. Aber ich kann Sie schon nach Hause fahren und Sie anrufen, wenn der Jaguar aufgetaucht ist.«

»Nein, nein!«, dachte Julie laut, »bloß nicht.« Sie kaute auf der Unterlippe. »In dem Moment, wenn Sid in die Garage fährt, wird er merken, dass der Jaguar weg ist. Das heißt, der Jaguar und ich müssen vor Sid zu Hause sein. Spätestens bis drei, um genau zu sein.«

»Sie haben richtig Angst vor ihm, stimmt's?« In Debbies Stimme lag eine gewisse Brutalität, und Julie sah erstaunt zu ihm auf.

»Angst? Vor Sid? Ach was!«, sagte sie und versuchte dabei durch heftiges Kopfschütteln noch überzeugender zu wirken. Ich bin eine klägliche Schauspielerin, dachte sie dabei.

»Na ja, jedenfalls nicht immer«, gab sie zu. »Er … Er mag es einfach nicht, dass ich nicht da bin, wenn er nach Hause kommt.«

Die Untertreibung des Jahres.

»Miss Carlson, Sie werden doch nicht etwa Geheimnisse vor Ihrem Mann haben?« Er stellte die Frage in freundlichem Ton und mit einem Augenzwinkern, aber der Schalk, den Julie zu erkennen glaubte, war wieder zu männlich, um von Debbie zu stammen. Und gleichzeitig spürte sie auch noch, dass er sie wieder so ansah, wie Schwule Frauen eigentlich nicht ansehen. Debbie zog sie fast mit den Augen aus, und viel auszuziehen war da ja nicht, wie Julie peinlich bewusst wurde. Jedenfalls kein BH und kein Höschen.

Sie kam sich sehr schutzlos vor, und dieser Gedanke ängstigte und erregte sie zugleich, so dass ihre Brustwarzen hart wurden und sich unter dem glänzenden Stoff des Nachthemds deutlich abzeichneten.

Julie hatte sich kaum Gedanken über ihre Kleiderordnung gemacht, solange Debbie wie eine groteske Schaufensterpuppe ausgesehen hatte. Jetzt war Debbie zu einem sehr attraktiven, wenn auch beruhigenderweise schwulen Mann mutiert, und das weckte ihr Schamgefühl und ihr erotisches Empfinden. Ganz ruhig, sagte sie sich, schließlich waren sie und Debbie ja gerade dabei, so etwas wie gute Freundinnen zu werden, und das Nachthemd stand ihr immerhin besser als ein Badeanzug. Sie hatte ja in dieser Nacht nie vorgehabt, das Auto zu verlassen, so dass niemand sie in diesem Aufzug gesehen hätte, wenn nicht … Außerdem sollte Debbie wohl besser den Mund halten, schließlich hatte sie bis vor wenigen Minuten wie eine gedopte Barbie ausgesehen.

Genau!

»Sehe ich so aus?«, fragte Julie und blickte an sich herunter.

»Ganz ehrlich? Ja.«

Sie sahen einander für lange Momente an. Fast zu lange. War das der Blick eines Mannes, der nichts mit Frauen anfangen konnte? Julie bezweifelte es. Da war wieder diese Männlichkeit, oder bildete sie sich das nur ein? Bevor sie sich sicher sein konnte, veränderte sich sein Ausdruck. Er lächelte leicht.

»Für mich sehen Sie so aus, als wären Sie gerade aus einem Bett gestiegen.«

Sie spannte ihren Rücken. »Das bin ich allerdings. Aus meinem eigenen. Ich bin aus meinem Bett gestiegen, hab mich in mein Auto gesetzt und bin dort geblieben, bis man es mir geraubt hat.«

»Aha. Wenn Sie's sagen.« Skepsis schwang in seiner Stimme mit.

»Es stimmt.«

»Alles klar.« Er zuckte mit den Schultern. »Möchten Sie was trinken? Wasser, Saft, Bier …?«

Er wollte in die Küche und musste dabei an ihr vorbei … sehr nah an ihr vorbei … zu nah. Er drang dabei eindeutig in ihre Intimsphäre ein. Eine beunruhigende Situation, wie sie fand, denn er war aus der Nähe noch größer und männlicher, so dass Julie zurückwich und beinahe über Josephine gestolpert wäre. Der Pudel bekam einen Tritt, jaulte auf und flüchtete in die Sicherheit des Wohnzimmers. Julie reagierte nicht so schnell. Sie verlor das Gleichgewicht und wäre hingefallen, wenn er nicht ihren Arm ergriffen und sie festgehalten hätte. Kaum hatte sie ihr Gleichgewicht wiedergefunden, da ließ er sie schon los und sagte:

»Sie bluten.«

Julie runzelte die Stirn und sah seine Hand an. Sie war tatsächlich blutverschmiert. Sie packte ihren Arm und verdrehte ihn so, dass sie die münzgroße aufgeschürfte Stelle an ihrem Ellbogen sehen konnte, die sie bisher nicht bemerkt hatte. Jetzt, da sie wusste, dass sie blutete, tat die Wunde plötzlich weh.

»Lassen Sie mich mal sehen«, sagte er, nahm ihr Handgelenk und drehte den Arm so, dass er die Stelle begutachten konnte.

»Ach, das ist doch nur ein Kratzer.«

»Oh, Sie sind wohl ein ganz hartes Mädchen«, sagte er ihr grinsend ins Gesicht und war dem ihren dabei so nahe, dass sie ihm tief in die blauen Augen sehen konnte. Diese konnten ein Mädchen durchaus verwirren, dachte Julie. »Na ja, vielleicht lachen Sie mich aus, aber ich bin nicht ganz so hart, und mir wird immer gleich schwindelig, wenn ich Blut sehe. Daher kümmern wir uns besser gleich darum, stimmt's? Na los.«

Sie musste ebenfalls grinsen über seine gespielte Empfindlichkeit. »Huii!«

Sie wehrte sich nicht, als er sie, immer noch am Handgelenk haltend, ins Badezimmer zog. Dabei erhaschte sie einen Blick auf das Schlafzimmer mit dem ungemachten Bett und Debbies verstreuten Kleidern – achtlos hingeworfene halterlose Strümpfe und Pumps. Dann stand sie in einem grün gekachelten kleinen Badezimmer, das offenbar aus einer früheren Epoche der Innenarchitektur stammte. Becken und Duschbadewanne waren weiß und zweckmäßig. Es roch nach Kernseife. Der durchsichtige Plastikduschvorhang war noch nass, eine Dose Coldcream stand geöffnet auf der Ablage unter dem Spiegel. Debbie hatte sie offenbar gerade benutzt, um sich abzuschminken.

»So, das machen wir jetzt sauber«, verkündete Debbie.

Er drehte den Warmwasserhahn auf, drückte sich Flüssigseife von einem Spender am Beckenrand auf die Hand und begann, ihre Wunde zu waschen. Ziemlich grob sogar, wie sie fand.

»Aua! Das brennt!« Julie wollte ihren Arm losreißen, aber sie konnte nicht gegen seinen starken Griff ankommen. Er hatte sie von hinten gepackt und drängte sie gegen das Waschbecken.

»Und ich dachte, Sie sind so ein hartes Mädchen.« Er sah ihr im Spiegel ins Gesicht. Schalk umspielte seine Lippen, während er ihr den Ellbogen unter den Wasserhahn hielt und die Wunde abspülte. Da der Strahl ziemlich hart war, brannte das mindestens so sehr wie vorher die Seife. Sie verzog das Gesicht vor Schmerz und erwiderte seinen Blick im Spiegel.

Der Schalk in seinem Gesicht verschwand, und er wurde mit einem Mal ernst und verschlossen.

»Wie alt sind Sie?«, fragte er unvermittelt.

»Neunundzwanzig. Und Sie?« Sie drückte sich gegen ihn, um sich etwas Luft zu verschaffen, und erstarrte. Ihn so nah an ihrem Körper zu spüren war elektrisierend. Er war hart und kräftig und strahlte Kraft aus. Ob mit Strümpfen und High Heels oder ohne: Er war ein Mann. Daran konnte es keinen Zweifel geben. Sie spürte die Spannung in ihrem Körper und wurde an ihr eigenes trauriges Liebesleben erinnert.

Wie frustriert musste man sein, fragte sie sich, wenn man sich zu einem Mann namens Debbie hingezogen fühlte?

»Zweiunddreißig. Da. Schon erledigt«, sagte der Mann namens Debbie in diesem Augenblick.

Er trat hinter ihr beiseite und beendete so jeglichen Körperkontakt, wie Julie mit Erleichterung feststellte. Sie beobachtete ihn dabei, wie er die Wasserhähne zudrehte. Falls er bemerkt hatte, wie sie auf ihn reagierte, so ließ er sich jedenfalls nichts anmerken. Aber wahrscheinlicher war, dass er sich seiner Männlichkeit und ihrer Erregung überhaupt nicht bewusst war. Wie auch? Sie standen schließlich an gegenüberliegenden Ufern desselben Flusses.

»Wie alt ist Ihr Mann?«

Statt sich an sie heranzumachen, reichte er ihr lediglich ein Handtuch. Dabei hätte sich Julie wahrscheinlich nicht einmal gewehrt, so verwirrt, wie sie war.

»Vierzig«, sagte sie und tupfte sich vorsichtig den wunden Ellbogen trocken.

»Ein bisschen zu alt für Sie, finden Sie nicht? War er vor Ihnen schon einmal verheiratet?«

Sie legte das Handtuch auf den Rand des Spülbeckens. Er hielt ihr eine Tube Wundsalbe hin. Sie nahm sie entgegen.

»Ja, war er. Na und?« Sie warf ihm einen Was-geht-es-dich-an-Blick zu, während sie die Salbe auftrug.

»Und wie ist es Frauchen Nummer eins ergangen? Hat er sie für Sie fallen lassen?« Jetzt zog er die Folie von einem Pflaster ab und reichte ihr dieses ebenfalls.

»Sie haben sich vor Jahren scheiden lassen.« Sie klebte das Pflaster vorsichtig auf die Wunde, nicht zu stramm, damit sie den Ellbogen noch gut bewegen konnte.

»Kennen Sie seine erste Frau? Ich meine, haben Sie sich mal mit ihr unterhalten?«

»Nein, hab ich nicht. Sie war schon längst Schnee von gestern, als ich ins Spiel kam.« Sie hatte ihren Arm jetzt fertig verbunden und sah ihn misstrauisch an. »Was soll überhaupt die ganze Fragerei? Sind wir hier bei ›Wer wird Millionär‹?«

Er zuckte nur mit den Schultern. »Ach, mich interessiert nur, wie die Heteros so mit der Liebe umgehen.«

»Oh.« Klar, dachte sie. »Danke auch für das Pflaster.«

»Keine Ursache.«

Ihre Blicke trafen sich erneut, und Julie warnte sich innerlich davor, sich zu sehr von seiner männlichen

Ausstrahlung beeindrucken zu lassen. Dann machte sie kehrt und ging ins Wohnzimmer.

Er folgte ihr.

Josephine, die die Szene im Bad beobachtet hatte, trottete vor Julie her und hopste auf die Couch. Julie ließ sich neben sie darauf sinken, spürte die kalte Hundeschnauze an ihrem nackten Arm, nahm den Pudel in den Arm und drückte ihn.

Ein paar Schritte entfernt stand Debbie und sah ernst auf Julie und Josephine herunter.

»Okay, also noch mal, nur damit ich das verstehe. Sie sind aus dem Bett gekrochen, haben sich Schuhe angezogen, sind ins Auto gesprungen und nach Charleston gefahren. Und das alles mitten in der Nacht. Aber warum das Ganze?« Er fuhr mit der Unterhaltung – oder war es ein Verhör? – von vorher fort, als hätten sie sie nie unterbrochen.

Julie hätte so sehr des Trostes bedurft, aber alles, was sie an Trost bekam, war eine raue Hundezunge an ihrem Arm. Sie nahm es dankbar an. Der Hund hatte etwas Beruhigendes, und sie musste daran denken, dass sie sich als Kind immer einen Hund gewünscht hatte. Vielleicht sollte sie die katastrophale Situation ihrer Ehe als Chance begreifen, überlegte sie plötzlich. Als Chance, den ekelhaften Sid gegen einen netten Hund einzutauschen.

Ein Hund könnte die Lösung sein.

»Ich wollte nur ein bisschen herumfahren.«

Er zog die Augenbrauen hoch, als wolle er sagen: Wer's glaubt, wird selig.

Julie sah es und seufzte. »Also, dass ich Ihren Wagen beschädigt habe, tut mir wirklich sehr Leid, und wenn Sie es irgendwie schaffen sollten, mir meinen Jaguar zurückzubringen, werde ich aus Dankbarkeit für den Rest Ihres Lebens Rosen auf Ihren Weg streuen, aber das heißt nicht, dass ich mein gesamtes Privatleben vor Ihnen ausbreite, okay?«

»Also betrügen Sie ihn doch?«

»Nein!«

Die Antwort war schrill, und wie zum Schutz und zur Beruhigung hob Debbie beide Hände. »Okay, okay, mir recht, wenn Sie nicht darüber reden wollen. Kam mir nur komisch vor, dass Sie mitten in der Nacht in Unterwäsche ins Rotlichtviertel fahren und eine Scheißangst haben, Ihr Mann könnte davon Wind kriegen. Klingt für mich so, als hätten Sie ein Problem und als könnten Sie einen Freund gebrauchen.«

Als er bei dem Wort »Freund« in seiner kleinen Ansprache angekommen war, lächelte er. Es war ein so charmantes Lächeln, dass sie einen Stich im Herzen spürte. Für eine Freundin war Debbie wirklich ein verdammt gutaussehender Mann. Sie wollte ihm vertrauen, beschloss sie. Denn er hatte Recht. Sie brauchte dringend einen Freund.

»Nur um das klarzustellen«, sagte sie. »Dies ist ein Nachthemd, keine Unterwäsche.«

»Mein Fehler.«

»Und jetzt möchte ich auch etwas wissen: Woher kennen Sie meinen Namen?« Sie musste es wissen, sonst würde sie den letzten Rest von Verunsicherung nicht los. Sie musste ausschließen, dass Debbie vielleicht Sid kannte und ihm später alles brühwarm erzählen würde. In diesem Fall würde sie ihn irgendwie dazu überreden müssen, es nicht zu tun.

Debbie zuckte mit den Schultern und steckte die Hände in die Taschen seiner Jeans. »Ich hab Sie schon hier und da gesehen, und ich weiß auch, dass Sie eine Boutique in Summerville besitzen, stimmt's? Schicker Abendfummel, Federboas und so Zeug.« Er grinste. »Leider nichts für Mädchen in meiner Größe.«

Die Vorstellung amüsierte Julie, wie Debbie sich in eines ihrer wunderbaren Abendkleider von höchstens Größe 36 zu zwängen versuchte. Sie musste ebenfalls grinsen. Gut, dass er nicht in ihre Kleider passte. Es wäre nicht gut für ihr Geschäft, wenn Transvestiten unfreiwillig für sie Reklame liefen.

»Ein echtes Problem. Ich werde mich darum kümmern«, sagte sie. Sie hatte keine Lust, ihm zu erklären, dass sie sich eigentlich auf die Ausrüstung von Schönheitswettbewerben spezialisiert hatte.

In diesem Moment fiel ihr ein, dass die Zeit davonlief.

»O Gott! Wie viel Uhr ist es?«

Sie nahm Josephine von ihrem Schoß, sprang auf und wollte in die Küche laufen, um nachzusehen, wie spät es war.

Doch Debbie legte ihr eine beruhigende Hand um den Arm und hielt sie zurück. Sie sah zu ihm auf.

»Es ist zwölf Minuten nach zwei«, sagte er und deutete auf die Anzeige eines Videorecorders, den Julie zuvor nicht bemerkt hatte.

»Dann muss ich los. Ich muss nach Hause!«, rief sie und wand sich aus seinem Griff.

»Wissen Sie, ich bin kein Freund Ihres Mannes, wenn Sie das befürchten. Was auch immer Sie mir erzählen, er wird nie etwas von mir erfahren, das schwöre ich. Aber vielleicht kann ich Ihnen bei der Lösung Ihrer Probleme helfen? Ich würde es gerne tun.«

Wieder sahen sie sich an. Der Blickkontakt hielt ein paar Herzschläge lang.

Dann kam es einfach aus ihr heraus: »Ich bin sicher, dass Sid mich betrügt«, sagte sie trocken. Sie hatte keine bewusste Entscheidung getroffen, Debbie zu vertrauen, sondern es war, als hätten die Worte nur darauf gewartet, ausgesprochen zu werden. Aber nachdem sie heraus waren, spürte Julie eine große Erleichterung. Ja, sie musste sich jemandem anvertrauen. Und dieser Jemand musste ihr sagen, ob sie verrückt war oder nicht.

»Aha«, sagte Debbie. Mehr nicht. »Und wie kommen Sie darauf?«

»Er schleicht sich nachts aus dem Haus, nachdem ich eingeschlafen bin. Heute Nacht habe ich gehört, wie er die Garage geöffnet hat, bin aus dem Bett gesprungen und ihm gefolgt. Auf der Straße, wo ich Sie getroffen habe, habe ich ihn aus den Augen verloren. Ich wollte auf diesem Parkplatz nur wenden, und dann haben diese Idioten mich überfallen und mein Auto gestohlen.«

Julie atmete tief durch und verschränkte die Arme vor der Brust. Es tat gut, stellte sie fest, ihren Verdacht laut auszusprechen. Schluss mit den Lügen und dem Selbstbetrug. Sid war kein perfekter Ehemann, und ihre Ehe war keine perfekte Ehe. Das Eingeständnis hatte etwas Reinigendes.

»Nur damit ich das richtig verstehe«, sagte Debbie nach einigen Sekunden, während der er auf seinen Fußballen gewippt war. »Sie haben Ihren Mann mit Ihrem eigenen Wagen verfolgt. Einem Jaguar obendrein. Ist Ihnen nie in den Sinn gekommen, dass er in den Rückspiegel geschaut haben könnte?«

Julie stand starr vor Schreck.

»Nein«, sagte sie kleinlaut, »daran habe ich nicht gedacht. Ich bin nur ins Auto gesprungen und gefahren.« Sie war nahe daran, in Panik zu verfallen.

»Mädchen, jemand sollte auf Sie aufpassen, bevor Sie das nächste Mal solche Dummheiten machen«, sagte Debbie kopfschüttelnd.

Julie hatte in der Zwischenzeit die Verfolgung von Sid nochmals vor ihrem inneren Auge ablaufen lassen und sich dadurch beruhigt. »Er hat mich sicher nicht gesehen«, sagte sie. »Das hätte ich bemerkt. Sid kann sich nicht gut verstellen.«

»Und wenn er einfach nachts manchmal noch Hunger hat und irgendwohin essen geht?«

Julie verzog das Gesicht. »Klar, und sein Lieblingsrestaurant liegt zwischen Pornoläden und Striplokalen mitten im Rotlichtviertel. Wohl kaum. Außerdem gibt es noch andere Anzeichen dafür, dass er fremdgeht.«

»Ach ja?« Debbie zog neugierig die Augenbrauen hoch. »Und was sind das für Anzeichen?«

»Am Montag habe ich acht Viagra-Pillen in seinem Medizinschrank gefunden.« Sie zögerte. »Gestern Abend waren es noch sechs. Und … und … na ja …«

»… und Sie waren nicht diejenige, die davon profitiert hätte. Kann man es so sagen?« Er lächelte verständnisvoll. »Ich verstehe. Also ist ziemlich klar, dass der große Sid fremdgeht. Jede Nacht? Um wie viel Uhr ungefähr?«

»In diesem Monat so zwei bis drei Mal in der Woche. Einen Abend am Wochenende und zwei unter der Woche. Das ändert sich. Ich bin meistens gegen elf im Bett, er geht gegen Mitternacht.«

»Sind Sie ihm schon einmal gefolgt?«

»Nein.«

»Also …«

Er wurde von einem gedämpften Klingeln unterbrochen, zog sein Handy aus der Vordertasche seiner Jeans und nahm das Gespräch an.

»Hallo?«

Julie hörte die Stimme am anderen Ende der Leitung, aber sie verstand die Worte nicht. Die Anspannung spiegelte sich in ihrem Gesicht wider.

»Scheiße!«

Julies Zuversicht sank. Wenn Debbie »Scheiße« sagte, konnte das nichts Gutes bedeuten.

»Mach das. Okay. Ich spreche dich später wieder.«

Debbie brach die Verbindung ab und schob das Handy in seine Tasche. Dann blickte er Julie bedauernd an.

»Und? Was ist?«, fragte sie mit dünner Stimme.

»Die gute Nachricht ist, dass Mutter den Jaguar gefunden hat.«

»Wirklich? Das ist doch wunderbar!«

»Zu spät. Sie haben ihn schon auseinander genommen. Motor, Räder, Radio – alles weg.«

5

»O nein!« Julie fühlte, wie ihre Knie weich wurden und der Raum um sie herum sich zu drehen begann. Alle Kraft war von ihr gewichen.

»Hoppla«, sagte Debbie und hielt sie fest, ehe sie wie ein Häufchen Elend auf dem Boden in sich zusammensinken konnte. Hilflos hing sie in seinen Armen, und er drückte sie an seine Brust. Seine starke, breite Brust gab ihr Sicherheit, seine Muskeln waren hart wie Fels – wie ein Fels in der Brandung. Julie krallte sich in den Stoff seines T-Shirts und atmete seinen Geruch tief ein.

»Okay, ganz ruhig«, sagte er. »Uns fällt schon noch was ein, um Ihren Kopf aus der Schlinge zu ziehen.« Er strich ihr begütigend über den bebenden Rücken.

Julie ließ es geschehen und genoss es sogar. Genoss es sogar in dieser Situation, sich verwöhnen zu lassen. Genoss seine Stärke und Zuversicht und seinen Geruch nach Seife und Coldcream. Sie hatte schon fast vergessen, wie gut es sich anfühlte, sich an die Brust eines echten Mannes zu schmiegen. Sein gleichmäßiger, beruhigender Herzschlag drang an ihr Ohr.

Er ließ sie gewähren, da er offenbar spürte, dass sie seine Nähe brauchte und ihm vertraute.

Oh, wie sehr hatte sie das vermisst: Sich auf jemanden stützen können, bei einem Mann Halt finden. Und es fühlte sich in diesem Augenblick sehr gut an, auch wenn es nichts mit Sex zu tun hatte.

»Was soll uns noch einfallen?«, fragte sie mit Verzweiflung in der Stimme und schloss die Augen. »Ich könnte mich höchstens umbringen und Sid die Mühe ersparen.«

»Eine ziemlich theatralische Lösung, würde ich sagen.«

Seine Stimme klang in ihrem Ohr, als würde er lächeln. Sie löste sich von ihm und schaute in sein Gesicht. Und tatsächlich: Er lächelte. Na, dachte sie, wenigstens ist nicht allen der Humor vergangen.

»Eine realistische Lösung, würde ich sagen.«

»Die meisten Menschen in Ihrer Lage denken erst an Scheidung, bevor sie an Mord oder Selbstmord denken.«

Debbies trockene Bemerkung traf einen wunden Punkt bei Julie.

»Ich denke auch an Scheidung«, sagte sie. Nur das Wort auszusprechen war schon ein befreiendes Gefühl. »Aber bei mir ist das nicht so einfach.«

Ihre Mutter hatte die Ehepartner wie Kleider gewechselt und so bei Julie ein Trauma ausgelöst. Sie hatte sich geschworen, dass sie nur einmal heiraten würde: bis dass der Tod sie scheiden würde. Und nur der Tod.

»Was soll daran schwer sein? Jeden Tag lassen sich Leute scheiden.«

»Leute vielleicht. Ich nicht.« Sie atmete tief ein und riss sich widerstrebend von Debbie los. Es war schön gewesen, aber es war vorbei. Sie musste sich der Realität stellen. »Ich werde jetzt die Polizei anrufen und den Jaguar als gestohlen melden. Dann gestehe ich Sid die Sache.«

Bei dem Gedanken ballte sich ihr Magen zusammen. Sie hatte Angst. Nackte Angst.

Wie hatte es so weit kommen können zwischen ihr und Sid?

Debbie sah Julie fragend an.

»Wie wäre das: Ich fahre Sie nach Hause, und Sie kriechen in Ihr Bett, als ob nichts gewesen wäre. Anschließend breche ich Ihre Garage auf. Wenn Sid kommt, sieht er, dass ein Wagen fehlt. Er ruft die Polizei, die kommt und stellt fest, dass die Garage aufgebrochen und der Jaguar gestohlen wurde. Schließlich wurde er ja wirklich gestohlen. Wo, ist doch egal.«

Julie starrte ihn an. Gab es doch noch Hoffnung?

»Macht man sich nicht strafbar, wenn man die Polizei anlügt?«

Er zuckte mit den Schultern. »Man macht sich strafbar, wenn man auf die Straße spuckt. Oder wenn man einen Menschen tötet. Das ist alles relativ. Ich lüge zwar die Polizei an, aber eigentlich schadet es niemandem. Die Frage ist: Wollen Sie die Polizei anlügen oder lieber Ihrem Mann die Wahrheit sagen?«

Julie schluckte. »Okay. Ich lüge die Polizei an.«

Er grinste. »Kluges Mädchen.«

Doch noch ein Zweifel erhob sein grauenvolles Haupt. »Meine Handtasche!«, rief sie. »Die war im Jaguar. Was sag ich denen bloß? Genau. Ich sage einfach, ich hätte sie da liegen gelassen. Und das stimmt ja auch. Da hab ich nicht einmal gelogen, oder?«

»Reden Sie nicht immer vom Lügen. Das sind keine Lügen. Es sind nur sorgfältig überdachte und mehrfach gefilterte Tatsachen.« Wieder umspielte ein Lächeln seine Lippen. »Willkommen auf der dunklen Seite der Macht, junger Skywalker.«

Sie lächelte nicht zurück, sondern sah ihn ernst an. »Und wenn sie die Idioten finden, die mein Auto gestohlen haben, und die erzählen der Polizei die wahre Geschichte?«

»Die finden sie nie.«

»Was macht Sie so sicher?«

»Ich bin es einfach. Glauben Sie mir. Mutter Jones und seine Leute operieren generalstabsmäßig: keine Gewalt, keine Verletzten. Es geht nur um die Fahrzeuge. Und die Polizei schaut meistens gerade weg, wenn's passiert. Die wissen schon, warum.«

Julie holte noch einmal tief Luft und sah zur Uhr

des Videorecorders: 2:15 Uhr. Sie musste sich entscheiden, es blieb keine Zeit mehr. Und sie wusste auch schon, wie sie sich entscheiden würde – trotz ihrer Eigenschaften als brave, gesetzestreue Bürgerin.

»Gehen wir. Sid kommt normalerweise gegen drei zurück.«

»Das schaffen wir. Ich hole nur noch schnell meine Handschuhe.«

»Handschuhe? Wofür brauchen Sie die denn?«

Er war schon auf dem Weg zurück ins Schlafzimmer und rief über die Schulter: »Glauben Sie, ich möchte als Einbrecher überall meine Fingerabdrücke hinterlassen?«

»Oh. Ach so«, sagte sie kleinlaut. Jetzt erst wurde ihr bewusst, dass sie drauf und dran war, sich in ein Verbrechen zu verstricken. Ein beängstigender Gedanke, musste sie sich eingestehen. Bisher hatte sie in ihrem Leben noch nicht einmal einen Groschen aus der Kirchenkollekte geklaut.

Schon stand er wieder neben ihr und stopfte sich ein Paar schwarze Strickhandschuhe in die Taschen seiner Jeans. »Alles klar? Können wir?«

Julie nickte und wandte sich zur Tür. Da sah sie Josephine in einer Ecke sitzen und freudig ein Magazin zerfleddern. Die Fetzen der Modezeitschrift waren in einem weiteren Umkreis um den Pudel verstreut. Julie erinnerte sich an den Stapel Zeitschriften, den sie zuvor gesehen hatte. Erstaunlich, dachte sie, als ihr klar wurde, dass von diesem Haufen nur Konfetti geblieben war.

Debbie war ihrem Blick gefolgt und sah nun ebenfalls die Bescherung. »Verdammt, Josephine, was soll das!«

Josephine sah auf, wedelte erwartungsfroh mit dem kurzen Schwanz und sah ganz aus wie der treueste Freund des Menschen. Hätte sie nicht mitten in einem Haufen Papierfetzen gesessen.

»Moment noch«, sagte Debbie, griff sich den Pudel und verschwand mit ihm. Julie sah dem niedlich wackelnden Stummelschwänzchen nach.

»Was haben Sie mit ihr gemacht?«, rief sie Debbie vorwurfsvoll entgegen, als er ohne Pudel zurückkam.

»Ich habe sie im Badezimmer eingesperrt. Da kann sie weniger Schaden anrichten.« Er öffnete die Haustür und trat einen Schritt zurück, um Julie den Vortritt zu lassen.

Schwülwarme Nachtluft strömte ihr von draußen entgegen und umfing Julie wie die sanften Arme eines Geliebten. Erst jetzt wurde ihr bewusst, dass sie die ganze Zeit – erst im klimatisierten Auto, dann im klimatisierten Haus – gefröstelt hatte.

»Seien Sie froh, dass Sie so ein liebes Geschöpf haben, auch wenn es Ihnen hin und wieder ein paar nutzlose Magazine zerfleddert. Ich wollte schon immer so einen Hund haben, aber Sid war strikt dagegen«, sagte sie über ihre Schulter zu ihm, als sie durch den Vorgarten zu seinem Auto liefen.

Die Straße lag verlassen da. Nichts rührte sich außer den Insekten, die einen wirren Tanz um die Straßenlaternen aufführten. In zwei Häusern waren noch Fenster erleuchtet. Nachteulen oder Schlaflose. Der Himmel wurde von einem blassen Mond und Tausenden von Sternen erhellt. Obwohl Julie verängstigt war, war sie dennoch beeindruckt von der klaren und reinen Schönheit dieser Sommernacht.

»Gar nicht dumm, dieser Sid«, sagte Debbie gerade.

»Wie können Sie das sagen?«, fragte Julie erbost, »Josephine ist doch ein so süßer Hund.«

Statt einer Antwort vernahm Julie nur ein abfälliges Grummeln. Debbie ging um das Auto herum und öffnete die Beifahrertür für Julie. Erst als sie sich richtig hingesetzt und angeschnallt hatte, schloss er von außen die Tür wieder.

Auch noch ein echter Gentleman, dachte Julie. Würde Debbie nicht unter diesen leichten sexuellen Orientierungsschwierigkeiten leiden, könnte er für viele Frauen ein echter Traummann sein.

Für sie inklusive.

Als er neben ihr am Lenkrad saß, sah sie ihn an. »Ich bin ja so nervös«, sagte sie.

»Warum? Weil Sie Ihren Ehemann belügen, oder weil Sie die Polizei belügen?« Er warf ihr einen verschmitzten Blick zu und startete den Motor.

Sie blickte scheinbar beleidigt geradeaus. »Sie sind mir auch keine große Hilfe.«

Er fuhr los und bog am Ende der Straße rechts ab. »Hauptsache, Sie bleiben bei Ihrer Geschichte: Sie sind wie jeden Abend ins Bett gegangen, haben nichts gesehen, nichts gehört und haben überhaupt keine Ahnung, was mit dem Jaguar passiert sein könnte. Dann kann Ihnen weder Ihr Mann noch die Polizei irgendetwas anhaben.«

»Sie haben gut reden«, sagte Julie. »Sie müssen ja nicht solche Märchen erzählen.«

»Wenn Sie es sich anders überlegen wollen … Es liegt ganz bei Ihnen.«

Julie dachte nur für eine Sekunde über diese Möglichkeit nach. »Nein«, stieß sie hervor und schüttelte heftig den Kopf, »ich werde lieber lügen.«

»So ist's recht! Gelobt sei, was hart macht.«

Inzwischen hatte er den Highway erreicht und fuhr Richtung Nordwest. Der Mond war hinter dem gelben Licht der Straßenlaternen vollständig verschwunden. Zu dieser Stunde waren nur wenige Fahrzeuge auf der Straße, gemessen an dem starken Verkehr, der sonst in den Sommermonaten die Einfallstraßen nach Charleston verstopfte. Für die ahnungslosen Touristen waren Hitze und Insektenschwärme offenbar nicht unerträglich genug.

Plötzlich schoss Julie ein Verdacht durch den Kopf. »Moment mal! Woher wissen Sie eigentlich, wo Sie hinfahren müssen? Ich habe Ihnen nicht gesagt, wo ich wohne.«

Für einige Sekunden sah Debbie zu ihr herüber, aber in der Dunkelheit konnte sie seinen Blick nicht deuten. »Ich habe einfach angenommen, Sie würden in der Nähe Ihrer Boutique in Summerville wohnen. Habe ich mich geirrt?«

»Nein, nein, das stimmt schon. Summerville, da wohnen wir.« Seine Antwort kam viel zu beiläufig, dachte sie misstrauisch. Oder war sie vielleicht paranoid?

Sie musste an diesen Spruch denken: Ich bin nicht paranoid, ich werde nur verfolgt. Er schien nicht unpassend für ihre Situation.

Aber ihr Misstrauen gegen Debbie war wirklich unbegründet, sagte sie sich. Schließlich hätten sie sich ohne diesen Unfall nie getroffen, und außerdem hatte er ihr bis jetzt wie ein Freund geholfen.

Freunde konnte sie gerade gut brauchen.

»Sagen Sie mir nur, wo es langgeht.« Er klang völlig sorglos und unschuldig, und weil sie ihm sowieso nicht misstrauen wollte, beschloss sie, es auch nicht mehr zu tun.

»Erste Abfahrt Summerville.«

»Da, wo es auch zur Boutique geht? Wie heißt sie doch gleich?«

»Carolina Belle.«

»Ich muss da einfach noch mal vorbeischauen. Ich meine, wenn es sich für mich lohnt und Sie auch Übergrößen führen.« Wieder schenkte er ihr ein charmantes Lächeln.

»Eigentlich bediene ich keine Laufkundschaft, sondern nur Großkunden.« Auch Julie musste lächeln, als sie versuchte, sich Debbie in einem ihrer Kleider vorzustellen. Der komische Gedanke löste ihre innere Verkrampfung etwas. »Ausrichter von Schönheitswettbewerben und die Bewerber selbst. So was in der Art.«

»Soll das heißen, dass man eine Schönheitskönigin sein muss, um bei Ihnen einkaufen zu können?«

Er schien sich ernsthaft vor den Kopf gestoßen zu fühlen.

Julie war selbst eine Veteranin in Sachen Misswahlen. Schon mit zwei Jahren hatte sie an ihrem ersten Schönheitswettbewerb teilgenommen und es später bis zur Miss South Carolina gebracht. Diese Erfahrung und die Tatsache, dass sie mit einem der erfolgreichsten und angesehensten Geschäftsmännern des Staates verheiratet war, beförderte ihr eigenes Geschäft ungemein. Sie galt als glaubwürdig und kompetent. Carolina Belle lief ausgesprochen gut, und ihr Umsatz konnte sich sehen lassen. Allerdings konnte sich das nach einer Scheidung von Sid schnell ändern, musste Julie plötzlich denken, und ihre Anspannung kehrte zurück. Im Schönheitsköniginnenbusiness war Scheidung schlicht nicht vorgesehen. Diese Wettbewerbe waren in South Carolina so beliebt und verbreitet wie Football oder Baseball. Und alle hatten den gleichen Traum: man trainiert seinen Körper, pudert sein Gesicht, rasiert seine Beine, frisiert sein Haar und bräunt seine Haut so lange, bis irgendein Märchenprinz einen vom Fleck weg heiratet und erlöst. Julie war Teil dieses Traums, und eine Scheidung von Sid könnte ihren Ruf und damit ihr Geschäft ruinieren.

Sie blickte in ihren Schoß und sah, dass sie die Hände zu Fäusten geballt hatte.

»Das Leben kann echt gemein zu einem sein«, sagte Debbie und dachte dabei wohl an die Kleider, die er nie würde anziehen können.

»Amen«, sagte Julie.

Eine Zeit lang sagte keiner von beiden ein Wort. Dann drehte sich Debbie zu Julie um.

»Also wenn Sie das nächste Mal auf die Idee kommen, Ihrem Mann nachts nachzuschnüffeln, dann lassen Sie's und engagieren Sie lieber einen Profi, klar?«

Julie wurde aus ihren düsteren Gedanken gerissen.

»Einen Profi? Was für einen Profi? Gibt es professionelle Ehemannnachschnüffler?«, fragte sie bissig.

»Schnüffler, ja, wenn Sie so wollen. Einen Privatdetektiv meine ich. Sie heuern ihn an, und er sammelt Beweise gegen Ihren Mann. Ganz einfach und für Sie wesentlich angenehmer.«

»Einen Privatdetektiv?« Julie machte große Augen. »Ich wüsste nicht einmal, wo man so einen Detektiv findet. Guckt man da einfach in den Gelben Seiten unter ›D‹? Scheint mir etwas riskant. Außerdem wissen Sie doch, wie die Leute hier sind: Jeder kennt jeden, und so was kann man schlecht geheim halten. Es wird getratscht. Und am Ende würde Sid davon erfahren.« Bei dem Gedanken schüttelte es sie.

»Nicht, wenn Sie einen Detektiv finden würden, dem sie wirklich vertrauen könnten …«

»Wenn es um Sid geht, traue ich niemandem«, sagte sie, und in ihrer Stimme lag bittere Wahrheit. Sid war ein Carlson. Und die Carlsons standen zusammen mit den Sidneys und den Oughs und den Pettigrews und den Hughleys in der gesellschaftlichen Hierarchie noch vor Gott. Sid war mit dem halben Staat verwandt oder verschwägert. Und die Hälfte, mit der er nichts zu tun hatte, zählte ganz einfach nicht. Zu dieser Hälfte gehörte auch Julies Familie.

»Mir können Sie trauen.«

»Ihnen?« Sie warf ihm einen überraschten Blick zu.

»Ja. Ich bin eine Hälfte von McQuarry & Hinkle, Privatdetektei. McQuarry, um genau zu sein.« Es klang wie das Selbstverständlichste von der Welt.

»Sie sind Privatdetektiv?« Julie konnte es nicht glauben. »Das kann nicht Ihr Ernst sein.«

»Mein voller Ernst.«

»Da wäre ich nie drauf gekommen«, sagte Julie und dachte gleichzeitig: Debbie? Eine Detektivin? Aber warum eigentlich nicht? Es schien ihr nicht weniger abwegig wie die Vorstellung, Debbie könnte ihr im normalen Leben als Sparkassenfilialleiter wiederbegegnen. Jeder musste schließlich irgendwie seine Miete bezahlen. »Und Frauen heuern Sie tatsächlich an, um ihre Ehemänner auszuspionieren?«

»Sicher. Ständig. Auch Männer. Sie wären überrascht, wie viele Frauen ihre Männer betrügen. Ich glaube, die meisten haben es schon irgendwann gemacht. Glauben Sie also nicht, dass Ihre Situation irgendetwas Besonderes wäre.«

Debbies Worte waren so ernüchternd, dass es Julie für einige Minuten die Sprache verschlagen hatte. Erst als vor ihrem Auto ein grünes Schild aus der Dunkelheit auftauchte, erwachte sie wieder zum Leben.

»Hier müssen wir runter!«, rief sie.

Sie hatte das Schild zu spät gesehen und hatte schon Angst, sie könnten die Ausfahrt verpassen, aber sie hatte den Satz noch nicht beendet, da hatte er sich auf die rechte Abbiegespur eingeordnet. Ich hatte ihm ja gesagt, es sei die erste Ausfahrt Summerville, erinnerte sie sich. Das musste er sich gemerkt haben.

Nach der Ausfahrt mussten sie an einer roten Ampel halten, dann bogen sie nach rechts in die kleine Stadt Summerville, die in tiefem Schlummer lag.

Das Städtchen wirkte mit seinen eichengesäumten Alleen und pittoresken Häusern im pseudo-griechischen Stil fast wie ein künstlich geschaffenes Feriendorf. Carolina Belle lag im Norden der Stadt. Sie bogen in die entgegengesetzte Richtung ab. Hier am Ashley River lagen einige der prachtvollsten neueren Villen der Stadt, viele von ihnen von All American Builders gebaut.

Julie sah auf die Uhr am Armaturenbrett: 2:50 Uhr. Sie kämen auf den letzten Drücker.

Je näher sie ihrem Heim kamen, desto mehr Flugzeuge hatte sie im Bauch. Es war keine Heimkehr, vielmehr wie die Ankunft eines Gefangenen in einem Gefängnis. Sie würde Sid ins Gesicht lügen. Und sie würde der Polizei ins Gesicht lügen.

Nein. Sie wollte nicht nach Hause. Sie wollte unter gar keinen Umständen wieder nach Hause. Und beinahe hätte sie Debbie aufgefordert, den Wagen zu wenden.

»Wie lange werden Sie wohl brauchen, um die Garage aufzubrechen und so zu tun, als sei der Jaguar gestohlen worden?«, fragte sie vorsichtig.

»Das geht schnell«, sagte er. »Vielleicht ein paar Minuten.«

»Mehr nicht?« Ein paar Minuten für einen Einbruch schienen lächerlich wenig, wenn man bedachte, dass das Garagentor aus Metall und das Schloss ein Sicherheitsschloss war. »Das Haus ist aber ziemlich neu und mit modernsten Schlössern ausgerüstet. Und was ist eigentlich mit der Alarmanlage?«

Eine Alarmanlage war schlecht, dachte Debbie. Wenn sie sofort losging, konnte er sogar in flagranti erwischt werden.

»Hat Sid die Alarmanlage aktiviert, bevor er das Haus verlassen hat? Oder Sie?«, fragte er.

Julie dachte nach. Alles war so schnell gegangen, und sie hatte nur daran gedacht, Sid nicht aus den Augen zu verlieren ...

»Sid aktiviert den Alarm normalerweise, bevor er ins Bett geht. Aber als ich nach im raus bin, ging der Alarm nicht los, also hat er es diesmal vergessen. Nein, der Alarm muss ausgeschaltet sein.«

Sie war sich jetzt sicher. Wenn die Alarmanlage beim Verlassen des Hauses aktiv war, musste man sie bei der Rückkehr ausschalten, bevor man eintreten konnte. Beim Vorgang des Ausschaltens gab es im Schlafzimmer immer ein Kontrollgeräusch, eine Art Piepsen. Sid wusste das und hatte sicher verhindern wollen, dass Julie durch dieses Piepsen aufwachen und so erfahren könnte, dass er weg gewesen war. Sid konnte ja nicht wissen, dass auch Julie die ganze Nacht unterwegs gewesen war. Die Alarmanlage war sowieso fast überflüssig. In Summerville gab es praktisch keine Kriminalität.

»Wenn sie aus ist, sind wir im Geschäft«, sagte Debbie.

Julie zeigte auf ein Haus, und der Blazer hielt davor. Es war eine tausend Quadratmeter große neoklassizistische Villa, die Sid selbst entworfen hatte. Das große schmiedeeiserne Tor stand immer noch offen, aber Debbie fuhr nicht hindurch.

Er beantwortete ihre unausgesprochene Frage, indem er sagte: »Den Rest laufen wir. Ich will nicht, dass sich später zufällig ein misstrauischer Nachbar daran erinnert, dass ein fremder Wagen die Auffahrt hochgefahren ist.«

»Okay.« Sie blickte sich um, konnte aber in der Dunkelheit nur die Häuser von drei Nachbarn ausmachen. Das der Macalasters, der DeForests und der Cranes. In keinem brannte Licht. Auch diese Nachbarhäuser waren von Sids Firma entworfen und gebaut worden. Alle ähnlich geschmacklos, aber teuer. Dieses Viertel, Sutherland Estates, war zur Zeit Sids bewohnte Musterhausausstellung. Deshalb mussten sie auch hier wohnen. Sobald er woanders andere Musterhäuser hingestellt hätte, würden sie dorthin ziehen.

Seit ihrer Heirat waren Sid und Julie häufig umgezogen. Sids Mutter war gestorben, als er noch ein Kind war. Sein Vater lebte mit seiner Lebensgefährtin in einem Südstaatenherrenhaus aus Bürgerkriegszeiten, und Sid hatte als einziger Sohn die begründete Hoffnung, dass er dieses Anwesen eines Tages erben würde. Warum also selbst eine feste Bleibe suchen, schien er sich zu sagen. Anfangs hatte Julie gedacht, sie würde ihn schon dazu überreden, ein richtiges Zuhause, ein eigenes Nest nur für sie zu bauen, wenn sie erst einmal schwanger wäre. Aber Sid dachte über Kinder ungefähr so wie über Hunde, und damit war auch dieser Traum geplatzt. Sie hatte sich irgendwann damit abgefunden, mit der Kinderlosigkeit und dem ewigen Umziehen.

Und mit dem Gedanken, dass sie vielleicht nicht ihr Leben lang mit diesem Mann zusammen sein würde.

Sie und Debbie stiegen aus und liefen gemeinsam auf das Haus zu. Plötzlich fiel ihr auf, dass er Handschuhe trug und ein Brecheisen in der Hand hielt. Da wurde ihr wieder bewusst, was sie gleich tun würden, und ihr wurde fast schlecht bei dem Gedanken vor Angst. Aber jetzt gab es kein Zurück mehr. Sie würde einfach versuchen, so überzeugend wie möglich zu lügen, und auf das Beste hoffen.

Da sie sowieso zu nervös war, um irgendetwas zu sagen, lief sie stumm hinter ihm über die gepflasterte Auffahrt. Die rosafarbenen und weißen Petunien, welche die Auffahrt säumten, waren zu dieser Zeit kaum mehr als graue Flecken, aber der Duft lag schwer in der Luft. Julie entnahm den Ersatzhausschlüssel einer Mulde unter einem der Pflastersteine. Hin und wieder durchdrang das Geschrei von sich balgenden Katzen und das Quaken von Fröschen den allgegenwärtigen Zikadenlärm. Die Zypressen an der Grenze zum Grundstück der Macalaster bewegten sich raschelnd, als sich irgendein nachtaktives Tier hindurchschlich. Es musste ein Tier sein, dachte Julie, denn es ging fast kein Lüftchen.

Sie erreichten die Garage. Ein langes, flaches, von

der Straße abgewandtes Gebäude mit vier gleichen weißen Toren.

»Welches ist es?«, fragte er.

Julie zeigte auf das zweite von links.

»Kinderspiel«, sagte er nach kurzem Zögern.

»Sie sind toll«, sagte Julie und meinte es so. »Ich weiß nicht, was ich heute Nacht ohne Sie getan hätte.«

»Ich tue mein Bestes«, sagte er mit diesem charmanten, schiefen Grinsen, das ihr den Kopf leicht machte. Er zog seine Brieftasche aus der Jeans und kramte eine weiße Visitenkarte heraus. »Hier«, sagte er und reichte sie ihr, »und bevor Sie das nächste Mal auf die Idee kommen, halb nackt Ihrem Mann nachzuspionieren, rufen Sie mich vorher an.«

»Klar«, sagte sie und versuchte zu lesen, was auf der Karte stand, aber es war zu dunkel. »Wegen des Schadens an Ihrem Auto rufe ich Sie dann morgen an, ja?«

»Gut.«

Eigentlich hatte sie keine Zeit zu verlieren. Sie sollte los, aber sie konnte sich einfach nicht von ihm losreißen, und so verrannen die wertvollen Sekunden.

Sie wollte den Moment nicht zerstören, wollte hier eingehüllt in den warmen Duft der Petunien bei diesem Fremden bleiben, der auf so seltsame Weise heute Nacht ihr bester Freund geworden war.

Ein Mann namens Debbie, dachte sie. Na, wenn schon. Was immer er war und wer immer er war, sie würde sich bei ihm stets sicher fühlen können, das spürte sie. In den letzten Stunden hatte dieser Mann ihr mehr Sicherheit gegeben als ihr Mann in all den Jahren ihrer Ehe. Wenn sie jetzt ginge, würde sie wieder völlig auf sich allein gestellt sein. Nur sie und ihre Probleme.

»Ich sollte jetzt wohl reingehen.«

»Ja.« Er stand da mit dem Brecheisen in den Händen, der Ausdruck seines Gesichts von der Nacht verschluckt.

Sie brachte ein gequältes Lächeln zustande. »Wenn Sie morgen in den Nachrichten hören, dass ich verhaftet worden bin, wissen Sie, dass ich eine schlechte Lügnerin bin.« Dann legte sie sanft eine Hand auf seinen Arm, stellte sich auf die Zehenspitzen und drückte ihm einen schnellen Kuss auf die raue Wange.

»Danke. Und … Sie hatten Recht: Heute Nacht habe ich wirklich einen Freund gebraucht.«

»Keine Ursache.«

Sie schenkte ihm noch ein letztes Lächeln, drehte sich dann um und ging davon.

Noch bevor sie um die Ecke der Garage verschwunden war, hörte sie das Kratzen von Eisen auf Metall.

Alles, was sie nun zu tun hatte, war, sich ins Bett zu legen, zu warten und das Blaue vom Himmel herab zu lügen, wenn Sid mit einem Tobsuchtsanfall ins Zimmer stürmte.

Mac sah, wie sie von der Dunkelheit verschluckt wurde, und fühlte sich wie ein Krimineller, der knapp dem Galgen entkommen war. Sie war süß, eigentlich unglaublich süß, wenn man bedachte, mit wem sie verheiratet war. Und sie war viel verletzlicher, als sie selbst dachte. Denn ihm war in den letzten Stunden klar geworden, dass sie keinen Schimmer hatte, mit was für einem Kerl sie da zusammenlebte.

Aber was hätte es genutzt, ihr zu erzählen, was er

über Sid wusste? Sie hätte ihm sowieso nicht geglaubt. So oder so, vielleicht war es sicherer für Julie, wenn sie nicht alles wusste. Mac hatte keine Ahnung, wie gefährlich Sid werden konnte, zumindest für Julie, aber er traute ihm alles zu.

Es war vielleicht im Moment am besten, den Mund zu halten und den Dingen ihren Lauf zu lassen. Solange sie keinen Verdacht schöpfte, war sie wahrscheinlich in Sicherheit. Und wenn sie wollte, konnte sie sich von ihm scheiden lassen, und niemand würde Schaden nehmen.

Darum gab es eigentlich überhaupt keinen Grund für ihn, sich wie ein Heckenschütze zu fühlen, der schon den Finger am Abzug hatte, um Bambi den Rest zu geben. Aber während er das Brecheisen unter das Metalltor schob und mit aller Kraft drückte, wusste er, dass rationale Überlegungen keine Rolle spielten. Er fühlte sich trotzdem verdammt schuldig.

6

Basta hatte gerade die unterste Stufe der großen Treppe in der Eingangshalle erreicht, als er hörte, wie jemand sich am Schloss der Haustür zu schaffen machte.

Er erstarrte, seine Sinne geschärft bis in die Haarspitzen, dann schaltete er die kleine Maglite-Taschenlampe aus und schlüpfte in das nächstbeste Zimmer.

Es war eine Art Büro. Als er vorhin das ganze Haus durchsucht hatte, war er auch schon hier gewesen. Nur um die Nacht nicht ungenutzt verstreichen zu lassen, falls seine Zielperson nicht mehr aufgetaucht wäre.

Aber jetzt war sie wieder aufgetaucht. Wer sollte es sonst sein?

Er stand hinter der einen Spalt geöffneten Tür des Büros und spähte konzentriert in die Dunkelheit, stets bereit, sich so schnell wie möglich zurückzuziehen. Falls dieser Jemand den großen Kronleuchter in der Eingangshalle anknipsen würde, wollte Basta auf keinen Fall angestrahlt werden. Er lauschte. Leise Schritte kamen näher, erst kaum hörbar, dann deutlicher. Wer auch immer es war, der nächtliche Besucher hatte es eilig und wollte nicht auffallen. Warum hätte er sonst bisher kein Licht angemacht?

Nach so vielen Jahren im Geschäft hatte Basta die geschärften Sinne eines Hundes. Als er jetzt tief durch die Nase einatmete, begann er zu lächeln. Der süße Duft einer Frau, da war er sich sicher.

Es musste Julie Carlson sein.

Sekunden später konnte er sie sehen, denn das Mondlicht, das durch die beiden Glasfenster neben der Eingangstür fiel, tauchte den Raum in ein sanft silbriges Licht und schimmerte auf Julie Carlsons Nachthemd. Hübsch, dachte er.

Sie verschwand aus seinem Blickfeld und ging Richtung Treppe. Er folgte ihr lautlos, war jetzt hinter ihr, hielt den Abstand, betrachtete ihre glatten, ebenmäßigen, nackten Beine, die noch weitaus reizvoller waren als das Nachthemd.

Er lächelte. Er und Julie waren ganz allein in diesem

Haus. Nur sie beide. Es war dunkel und still, und sie gehörte ihm. Ihm blieb zwar nicht lange – es musste schon fast drei sein, dachte er –, aber für sein Vorhaben benötigte er auch nicht viel Zeit. Fünf Minuten wären im Notfall mehr als genug. Schade, dass er würde hetzen müssen, aber er war Profi genug, um zu wissen, dass es nicht ums Vergnügen ging.

Nicht unter diesen Umständen.

Er ließ den Abstand zwischen ihnen etwas größer werden und ging ihr dann erneut nach, seine Tasche in der Hand. Dass keine Waffe im Haus war, wusste er. Und sie würde keine Zeit haben, zum Telefon zu greifen, um Hilfe zu holen.

Basta war von Natur aus vorsichtig, und jetzt, da sie die oberste Stufe der Treppe erreicht hatte, war er sicher, dass sie ihn nicht bemerkt hatte. Offensichtlich wollte sie ins Schlafzimmer gehen. Ein ziemlich protziger Raum, wie Basta auf seinem Rundgang festgestellt hatte, mit Leopardenüberwurf auf dem riesigen Bett und zwei angrenzenden Badezimmern mit jeweils einem Jacuzzi. Eigentlich wirklich schade, dass er das alles aus Zeitmangel nicht mehr mit Julie würde nutzen können, dachte er.

Er würde nur eine Minute brauchen, um sie zu packen, auszuziehen und auf dem Bett festzubinden. Dann hätte er seinen Spaß und würde ihr anschließend den Rest geben.

Morgen würde er den Rest seines Honorars einstreichen und wieder in sein normales, unauffälliges Leben eintauchen. Und da war ja auch noch ein Fischerboot mit seinem Namen auf dem Rumpf.

Sie war schon im Schlafzimmer verschwunden, als er die oberste Stufe erreichte und sich dabei einbildete, das Rascheln von seidener Bettwäsche und das leise Ächzen der Matratze und ihren irgendwie erregten Atem zu hören.

Gleich wird sie noch mehr nach Luft schnappen, dachte er grinsend.

Doch das Grinsen verging ihm, als er von draußen ein Geräusch wahrnahm … Die Garage, dachte er und runzelte die Stirn. Es kam von der Garage, keine Frage.

War ihr Mann schon zurück? So früh?

Das erste Mal war Basta unentschlossen, was er tun sollte: Seine Zielperson lag keine zehn Meter von ihm entfernt und war ihm hilflos ausgeliefert. Er konnte sie hören, riechen, fast schmecken, so nah war sie. Der Wunsch, die Sache hinter sich zu bringen, war fast übermächtig in ihm.

Und er würde es tun, schwor er sich. Nur leider nicht in dieser Nacht.

Er fluchte stumm in sich hinein, als ihm die einzig mögliche Entscheidung in dieser Situation klar wurde. Die Geräusche von der Garage hatten seine Pläne zunichte gemacht.

Er musste das Haus sofort verlassen.

Er machte auf dem Absatz kehrt, schlich schnell und leise die Treppe hinunter und in Richtung der Tür, durch die er eingedrungen war.

Julie Carlson hat ja keine Ahnung, wie viel Glück sie heute hatte, dachte er dabei.

Ihr Leben war gerade um einen Tag verlängert worden.

7

Sid betrog sie. Julie wusste das so sicher, wie sie ihren Namen wusste, aber dass sie diese Erkenntnis so schmerzen würde, hatte sie sich nicht vorstellen können. Sie hatte ein Gefühl in der Brust, als würde sie von einer Würgeschlange langsam erdrückt.

Um siebzehn Minuten nach drei war er letzte Nacht die Treppe heraufgepoltert und in ihr Zimmer gestürmt. Dass er nach einem seiner nächtlichen Ausflüge überhaupt nach oben gekommen war – und sich dabei auch noch so beeilt hatte –, sagte ihr, dass er das Fehlen des Jaguars sofort bemerkt hatte. Julie hatte es vorausgesehen. Sie tat, als schliefe sie, was nicht einfach war, weil ihr das Herz bis zum Hals schlug und sie gleichzeitig das Gefühl hatte, als bekäme sie keine Luft. So lag sie auf der Seite, die Decke bis zur Nasenspitze hochgezogen, und spähte unter fast geschlossenen Lidern in Richtung Tür, als er diese aufriss. Für Sekunden blieb er schwer atmend in der Tür stehen und starrte die scheinbar schlafende Gestalt an. Wie immer trug er einen dunklen Anzug. Den zog er auch im Hochsommer an, weil er nichts davon hielt, »sich zu entspannen«. Erstaunlich war, dass ihm seine schmale, drahtgefasste Brille schief auf der Nase saß, denn in solchen Dingen war Sid ein Pedant. Auch in seiner Ernährung, die einem strengen Plan folgte. So war er zwar knapp eins achtzig groß, aber sehr schlank. Trotzdem wirkte er beinahe gefährlich, so wie er in diesem Augenblick im Türrahmen stand.

Lächerlich, hatte Julie gedacht. Sid war alles Mögliche, nur nicht gefährlich.

Jedenfalls bis zu diesem Zeitpunkt nicht.

Also hatte sie dagelegen, die Luft angehalten und auf seinen unvermeidlichen Wutausbruch gewartet, bis ihr eingefallen war, dass sie ja so tun musste, als würde sie schlafen.

Atmen, sagte sie sich, ganz ruhig atmen …

Auf jeden Atemzug hatte sie sich konzentriert und versucht, einen realistischen Rhythmus einzuhalten. So war das vielleicht eine Minute gegangen. Dann hatte Sid plötzlich tief geseufzt, sich umgedreht und war gegangen.

Einfach so.

Bis heute Morgen um kurz vor neun hatte er kein Wort über den Jaguar verloren. Normalerweise ging er um diese Zeit zur Arbeit, und sie kam vom Joggen. Doch an diesem Tag hatte sie aufs Joggen verzichtet, damit nicht sie es wäre, die das Fehlen des Jaguars bemerken konnte. Das blieb ihm überlassen, als er zur Arbeit fahren wollte.

Außer sich raste er von der Garage zurück ins Haus, schleifte sie fast mit sich zurück zum Tatort und fluchte und tobte und schrie genau so, wie Julie es erwartet hatte. Nur mit etwa sechs Stunden Verspätung.

Der Mann hat einen Oscar verdient, dachte sie zynisch bei sich.

Und sie würde den als beste Nebendarstellerin verdienen. Denn ihre Rolle forderte in diesem Moment ebenfalls ein großes Maß an gekünstelter Überraschung, Verwirrung und vollkommener Ahnungslosigkeit. Was konnte bloß mit dem Jaguar geschehen sein? Während sie sich ans Drehbuch hielt, kam sie sich vor wie *Kevin*, der *allein zu Haus* ist und die Hände vors Gesicht schlägt.

O nein, das Auto ist gestohlen worden!

Während sie sich einerseits dumm stellte und andererseits versuchte, den schäumenden Sid zu beruhigen, wurde ihr noch etwas anderes in aller Deutlichkeit klar: Ihre Ehe war am Ende. Tot. Denn wäre sein nächtlicher Ausflug harmlos gewesen, hätte er letzte Nacht um siebzehn nach drei nicht gezögert, sie gleich mit seinem Geschrei zu wecken.

Erwischt, dachte sie und sah ihn direkt an. Aber diese Erkenntnis gab ihr kein bisschen Befriedigung. Sie hatte Sid nie bei irgendetwas erwischen wollen. Sie wollte für alle Zeiten glücklich mit ihm zusammenleben, so wie die acht Jahre zuvor.

Nur dass er offensichtlich in all der Zeit gar nicht so glücklich gewesen war. Genauso wenig wie sie.

Sie beobachtete Sid und seinen Wutausbruch so interessiert und zugleich distanziert wie ein merkwürdiges Tier im Zoo. Wer war der Mann mit dem dünner werdenden Haar, den kalten grauen Augen und dem smarten Gesicht? Julie wurde klar, dass sie Sid nicht wieder erkannte.

Oder sie hatte ihn vielleicht nie wirklich gekannt, hatte ihn in ihrem unendlichen Optimismus vielleicht immer nur als den Mann gesehen, den sie in ihm sehen wollte.

Sids Laune verschlechterte sich zusehends. Seine Beleidigungen waren jetzt nicht nur gemein, sondern auch persönlich verletzend. Aber auch trotzig wie bei einem kleinen Jungen, der wütend war, weil er nicht bekam, was er wollte. Jedenfalls war es lächerlich, mit anzusehen, wie er mit den Fäusten gegen Küchenschränke trommelte und mit den Füßen aufstampfte.

Offenbar hatte er eine andere Reaktion von Julie erwartet, denn während sie in der Küche auf die Polizei warteten, fragte er sie mit schneidender Stimme:

»Dir ist das wohl völlig egal, was?« Mit präzisen Bewegungen schnitt er dabei eine Banane in exakt gleich große Scheiben, um sich daraus einen Gesundheits-Milchshake zu machen. Er hatte sich in der Zwischenzeit einen frischen dunklen Anzug angezogen. Sie saß im Bademantel am Küchentisch.

»Sid, es ist doch nur ein Auto«, sagte sie kühl und drückte auf den Knopf, der den Mixer in Gang setzte.

Er hatte bei ihrer Antwort aufgehört, die Banane zu schneiden, und sah sie an. In seinem Gesicht breitete sich eine Farbe aus, die an die Tomaten auf der Fensterbank erinnerte.

»Nur ein Auto? Nur ein Auto?! Das war ein verdammter Jaguar, du dumme …« Er unterbrach sich und atmete tief durch. »Aber warum solltest du das zu schätzen wissen. Du hast noch nie etwas zu schätzen gewusst, das von mir kam. Du weißt dein Fünfzigtausend-Dollar-Auto genauso wenig zu schätzen wie dieses Eine-Million-Dollar-Haus und den Lebensstil, den ich dir ermögliche und der Lichtjahre von dem entfernt ist, was du dir in deiner Vergangenheit zwischen Wohnwagen und Müll je hättest erträumen können.«

In diesem Moment trafen zwei Polizisten ein, was vielleicht ein Glück für Sid war, denn Julie war drauf und dran, ihm als Antwort den Mixer um die Ohren zu schlagen. Das Gute an ihrer Wut war, dass es ihr in dieser Stimmung überhaupt nichts mehr ausmachte, die Polizei anzulügen. »Nein, Officer, ich habe gar nichts gehört.« Alles, woran sie während der Befragung denken konnte, war, wie sie Sid am schmerzvollsten umbringen konnte. Die Frage, wie sie ihre Ehe noch retten könnte, war hingegen vollkommen aus ihren Gedanken verschwunden.

Bedauerlich fand sie das nicht.

Schließlich verließen die Polizisten und Sid das Haus, und Julie blieb allein zurück.

Die Gelegenheit zum Nachdenken, sagte sie sich. Denken war immer noch besser, als Sid einen Baseballschläger über den Schädel zu ziehen. Immerhin gab es vielleicht die verschwindend kleine Chance, dass Sid letzte Nacht doch nur etwas ganz Harmloses unternommen und sie nicht betrogen hatte. Aber was?

Hatte er ein Geschenk für sie zum dreißigsten Geburtstag kaufen wollen? Unwahrscheinlich. Erstens hatte sie erst im November Geburtstag, und zweitens verließ er das Haus weit nach Ladenschluss. Hatte er heimlich einen Nebenjob als Betreuer von Obdachlosen bei der Heilsarmee angenommen? Für die Mitternachtsschicht? Nein, so selbstlos war Sid nicht. Hatte er eine einsame, junge Hausfrau gefickt, deren Mann Schicht arbeitete? Bingo! *So* selbstlos war Sid.

Einen Tusch für die Kandidatin!

So oder so, sagte sie sich, gab es die richtige oder die falsche Art, eine Ehe zu beenden. Und eine dumme und eine clevere Art dazu. Wenn ihre Ehe schon am Ende war, dann wollte sie ihr den Todesstoß versetzen und es auf die clevere Art machen, schwor sie sich.

Und dazu war es nötig, dass sie sich erst einmal beruhigte und den Tag wie jeden anderen anging. Mit ihrer sterbenden Ehe wollte sie sich später in Ruhe befassen. Jetzt musste sie einen Kundentermin um halb elf einhalten, sie war sowieso schon spät dran. Außerdem war da noch der Ärger wegen ihrer gestohlenen Brieftasche. Sie musste ihre Bank und die Kreditkartenfirma informieren und einen neuen Führerschein beantragen.

Sie war schon aus dem Haus und auf dem Weg zur Garage, als ihr einfiel, dass der Jaguar nicht mehr da war. Mist, dachte sie. Nicht genug, dass das Leben ihr zur Zeit eine Ohrfeige nach der anderen austeilte, jetzt stand sie auch noch ohne fahrbaren Untersatz da. Wütend machte sie kehrt und ging zurück ins Haus, um ein Taxi anzufordern.

Typisch Sid. Der hätte auch dran denken können, dass sie ins Geschäft musste.

Bei Sid stand immer Sid im Mittelpunkt. Lange Zeit hatte Julie das nicht bemerkt, weil auch bei ihr Sid im Mittelpunkt stand.

Vorbei. Nun zählte für Julie nur noch Julie.

Und was auch immer passieren mochte, sie würde es mit hoch erhobenem Kopf ertragen, lächeln und das Beste daraus machen.

Das mit dem Lächeln musste sie wohl noch etwas üben, denn als sie die Tür zu ihrem Geschäft aufstieß und in den blendend weißen Showroom trat, sah ihre Assistentin Meredith Haney ihr mit schreckgeweiteten Augen entgegen. »Was ist denn mit Ihnen passiert?« Sie ließ das blaue Wettbewerbskleid los, das sie soeben auf einen Bügel gehängt hatte. Meredith war klein, blond, Mitte zwanzig und ehemalige Miss Marion County.

Wenn so offensichtlich etwas nicht stimmte, sagte sich Julie, dann hatte leugnen keinen Zweck. Warum also nicht die halbe Wahrheit sagen?

»Letzte Nacht wurde mein Auto gestohlen«, sagte sie im Vorübergehen. Sie hatte schon fast ihr Büro erreicht, als sie sich noch mal nach Meredith umdrehte. »Ist der Halb-elf-Termin schon da?«

»Der Jaguar?«, rief die kleine Blonde fassungslos, indem sie die Frage völlig ignorierte. »Mein Gott, wie konnte das passieren? Auf offener Straße? Mit vorgehaltener Waffe? Wurden Sie ...«

»Er wurde aus meiner Garage gestohlen.« Ungeduldig stellte Julie ihre merkwürdig leichte Handtasche unter den Schreibtisch in ihrem Büro und zog die oberste linke Schublade auf. Da war sie. Griffbereit. Nur für besondere Notfälle. Und dies war einer.

»O mein Gott!«, plapperte Meredith und stand mit aufgerissenen Augen und in ihrem ärmellosen Denimkleid, das sehr reizvoll an ihr aussah, am Eingang zu Julies Büro. »Da sind Sie aber bestimmt ziemlich sauer, was?«

»Sauer? Ja, ich bin sauer. Ich bin sogar stinksauer«, sagte Julie und wechselte dann abrupt das Thema. »Ist alles für halb elf bereit? Wo ist Amber?« Amber, die zwanzigjährige, brünette, ehemalige Miss Rauschgoldengel, war ihre zweite Assistentin. Julies Ton war schroff, denn sie wollte Meredith loswerden und noch ein paar Minuten für sich haben, ehe sie sich in die Arbeit stürzte.

»Sie hat angerufen und gesagt, sie käme etwas später, weil sie ein kleines Problem mit ihrem Wagen hätte.« Meredith klimperte mit den Lidern und fügte dann hinzu: »Nicht so schlimm wie Ihr Problem. Sie hat nur einen Platten, soviel ich weiß. Jedenfalls ist alles für den Termin vorbereitet. Es ist übrigens Carlene Squabb.«

Auch das noch. Carlene Squabb. Als ob der Tag

nicht schon schlimm genug angefangen hätte. Jetzt musste sie Meredith aber wirklich so schnell wie möglich loswerden.

»Bis sie kommt, könnten Sie doch …« Weiter kam Julie nicht, da verkündete die Türglocke, dass jemand ins Geschäft gekommen war.

»Ach, das wird Carlene sein«, plapperte Meredith fröhlich, drehte sich um und ging in den Showroom.

Endlich war Julie allein.

Sie riss die Schreibtischschublade auf, griff nach der Notfall-Schokoladentafel, riss das Papier und die Folie herunter und biss hinein.

Es folgte ein wunderbarer Moment der Stille, in dem die Schokolade in ihrem Mund zart schmolz, alle Geschmacksnerven erreichte und die Sinne jubilieren ließ. Es war fast wie Ekstase.

»Julie Ann Williams, isst du etwa Süßigkeiten?« Die empörte Stimme ihrer Mutter ließ Julie aus ihrem Traum erwachen. Sie brauchte einen Augenblick, um die rundliche Frau mit den schockierend roten Haaren vor ihrem Schreibtisch zu erkennen. Dann schluckte sie die Schokolade hinunter.

»Süßigkeiten, genau, Mama«, sagte sie und biss vor den Augen ihrer Mutter ein weiteres Mal provozierend genüsslich in die Tafel. Selbst ohne die rot gefärbten Haare hätte sie ihrer Tochter nicht besonders ähnlich gesehen. Sie hatte ein breiteres Kinn, unregelmäßige Gesichtszüge und braune Augen unter viel Schminke. Julie kam nach ihrem Vater, wie ihre Mutter immer leicht wehmütig bemerkte. Der hätte wahrlich eine Menge schlechter Eigenschaften gehabt, aber er hätte verdammt gut ausgesehen, fügte sie dann stets noch hinzu.

»Sekunden auf den Lippen, für immer auf den Rippen.«

»Mama, ich habe Taille sechsunddreißig.«

»Das meine ich ja.«

»*Mama*, was?«

»Als du die Misswahlen gewonnen hast, hattest du Taille zweiunddreißig.«

»Aber das ist schon acht Jahre her.«

»Dann willst du also alle acht Jahre eine vier Nummern größere Taille haben? Ich frag ja nur, Schatz, ich kenne das nämlich, weil mir genau dasselbe passiert ist. Sieh mich an. Ein bisschen Kuchen hier, einen Hamburger da und *Bingo!* Heute habe ich zweiundvierzig.«

Julie war vom Fach und konnte mit einem Blick erkennen, dass ihre Mutter eher sechsundvierzig hatte. Aber so eine Lüge war normal bei ihr. Wenn es um so etwas wie Alter, Gewicht, Schuhgröße oder die Zahl der abgelegten Ehemänner ging, log Dixie Clay immer, dass sich die Balken bogen. Egal. In diesem Fall hatte ihre Mutter Recht.

Das Schuldgefühl erreichte Julies Gewissen in dem Moment, als der Zucker die Blutbahn erreichte. Sie konnte nicht jedes Mal, wenn sie Frust schob, Schokolade in sich hineinstopfen. Schließlich war es gut möglich, dass sie sich bald nach einem neuen Mann würde umsehen müssen. Also legte sie die restliche Schokolade wieder in die Schublade und schob diese leise zu.

Dann blickte sie ihrem einzigen lebenden Elternteil ins Gesicht. »Was willst du?«

Dixie Clay beugte sich vor und stützte sich mit ihren Händen auf den Schreibtisch: Rote Fingernägel auf schwarzem Acryl. »Ich habe gehört, dass dein Wagen gestohlen wurde«, sagte sie und sah dabei ihre Tochter abschätzend an.

Julie trug ein schlichtes weißes Kleid, und daran, so dachte sie, würde ihre Mutter sicher etwas auszusetzen haben. Dixie Clay war nicht für das Schlichte. Sie war für das Knallige, und was immer sich sonst an ihr in den Jahren geändert haben mochte, ihr Modegeschmack war gleich geblieben: bunt und laut. Genau wie sie selbst. An diesem Tag trug sie weiße, eng anliegende Leggins und darüber eine lange, zeltartige Bluse in Lila, Orange und Weiß, dazu weiße High Heels. Um den Hals hatte sie eine goldene Kette, an der eine von Strass glitzernde Sonnenbrille hing. An den Ohren baumelten Anhänger, die wie kleine Kronleuchter aussahen. Nein, schlicht war sicher nicht das richtige Wort, um Dixie Clay zu beschreiben. Sie fiel zweifellos auf.

Schon als Julie ein Kind war, hatten sich die Menschen nach ihrer Mutter umgedreht, obwohl sie natürlich nie im herkömmlichen Sinne eine Schönheit gewesen war. Aber sie hatte was.

Für Sid war Julies Mutter nur vulgär. Ein Grund mehr, ihn loszuwerden, dachte Julie bitter.

Plötzlich verspürte sie den Drang, sich ihrer Mutter anzuvertrauen, ihr alles zu erzählen, was passiert war. Aber wenn sie es täte, würde sie den freigelassenen Geist nie mehr in die Flasche zurückbekommen. Dixie wäre schockiert – und fasziniert. Und sie würde unter dem Siegel der Verschwiegenheit jedes Detail erfahren wollen und später jedes Detail Julies Schwester Becky unter dem Siegel der Verschwiegenheit weitererzählen. Und wenn die Geschichte ihre Mutter genug aufregte, brächte sie es sogar fertig, Sid zur Rede zu stellen. Und das musste Julie unter allen Umständen vermeiden.

Also sagte sie nur knapp: »Ja. Letzte Nacht. Wie hast du es so schnell erfahren?«

»Von Becky. Und die weiß es von Kenny.«

»Oh.« Kenny war Beckys Angetrauter. Außerdem Vizepräsident in Sids Firma und ihm damit sehr nahe. Als Sid heute Morgen ins Büro gefahren war, hatte er Kenny sicher von dem Diebstahl erzählt. Der hatte dann gleich seine Frau informiert, die wiederum ihre Mutter auf dem Laufenden gehalten hatte, die sich sofort nach Erhalt dieser aufregenden Neuigkeit ins Auto geschwungen hatte, um ihrer jüngeren Tochter beizustehen. Ein gut funktionierendes Buschtrommelsystem.

»Gestohlen? Direkt aus eurer Garage? Und du hast nichts gehört?«

Julie unterdrückte ein Seufzen. »Ich habe geschlafen.«

»Sid muss ja ausgeflippt sein, als er davon erfuhr«, sagte Dixie, und diesmal lag mehr Besorgnis als Sensationslust in ihrer Stimme. Erneut hatte Julie für Augenblicke den Drang, sich ihr anzuvertrauen. Dann war es wieder vorbei.

Denn in diesem Moment kündigte die Türglocke einen neuen Kunden an. Durch den Gong gerettet, dachte Julie.

»Du hörst ja«, sagte sie zu ihrer Mutter, »ich habe zu tun.«

In der Tür zu ihrem Büro erschien Meredith. »Julie? Carlene Squabb für dich.«

Es kostete Julie alle Kraft, bei dieser Nachricht erfreut zu lächeln. Und sie brauchte wirklich dringend noch eine Portion Schokolade. Schließlich hatte ihr Tag auf übelste Weise angefangen. Sie hatte sich die Schokolade redlich verdient, und ein Biss würde sie nicht zu einer lebenslangen Sklavin von Übergrößen machen, oder?

»Kümmere dich bitte um Carlene, Meredith. Ich komme sofort nach.«

Meredith nickte und verschwand. Aus dem Showroom drangen einzelne Gesprächsfetzen zwischen ihr und Carlene.

Julie hatte die Hand an den Griff der obersten Schreibtischschublade gelegt, ihre Knöchel traten weiß hervor. »Mama …«

»Na gut, aber vergiss bitte nicht, dass du um zwei bei Becky sein wolltest. Ich hoffe, du hast schon ein Geschenk besorgt.«

»Malibu Barbie«, sagte Julie. Kelly, die vierjährige Tochter von Becky und Kenny, hatte Geburtstag und würde heute ihre erste Party feiern. Julie hatte ihrer Schwester versprochen, bei Vorbereitung und Durchführung zu helfen.

»Genau das Richtige. Kommt Sid auch?«

Julie schüttelte den Kopf. Schon wenn sie nur diesen Namen hörte, drehte sich ihr der Magen um. Verdammt, dachte sie, wenn ich mich von ihm scheiden lasse, schmeißt er sicher Kenny raus. Dann wäre Schluss mit dem schönen Leben für ihn und Becky und Kelly und den sechsjährigen Erin.

»Nein, er hat zu tun.«

»Er hat in letzter Zeit eine Menge zu tun.« Dixie musterte ihre Tochter, ließ ihren Blick über sie wandern, dann kam sie einen Schritt näher, streckte die

Hand aus und sagte in einem Ton, der keinen Widerspruch duldete: »Julie, die Schokolade.«

Erst der Wagen und jetzt wurde sie schon wieder überfallen, dachte Julie. Aber ihr war inzwischen alles gleich. Sie öffnete die Schublade, nahm die Schokolade heraus und überreichte sie zögernd wie ein wichtiges Beweisstück in einem Sensationsprozess.

»Also dann um zwei bei Becky«, sagte ihre Mutter zufrieden, während sie die Schokolade in ihrer Handtasche verschwinden ließ und sich umdrehte, um das Büro zu verlassen. Doch sie hielt noch einmal inne und drehte sich um. »Ehe ich's vergesse, ein guter Rat von mir: Du solltest noch einen Schal oder etwas Ähnliches umlegen, Liebes, das Kleid ist doch ein wenig farblos.«

»Ja, Mama.« Julie wusste schon seit langem, wie absolut sinnlos es war, sich mit ihrer Mutter zu streiten. Also ließ sie es bleiben. Stattdessen sagte sie stets zu allem, was ihre Mutter von ihr verlangte, ja und amen und machte dann trotzdem, was sie wollte. Sie sagte auf Wiedersehen, schloss die Tür hinter Dixie und starrte dann gedankenverloren aus dem Fenster auf die belebte Straße. Warum war ihr so kalt, wenn da draußen die Welt in der Hitze des Tages flirrte? Sie schloss für einen Moment die Augen, machte sie dann entschlossen wieder auf und schüttelte sich. Genug gejammert, sagte sie sich. Nur Weicheier jammerten.

Sie verbannte alle Gedanken an Sid und Schokolade aus ihrem Kopf und verließ ihr Büro, um in den Showroom zu gehen. Als sie eintrat, versuchte Meredith gerade, Carlene Squabb ein scharlachrotes Ballkleid über den störrischen Lockenkopf zu ziehen.

»Mein Gott«, sagte Carlene, als ihr Kopf aus dem Ausschnitt hervorkam, »Sie könnten sich ruhig ein bisschen beeilen. Ich brauche dringend eine Zigarette.«

Weil der Raum rundherum verspiegelt war, sahen Julie, als sie eintrat, unendlich viele Carlenes ungeduldig entgegen.

Julie begrüßte Carlene höflich, aber kühl, nickte Meredith zu und übernahm. Das Kleid war eine von Julie selbst entworfene Spezialanfertigung für Carlene, die gute Chancen hatte, am folgenden Samstag den Preis der Miss Southern Beauty zu gewinnen. Und wenn sie diesen Wettbewerb für sich entscheiden könnte, wären als Nächstes die Ausscheidungen für den Miss-America-Titel dran. Danach wollte Carlene Miss World werden. Was ihr Aussehen anging, konnte sie das durchaus schaffen, dachte Julie, Hauptsache, sie hielt möglichst lange ihren Mund. Und auch ihr Kleid könnte es am Körper von Carlene Squabb bis zu den höchsten Weihen schaffen. Eine bessere Werbung für ihr Geschäft konnte es gar nicht geben.

»Noch einen Moment Geduld«, sagte Julie, als sie den Reißverschluss am Rücken hochzog. Es war wirklich eine ganz besondere Schöpfung, der Gipfel von Julies Kreativität. Sowohl Carlene als auch ihre Managerin waren hin und weg gewesen, als Julie ihnen die Entwürfe gezeigt hatte. »Ich denke, wir werden ohne weitere Änderungen auskommen, denn …«

Sie hatte den Reißverschluss halb hochgezogen, als es ihr mit einem Mal die Sprache verschlug. Die Strecke, die sie bereits verschlossen hatte, war aufgeplatzt. Zwischen den sauber gearbeiteten Verschlussnähten glänzte straffe, braune Haut.

Geplatzt, dachte Julie. Wie war das möglich? Schließlich war das Kleid maßgeschneidert, und Carlene hatte so kurz vor dem Wettbewerb kaum zugenommen. Es sei denn …

Julies Blick wanderte vom Kleid auf Carlene und von Carlene auf deren allgegenwärtiges Spiegelbild. Alles war so, wie es sein sollte. Das Kleid klebte sozusagen an diesem Körper, den Oberschenkeln, der Hüfte und der Taille bis hoch zu den Brüsten, die wie zwei wunderbare reife Orangen … Moment mal, sagte sich Julie. Vor zwei Wochen waren es wirklich noch Orangen gewesen, jetzt erinnerten Carlene Squabbs Brüste eher an Melonen!

»Sie haben sich die Brust vergrößern lassen«, platzte es aus Julie heraus. Sie konnte es nicht fassen.

»Ja, letzten Freitag«, sagte Carlene, die sich offenbar geschmeichelt fühlte. »Sieht toll aus, oder?«

Und damit drehte sie sich hin und her und schob ihre im wahrsten Sinne des Wortes hervorragenden Brüste ins beste Licht.

Julie beachtete diese Pose nicht. »Der Wettbewerb beginnt am Donnerstag«, murmelte sie. »Da bleiben also noch vier Tage.« Wenn es nur das Kleid gewesen wäre. Aber da war auch noch der Badeanzug und das konservative schwarze Kleid für die Gespräche mit den Juroren und das freche Sommerkleid für das Pressefrühstück. Sie alle mussten den neuen Brüsten angepasst werden. »Ich werde alles noch einmal ändern müssen«, sagte Julie tonlos.

»Das wird ja wohl kein Problem sein, oder?«, sagte Carlene und zog dabei ein Schnütchen im Spiegel.

Julie überlegte fieberhaft. Sie überschlug den Gewinn des Gesamtauftrags, sie kalkulierte Carlenes Siegeschancen und in wie viel Stunden es sich in der Schönheitsbranche herumsprechen würde, dass sie den Auftrag geschmissen hätte, weil sie es nicht schaffte, die Kleider zu ändern. Sie dachte auch wehmütig an die Schokolade, die noch vor kurzem in ihrem Schreibtisch auf sie gewartet hatte. Doch am Ende all dieser Überlegungen siegte der Ehrgeiz über den Zweifel, sie riss sich zusammen und brachte sogar ein höchst überzeugendes, professionelles Lächeln zustande.

»Ein Problem? Nein, sicher nicht. Aber ich muss mich ranhalten. Zunächst einmal müssen wir eine völlig neue Anprobe mit Ihnen machen und ...«

»Julie? Sie werden am Telefon verlangt. Es ist Mr. Carlson.« Für die Unterbrechung sorgte Julies zweite Assistentin Amber, die eine gute halbe Stunde zu spät zur Arbeit gekommen war. Dass Julie diese Disziplinlosigkeit heute überhaupt nicht interessierte, war nur ein Zeichen dafür, wie grausam dieser Tag ansonsten war.

»Danke, Amber«, sagte Julie und begann sich die Schläfen zu massieren. »Meredith? Bitte nimm noch einmal an Ms. Squabbs Brust Maß und markiere das Kleid. Dann machst du dasselbe mit dem Badeanzug. Amber soll dir helfen. Ich komme gleich wieder.«

»Mein Gott, wie lange dauert denn das«, quengelte Carlene und griff nach ihren Zigaretten.

»Tut mir Leid«, sagte Julie bestimmt, »aber in diesem Geschäft ist das Rauchen verboten, wie Sie wissen. Rauch setzt sich in den Kleidern fest, und das macht bei den Juroren einen schlechten Eindruck.«

»Scheiße«, sagte Carlene.

Wahre Schönheit kommt von innen, dachte Julie auf dem Weg in ihr Büro.

Und jetzt sollte sie mit Sid sprechen? Julie starrte auf das Telefon wie auf eine tödliche Schlange. Sie wollte nicht mit ihm sprechen. Nie mehr. In ihrem ganzen Leben. Aber es half nichts. Sie sah das Signal leuchten, das ein wartendes Gespräch anzeigte, und es würde nicht weggehen. Sie nahm den Hörer ab und drückte den Knopf.

»Hallo?«

»Hast du meine Hemden aus der Reinigung geholt?« Mein Gott, dachte Julie. Seine Stimme war ihr so vertraut, und doch glaubte sie, einem Fremden zuzuhören. Einem lügenden, betrügenden fremden Wurm.

»Kaum. Ich habe kein Auto, wie du dich erinnern dürftest.« Ihre Stimme war eiskalt.

»Verstehe, aber denk bitte dran, sie noch zu holen, bevor du nach Hause kommst, ja?« Als ob er ihr überhaupt nicht zugehört hätte. »Ach ja, und du hast doch die Benefizauktion heute Abend nicht vergessen, hoffe ich. Dad und Pamela kommen auch.«

Richtig, dachte sie und verdrehte die Augen. Verdammt, das Letzte, was sie jetzt brauchte, war, Sids Vater und seiner Freundin die liebende Ehefrau vorspielen zu müssen.

»Ich habe übrigens die Versicherungsgesellschaft angerufen, und sie schicken noch heute Vormittag jemanden mit einem Scheck vorbei.« Sid sagte das in einem plötzlich wesentlich freundlicheren Ton. Julie vermutete, dass jemand in sein Zimmer gekommen sein musste. Und tatsächlich hörte sie Sid »Danke, Heidi«, sagen, und da wusste sie, dass seine Assistentin Heidi Benton ihm gerade etwas gebracht hatte.

»Na prima«, sagte Julie trocken.

»Du bist wütend auf mich, stimmt's?« Sid seufzte,

und Julie hörte immer noch Heidi im Hintergrund mit Papieren rascheln. »Du bist wütend, weil ich dich heute Morgen angeschrien habe, was ich nicht hätte tun sollen.«

»Nein, das hättest du nicht.« Julie schenkte ihrem Mann ein Raubtierlächeln, das er leider nicht sehen konnte. Er war nur deshalb so feinfühlig, weil Heidi im Raum war, das wusste sie. »Ach ja, und danke, dass du mich in deinem Auto mit in die Stadt genommen hast«, fügte sie noch hinzu.

»Tut mir Leid, okay? Ich war einfach sauer, weil der Jaguar weg war.« Seine Stimme rutschte um eine Oktave nach unten. »Ich liebe dich, Julie.«

Julie traute ihren Ohren nicht. Diese drei Worte hatte sie während ihrer Ehe so selten zu hören bekommen, dass sie nur zwei Möglichkeiten als Grund für diesen Gefühlsausbruch sah: Entweder er spielte für die anwesende Heidi, oder sein schlechtes Gewissen rührte sich nach dem gestrigen Seitensprung bei ihm. Bevor sie etwas erwidern konnte, legte er den Hörer auf. Zum Glück, dachte sie. Julie hätte sowieso nicht gewusst, was sie hätte sagen sollen.

Vielleicht litt sie wirklich an Verfolgungswahn, aber irgendwie erschien ihr dieses »Ich liebe dich« noch verdächtiger als die fehlenden Viagra-Pillen.

In diesem Augenblick wurde ihr klar, dass sie endgültig Gewissheit darüber haben wollte, was Sid nachts tat, nachdem er sich aus dem Haus geschlichen hatte. Wenn er tatsächlich einfach nur ein treuer Ehemann war, der unter Potenzschwäche und Schlaflosigkeit litt, würde sie damit leben können, das wusste sie. Und sie würde weiterhin mit Geduld und Reizwäsche an ihrer Ehe arbeiten.

Wenn es nicht so war, musste sie den Mann loswerden. Ebenfalls endgültig.

Ihr war speiübel, als sie ihre Handtasche nahm und die Visitenkarte herausholte, die sie in der Nacht zuvor entgegengenommen hatte. Diesmal, dachte sie, würde sie den guten Sid von einem Profi ausspionieren lassen.

Sie wählte und lauschte dem Freizeichen. Einmal, zweimal …

Dann eine Frauenstimme: »McQuarry und Hinkle, Privatdetektei.«

Julie atmete tief durch, dann sagte sie: »Guten Tag. Ich möchte gerne mit Debbie sprechen.«

8

»Debbie?«, fragte Rawanda ratlos.

Mac hatte gerade vor seinem Schreibtisch gestanden und in einem großen Papierstapel nach offenen Rechnungen gefahndet, als das Telefon klingelte. Rawanda war so freundlich gewesen, für ihn abzunehmen. Als er sie diesen Namen aussprechen hörte, blickte er auf. Rawanda war klein und rund auf angenehme Weise und durchaus hübsch mit ihren schwarzen Locken und den caramelfarbenen Augen. Seit fast einem Jahr war sie als Telefonistin und Schreibkraft in der Detektei. Dabei hatte man sich diese Stelle überhaupt erst leisten können, weil Rawandas Lohn im

Rahmen eines Resozialisierungsprogramms für ehemalige Strafgefangene vom Staat übernommen wurde. Rawanda hatte sechs Monate wegen Scheckbetrugs gesessen. Inzwischen sei sie aber wieder, wie sie stets versicherte, vollständig gesellschaftsfähig. Innerhalb des letzten Jahres hatte sie Hinkle fest in ihre sorgfältig manikürten Krallen bekommen. Nun lief das Staatsprogramm aus, und in Kürze würden sie selbst für Rawandas Lohn aufkommen müssen. Der Himmel wusste, wie. Aber für Hinkle war der Fall klar. »Die Hexe bleibt!«, sagte er immer. Und Mac war einverstanden. Allerdings aus anderen Gründen als Hinkle. Rawanda machte einfach ihre Arbeit sehr gut. In diesem Augenblick verzog sie bedauernd das Gesicht und schüttelte den Kopf.

»Hier gibt's keine Debbie weit und breit, Ma'am, Sie müssen sich verwählt haben.«

Gerade als Mac klar wurde, wer da nur in der Leitung sein konnte, schien auch Rawanda ein Licht aufzugehen, denn sie blickte mit großen Augen auf ihn.

»Debbie McQuarry, sagen Sie? Ganz sicher?«

»Gib her.« Mac nahm Rawanda den schnurlosen Hörer aus der Hand, ging zum Sofa auf der anderen Seite des Zimmers und setzte sich. Er spürte, dass er von der neugierigen Rawanda beobachtet wurde wie eine Katze von einem Rottweiler.

»Hier McQuarry«, sagte er.

»Debbie?«

Mac erkannte Julie Carlsons Stimme sofort. »Nun ja, im offiziellen Geschäftsleben werde ich als Mac geführt«, sagte er schmunzelnd.

»Oh«, machte sie, und dann entstand eine Pause.

»Hoffentlich hab ich Sie nicht in eine peinliche Situation gebracht, weil ich ganz automatisch angenommen habe, Sie seien eigentlich immer Debbie.«

Inzwischen war auch Hinkle in den Raum gekommen und neben Rawanda stehen geblieben. Zwei neugierige Augenpaare ruhten jetzt auf Mac, der noch breiter grinsen musste.

»Keine Angst. Sie haben mich nicht geoutet. Was kann ich für Sie tun?«

»Also, um mit meiner Versicherung den Schaden an Ihrem Wagen begleichen zu können, brauche ich da noch ein paar Angaben …« Wieder entstand eine kaum merkliche Pause, er sah sie förmlich auf ihrer Unterlippe kauen. »… und außerdem wollte ich Sie anheuern, damit Sie meinen Mann beschatten«, kam es dann leise und hastig hinterhergesprudelt.

Aber Mac hatte sie verstanden. »Gute Entscheidung«, sagte er trocken. Offenbar machte Julie dieser Anruf große Probleme, und Mac wollte ihr die Sache erleichtern, indem er alles so geschäftsmäßig wie möglich behandelte. Er hatte schon erwartet, dass sie sich wegen des Schadens melden würde, aber dieser überraschende Auftrag war wie ein Geschenk. Längst hatte er nach der letzten Nacht entschieden, dass er Sid auf jeden Fall im Auge behalten würde. Aber ein offizieller Auftrag erleichterte die Sache erheblich. Es war eine Sache, ob das Ekel schlicht seine Frau hinterging, aber wenn Sid nach etwas Größerem fischte, wollte Mac wissen, was es war. Koste es, was es wolle. Dafür bezahlt zu werden war reiner Luxus.

Julie hatte sich wieder gefangen. »Ich habe keine Ahnung, wie so was geht. Muss ich vorbeikommen? Machen wir einen Vertrag, oder läuft das ganz geheim unter der Hand? Natürlich darf kein Mensch etwas davon erfahren.«

Sie klang nervös und ängstlich, als würde sie keine Sekunde zögern, die Idee fallen zu lassen, sobald sich auch nur das geringste Problem zeigte.

Mac wollte sie beruhigen, und da war es ihm plötzlich, als würde er den Kuss noch immer spüren, den sie ihm letzte Nacht auf die Wange gedrückt hatte. Nicht schon wieder dieses Schuldgefühl, dachte er sich.

»Das erfährt niemand, da können Sie ganz beruhigt sein. Wir sind sehr diskret, und außerdem werde ich die Sache persönlich übernehmen. Erst brauche ich aber noch mehr Informationen. Können wir uns irgendwo treffen?« Rein geschäftlich natürlich, fügte er im Stillen für sich selbst hinzu.

»In meinem Geschäft«, sagte sie hastig. »Ich kann nicht zu Ihnen kommen, weil ich kein Auto habe. Aber Sie können auch nicht hierher kommen, jemand könnte Sie sehen, und wenn Sid das erfährt …«

»Okay«, unterbrach sie Mac sanft, bevor Julie noch auf die Idee kam, dass es besser wäre, sich nicht zu treffen. »Da ist doch ein Café gegenüber von Ihrem Geschäft. Wie wär's, wenn ich auf dem Parkplatz auf Sie warte? Meinen Wagen erkennen Sie an der Delle auf der Seite.« Er hoffte, dass der Scherz sie aufmunterte. »Sie müssen nur einsteigen, und dann können wir reden. Schlagen Sie eine Zeit vor.«

Er hörte ihren schweren Atem und machte sich schon darauf gefasst, dass sie ohne ein weiteres Wort auflegen würde. Doch das tat sie nicht.

»Heute ist Samstag, und da schließen wir schon um zwölf. Um Viertel nach zwölf könnte ich auf dem

Parkplatz sein. O Gott, was tue ich da? Wenn Sid etwas erfährt ...«

»Wird er nicht. Sie tun das Richtige, Julie. Darüber müssen Sie sich klar werden. Also machen Sie sich keine Sorgen, wir treffen uns wie verabredet, okay?«

»Okay.« Sie klang nicht glücklich.

»Ich warte dort auf Sie. Auf dem Parkplatz beim Café. Viertel nach zwölf.«

»Gut«, sagte sie schließlich. Dann hörte Mac eine andere Frauenstimme aus dem Hintergrund nach Julie rufen. Julie schnappte nach Luft.

»Ich habe zu tun«, sagte Julie nur und legte auf.

Mac ließ den Hörer sinken und dachte nach. Ihre Stimme war die eines Menschen gewesen, der um sein Leben fürchtet. Kein Wunder, wenn man bedachte, dass es um Sid ging. Das wusste Mac aus eigener Erfahrung. Wenn Sid wütend wurde, hinterließ er verbrannte Erde.

Mac blickte auf und sah, dass Hinkle und Rawanda ihn beobachteten.

»Debbie?«, sagte Rawanda und zog fragend die Augenbrauen hoch.

»Wer war das?«, fragte Hinkle fast gleichzeitig.

Mac zuckte nur mit den Schultern und widmete sich wieder seinem Papierstapel. Irgendwo darunter mussten noch zwei Rechnungen liegen. Eine über einhundertdreiundzwanzig Dollar, die er für neue Reifen ausgegeben hatte, nachdem man seine Reifen Anfang des Monats während einer Beschattung zerstochen hatte. Und eine über achtundneunzig Dollar für ein Motelzimmer, in dem er eine Nacht lang den Geräuschen einer heißen Affäre aus dem Nebenzimmer gelauscht hatte. Keine Rechnung, kein Beweis. So lautete die von Mac formulierte Sicherheitsvorschrift. Die half aber wenig, seit die strenge Rawanda sich um die Spesenabrechnung kümmerte und ohne Rechnung nichts mehr herausrückte.

»Neue Klientin. Ich habe ihr Diskretion zugesagt. Also frag nicht weiter.« Um diesen Fall würde er sich ganz allein kümmern. Selbst wenn Julie Carlson nicht so viel Angst hätte, würde er niemandem – auch seinem Partner nicht – davon erzählen. Hinkle war damals zusammen mit Mac aus dem Polizeidienst entlassen und ebenfalls in die Geschichte mit Daniel verwickelt worden. Seither verhielt er sich im Angesicht von Sid wie das Kaninchen vor der Schlange. Wenn Hinkle wüsste, dass Julie Carlson dieser neue Klient war, würde er Mac mit allen Mitteln dazu bringen wollen, den Fall nicht zu übernehmen.

Natürlich hätte Hinkle eigentlich Recht. Mac wusste, dass es wahrscheinlich besser wäre, die Finger davon zu lassen, aber andererseits war die Gelegenheit, doch noch an Sid heranzukommen, einfach zu günstig, um sie sich durch die Lappen gehen zu lassen.

»Debbie«, sagte Rawanda wieder, diesmal noch ungläubiger. Sie blickte ratsuchend zu Hinkle. »Die Frau am Telefon hat nach einer Debbie McQuarry gefragt. Ich wusste gar nicht, dass der Chef auch unter diesem Namen arbeitet.«

Mac warf ihr einen Blick zu, der »wirklich sehr komisch« sagen sollte. Dann wandte er sich dem Papierstapel zu. Hinkle grinste erst Rawanda und dann Mac an.

»Diese neue Klientin hast du wohl letzte Nacht im *Pink Pussycat* kennen gelernt, oder?« Und weil ihn Rawanda nun wirklich so ansah, als hätten die beiden

Männer den Verstand verloren, fügte Hinkle erklärend hinzu: »Wir waren gestern Abend im Edwards-Fall unterwegs, und Mac hatte sich als Transvestit verkleidet und sich Debbie genannt. Stand ihm wirklich nicht schlecht, sah richtig gut aus.«

»Mist!«, rief Rawanda. »Das Beste verpasse ich immer.« Sie musterte Mac mit lüsternem Blick von oben bis unten, brach dann in schallendes Gelächter aus und erhob sich. Ihr schwarzer Spandex-Minirock umspannte ihre barocken Formen. »Dieses Detektiv-Spiel ist einfach toll. Warum nehmt ihr mich nicht mal mit? Ich könnte euch mit meinem Spürnäschen sicher sehr nützlich sein.«

»Aber dein Näschen ist viel zu zart, als dass du es in diesen ganzen Dreck stecken solltest.« Nach diesen Worten stand auch Hinkle auf, stopfte die Fotos, die er vorher betrachtet hatte, in einen Umschlag und reichte ihn Mac.

Das Büro, das die drei sich teilten, bestand aus zwei mit abgenutztem Linoleumboden belegten Zimmern. In dem einen Zimmer standen die alten Holzschreibtische von Mac und Hinkle sowie ein schwarzes Kunstledersofa. In dem winzigen Empfangsraum herrschte Rawanda. Sie hatten eine Telefonleitung. Das Büro lag nicht weit von Macs Zuhause im ersten Stock eines Gebäudes, das im Zweiten Weltkrieg gebaut worden war. Es war nicht gerade der Trump Tower, aber dafür billig. Der entscheidende Faktor in diesem unsicheren Geschäft, sagte Mac immer. Gerade um diese Jahreszeit gab es nicht viel zu tun, weil die meisten Einwohner aus der Hitze der Stadt flohen und die Touristen einfielen.

Hinkle deutete auf den Umschlag in Macs Hand.

»Die müssen heute noch an Mrs. Edwards gehen. Übernimmst du das?«

Rawanda kam um den Schreibtisch herum, blieb neben Hinkle stehen und legte ihren Arm um seine Hüfte. Und Hinkle legte seinen um ihre Hüfte. So standen sie vor Mac, der sich überlegte, was für ein nettes Pärchen das doch war. Sie kurz und bunt und sexy in ihren wie angegossen sitzenden Kleidern, er groß und dünn und elegant in seinem Leinenanzug. Eine Beziehung, die sich Mac so nicht vorgestellt hatte, als er Rawanda die Stelle gab, und von der er befürchtete, dass sie fürs Geschäft problematisch werden könnte. Eher glaubte er an den Storch als daran, dass es jemals gut ging zwischen Männern und Frauen. Früher oder später würde es zwischen Hinkle und Rawanda krachen, da war sich Mac ganz sicher. Und dann Gnade Hinkle Gott, denn Rawanda machte sicher keine halben Sachen.

Aber das war im Moment Macs geringstes Problem.

»Mrs. Edwards ist heute nicht in der Stadt. Ich bringe sie ihr am Montag«, sagte Mac und verschloss den Umschlag in der obersten Schublade seines Schreibtischs. Unter dem lag Josephine, die sich auf den Rücken drehte und ihm ihre kleinen Pfoten entgegenstreckte. Mac betrachtete sie misstrauisch. Er hatte schon erfahren müssen, dass sich Hundeweibchen im Grunde nicht von menschlichen Weibchen unterschieden: Erst wedeln sie freundlich mit dem Schwanz, dann beißen sie dir in den Hintern. Natürlich nur im übertragenen Sinne.

»Es wird sie freuen, dass wir jetzt genug gegen ihren Mann in der Hand haben«, sagte Hinkle und lächelte auf Rawanda herunter.

Die klimperte von unten zu ihm hoch. »Habt ihr eigentlich schon mal daran gedacht, dass man die Bilder auch an *Mr. Edwards* verkaufen könnte? Wäre dem bestimmt ein nettes Sümmchen wert, wenn niemand ihn auf den Knien ohne Hosen sieht.«

»Schätzchen, der Fachbegriff dafür ist Erpressung. Und es ist in diesem Land verboten«, sagte Hinkle.

»Ach was!«, rief Rawanda augenklimpernd. »Na, wir wollen uns doch nicht strafbar machen, stimmt's?«

Bevor Mac bei diesem ganzen Geturtel der Frühstücks-Doughnut wieder hochkommen konnte, unterbrach er die beiden.

»Also, Leute, ich bin dann weg. Vergiss nicht, dass du heute die dritte Wachschicht am Fruit-of-the-Loom-Lagerhaus hast, Hinkle. Dass sich auch ja niemand heimlich Unterhosen mopst, okay?«

»Wie ich schon mehrfach anmerkte: Ich bekomme immer die besten Jobs. Wirklich wahr«, sagte Hinkle.

»Moment mal, wer hat denn letzte Nacht im wahrsten Sinne seinen Hintern riskiert, hä? Rawanda, du hast für den Rest des Tages Gassi-Dienst. Kannst du Josephine heute Nacht zu dir nehmen?«

Rawanda löste sich von Hinkle, baute sich vor Mac auf und stemmte die Fäuste in die Hüften.

»Kommt nicht in die Tüte«, sagte sie und schüttelte entschieden den Kopf. »Als ich Josephine das letzte Mal hüten sollte, ist sie völlig ausgeflippt, hast du das vergessen? Beinahe hätte sie meine Handtasche aufgefressen. In der Handtasche klingelte mein Handy wie verrückt, aber das Vieh wollte einfach nicht loslassen. Der Hund ist ein verdammter Pitbull! Und hinterher stellt sich raus, dass der Anruf von meinem Bewährungshelfer kam. Da hab ich vielleicht einen guten Eindruck hinterlassen. Die zweiunddreißig Dollar für eine neue Handtasche habe ich mir übrigens aus der Portokasse genommen, damit du's weißt. Nein, ich nehme sie nicht mit mir nach Hause, das ist mir echt zu gefährlich. Außerdem ist Samstag, und am Samstag habe ich pünktlich um zwölf Uhr Schluss. Vertraglich festgelegt. Schon vergessen? Deine Großmutter hat dich dazu überredet, ihren Hund zu nehmen, also ist er jetzt dein Problem.«

»Aber ich treffe heute Nachmittag einen Klienten, und heute Nacht bin ich auf Beobachtungsposten.«

»Oh, du Armer, ich fang gleich an zu weinen.«

Hinkle grinste. Wenn Rawanda frech wurde, mochte er sie am liebsten.

Mac stand wütend und mit offenem Mund vor Rawanda und wusste nicht mehr, was er sagen sollte. Ihm war klar, dass der Streit nirgendwo hinführen würde. Er konnte sie höchstens feuern, und dass er das nicht tun würde, wussten sie beide.

»Na prima, dann nehme ich sie eben mit. Josephine!« Mac schnippte mit den Fingern, ganz das autoritäre Herrchen. Doch nichts passierte. Er versuchte es noch einmal – wieder nichts.

In der plötzlich entstehenden Stille war ein merkwürdig mahlendes Geräusch zu hören. Mac warf einen Blick unter den Schreibtisch. Und da saß die so folgsame Josephine und bearbeitete das rechte Schreibtischbein wie ein fleißiger Biber.

»Josephine! Lass das!«

Der Hund würdigte ihn keines Blickes.

»He, Boss, ich glaube, der kleine Liebling frisst deinen Schreibtisch auf«, sagte Rawanda, die sich ebenfalls heruntergebeugt hatte, um zu sehen, woher das Geräusch kam. »Mann, muss der Hunger haben, guck mal, er hat schon fast das ganze Bein gefressen.«

Scheiße.

»Ich brauche sowieso einen neuen Schreibtisch«, sagte Mac mit so viel Ruhe und Selbstbeherrschung, wie er aufbringen konnte. Dann schnappte er sich Josephine, klemmte sie sich wie einen Football unter den Arm und stand gerade. Ihr Schwanz ging wie verrückt hin und her, und vor Begeisterung leckte sie ihm die Hand. Mac widerstand dem Drang, der kleinen Töle den Hals umzudrehen, und machte, dass er aus dem Büro herauskam, bevor er an seinen feixenden Mitarbeitern zum Mörder werden konnte.

Wirklich, er liebte Großmutter Henderson, aber warum er sich dazu hatte überreden lassen, den Hund zu nehmen, als sie ins Altersheim kam, verstand er bis zu diesem Tag nicht.

Aber er hatte sich überreden lassen, und jetzt wurde er das Tier nicht mehr los. Seine Großmutter liebte den kleinen Kläffer, und er liebte seine Großmutter. Weil sie Josephine so liebte und damit ihr Liebling nett aussah, brachte Mac die Hundedame auch vor jedem seiner wöchentlichen Besuche bei Großmutter zu einem Hundefriseur. Wenn das keine wahre Liebe war.

Seit fast drei Wochen war Mac nun schon der stolze Hüter dieses reinrassigen Spielzeugpudels, und in dieser Zeit hatte Josephine sich als Pest auf vier Beinen erwiesen. Sie sah zwar aus wie ein Engel, hatte aber bereits einen Sessel, eine Aktentasche, einen Mülleimer, ein Lampenkabel, ein Kopfkissen und verschiedene Gegenstände aus Holz ganz oder teilweise aufgefressen. Als Mac am frühen Morgen von Julie Carlson zurückgekommen war und sich auf eine Dusche gefreut hatte, hing der Duschvorhang in Fetzen von der Stange. Das war der Moment, in dem er beschloss, Josephine nicht mehr allein in seinem Haus zu lassen, wenn er noch eine Weile darin wohnen wollte. Also hatte er sie mit ins Büro gebracht, und dort hatte sie gleich weitergemacht und sich seinen Schreibtisch vorgenommen. Vielleicht war der Hund gar kein Hund, sondern nur ein Dämon, der so aussah?

»Böser Hund«, sagte er wenig überzeugt. Mac war schon nach kurzer Zeit klar geworden, dass all das, was Herrchen und Frauchen so zu ihren Lieblingen sagten, nicht zum Hundewortschatz gehörte. Logisch, dass Josephine nach dieser Rüge gleich wieder Macs Hand leckte.

»Aus«, sagte er streng. Auch das schien sie nicht zu verstehen, denn sie leckte nur noch hingebungsvoller.

Mist, dachte Mac, während er die Treppe hinunterging und über den Parkplatz sein Auto ansteuerte. Es war heiß, aber das machte Mac nichts aus. Er war auf dem Land aufgewachsen und mochte diese Schwüle.

Was er aber gar nicht mochte, war die Kombination aus Hitze und Hundegeruch. Er rümpfte die Nase.

Am Auto angekommen, warf er Josephine auf den Rücksitz, was völlig sinnlos war, denn noch bevor er sich selbst hinter das Lenkrad gesetzt hatte, hockte sie auch schon neben ihm auf dem Beifahrersitz. Mit einem Seufzer ließ er den Motor an, während er überlegte, ob es eigentlich Hundeheime in der Gegend gab.

Beim Drehen des Zündschlüssels blies ihm die Klimaanlage heiße und knochentrockene Luft entgegen, und das Radio plärrte los. Als ob das alles nicht schon schlimm genug wäre, pflanzte Josephine ihre Pfoten auf seine Oberschenkel und begann sein Gesicht zu lecken.

»Aus«, sagte er, obwohl er wusste, dass es hoffnungslos war, dem Hund etwas befehlen zu wollen. Um sie wenigstens abzulenken, beugte er sich zum Handschuhfach vor und entnahm einer Tüte ein paar Hundekekse, die er auf Josephines Sitz warf. Er hatte sich in den letzten Wochen angewöhnt, immer einen Vorrat von dem Zeug dabeizuhaben.

Dann gab er Gas, dass die Reifen quietschten.

Josephine saß zufrieden auf dem Beifahrersitz und beschäftigte sich mit ihrem Snack. Der Frieden war die Krümel auf dem Polster wert, überlegte Mac. Vielleicht würde er sich doch noch mal Josephines gute Eigenschaften durch den Kopf gehen lassen, bevor er den Pudel ins Heim brachte. Wenn ihm welche einfielen.

Doch, da gab es eine. Vielleicht die einzige. Josephines Anwesenheit erweckte bei anderen den Eindruck, Mac könnte schwul sein. Ein Eindruck, den er zumindest unbedingt bei Julie Carlson machen wollte.

Diese Rolle zu spielen war vielleicht nicht unbedingt moralisch einwandfrei, aber ohne die Distanz, die durch diese Rolle zwischen ihnen entstand, konnte es ungemütlich werden. Das hatte er in der Nacht zuvor zweimal bemerkt. Einmal auf dem Parkplatz und dann bei ihm im Haus, als er von Debbie wieder zu Mac geworden war. In ihren Blicken hatte etwas gelegen. Etwas, das ihm sagte, dass sie ihm niemals so vertrauen könnte, wenn sie wüsste, dass er ein »echter« Mann war.

Denn sie sollte ihm vertrauen. Er brauchte ihr Vertrauen, um an Sid heranzukommen. Viel war in den letzten Jahren passiert: Mac war gefeuert worden, hatte sich scheiden lassen und mit Hinkle zusammen die Detektei aufgebaut. Aber so sehr er auch beschäftigt gewesen war, Mac hatte immer an Daniel und die Rache für ihn denken müssen.

Wenn Julie annahm, dass er schwul war, weil sie ihn in Stöckelschuhen, Minirock und mit Pudel erlebt hatte, war das nicht Macs Problem. Er hatte jedenfalls nicht behauptet, vom anderen Ufer zu sein. Er hatte sie nicht belogen.

Sie hatte ihn zwar gefragt, ob er schwul sei, aber er hatte nur zurückgefragt, ob das eine Rolle spielte. *Gelogen* hatte er nicht.

Genau.

Aber während er die Ausfahrt Summerville ansteuerte, wurde ihm klar, dass es ihm eigentlich gar nicht passte, wenn Julie Carlson ihn für schwul hielt.

Und ihm passte gar nicht, dass ihm dieser Gedanke nicht passte.

All diese Widersprüche und Zweifel gingen ihm noch immer im Kopf herum, als er auf den Parkplatz des Cafés bog und den Motor abstellte. Minuten später sah er Julie Carlson über den flimmernden Asphalt näher kommen.

In ihrem schlichten weißen Kleid, das elegant und sexy zugleich wirkte, sah sie trotz der Hitze so frisch und verlockend aus wie Vanilleeis. Ihr langes schwarzes Haar hing ihr über die Schultern auf den Rücken. Eine Hand hatte sie an die Stirn gelegt, offenbar, um ihre Augen zu beschatten und besser sehen zu können. Ihre Augen suchten den Parkplatz ab. Das geschlitzte Kleid gab bei jedem ihrer Schritte für kurze Momente den Blick frei auf ihre langen, gebräunten, nackten Beine. Und dieser Anblick, so schien es Mac, während er sie beobachtete, ließ ihn heißer werden als den Asphalt.

Blitzartig drängten sich ungebetene Eindrücke der letzten Nacht in sein Bewusstsein: ihr süßer Duft, als er sie in seinen Armen hielt; das Gefühl ihrer festen runden Brüste an seinem Körper, die harten Brustwarzen, die nach Liebkosung zu verlangen schienen; dieser Weltklassearsch unter dem glatten Satin, der sich wie unabsichtlich in seinen Schoß schmiegte und gegen seinen sofort hart werdenden Schwanz; die Seidigkeit ihres Haars; die Weichheit ihrer Haut; die Hitze ihrer Lippen, als sie ihn auf die Wange küsste.

Die Wahrheit hinter diesen Gedanken traf ihn wie ein Schlag ins Gesicht: Dies war ein akuter Fall von Klientenschwärmerei. Und der Klient war nicht zufällig die Frau seines ältesten Feindes.

Er stand mitten im Treibsand, und wenn er auch nur den Verstand einer Fruchtfliege hatte, versuchte er herauszukommen, ehe es zu spät war.

9

Debbie schien durch die Seitenscheibe gar nicht glücklich, sie zu sehen. Unsinn, dachte Julie, er ist ja sozusagen im Dienst und heißt darum Mac. Aber das beruhte auf Gegenseitigkeit. Die Entscheidung, ihn zu engagieren, tat ihr jetzt schon Leid. Fast hatte sie gehofft, er würde gar nicht kommen. Aber dann hätte sie es wieder selbst machen müssen wie letzte Nacht, und der Gedanke gefiel ihr noch weniger.

Sie stieg ein.

»Hallo«, sagte sie, und sie hatte sich noch nicht richtig hingesetzt, als auch schon Josephine vom Rücksitz aus auf ihren Schoß sprang, was Julie richtig freute. »Hallo, Josephine! Das ist aber eine nette Überraschung.«

»Hallo«, gab er lustlos zurück. Und als er sah, wie sie den ekstatischen Pudel hinter dem Ohr kraulte, sagte er: »Passen Sie ja auf, sie leckt Sie sonst zu Tode.«

»Macht mir nichts aus«, sagte sie, während Josephine ihr Kinn abschleckte. »Ist was mit Ihnen?«, fragte sie dann, weil er ein so finsteres Gesicht machte.

Ihre Blicke trafen sich und hielten sich für Sekunden fest. Dann verzog er langsam die Mundwinkel zu einem schiefen Grinsen.

»Was soll sein?« Er beugte sich auf ihre Seite vor und nahm etwas, das wie ein Schokokeks aussah, aus einer Tüte im Handschuhfach. Den Keks warf er über die Schulter auf den Rücksitz und rief dabei: »Josephine, hol's Leckerchen!«

Mit einem gierigen Winseln verschwand Josephine auf dem Rücksitz.

Mac legte den Rückwärtsgang ein und lenkte den Wagen vom Parkplatz. Während er das tat, betrachtete Julie das Spiel von Licht und Schatten auf seinen klassischen Gesichtszügen. Sie hatte schlecht geschlafen in der letzten Nacht, und in der Dämmerung war ihr immer wieder dieses Gesicht erschienen, und sie hatte sich daran erinnert, dass sie deutlich an ihrem Hintern etwas Hartes gespürt hatte, als sie ihm nahe gekommen war. Ein sehr stimulierender Gedanke für eine sexuell frustrierte Frau. Sie war nicht gerade erfreut zu sehen, dass er auch bei Tageslicht ein mehr als gut aussehender Mann war. Er trug Jeans, Slipper und über einem weißen T-Shirt ein Hawaiihemd, das so schreiend bunt war, dass einem die Augen tränten.

Aber sie stand nicht auf seinem Speiseplan. Wahrscheinlich besser so, dachte sie. Das Leben war im Moment ohnedies kompliziert genug.

»Wohin fahren wir?«, fragte sie. Anders als in der Nacht zuvor war sie nicht nervös oder ängstlich. Nur neugierig. Sie war zwar nach wie vor nicht sicher, ob es richtig war, einen Privatdetektiv auf Sid anzusetzen, aber zu dem Privatdetektiv selbst hatte sie inzwischen Vertrauen gefasst. Sie sah ihn einfach nur als Freund.

»Wir fahren nur ein bisschen in der Gegend herum, das fällt weniger auf. Schnallen Sie sich besser an.«

Er bog nach links ab und fuhr durch eine belebte Geschäftsstraße. Die Chance, dass in einem der vielen anderen Wagen Bekannte von Julie saßen, war relativ groß. Deshalb klappte sie die Sonnenblende herunter und machte sich so klein wie möglich.

»Sie müssen sich nicht verstecken«, sagte Mac. »Die Fenster sind getönt und von außen undurchsichtig.« Er sah zu ihr rüber. »Und? Wie geht's Ihrem Arm?«

»Gut. Das Pflaster hat niemand beachtet.«

»Wie lief es gestern Nacht noch?«

Julie verzog das Gesicht. »Sid kam um dieselbe Zeit wie immer und hat nichts zu dem fehlenden Jaguar gesagt. Erst heute Morgen.«

»Nicht zu fassen«, sagte er. Offensichtlich begriff er sofort, was das bedeutete.

»Ja.« Julie klang niedergeschlagen.

»Ich habe ihn ins Haus gehen sehen und noch gewartet, nachdem ich das Tor aufgebrochen habe. Nur für den Fall, dachte ich …«

»Für welchen Fall?«

Wieder sah er sie mit ausdruckslosem Gesicht von der Seite an. »Für den Fall, dass Ihr Mann die Kontrolle über sich verloren hätte und gewalttätig geworden wäre.«

»Nett von Ihnen. Danke.« Julie war berührt von seiner Sorge um sie.

»Nett ist mein zweiter Vorname«, sagte er und grinste wieder auf diese unwiderstehliche Weise.

Er konzentrierte sich auf die Straße.

»Nur fürs Protokoll«, sagte sie. »Sid schlägt mich nicht. Er ist nicht gewalttätig. Aber selbst wenn er mich geschlagen hätte, wie hätten Sie das wissen sollen?«

»He, ich bin schließlich Profi und kenne Mittel und Wege.« Er grinste. »Also was ist dann am Morgen passiert?«

»Er hat einen Aufstand gemacht und die Polizei gerufen.«

»Ach was! Und? Hatten Sie Schwierigkeiten, denen Ihre Geschichte zu verkaufen?«

»Als die Polizei dann kam, war ich schon so sauer, dass mir das Lügen auch nichts mehr ausmachte.«

Er lachte. »Stimmt. Lügen geht besser mit Wut im Bauch.«

Sie bogen auf eine Straße nach Osten, an der Häuser standen, die alle noch aus Zeiten des Bürgerkriegs zu stammen schienen. Herrenhäuser mit weißen Säulen und riesigen Veranden. Mac wurde wieder ernst.

»Mich anzurufen war die richtige Entscheidung. Wenn Sie Ihren Mann wieder auf eigene Faust verfolgt hätten, wäre noch mehr Ärger vorprogrammiert.«

»Das weiß ich seit letzter Nacht«, gab sie zu.

»Es gibt Schlimmeres, als dass einem das Auto gestohlen wird.« Sie mussten an einer Ampel halten. »Hören Sie«, sagte er plötzlich. »Ich habe noch nie einen dieser Mein-Mann-betrügt-mich-und-ich-will-wissen-mit-wem-Fälle gehabt. Sie könnten ja auch Unrecht haben mit Ihrem Verdacht.«

Julie atmete tief durch und ballte die Fäuste im Schoß. »Daran habe ich auch schon gedacht. Aber ich bin mir sicher, dass mein Verdacht stimmt. Ich muss es einfach wissen.«

»Das werden Sie. Wie auch immer.«

Josephine hatte offenbar den Keks gefunden und gefressen und sprang jetzt mit einem Satz auf den Beifahrersitz, also auf Julies Schoß.

Sie umarmte den Pudel. »Guter Hund.«

»Sie hat sich schon in Sie verliebt.«

»Na klar. Ich bin ja auch liebenswert.« Julie warf ihm einen spöttischen Blick zu, während Josephine es sich bei ihr gemütlich machte.

»Das kann ich mir vorstellen«, sagte er leise, aber doch so, dass sie es verstand. Der anzügliche Unterton seiner Bemerkung schien ihr so gar nicht zu einem Homosexuellen zu passen. Ihre Blicke trafen sich, dann lösten sich seine Augen von den ihren, und er schien ganz unverblümt ihre nackten Beine zu bewundern. Sie starrte ihn erstaunt an.

»Also ich muss schon sagen, Mädchen, die Schuhe sind ja wirklich klasse. Manolos?«

Also hatte sie sich bei seinem »männlichen« Blick

auf ihre Beine getäuscht. Klar, dachte sie. Debbie hatte ja ein Faible für Schuhe.

»Jimmy Choo.«

»Ah.« Er nickte anerkennend. »Tja, schade. Die gibt's bestimmt nicht in Größe vierundvierzig.«

»Kaum. Der Markt für Damensandalen dieser Größe ist sehr überschaubar.«

»Wenn Sie sich da mal nicht täuschen, Miss Carlson, wenn Sie sich da mal nicht täuschen.«

»Wollen wir uns nicht duzen? Ich bin Julie.«

»Also, Julie. Ich bin Mac. In der männlich dominierten Geschäftswelt klingt es immer ein bisschen komisch, wenn die Leute einen Debbie nennen.«

»Hattest du vorhin Probleme, nachdem ich angerufen habe? Das wollte ich nicht.«

»Na ja, mir gehören sechzig Prozent der Firma, man kann mich also schlecht rausschmeißen.«

»Du musst mir noch genau erklären, wie diese Detektivsache funktioniert. Ich hatte damit noch nie zu tun. Wirst du nach Tagessatz bezahlt? Oder vielleicht mit Kreditkarte?«

»In deinem Fall ist Cash wohl am sichersten.« Er klang mit einem Mal ganz nüchtern und geschäftsmäßig. »So kann man am wenigsten zurückverfolgen. Eine Kreditkartenabrechnung kann immer in falsche Hände geraten. Und gerade diese Ehegeschichten können richtig hässlich werden, weißt du.«

Julie zweifelte nicht an seinen Worten. Und sie wusste, dass es richtig rund gehen würde, sobald Sid von ihrer Scheidungsabsicht erfahren würde.

»Ich werde nach Stunden abrechnen, wenn du einverstanden bist. Vermutlich kommt das insgesamt so auf zwei- bis dreitausend Dollar. Falls sich abzeichnen sollte, dass es mehr wird, sag ich dir Bescheid, und du kannst dann sagen, ob ich weitermachen soll.«

»Einverstanden. Und du sagst mir noch, wie teuer die Reparatur deines Wagens wird.«

»Das kommt auch noch auf die Rechnung. Wenn das so weitergeht, musst du mir noch dein Erstgeborenes abtreten.«

Es sollte ein Scherz sein, aber Julie traf er im Innersten, denn bei seiner Bemerkung wurde ihr eines klar: Eine Scheidung von Sid würde vielleicht bedeuten, dass ihr Kinderwunsch nie in Erfüllung gehen würde. Immerhin war sie schon neunundzwanzig, die biologische Uhr tickte also täglich etwas lauter.

»Erzähl mir von deiner Ehe«, sagte Mac. »Wo hast du ihn kennen gelernt?«

Julie war froh, aus ihren düsteren Gedanken gerissen zu werden, und begann gleich zu erzählen. »Nach meiner Wahl zur Miss South Carolina gab es einen großen Empfang in der Residenz des Gouverneurs. In dieser Nacht haben Sid und ich uns getroffen. Er kam einfach dazu, als ich mich mit dem Gouverneur unterhielt. Ich war sowieso schon auf Wolke sieben, dann kam er, und ich war einfach hin und weg. Während meiner Amtszeit als Miss South Carolina haben wir uns oft gesehen, und nach etwas mehr als einem Jahr haben wir dann geheiratet.«

Mac hatte ihrer Erzählung mit gerunzelter Stirn zugehört. Eine romantische Geschichte, dachte er, und doch musste sie so enden.

»Du musst damals so um die zwanzig gewesen sein. Hatte deine Familie nichts gegen Sid einzuwenden? Immerhin war er um einiges älter.«

»Elf Jahre, aber das fällt eigentlich gar nicht ins Gewicht. Meine Familie hatte natürlich überhaupt nichts einzuwenden. Wir waren arm. Unsere Vorstellung von ›groß ausgehen‹ war ein Hamburger bei McDonald's. Sid war reich, gut aussehend und charmant. Und ich war verknallt. Nein, meine Familie war überglücklich, besonders meine Mutter.«

»Was war mit deinem Vater?«

Julie zögerte mit einer Antwort. Es fiel ihr auch nach so vielen Jahren schwer, über den Mann zu sprechen, der nie für sie da gewesen war.

»Meine Eltern haben sich scheiden lassen, als ich noch sehr klein war. Hin und wieder habe ich ihn gesehen, ein paar Mal im Jahr. Kurz nach einem unserer Treffen ist er dann ertrunken.«

Sie hatte einen Klumpen im Hals und versuchte vergeblich, ihn herunterzuwürgen.

»Du hast es nicht immer einfach gehabt.« Fast lag so etwas wie Respekt und Anerkennung in seiner Stimme. Wieder trafen sich ihre Blicke, und Julie stellte verwundert fest, dass er so aussah, als ärgere er sich. Worüber, fragte sie sich. Oder vielleicht sah er immer so aus, wenn er Mitleid zeigen wollte.

Darauf konnte sie verzichten. Sie wollte kein Mitleid, hatte es nie gewollt. Sie selbst hatte eine Menge Mitleid mit Menschen, die sich in ähnlichen Situationen befanden wie sie damals. Und sie half tatkräftig, wo sie konnte. Half arbeitslosen Frauen bei der Vorbereitung auf Bewerbungsgespräche, lieh ihnen Kleider, zeigte ihnen, wie sie sich am besten präsentierten. Da kannte Julie sich aus. Aber sie hatte sich am eigenen Schopf aus dem Sumpf gezogen, und sie würde es, wenn es nötig wäre, wieder tun. Sie brauchte wirklich kein Mitleid.

Entsprechend kühl fiel ihre Erwiderung aus. »Es war eine interessante Erfahrung.«

Plötzlich erwachte Josephine in ihrem Schoß zum Leben, richtete sich auf und stieß ein herzzerreißendes Jaulen aus.

»Was ist?«, fuhr Mac sie an. Josephine sah ihn heftig schwanzwedelnd an und jaulte noch einmal.

Mac sah wieder auf die Straße und übersetzte den kurzen Dialog zwischen Hund und Mann für Julie. »Sie muss mal.«

Sie fuhren gerade am Azalea Park vorbei, einem beliebten Ziel für Touristen. Am Straßenrand standen Souvenirstände auf Rädern, Luftballonverkäufer und Kleinkünstler, an denen sich die Menschenmassen vorbeidrängelten.

Es war fast ein Wunder, dass Mac eine Parklücke nahe am Eingang fand, und er nutzte seine Chance sofort und fuhr hinein.

Julie sah sich nervös um. Auf keinen Fall wollte sie in der Öffentlichkeit mit Mac gesehen werden, andererseits war die Chance, dass sie in dieser Touristenfalle einen Bekannten treffen könnte, relativ gering.

Mac griff hinter seinen Sitz und holte eine Hundeleine hervor. Wie Josephines Halsband war auch sie aus pinkfarbenem, mit Strass besetztem Leder. Josephine war ganz aufgeregt, als sie es sah, aber das legte sich, als Mac es ihr an den Hals hakte. Er sah Julie an. »Wollen Sie schnell mit Gassi gehen oder lieber im Wagen warten?«

»Gehen wir Gassi«, sagte sie und stieg aus.

Er schaltete den Motor ab und stieg ebenfalls aus. Julie wartete auf dem Bürgersteig, während Mac und der Pudel ein paar Schritte in den Park hineingingen.

Es war heiß und stickig, Touristen in grässlich-bunten Bermudashorts und mit zerknautschten Baumwollhüten drängten sich an ihr vorbei, aber Julie fühlte sich trotzdem so gut wie lange nicht mehr.

Josephine erledigte ihr Geschäft, sobald sie Gras unter ihren Pfoten spürte. Dann schlenderte eine sichtlich erleichterte Josephine und ein sichtlich leidender Mac auf Julie zu. Sie musste grinsen. Was für ein Pärchen, dachte sie: Dieser gut aussehende, breitschultrige Surfer-Typ und dieses nervöse, weiße Wollknäuel von einem Hund verbunden mit einer glitzernden, pinkfarbenen Leine. Und ihr wurde klar, dass sie froh war um diese Verbündeten gegen Sid. Debbie und Josephine waren merkwürdige Verbündete, keine Frage, aber sie waren für sie da.

»Sie ist schon fertig, aber wollen wir trotzdem noch ein Stück gehen?«, fragte er.

»Gern.«

Gemeinsam gingen sie durch die Tore in den Park hinein. Julie fiel schnell auf, dass Mac und Josephine viele neugierige und irritierte Blicke auf sich zogen. Zwar lächelte Mac immer freundlich zurück, aber ihm schien es trotzdem nicht zu passen, dass ihm so viel Aufmerksamkeit zuteil wurde.

Als sie an einem Eisstand vorbeikamen, an dem zwei ältere Damen vor ihnen standen, nutzte Mac die Gelegenheit und sagte:

»Halten Sie mal schnell den Hund? Ich will mir ein Eis kaufen.«

Julie lachte und nahm die Leine entgegen.

»Nein, danke, für mich nicht«, sagte sie, als Mac sich mit einem Eis in der Hand fragend nach ihr umdrehte.

»Sicher?«

»Ganz sicher.«

Mac zuckte mit den Schultern und zahlte sein Eis. Dann gingen sie weiter durch den Park. Jetzt, da Julie und Josephine ein Paar bildeten, zogen sie immer noch Blicke auf sich, diese waren jedoch durchweg erfreut und keineswegs irritiert.

»Du magst offenbar kein Eis«, sagte Mac und biss herzhaft in sein Magnum. Julie sah es voller Neid.

»Im Gegenteil. Ich mag Eis unheimlich gern. Aber ich verbiete mir, es zu essen.«

»Warum das?«

»Sekunden auf den Lippen, für immer auf den Rippen.« Meine Güte, sie klang wie ihre eigene Mutter.

Sein Blick wanderte über ihren perfekten Körper. »Ich hab nicht den Eindruck, dass du dir über so was Gedanken machen müsstest.«

»Genau. Weil ich eben kein Eis esse, muss ich mir keine Gedanken machen. Sonst müsste ich. Iss dein Eis und sei ruhig. Es ist nicht so, als wäre ich kurz vorm Verhungern.«

In diesem Augenblick knurrte ihr Magen so, dass auch er es hören musste. Sie suchte seinen Blick. Er grinste sie an.

»Na ja«, sagte sie entschuldigend, »immerhin ist schon Mittag, und ich hab seit dem Frühstück nichts gegessen.«

Er hielt ihr sein Eis hin. »Du darfst mal beißen, wenn du willst.«

Sie schielte auf die unversehrte Ecke seines Eises. Magnum war ihr Lieblingseis. Es stand ganz oben auf ihrer geheimen Liste von verbotenen Gelüsten.

»Na los«, sagte er. »Einmal beißen macht nicht dick.«

Einmal beißen. Nur ein Stück Schokolade. Die Versuchung war groß und gefährlich, aber schließlich konnte sie ihr nicht mehr widerstehen. Sie griff nach seiner Hand, führte das Magnum zum Mund und durchbiss die knackige Schokoladenhülle.

War das gut. Unglaublich gut. Zum Sterben gut.

»Danke«, sagte sie, während sie sich noch die Lippen ableckte.

»War mir ein Vergnügen«, sagte er und hielt ihr das Eis noch einmal unter die Nase. Julie schüttelte den Kopf, und diesmal war klar, dass sie dabei bleiben würde. Mac zuckte nur mit den Schultern und gab den Rest des Eises Josephine, die sich keine Sorgen um ihre Linie zu machen schien und das Eis innerhalb von Sekunden aufgefressen hatte. Dann blickte sie zu Julie und Mac auf. Wo das Eis herkam, musste es noch mehr davon geben, dachte sie wohl. Ihre Schnauze war mit Schokolade verschmiert wie der Mund eines unartigen Kindes, und Julie musste lachen.

»Was gibt's da zu lachen?«, fragte Mac, der ihrem Blick gefolgt war. »Du siehst nicht besser aus.«

Sie standen unter einem gewaltigen Magnolienbaum, der Duft lag schwer in der Luft. Die einzigen Touristen weit und breit standen in einer kleinen Gruppe etwas entfernt unter einem Baum und blickten nach oben, weil sie offenbar einen besonders schönen Vogel entdeckt hatten.

»Hab ich Schokolade am Mund?«, fragte Julie und fuhr sich mit den Fingern prüfend über die Lippen. Dann zog sie eine Schnute. »Gar nicht wahr.«

»Doch, ehrlich. Da.« Er streckte die Hand aus und rieb sanft mit dem Zeigefinger ihre Unterlippe. Es war eine harmlose, spielerische Geste, aber Julies Reaktion schockierte sie selbst. Beinahe hätte sie ihre Lippen geöffnet und seinen Finger in den Mund genommen, an ihm gesaugt, gelutscht oder noch schlimmeres. Sie spürte bei seiner Berührung eine unnatürliche Hitze in sich aufsteigen, die jeden Nerv in ihrem Körper zum Schwingen brachte.

O Gott, dachte sie, drehe ich jetzt völlig durch? Sie sah ihm ins Gesicht und suchte nach einem Zeichen, dass er diese Hitze ebenfalls gespürt hatte. Er musste einfach bemerkt haben, was mit ihr geschehen war.

Aber ihm war nicht anzumerken, ob er von einer Welle der Lust überschwemmt worden war. Er hatte seine Hand wieder sinken lassen und blickte nun völlig ruhig auf Josephine hinab. Es hatte ihn tatsächlich völlig kalt gelassen, stellte sie fest. Es war, als ob ihr jemand einen Eimer kaltes Wasser über den Kopf geschüttet hätte.

Na klar, dachte sie. Natürlich hatte es ihn kalt gelassen. Er mochte sie vielleicht, aber er stand nicht auf sie. Und es war wohl besser so, dachte sie bitter. Dann atmete sie tief durch.

»Brauchst du im Moment noch irgendetwas von mir?«, fragte sie in völlig normalem Tonfall, wie sie erfreut feststellte. »Ich muss nämlich wieder ins Geschäft.«

»Ich brauche alle Nummern, unter denen ich dich erreichen kann. Außerdem brauche ich Informationen über deinen Mann. Den ganz normalen Tagesablauf. Wen er wann und wo trifft. Automarke, Zulassungsnummer. Das wär's erst einmal. Der Rest später.« Lächelnd sah er sie an. Und in diesen wunderschönen blauen Augen war wirklich kein Zeichen dafür, dass er sie als Frau wahrnahm, stellte Julie fest.

»Und einen Dollar brauche ich auch.«

»Einen Dollar?«, fragte sie überrascht und erinnerte sich plötzlich daran, wo ihre Brieftasche war. »Damit kann ich nicht dienen.«

Mac seufzte, zog selbst einen Dollarschein aus der Tasche und reichte ihn Julie.

»Und jetzt gibst du ihn mir wieder zurück.«

»Was? Was soll das alles? Das ist doch albern.«

»Das war ein Deal. Sie haben gerade einen Privatdetektiv engagiert, Madam. Gratulation.«

Ein Deal, musste Julie wieder denken, während sie zum Wagen zurückgingen. Ja, es war nichts zwischen ihnen als ein Deal.

»Ab jetzt musst du sehr vorsichtig sein und dich vor allem ganz normal benehmen, wenn du mit deinem Mann zusammen bist. Wie sehr er dich auch reizt, lass dich nicht gehen und verrate niemals, dass du einen Detektiv auf ihn angesetzt hast, verstanden? Das könnte gefährlich für dich werden.«

Einige Minuten später standen sie auf dem Parkplatz vor dem Café, und Julie reichte Mac einen Zettel mit den Informationen, die er benötigte.

»Danke für die Warnung vorhin«, sagte sie, »aber ich hab dir schon gesagt, dass Sid nicht zur Gewalt neigt.« Sie stieg aus und trat auf den glühenden Asphalt. Josephine stand auf dem Beifahrersitz und wedelte zum Abschied so heftig mit dem Schwanz, wie sie nur konnte.

Als Mac Julie ansah, lagen Zweifel in seinem Blick. »Wenn Gefühle eskalieren, machen Menschen die verrücktesten Dinge. Und manche verlieren die Kontrolle über sich. Also bitte nimm das, was ich dir gesagt habe, nicht auf die leichte Schulter.«

»Okay.«

Sie wollte die Tür hinter sich zuschlagen, hielt dann aber inne. »Wann geht's los?«

»Sofort. Heute werde ich noch einige Vorbereitungen treffen, und wenn es dunkel wird, stehe ich vor eurem Haus und warte auf Paul Revere Carlson.«

Sie musste lächeln. Es war schön, wenn man jemanden hatte, der einen zum Lächeln bringen konnte, wenn es einem nicht gut ging. Mac und Josephine konnten das.

»Danke, Mac.«

Ihre Blicke trafen sich, und für den Bruchteil einer Sekunde glaubte sie, so etwas wie Bedauern in seinen Augen zu lesen.

»Keine Ursache, Julie.«

10

»Tante Julie, Tante Julie!«

Als Julie ins Haus ihrer Schwester trat, kamen ihr Erin und Kelly entgegengestürmt. Es war ein schlichtes, aber schönes zweistöckiges Haus in einer angenehmen Wohngegend. Becky und Kenny hatten es gekauft, kurz nachdem er seinen Job in Sids Baufirma angetreten hatte und kurz bevor Erin zur Welt kam. Hier fühlten sie sich wohl, hier wollten sie für den Rest ihres Lebens bleiben.

Wenn Julies Scheidung von Sid nicht den Nebeneffekt hätte, dass Kenny seine Arbeit verlor.

»Erin! Kelly!«, rief Julie nun den beiden Mädchen entgegen und ließ ihre Pakete fallen. Sie schloss ihre Nichten in die Arme. Ihre Schwester kam in die Diele. Sie sah abgehetzt aus.

»Hallo, Julie, du kommst gerade richtig. In fünf Minuten stehen wir hier bis zu den Knien in Kindern und Müttern.« Sie drehte die Augen zur Decke. »Ich brauche dringend jemanden, der mir die Überraschungstüten fertig füllt. Also dich!«

»Hallo, Becky«, sagte Julie grinsend zu ihrer drei Jahre älteren Schwester, die ihrer Mutter sehr ähnlich sah, aber dreißig Kilo weniger auf die Waage brachte. Sie hatte kurze braune Haare und ein fröhliches, rundes Gesicht und trug eine kurze Khakihose und eine weiße Baumwollbluse. Ganz die sorglose Vorstadtmutter und Ehefrau.

Aus der Küche dröhnte die Stimme ihrer Mutter: »Julie! Bist du das? Komm her und hilf mir!«

»Hallo, Mama!«, rief Julie zurück. Dann wandte sie sich wieder an Becky. »Mein Wagen wurde letzte Nacht gestohlen.« In der Zwischenzeit war das Geburtstagskind Kelly aufgeregt an ihr hochgehüpft. »Sind die Pakete für mich? Sind die Pakete für mich?«, wollte sie wissen.

»Das mit dem Auto hab ich schon erfahren«, sagte Becky und versuchte ihre Tochter dabei zu übertönen. »Mich würde interessieren, wie Sid das aufgenommen hat.«

»Schlecht«, sagte Julie knapp und wandte sich dann endlich ihrer immer noch hüpfenden Nichte zu. »Ein Paket für dich und eins für deine Schwester.«

Jedes Mädchen schnappte sich eins, und Kelly begann sofort, ihres von dem Geschenkpapier zu befreien. Erin zögerte. »Aber ich hab doch gar nicht Geburtstag«, sagte sie ernst. Sie sah Julie ähnlicher als ihrer Mutter, hatte aber die grauen Augen ihres Vaters, und Julie liebte sie wie eine Tochter.

»Stimmt, Tante Julie«, sagte Kelly und schaute dabei von ihrem Kampf mit dem Geschenkpapier auf. »*Ich* habe nämlich Geburtstag, und ich bin schon fünf.« Kelly war die feinere der beiden Schwestern mit dunkel gelockten, langen Haaren. Sie war lebhafter und fröhlicher als Erin, und auch sie hatte Julie sehr gern.

»Schon fünf? Das ist ja toll. Da bist du aber schon ein großes Mädchen.« Julie sah die immer noch etwas ratlose Erin an. »Ich dachte, wenn du auch ein Geschenk hast, kannst du besser mit Kelly ihren Geburtstag feiern.«

»Wie schlecht?«, unterbrach Becky. »Hat er dir die Schuld gegeben?«

Julie wunderte sich über die Nachfrage. Manchmal hatte sie den Eindruck, dass Becky eine Ahnung vom wahren Zustand ihrer Ehe hatte. Aber sie schüttelte den Kopf und sagte nur leichthin: »Nein, er war einfach sauer, dass so was passieren konnte, das ist alles.«

Erin hatte damit begonnen, ihr Geschenk auszupacken. Anders als die wilde Kelly löste sie dabei sorgfältig jede Ecke des mit Klebestreifen verschlossenen Geschenkpapiers.

Julie wusste, dass sie ihrer Schwester nicht die Wahrheit über Sid sagen konnte. Sie würde sich die größten Sorgen machen und mit Kenny darüber sprechen. Und Kenny würde mit Sid reden, um die Situation zu beruhigen, denn er wusste, dass er und seine Familie von Sid abhingen.

»Barbie!«, kreischte Kelly entzückt, nachdem sie es

geschafft hatte, auch den letzten Fetzen Papier von der Verpackung zu entfernen. »Guck mal, Mama! Tante Julie hat mir eine Barbie geschenkt!« Dann rannte sie so schnell sie konnte in Richtung Küche davon. »Ich hab auch eine Barbie!«, schrie Erin und stürmte hinter Kelly her.

»Was sagt man?«, rief Becky den beiden noch nach, aber die hörten sie nicht mehr.

Das Haus war unverkennbar für eine Feier geschmückt. Die Küche war so weit wie möglich ausgeräumt, damit viele Kinder darin Platz finden konnten. Am großen Terrassenfenster zum Garten hin formten bunte Buchstaben die Worte ›Happy Birthday‹. Dutzende bunte Gasballons mit bunten Girlanden hingen unter der Decke.

Julie und Becky gingen in die Küche, wo Dixie an einem Tisch saß und lachende Punkt-Punkt-Komma-Strich-Gesichter auf Luftballons malte. Gerade hatte sie ihre Arbeit unterbrochen und bewunderte die Geschenke, die ihre Enkelinnen ihr stolz entgegenstreckten. Als sie Julie sahen, rannten sie auf sie zu. »Danke, danke, Tante Julie«, kam es aus zwei glücklichen Kindermündern. Dann verschwanden beide in Richtung Kinderzimmer.

»Hier, Julie, du kannst die noch fertig füllen«, sagte Dixie und zeigte auf einen Haufen Wundertüten. »In jede kommen ein Schokoriegel, eine Tüte Erdnüsse, zwei Aufkleber, ein Stift und ein Partyhut.« Julie setzte sich an den Tisch, der von halb gefüllten Tüten und den Dingen, die ihre Mutter genannt hatte, überquoll.

Becky war damit beschäftigt, blaue Kerzen in eine mit weißem Zuckerguss überzogene Torte zu stecken.

»Kelly und Erin erinnern mich sehr an euch, als ihr

noch klein wart«, sagte Dixie. Dann blies sie einen Ballon auf, schnürte ihn zu und nahm sich den nächsten. »Kelly würde sicher so viele Schönheitswettbewerbe gewinnen wie du damals, Julie, wenn Becky ihr nur erlauben würde, mitzumachen.«

»Aber das werde ich nicht«, sagte Becky scharf.

Dixie verzog ärgerlich den Mund, aber bevor sie ihrer älteren Tochter eine Antwort geben konnte, klingelte es an der Tür. Becky warf ihrer Mutter noch einen strengen Blick zu und stand auf, um zu öffnen. Bevor sie die Tür erreichte, rannten Kelly und Erin mit Gejohle an ihr vorbei und um die Wette zur Haustür.

»Ich verstehe einfach nicht, was deine Schwester dagegen hat«, sagte Dixie spitz zu Julie. »Dass du damals so viele Wettbewerbe gewonnen hast, war doch das Beste, was der Familie passieren konnte. Becky eingeschlossen.«

So lange Julie zurückdenken konnte, hatte ihre Mutter sie auf Schönheitswettbewerbe geschleppt, hatte sich um ihr Make-up, ihre Frisur und ihre Kleider gekümmert, die immer besonders schön waren, obwohl sie nie viel Geld hatten. Das erwies sich später als echter Vorteil, denn so musste Julie lernen, sich ihre Kleider selbst zu nähen, und sie wurde eine Meisterin darin. Und auch ihre Boutique hätte sie ohne diese Fähigkeit nie eröffnen können. Dank Julies Schönheit werden wir alle einmal ein besseres Leben führen können, hatte Dixie vorausgesagt und damit Recht behalten.

»Aber Becky scheint sich offenbar für ihre Herkunft zu schämen.« Dixie klang verletzt.

Julie konnte ihre Schwester verstehen, hätte das aber niemals ihrer Mutter sagen können. ›Campingplatz-Penner‹, hatte sie Sid ihre Familie nennen hören, und so sehr sie die Vorstellung hasste, so steckte doch Wahrheit in dieser Gemeinheit. Es war oft sehr turbulent in ihrer Kindheit zugegangen, und weil Dixie zwar viele wechselnde Männerbekanntschaften, aber selten einen Job hatte, waren sie tatsächlich froh gewesen, wenn sie einen Campingwagen zum Schlafen hatten. Wenn es gut ging, kamen sie in billigen Motels unter, aber oft reichte es nicht dafür, und manchmal waren sie so abgebrannt, dass sie in Zelten übernachten und sich in öffentlichen Toiletten waschen mussten. Während Dixie sich tagsüber einen neuen Mann suchte, taten Becky und Julie in der Schule so, als hätten sie ein ganz normales Zuhause. Mit den Gewinnen aus den Schönheitswettbewerben besserte Julie sogar die Haushaltskasse auf. Als Julie dreizehn und Becky sechzehn war, hatten beide genug von diesem Leben, und sie weigerten sich energisch, mit Dixie und deren aktuellen Freund zusammenzuziehen. Sie wollten endlich etwas Dauerhaftes. Und das bekamen sie auch, denn sie mieteten sich tatsächlich einen Wohnwagen und begannen ein wunderbares neues Leben, denn der Wohnwagen wurde das erste Zuhause, das sie kannten. Dixie gab die Männer auf, und alle drei arbeiteten regelmäßig als Kellnerinnen oder Putzfrauen oder Gärtnerinnen. Sie nahmen, was kam, Hauptsache, sie konnten sich die Miete und etwas zu essen leisten. Und sie waren glücklich dabei. Dann kam der Miss-Teenage-South-Carolina-Wettbewerb, und Julie gewann ihn überlegen. Das große Los. Julie war erst fünfzehn, aber der Sieg bedeutete, dass sie Angebote als Model und für lokale Fernsehwerbung bekam. Sie hatten nun mehr Geld, ihr Leben war fast normal geworden. Julie konnte sogar aufs College gehen. Becky hatte einen Job bei einem Autoverleiher angenommen, und Dixie hatte sich wieder einmal verliebt. Diesmal in Hiram Clay. Im nächsten Jahr kam alles zusammen: Becky traf Kenny, Dixie heiratete Hiram, und Julie wurde zur Miss Carolina gekürt und lernte Sid kennen.

Acht Jahre später hatte sich nicht viel geändert. Alle drei Frauen hatten sich irgendwie ihre Lebensträume erfüllt, und die Träume aller drei Frauen hatten inzwischen ihre dunklen Flecken: Hiram hatte vier Jahre nach der Hochzeit mit Dixie einen schweren Autounfall und war seither behindert. Becky spielte beinahe zwanghaft ihre Rolle als perfekte Heile-Vorstadt-Mutter. Und Julie tat immer noch so, als sei sie die glückliche Frau eines erfolgreichen Geschäftsmanns.

Wohl keine der drei würde nach Lage der Dinge »glücklich bis an ihr Lebensende« bleiben. Julie war sich sogar sicher, dass es so etwas nicht gab.

»Ich glaube nicht, dass Becky sich für ihre Herkunft schämt, aber das ist alles Vergangenheit und zählt heute nicht mehr viel. Ich verstehe, warum sie Kelly nicht zu Schönheitswettbewerben schicken will, Mama. Zum Beispiel könnte Erin sich zurückgesetzt fühlen.«

»Julie!«, sagte Dixie, als hätte ihre Tochter gerade etwas Unverzeihliches getan. Dann fügte sie leicht verunsichert hinzu: »Glaubst du, Becky fühlte sich zurückgesetzt, weil du bei all diesen Wettbewerben mitgemacht hast?«

Julie seufzte. »Ich weiß es nicht, Mama, aber es wäre doch …«

Erin und Kelly kamen mit zwei kleinen Gästen in die Küche gerannt, und damit war erst einmal jede ernsthafte Unterhaltung – zum Glück, dachte Julie – beendet, denn jetzt ging die Party los.

Stunden später half Julie noch ein wenig beim Aufräumen, dann musste sie los, wenn sie vor Sid zu Hause sein wollte.

Julie stand gerade unter der Dusche, als er seinen Teil des begehbaren Wandschranks öffnete und begann, sich für den Abend umzuziehen. Da es für jeden einen eigenen begehbaren Wandschrank auf einer Seite des Schlafzimmers gab, hatte Julie ihn nicht kommen hören. Als sie in Abendgarderobe herunterkam, stand er schon wartend im Wohnzimmer.

Er trug einen schwarzen Anzug und wirkte mit den streng zurückgekämmten Haaren und der rahmenlosen Brille auf seiner scharfen Nase sehr elegant. Als Julie ihn so sah, erinnerte sie sich plötzlich daran, warum sie diesen ihr heute so fremden Mann damals geheiratet hatte, und sie spürte einen stechenden Schmerz in der Brust.

Wie konnte er ihr das antun? Ihnen das antun? Die Frage lag ihr in diesem Moment auf der Zunge, und sie musste sich Mühe geben, um sie ihm nicht einfach entgegenzuschleudern. Zum Glück kam ihr rechtzeitig Macs Warnung in den Sinn. Sid würde sowieso alles leugnen, was hätte es also für einen Sinn, diese Frage zu stellen?

Sid sah Julie ins Wohnzimmer kommen, klappte das Handy zu, in das er eben noch gesprochen hatte, und zeigte auf seine Frau. »Du willst doch wohl nicht in diesem Aufzug mitkommen?«

Sofort fühlte Julie sich in die Defensive gedrängt. Sie blickte an ihrem hellroten, ärmellosen, kurzen Seidenkleid hinunter und fragte sich, was er meinen könnte. Bis vor einer Sekunde war sie der Ansicht gewesen, sie sähe großartig aus.

»Was stimmt nicht mit meinem ›Aufzug‹?«, fragte sie scharf.

»Sagen wir mal so: Das Kleid betont deine Hüften zu stark. Es sieht so aus, als wäre jedes Gramm Fett, das du in letzter Zeit zugenommen hast, an deinem Hintern hängen geblieben. Was soll's. Auch egal. Wenn du dich jetzt noch mal umziehst, kommen wir zu spät.« Er sah sie mit diesem typischen herablassenden Blick an, wie nur Sid ihn hatte. Dann nahm er sie am Arm und schubste sie fast zur Tür hinaus. Augenblicke später saß Julie angeschnallt in Sids Mercedes. Über ihrer Fahrt zum Country-Club lastete verbissenes Schweigen. Doch kaum dort angekommen, setzte sie wie eine Maske ihr strahlendstes Lächeln auf und machte sich bereit für einen Abend, an dem alle auf ihren fetten Hintern starren und sie um ihren wunderbaren Ehemann beneiden würden. Nur sie würde nicht aufhören können, schuldbewusst an Schokolade und Magnum-Eiscreme zu denken.

»Ah, da kommt ja der wichtigste Mann der Stadt!«, dröhnte es ihnen entgegen, und der Stimme folgte breit lächelnd Sids Vater John Sidney Carlson III., schlicht John genannt. Er war groß und schwer, war bis auf einen weißen Haarkranz über den Ohren kahl und ansonsten das Ebenbild seines Sohnes. Sid und John klopften sich gegenseitig jovial auf die Schultern, und Julie hauchte der aktuellen Freundin von John einen Kuss auf jede Wange. Pamela Tipton war ein paar Jahre jünger als Julie, aber fast fünf Jahrzehnte jünger als der einundsiebzigjährige John. Sie hatte kurze, blonde Haare, riesige blaue Augen, einen großen roten Mund mit gut sichtbaren, spitzen Eckzähnen und Konfektionsgröße 34. Höchstens.

»Na, und wie geht's meiner Lieblingsschwiegertochter?«, sagte John. Wie immer lachte Julie ausgelassen über seinen uralten Witz – sie war seine einzige Schwiegertochter –, gab auch ihm links und rechts je einen Schmatz und setzte sich dann mit zu der Runde, um so zu tun, als warte sie auf eine höchst anregende Unterhaltung, bei der sie noch etwas lernen könnte. Dabei nippte sie gelegentlich an einem Glas ungesüßtem Eistee, naschte einige Salatblätter und war ansonsten vollauf damit beschäftigt, glücklich auszusehen.

Sie saßen an einem Tisch mit Richter Jimmy Morris und seiner Frau Tricia, Sids Geschäftspartner Raymond Campbell und dessen Gemahlin Lisa sowie Vizegouverneur Bishop, dessen Frau Mary ohne Pause auf Julie einplapperte, die nicht aufhörte, freundlich und interessiert zu nicken und dabei darüber nachzudenken, dass es eigentlich keine schlechte Idee wäre, Sid zu verlassen, wenn es nur um sie ginge.

Die Vorstellung, dass sie Sid einfach sagen würde, er solle seine Koffer packen, gefiel ihr immer besser.

Auf dem Weg nach Hause schwiegen sie sich wieder an. Julie war so aufgebracht, dass sie ihn am liebsten laut einen Betrüger genannt hätte. Sid war wie immer so verbohrt, dass er ihre schlechte Stimmung gar nicht zu spüren schien. Stattdessen machte er irgendwann ein paar belanglose Bemerkungen über den ›gelungenen‹ Abend. Zum Glück zwitscherte sein Handy, bevor sie irgendeine Heuchelei erwidern musste. Es ging offenbar um Lieferschwierigkeiten bei Baustoffen. Julie wandte sich ab und sah gedankenverloren zum Fenster hinaus.

Die Schönheit der sternenklaren Nacht schien ihr eigenes Unglück zu verspotten. Irgendwann streiften ihre Gedanken auch Mac, blieben an ihm hängen, und gleich fühlte sie sich besser. Er war in dieser Zeit der Einzige, der sie zum Lachen bringen konnte. Er war der verdammt bestaussehende Mann, den sie je getroffen hatte. Er hatte den süßesten Hund, den man sich vorstellen konnte. Und er war schwul. Drei zu eins für sie. In der gegenwärtigen Situation keine schlechte Ausbeute, oder?

Als der Mercedes sich der Auffahrt näherte, blickte sie sich beiläufig um, konnte aber kein Anzeichen von Mac oder seinem Wagen entdecken. Natürlich hieß das nicht, dass er nicht doch da war. Er konnte überall sein. Zum Beispiel irgendwo zwischen den dichten Bäumen, welche die Straße säumten.

Wortlos betraten sie das Haus. Sid zog sich sofort ins Wohnzimmer zurück, und sie ging die Treppe hinauf ins Schlafzimmer. Sie zog das Seidenkleid aus und wusste in diesem Augenblick, dass sie es nie wieder tragen würde. Es war kaum zu glauben, aber sie hatte so viel Angst vor einem Kleid, in dem ihr Hintern dick aussah, wie ein Kind vor einem dunklen Keller. Und natürlich wusste Sid das. Er hatte diese Bemerkung überhaupt nur deshalb gemacht, weil er wusste, dass sie sich für den Rest des Abends miserabel fühlen würde. Er konnte wirklich auf brillante Art verletzend sein. Und sie durchschaute ihn und konnte sich doch nicht wehren.

Sie kickte ihre Schuhe in die Ecke, rollte ihre Strumpfhose von den Beinen und ging in Slip und Büstenhalter ins Badezimmer, wo sie sich Badewasser einließ. Sie würde ein schönes heißes Bad nehmen, die älteste, unerotischste Nachtwäsche anziehen, die sie im Schrank finden konnte, und sich schlafen legen.

Diesmal würde sie nicht auf ihn warten. Würde sich nicht fragen, was er an ihr auszusetzen haben konnte. Würde sich nicht mehr fragen, ob er eine andere hat.

Das herauszufinden war nun Macs Aufgabe. Der Gedanke hatte etwas ungeheuer Beruhigendes.

Aber während sie darauf wartete, dass sich die Wanne füllte, packte sie wieder die alte Neugierde. Sie ging auf Zehenspitzen in Sids Badezimmer auf der anderen Seite des Schlafzimmers und blieb vor dem Medizinschränkchen stehen. Sie öffnete es. Ganz oben war das Fläschchen mit den Vitamintabletten. Sie nahm es in die Hand, löste den Verschluss und schüttete sich den Inhalt auf die Handfläche. Zwischen den gelben Kapseln fand sie sechs – sie zählte zweimal, ja sechs – blaue Viagra-Pillen.

Hieß das, dass Sid heute zu Hause blieb? Offenbar.

Julie verzog die Lippen zu einer Grimasse bei dem Gedanken. Das war ihr gar nicht recht. Sie schlich zurück in ihr Badezimmer, drehte die Wasserhähne zu und ging dann ins Schlafzimmer. Nachdem sie das Licht ausgemacht hatte, blieb sie am Fenster stehen und zog die schweren Seidenvorhänge zurück. Der Mond warf den Schatten der sich im leichten Wind wiegenden Bäume auf den silbrigen Rasen vor dem Haus. Auf der anderen Seite der den Garten begrenzenden Mauer war nichts als undurchdringliche Schwärze. Wartete irgendwo dort draußen Mac in seinem Wagen auf Sid? Vielleicht. Er hatte es gesagt, aber konnte Julie sich sicher sein?

Wie lange sie dort am Fenster gestanden hatte, wusste sie später nicht mehr. Aber sie wusste, was sie aus den Gedanken gerissen hatte: Das Geräusch der sich öffnenden Tür zwischen Küche und Garage. Entweder Sid hatte etwas im Auto liegen lassen, oder er unternahm wieder einen seiner nächtlichen Ausflüge – ohne Viagra.

Jeder Muskel in Julies Körper war angespannt. Plötzlich wusste sie, dass sie unmöglich würde warten können, bis Mac mit einem Bericht zu ihr kam.

Und sie konnte unmöglich einfach ruhig ein Bad nehmen und dann ins Bett gehen.

Sie wollte mit eigenen Augen sehen, was Sid nachts trieb. Sie *musste* es mit eigenen Augen sehen.

Sie musste die Sache, ihre Ehe, zu einem Ende bringen. Und dafür musste sie Sicherheit haben. Sicherheit über Sids miesen Charakter.

Dann hörte sie das tiefe Brummen des sich elektrisch öffnenden Garagentors.

Julie rannte zum Wandschrank, riss das erstbeste Kleid heraus, das sie zwischen die Finger bekam – ein rotes Minikleid im Polo-Stil –, fand hastig ein unauffälliges Paar Schuhe – Pumps mit flachen Absätzen – und rannte mit dieser Beute in den Händen barfuß die Treppe zur Diele hinunter.

Wenn Mac irgendwo da draußen war, würde sie mit ihm Sid verfolgen. Wenn nicht, ginge sie wieder auf eigene Faust.

Sie riss die Tür auf, flog die weißen Steinstufen zum Garten hinunter und rannte über den taufeuchten, kühlen Rasen zum kleinen schmiedeeisernen Tor am anderen Ende des Gartens.

Sids Wagen rollte währenddessen fast lautlos aus der Garage und die Auffahrt entlang. Konnte er sie sehen? Julies Herz raste, als sie sich umdrehte und versuchte, nicht von den grellen Scheinwerfern erfasst zu werden. Nein, sie war weit genug entfernt.

Julie war noch vor dem großen Wagen am Tor, musste aber im Schatten der Mauer bleiben, um von Sid nicht gesehen zu werden. Die schwere Limousine rollte heran, sie hörte das kraftvolle Brummen des großen Motors, das Summen der breiten Reifen – dann war der Mercedes an ihr vorbei und durch das Tor. Er bog nach links ab. Genau wie in der Nacht zuvor.

Julie rannte hinter ihm her durch das Tor, sah die Rücklichter kleiner und kleiner werden und konnte es nicht fassen.

Wo war nur Mac?

Sie stand barfuß auf dem Asphalt, der noch warm von der Hitze des Tages war. Das Zirpen der Zikaden erfüllte die Luft.

Wo war Mac? Sie sah sich um. Stand dort ein Wagen vor dem Grundstück der Cranes? Sie war sich nicht sicher, aber sie lief trotzdem darauf zu – und in diesem Augenblick wurde sie von zwei Scheinwerfern geblendet. Sie riss die Arme schützend vor das Gesicht und blieb wie angewurzelt stehen.

11

Mac traute seinen Augen nicht, als Julie plötzlich wie ein Reh in seinem Scheinwerferlicht auftauchte. Zum Glück war er geistesgegenwärtig genug, sofort auf die Bremse zu treten. Seinen eigenen Klienten zu überfahren war sicher nicht die beste Werbung fürs Geschäft.

Julie riss die Tür auf und sprang förmlich auf den Beifahrersitz. »Losloslos!«, rief sie. »Fahr schon, sonst verlieren wir ihn!«

»Verdammt ...«, war alles, was Mac vor Überraschung erwidern konnte. Aber er begriff sofort, dass er keine Zeit hatte, mit ihr zu diskutieren, wenn er sein Objekt nicht verlieren wollte.

Also warf er ihr nur aus zusammengekniffenen Augen einen vorwurfsvollen Blick zu und trat aufs Gas, während sie den Gurt anlegte und es sich bequem machte.

Bis zur nächsten Kreuzung sagte keiner ein Wort. Dann brach Mac das Schweigen.

»So war das nicht abgemacht.«

»Na und? Ich bin mit dem Kerl verheiratet. Ich bezahle jemanden, damit er beobachtet wird, und wenn ich will, komme ich mit.«

Sids Mercedes war wenige hundert Meter voraus. Sie fuhren gerade durch Summerville in Richtung Umgehungsstraße, und Mac achtete darauf, Sid einerseits nicht aus den Augen zu verlieren und andererseits nicht zu deutlich in seinem Rückspiegel aufzutauchen.

»Ach ja? Du liest offenbar die falschen Bücher, so läuft das nämlich nicht.«

»Erzähl mir nicht, wie das läuft. Ich hab ihn letzte Nacht verfolgt, und er hat mich nicht bemerkt.«

»Reines Glück.« Er verzog verärgert das Gesicht. Offenbar hatte sie irgendein Parfüm aufgelegt. Jedenfalls hatte er bei jedem Atemzug diesen Duft in der Nase. Einen sanften und verführerischen Duft. Ihr pechschwarzes Haar lag in wilden Wellen auf ihren Schultern. Ihre vor Aufregung weit aufgerissenen Augen glänzten im matten Licht des Armaturenbretts. Ihre Lippen … diese Lippen, die er unvorsichtigerweise an diesem Nachmittag geküsst hatte, diese warmen, weichen, vollen Lippen waren leicht geöffnet, wenn sie atmete. Sie hatte ein Kleid an, das weit über den Knien aufhörte und jede ihrer Körperrundungen betonte. Wegen der Dunkelheit konnte er es zwar nicht genau sehen, aber Mac war bereit zu wetten, dass ihre langen, braunen Beine wieder nackt waren.

Verdammt, das konnte er während der Arbeit überhaupt nicht gebrauchen. Er brauchte einen klaren Kopf, und sie verwirrte ihn. Machte ihn irre.

»Ich werde ganz still hier sitzen, okay? Du wirst nicht mal bemerken, dass ich da bin«, sagte sie, als hätte sie seine Gedanken gelesen.

Er lachte nur und achtete darauf, Sid nicht zu verlieren, der in diesem Moment auf den Expressway abbog. Er folgte ihm in sicherem Abstand.

»Das war wirklich keine gute Idee. Und das war bei diesem Auftrag das erste und das letzte Mal, klar? *Ich* folge deinem Mann. *Du* bleibst zu Hause. *Ich* berichte dir. *Du* zahlst. So läuft das.«

»Richtig. Ich zahle. Und darum bestimme auch ich, wie es läuft.«

»Wenn du *mich* zahlst, bestimme *ich*.«

»Wenn dir was nicht passt, kannst du ja den Auftrag abbrechen. Du drehst einfach um, setzt mich wieder zu Hause ab und gute Nacht. Ich kann Sid auch allein verfolgen.«

Was sollte er tun? Er saß in der Patsche. Jetzt, da er schon so nah an seinen Erzfeind herangekommen war, würde er auf gar keinen Fall hinschmeißen. Außerdem machte er sich Sorgen um Julie.

Obwohl er wusste, dass er das nicht sollte. Sie war schlicht Sids Frau. Nicht mehr und nicht weniger.

»Noch so eine krumme Tour, und ich breche den Auftrag wirklich ab, verstanden?«, sagte er, aber er wusste, dass das bei Julie eine schwache Drohung war.

Und tatsächlich lächelte sie ganz leicht, weil sie wusste, dass sie gewonnen hatte.

»Ich werde auch ganz brav sein«, schnurrte sie.

Mac verdrehte nur die Augen.

»Wo ist denn Josephine?«, sagte Julie und drehte sich zum Rücksitz um.

»Josephine? Sie ist wahrscheinlich das einzige Wesen, das bei einer Beschattung noch mehr im Weg wäre als du. Darum hab ich sie zu Hause gelassen.« Dass er sie im Badezimmer eingesperrt hatte, sagte er lieber nicht. Er hatte extra einen Knoten in den neuen Duschvorhang gemacht, damit Josephine nicht an ihn herankam. Alles andere – Badetücher, Rasierutensilien, Toilettenpapier – war hoffentlich sicher im Schränkchen unter dem Waschbecken verstaut.

Plötzlich beugte sich Julie vor und rief: »Da! Er hat die Spur gewechselt. Wahrscheinlich will er abbiegen. Achtung …«

Inzwischen hatten sie Charleston erreicht, und der Mercedes vor ihnen ordnete sich rechts ein. Es war immer noch viel Verkehr auf der Straße. Nichts Ungewöhnliches für einen Samstag, aber günstig, wenn man jemandem folgte und nicht entdeckt werden wollte. Doch das konnte sich ändern: Schließlich würde er vielleicht irgendwann einmal aussteigen müssen, und dann hätte er Sids ›unauffällige‹ Frau am Bein. Ein Witz.

»Ja, ja, ich hab's auch gesehen«, sagte er und ordnete sich ebenfalls rechts ein. Als sie jetzt durch die von Laternen erleuchteten Straßen der Stadt fuhren, bemerkte Mac Julies Kleid. »Na wunderbar«, sagte er. »Ein schickes Rot, ich muss schon sagen. War das nötig? Wenn du auffallen willst, kannst du dir doch gleich ein Blaulicht auf den Kopf setzen.«

»Das war keine Absicht«, sagte sie kleinlaut und blickte an sich herab. »Ich habe einfach das erstbeste Kleid gegriffen.«

»Immerhin bist du heute beinahe angezogen. Ich sollte mich also nicht beschweren.«

»Spar dir deine Kommentare, Mac«, sagte sie bissig und grinste ihn gleichzeitig an. Es war ein Grinsen, das ihm unter die Haut ging. Mein Gott, dachte er, die Sache war so sonnenklar: er stand auf ihr Lächeln, auf den Schalk in ihren dunklen, unergründlichen Augen. Er stand auf sie!

Schön blöd von ihm. Schließlich hatte er ursprünglich nur die Gelegenheit ergreifen und ein paar Informationen über Sid sammeln wollen. Es war nicht gut, diese nicht ungefährliche Absicht mit starken Gefühlen für Julie zu vermischen. Er sollte all dem hier und jetzt ein Ende bereiten, sagte er sich, bevor es zu spät war. Er sollte sie nach Hause fahren, ihr die Namen von ein paar anderen Privatschnüfflern aufschreiben und machen, dass er weg kam und sie vergaß.

Aber schon als er so vor sich hin brütete, wusste er, dass er sie nicht vergessen wollte. Also ließ er den Gedanken fallen und konzentrierte sich wieder auf den Mercedes vor ihnen.

»Genau wie gestern«, sagte sie. »Er fährt dieselbe Strecke. Ich wusste es.«

»Wenn er immer dieselbe Person trifft, haben sie

wahrscheinlich einen regelmäßigen Treffpunkt«, sagte er. Dann sah er sie von der Seite an. »Pass auf, ich mach dir einen Vorschlag. Ich fahr dich jetzt wieder zurück und nehme Sids Spur an einem der nächsten Tage wieder auf. Alleine. Denn wenn wir etwas nicht gebrauchen können, dann eine große Szene in dem Moment, in dem wir Sid mit seiner Liebsten treffen. Und du bist im Augenblick wirklich viel zu aufgeregt.«

Julie erwiderte seinen Blick kühl und ernst. »Es wird keine Szene geben«, sagte sie völlig ruhig. »Ich brauche nur Gewissheit, das ist alles. Ich bin jetzt acht Jahre mit dem Mann verheiratet, und diese Zeit bedeutet mir etwas. Ich glaube nicht, dass ich Sid noch liebe, aber meine Ehe ist mir nicht gleichgültig. Wenn er mich wirklich betrügt, muss ich das mit meinen eigenen Augen sehen. Kannst du das verstehen?«

Mac warf ihr einen Blick zu und wusste mehr als je zuvor, dass er Sid fertig machen musste. Der Kerl verdiente diese Frau gar nicht. Aber das war typisch für ihn. Sid dachte immer, er könne den Kuchen behalten und gleichzeitig ständig dran knabbern.

»Ich verstehe nur, dass ich völlig verrückt sein muss, auf dich zu hören«, sagte er. Und damit hatte er verloren.

Wieder bogen sie ab und waren plötzlich in der Straße, in der Julie und Mac sich in der Nacht zuvor begegnet waren. Das *Pink Pussycat* war drei Straßen weiter auf der linken Seite. Ob der ahnungslose Clinton Edwards sich auch heute dort herumtrieb? Wahrscheinlich. Nach Macs Erfahrung änderten die Menschen selten ihre Gewohnheiten. In diesem Teil der Stadt gab es ungefähr fünfzig Striplokale, Massagesalons, Pornoshops und Oben-ohne-Bars. Aus seiner Zeit als Polizist wusste er, dass in diesen Straßen Raub, Vergewaltigung, Raufereien und Schießereien besonders in heißen Wochenendnächten zur Tagesordnung gehörten. Und in Charleston war es meistens heiß.

»Wo ist er?«, fragte Julie plötzlich. »Ich sehe ihn nicht mehr.«

Sie hatte ein Bein unter ihren Hintern gezogen und spähte konzentriert in den dichten Verkehr auf der Straße vor ihnen. Dann suchte sie die Masse der vergnügungssüchtigen Fußgänger auf dem Gehsteig ab.

»Aber ich sehe ihn«, sagte Mac. Was er nicht sagte, war, dass er den Mercedes gar nicht verlieren konnte. Letzte Nacht hatte er einen Sender unter Sids Wagen montiert und konnte jetzt dessen Weg auf einem kleinen Bildschirm zwischen den Sitzen genau verfolgen.

»Was macht er? Wo ist er?«, fragte Julie nervös.

»Sucht einen Parkplatz. Und jetzt bleib ruhig sitzen, klar? Ich setz mich dann hinter ihn. Dein Gehampel muss uns ja nicht gleich verraten.« Eine schmale Gasse führte zu einem Parkplatz abseits der Hauptstraße, der überwiegend von Kunden der umliegenden Stundenhotels genutzt wurde. Er fuhr an der Parklücke vorbei, in die der Mercedes soeben eingebogen war.

Der Sarkasmus brachte Mac einen vernichtenden Blick von Julie ein, den er mit einem Lächeln kommentierte. Doch hinter seiner Spitze steckte ein professioneller Entschluss. Diese Aktion konnte er abschreiben, sie würde nicht weiterführen. Die Möglichkeit einer Konfrontation zwischen Sid und Julie war einfach zu gefährlich. Und bei seinem Vorhaben konnte er keinen Knall dieser Art brauchen. Und auch Julie würde das nicht gerade helfen. Also würde er sie ein bisschen ins

Charlestoner Nachtleben einführen, ein paar der weniger üblen Bars mit ihr durchstreifen und irgendwann feststellen, dass sie Sid leider verloren hätten und wohl besser wieder nach Hause führen. Um dann die Beschattung an einem der nächsten Tage alleine fortzusetzen.

So stellte er sich das jedenfalls vor.

Der Parkplatz lag fast völlig im Dunkeln, was natürlich seinen Nutzern entgegenkam, aber Mac ebenfalls recht war. Sid hier aus den Augen zu verlieren war sehr einfach.

»Beeil dich, wir verlieren ihn«, rief Julie und warf ihm einen Blick zu, der wohl besagen sollte: *Du bist mir ja ein schöner Detektiv.*

Jetzt, da Mac den Abend abgeschrieben hatte, wurde er ganz locker. Vielleicht würde das sogar noch ein ganz amüsanter Abend werden, dachte er bei sich und lächelte Julie nachsichtig an.

»Nur die Ruhe. Ich hab da so eine Ahnung, wo er hin will.« Das war gelogen. Er hatte keine Ahnung. Er konnte sich nicht einmal ansatzweise vorstellen, was ein Mann wie Sid in dieser Gegend wollte. Genau deshalb war ihm eben ein Ort eingefallen, an dem sich Sid bestimmt *nicht* einfinden würde. Dafür aber Julie und Mac.

»Eine Ahnung!«, rief sie. »Nicht möglich. Ich bin wirklich beeindruckt.«

Er fand eine Lücke und parkte ein. »Tja, Ma'am, wir Detektive leben von Ahnungen.«

Offenbar stand ihr im Augenblick nicht der Sinn nach Scherzen. Er hatte noch nicht den Motor abgestellt, da hatte sie die Tür schon geöffnet und wollte aussteigen. Er packte ihren Arm. Einen schlanken, festen, mit samtzarter Haut überzogenen Arm, wie er bemerkte. »Oha, Lady! Sekunde mal, nicht so eilig.«

»Was?«, schleuderte sie ihm entgegen und warf ihm einen warnenden Blick über die Schulter zu.

»Da dein Mann, soweit wir wissen, nicht blind ist, sollten wir Vorsichtsmaßnahmen treffen.« Trotz seiner Vermeidungsstrategie konnten sie Sid tatsächlich zufällig auf der Straße begegnen, überlegte er.

»Was für Vorsichtsmaßnahmen?«

Mac ließ ihren Arm los und griff nach etwas auf der Rückbank des Wagens. Als er den Arm wieder nach vorn nahm, hielt er die Debbie-Perücke in der Hand.

»Nicht im Ernst«, sagte sie und starrte auf den blonden Mopp, als könnte der sie beißen.

»Wolltest du nicht schon immer aus eigener Erfahrung wissen, ob es wahr ist, dass Blondinen mehr Spaß haben?«

Sie sah ihn forschend an. »Du machst nur Spaß, oder?«

»Nö. Los, anziehen.«

Für einige Augenblicke schien es noch, als wolle Julie den Aufstand proben, aber dann seufzte sie und klappte die Sonnenblende mit dem Spiegel auf der Rückseite herunter. Sie steckte und schob sich ihr Haar so zurecht, dass es unter eine Perücke passte, und streifte sich dann das blonde Haarteil über.

»Ich sehe aus wie Jennifer Lopez, die sich als Britney Spears verkleidet hat«, sagte sie.

»Alles okay, solange du nicht wie Julie Carlson aussiehst.«

Er schlug die Sonnenblende hoch und beugte sich über sie, um die Tür auf ihrer Seite aufzustoßen. »Auf geht's.«

Zwar war es inzwischen etwas kühler geworden, aber die Luft war immer noch schwül. Und nicht nur die stickige Nachtluft, sondern auch die Geräusche der Nacht, Menschengemurmel, Verkehrslärm, Barmusik schlugen ihnen entgegen. Julie lief um den Wagen herum und blieb neben Mac stehen. Er hatte jede ihrer Bewegungen beobachtet: wie sie die nackten Beine aus der Tür geschwungen, sich den Rock glatt gestrichen hatte, ihren Hüftschwung … doch, er musste zugeben, dass sie auch als Blondine eine gute Figur machte. Andererseits hätte sie bei diesem Körper auch neongrüne Haare haben und die Männer trotzdem reihenweise umhauen können.

»Yo, Mann, wenn du hier parken willst, kostet dich das zwanzig Dollar.« Ein Junge mit sackartigen Jeans und übergroßem Karohemd tauchte aus der Dunkelheit auf und schlenderte auf Mac und Julie zu. Sein misstrauischer Blick sagte Mac, dass der Junge Ärger gewohnt war. Und er glaubte, schon mal mit dem Typen zu tun gehabt zu haben.

Mac drehte sich ganz lässig zu dem Jungen um. »Dann treibst du jetzt also für Fitch ein«, sagte er wie nebenbei. Julie hatte sich an ihn gedrängt und hielt seinen Arm knapp über dem Ellbogen umklammert. Er roch ihr Parfüm. Anders als Bill Clinton mit seinem Joint konnte Mac nicht anders, als diesen Duft tief zu inhalieren. Er erregte ihn, und zusammen mit ihrer Berührung an seinem Arm fühlte er, wie er steif wurde. Das passte nun überhaupt nicht zur Situation, und er biss die Zähne zusammen. Der Junge musste Macs Notlage als gefährliches Grinsen auslegen.

»Yo, Mann, du kennst Fitch?«

»Yeah.«

»Yo, Mann, sorry«, machte der Junge und verschmolz rückwärts mit der Dunkelheit. So einfach war das.

Julie stieß einen Seufzer der Erleichterung aus, und ihre Hand glitt langsam an seinem Arm herunter, was ihm Schauer der Wonne über den Rücken jagte. Als sie die seine erreichte, hielt er sie fest. Es geschah ganz automatisch und wie selbstverständlich. Und so liefen sie Hand in Hand den Versuchungen der Nacht entgegen, das Klack-klack von Julies sexy hohen Absätzen in seinen Ohren.

»Der Typ hat mich an die Idioten erinnert, die meinen Jaguar gestohlen haben«, sagte Julie. Er spürte ihre Hitze durch seine Kleidung.

»Die sehen doch alle gleich aus«, sagte er voller Anspannung, die nichts damit zu tun hatte, dass vielleicht der Junge und ein paar seiner Kumpel in der Dunkelheit auf sie lauern könnten.

»Gehört diesem Fitch der Parkplatz? Und kennst du den wirklich?«

»Ja. Sowohl als auch.« Dass seine Antworten so knapp ausfielen, hatte damit zu tun, dass sein Verstand darum kämpfte, wieder die Oberhand über die Hormone zu gewinnen.

»Du kennst wirklich interessante Leute, ich muss schon sagen.«

Bevor er antworten konnte, hatten sie die Hauptstraße erreicht und waren in den Menschenstrom eingetaucht. Aber sofort erregten sie auch Aufmerksamkeit, weil Julie sich ständig auf die Zehenspitzen stellte und suchend den Blondschopf hin und her warf.

»Ich kann Sid nirgendwo sehen«, sagte sie auf den Zehenspitzen Ausschau haltend. Dabei hielt sie das

Gleichgewicht, indem sie die flache Hand gegen seine Brust drückte. Er hatte fast das Gefühl, dass sie ein Loch in sein Hemd brannte und seine Haut versengte.

»Ich hab da so eine Idee, wo er sein könnte.« Wieder einmal hatte sie ihn in genau dem richtigen Augenblick daran erinnert, dass sie verheiratet war. Er musste dringend den Kopf frei bekommen und sich klarmachen, dass dies keine Frau war, die später seine Laken zerwühlen würde. Dies war Julie Carlson, eine Klientin. Nicht mehr und auch nicht weniger.

Aber die Erkenntnis schien sein Gehirn nicht zu erreichen.

»Hier lang.« Er nahm ihre Hand von seiner Brust, umklammerte sie und zog Julie mit sich. Er hatte sich erst ganz von ihr loslösen wollen, aber ihm fehlte die Kraft dazu. Sid war ihm jetzt völlig egal, den würden sie sowieso nie finden. Er wollte mit Julie ins *Sweetwater*, eine der wenigen halbwegs erträglichen Bars in der Gegend.

Irgendwann landete jeder einmal im *Sweetwater*. Gerade deshalb würde sich Sid ziemlich sicher genau dort nicht blicken lassen, wenn er wirklich ein Rendezvous mit einer fremden Dame hatte. Die Chance, in diesem Laden erkannt zu werden, war einfach zu groß für einen anständigen Ehemann und anerkannten Pfeiler der Gesellschaft.

Am *Sweetwater* angekommen, zahlte Mac für beide und schob Julie vor sich her in den düsteren Raum.

»Und du glaubst wirklich, dass er hier ist?«, brüllte Julie, um sich bei dem Lärm, der ihnen entgegenwummerte, überhaupt verständlich zu machen.

»Vielleicht«, schrie Mac zurück.

Der vordere Raum des *Sweetwater* war eine in violettes Licht getauchte ehemalige Lagerhalle, deren Wände vollständig mit glitzernder Alufolie bedeckt waren. Zwei Meter über dem Boden schwebten Plexiglaswürfel, in denen sich hübsche, junge nackte Dinger wanden und das Publikum zum Tanzen anregen sollten. Dies bestand hauptsächlich aus vollständig bekleideten Herren und spärlich bekleideten Damen. Die Touristinnen waren die einzigen weiblichen Wesen, die nicht so viel Haut wie irgend möglich zeigten, und waren deshalb so leicht zu erkennen wie Blutspuren im Schnee.

Gleich hinter der Kasse nahm eine hübsche Rothaarige in Glitzerkostüm Mac und Julie in Empfang. Sie führte die beiden zu einer roten Lederbank, die sich über die gesamte Wand erstreckte. Vor der Bank standen kleine rechteckige Tische, an denen sich die Pärchen wie Hühner auf einer Stange drängten.

Als Mac und Julie sich ihrem Tisch näherten, bemerkten sie, dass offenbar mehrere Paare unter den Tischen miteinander beschäftigt waren. Auf den Tischen tanzten Mädchen, was den Grabschern unter den Gästen entgegenkam.

Julies Augen hatten sich zur Größe von Untertassen geweitet, und Mac hatte fast ein schlechtes Gewissen, ihr diese dunkle Seite von Charleston gezeigt zu haben. Er tröstete sich damit, dass dieser Laden, verglichen mit anderen in der Gegend, eher konservativ zu nennen war.

Ein Mädchen in mehr als knappem Glitzerkostüm näherte sich, beugte sich besonders tief zu Mac herunter und fragte: »Was kann ich euch zwei Süßen bringen?«

Mac bot sich ein durchaus bemerkenswerter Anblick, den er aber angesichts von Julies Anwesenheit zu ignorieren versuchte. Die Frage der Kellnerin hatte er eher geahnt als gehört.

»Heineken.« Er sah Julie an.

»Weißwein.«

Das Glitzermädchen nickte zum Zeichen, dass sie die Lippen richtig gelesen hatte, warf Mac noch einen verheißungsvollen Blick zu und machte auf ihren turmhohen Absätzen kehrt. Mac sah versonnen dem mit einem silbernen Tanga verzierten knackigen Hintern hinterher. Das *Sweetwater* war vielleicht nicht der beste Laden, aber einer mit der besten Aussicht, überlegte er.

»O mein Gott! Da ist er!«

Was? Mac war so überrascht, dass er die Frage gar nicht herausbrachte, sondern stattdessen den Kopf so schnell Julie zudrehte, dass er sich eigentlich das Genick hätte brechen müssen. Dann folgte er Julies Blick.

Verdammt! Tatsächlich, da war er. Dunkler Anzug, zurückgegeltes Haar, Brille, aalglatt wie immer. Und es schien, als würde die lächelnde, rothaarige Empfangshostess ihn und die beiden langbeinigen Schönheiten an seiner Seite genau an ihren Tisch führen.

Mac war so erstaunt, dass ihm die Kinnlade runterfiel. Verdammt, dachte er nur.

Verdammtverdammtverdammt.

Und doch. Als Sid sich näherte, wurde offensichtlich, dass er keine Ahnung von Julies und Macs Anwesenheit hatte. Und so sollte es bleiben, beschloss Mac und reagierte blitzschnell. Schadensbegrenzung.

Er griff die überraschte Julie um die Hüfte und zog sie zu sich heran. »Los, setz dich auf meinen Schoß. Mach schon.«

Mac saß jetzt mit dem Rücken zum nahenden Sid und verdeckte so auch Julies Gesicht. Sie war ihm so nah wie nie. So nah, dass er sogar im schlechten Licht die feine Struktur ihrer Haut und die hauchzarten goldenen Linien in ihren Augen erkennen konnte. Seine Reaktion hatte ihren Schrecken eher noch erhöht. Noch immer hatte sie die Augen weit aufgerissen, und als ob die Lage nicht schon schwierig genug wäre, kletterte sie jetzt tatsächlich wie in Trance auf seinen Schoß, spreizte die Beine und schwang sich in seinen Sattel. Schenkel rieben an Schenkel, er fühlte ihren wunderbar festen und runden Arsch auf seinem Schoß. Und natürlich reagierte sein Körper sofort. Hoffentlich würde Julie es nicht merken. Aber wie sollte sie nicht.

Sid war angesichts dieser Situation plötzlich sein geringstes Problem. Er kam sich vor wie ein Kamikazeflieger, der verzweifelt versuchte, seine Maschine im letzten Augenblick vor dem Aufschlag noch hochzuziehen.

Jetzt sah Julie ihn an.

Und die süße kleine Möse unter ihrem schwarzen Slip drückte deutlich gegen den Teil von Mac, der offensichtlich nicht vom Verstand gesteuert wurde.

Nicht gut, dachte Mac. Gar nicht gut.

12

Julie saß auf Macs etwas unbequemen Schoß, sah Sids verzerrtes Spiegelbild in der mit Alufolie verkleideten Wand vor ihr und hatte nur einen Gedanken.

Es war wahr. Sid hatte eine Affäre. Ach was: Zwei Affären. Er hatte zwei fast nackte Frauen dabei, und so wie sie sich an ihn klammerten, kannten sie ihn ziemlich gut. Trotz der hämmernden Musik war sie sicher, gehört zu haben, wie eine der beiden Halbnackten ihn Sid genannt hatte, und ihre Stimme hatte dabei gequietscht, als hätte Marilyn Monroe zu viel Helium geschluckt.

Jetzt stand Sid kaum mehr als drei Meter hinter ihr. Gott sei Dank hielt Mac seine Hände so fest auf ihre Oberschenkel gepresst, sonst wäre sie zweifellos aufgesprungen und hätte Sid eine in die Fresse gehauen.

Sprich mir nach, Sid, dachte sie und biss die Zähne aufeinander, als sie sah, dass Sid einer dieser Bräute spielerisch in den Nacken biss. *Du bist G-E-S-C-H-I-C-H-T-E.*

Vielleicht hatte Sid doch etwas gemerkt, vielleicht war es auch Julies Aura des Hasses, jedenfalls drehte er sich in diesem Augenblick zu ihr hin. Tastete sie mit Blicken ab, suchte in der spiegelnden Wand ihren Blick. Ihre Augen trafen sich. Panik wollte von Julie Besitz ergreifen, doch dann fiel ihr ein, dass die Folie ihr Gesicht verzerrte und dieses unter der blonden Perücke sowieso kaum zu erkennen sein würde. Und trotzdem …

Sie tauchte ab. Beugte sich herunter und drückte

ohne lange zu überlegen ihre Lippen auf Macs. Schließlich verlangen außergewöhnliche Umstände immer außergewöhnliche Maßnahmen. Und sie wollte auf keinen Fall hier und jetzt eine Auseinandersetzung mit Sid. Nicht bevor sie die ganze Geschichte in ihrem Kopf und mit einem harten Schweinehund von Scheidungsanwalt noch mal haarklein durchgegangen war. Außerdem hatte sie Angst vor Sids Reaktion, wenn er herausfinden würde, dass sie ihn beschattete. Ihr sechster Sinn sagte ihr einfach, dass es besser wäre, Sid auszuweichen, er schrillte so laut wie eine Alarmglocke.

Also warf sie ihre falschen Haare nach vorn, schlang ihre Arme um Mac, küsste ihn leidenschaftlich und hoffte, dass der als Profi genug Verständnis für die Situation aufbringen würde, um mitzuspielen.

Seine Lippen waren trocken und warm, und wenn man von seiner sexuellen Orientierung einmal absah, machte es durchaus Spaß, ihn zu küssen, dachte sie. Und er schien damit auch keine Probleme zu haben. Zumindest wehrte er sich nicht. Im Gegenteil. Nach einer Sekunde der Überraschung schien er bereitwillig mitzuspielen, spielte sogar überzeugend mit und ließ unnötigerweise auch noch seine Hände unter ihrem Rock nach oben wandern.

Und dann übernahm er die Initiative, schloss leidenschaftlich seinen Mund über ihrem, seine Zunge tastete sich vor, drängte, bis sie schließlich instinktiv ihre Lippen öffnete und ihn einließ. Und dann erkundete seine Zunge ihren Mund auf so routinierte und erfahrene Weise, dass Julie gleich klar war: Das tat er nicht zum ersten Mal. Wie Stahlklammern hielten seine Arme sie umschlungen, heiß und hungrig glitten seine Hände über ihren Rücken, seine breite muskulöse Brust drückte gegen ihre härter werdenden Brüste …

Sie fand es wunderbar.

Und spürte, wie sie innerlich ganz weich und weit wurde.

Seine Leidenschaft ließ sie von Kopf bis Fuß erbeben. Apropos Fuß – sie hatte ihre Schuhe verloren. Sie mussten irgendwo unter dem Tisch liegen, dachte sie abwesend. Und dann war dieser Gedanke schon wieder weg, denn Julie war zu sehr damit beschäftigt, Macs Drängen zu erwidern.

»Das macht dann zehn Dollar«, sagte die glitzernde Kellnerin.

Die Stimme brauchte eine kleine Ewigkeit, bis sie in Julies Hirn registriert wurde, und die Bedeutung der Worte hinkte noch weiter hinterher. Irgendwann hatte sie dann verstanden und löste sich widerstrebend von Mac. Sie konnte sich nicht erinnern, in ihrem Leben je auf so angenehme Weise so verwirrt worden zu sein. Sie sah ihn an. Seine Pupillen waren so geweitet, dass seine Augen fast völlig schwarz erschienen. Seine Lippen waren immer noch leicht geöffnet. Heftiger Atem hob und senkte seinen Brustkorb in schnellem Rhythmus.

»Mac«, sagte sie atemlos und machte ihn auf die wartende Kellnerin aufmerksam.

Sein Mund schloss sich, er räusperte sich. Julie sah ein erregendes Glimmen in seinen Augen und dachte: Mein Gott, er ist einfach zum Fressen.

»Klar«, sagte er, sah die Kellnerin an, nahm eine Hand unter ihrem Rock hervor und zog seine Brieftasche aus seiner Jeans. Auch die andere Hand kam unter Julies Rock hervor und zog hinter ihrem Rücken einen Zwanziger aus der Brieftasche. Julie nahm die Kellnerin, die den Schein entgegennahm, kaum mehr wahr, denn sie hatte das Gefühl, dass Mac all ihre Sinne erfüllte und kein Platz für anderes mehr war. Sie spürte die harte Erhebung in seinem Schoß und drückte dagegen, rieb sich daran. Es fühlte sich so gut an, o ja!

»Behalten Sie den Rest«, sagte Mac zur Kellnerin, aber sein Blick war schon wieder auf Julie gerichtet, und seine Stimme klang brüchig. Die Kellnerin sagte irgendetwas, das Julie nicht verstand, und verschwand. Mac bewegte sich unter Julie, als er seine Brieftasche wieder in die Jeans schob, und der plötzliche Stoß gegen ihre Möse ließ sie aufstöhnen. Sie wusste, was sie mehr als alles andere wollte.

Keine Schokolade.

Sie wollte Sex. Sie wollte von diesem Mann gefickt werden.

Ihr Hals war trocken. Sie presste die Beine zusammen, spürte die feuchte Hitze dazwischen und musste sich zusammenreißen, um nicht dem Drang nachzugeben, sich sofort den Slip auszuziehen und es gleich hier mit ihm zu treiben.

Und dann traf es sie wie ein Schlag. Der Schoß, auf dem sie saß, war der von *Debbie*! Und Debbie hatte eine wirklich riesige, gigantische Erektion – wegen ihr! Einer Frau!

Sie blinzelte verwirrt, ihre Überraschung über diese Erkenntnis noch verschwommen vom Nebel der Lust. Was ging hier vor?, fragte sie sich.

»Bist du … bist du offen für beide Seiten?«, fragte sie sanft und suchte wieder seine Augen. Die Verwirrung bremste sie nicht, zu sehr genoss sie die Erregung. Ihre Arme schlossen sich noch fester um seinen Nacken. Sie rieb ihre harten Brustwarzen an seiner Brust und drückte ihre Scham gegen seinen fordernden Schoß. Sie liebte das Pochen tief in ihr, egal auf welchem Ufer er stand.

Die Frage hatte ihn aufblicken lassen. Es dauerte offenbar ein paar Sekunden, bis er sie verstand, doch dann grinste er.

»Nein«, sagte er, schob seine Hand in ihren Nacken und zog sie zu einem weiteren langen Kuss zu sich herab.

O Gott, sie glaubte nicht, dass sie in ihrem Leben einen Mann so begehrt hatte wie ihn in diesem Augenblick. Sein Kuss war hart und zart und ungeduldig zugleich. Und während sie sich seinem Hunger ganz hingab, merkte sie, wie seine Hände wieder unter ihren Rock glitten, höher und höher, bis sie unter ihrem Arsch waren, in ihrem Höschen, und sie innerlich dahinschmolz wie Wachs in der Sonne.

O Gott, wenn er weitermachte, würde sie gleich kommen.

Jemand stieß an den Tisch, etwas klirrte, und Julie wurde durch einen Schwall kalte Flüssigkeit auf ihrem Bein schlagartig von Mac abgelenkt.

Sie drehte sich um. Vor ihr stand der nicht mehr ganz nüchterne Mann vom Nachbartisch, der gerade von einer Tänzerin entführt wurde und in seinem Eifer Julies Weinglas umgestoßen hatte. »Sorry«, murmelte er undeutlich.

Julie hatte genug gesehen und wandte sich wieder Mac zu.

Das war einfach zu gut, um sich durch ein umgekipptes Glas Wein ablenken zu lassen.

»Macht nichts«, sagte Mac lässig zu dem Mann, der den Tisch angestoßen hatte.

Dann erschien auch noch die Kellnerin mit einer Hand voll Papierservietten und wischte auf dem Tisch herum. »Möchten Sie noch Wein?«, fragte sie.

Julie antwortete nicht, sondern beugte sich stattdessen zu Mac vor und begann, an dessen Ohr zu knabbern, damit er sich ja nicht ablenken ließ. Das Ohr war weich und knubbelig und schmeckte leicht salzig. Aber ihre Bemühungen kamen zu spät. Der Zauber des Augenblicks war gebrochen, und Julie spürte einen Widerstand bei ihm.

»Nein, danke«, hörte sie ihn zu der Kellnerin sagen, und es klang, als würde Mac mit gefletschten Zähnen sprechen. Er war zwar immer noch in höchstem Maße erregt, sonst wäre der harte Buckel, auf dem sie saß, kaum noch härter geworden, als sie ihm die Zunge ins Ohr steckte. Aber er war deutlich spürbar nicht mehr ganz bei der Sache. So war es keine echte Überraschung für Julie, als sie seine Hände an ihren Hüften spürte und er sie sanft von sich wegschieben wollte.

»Mac …«, seufzte sie flehentlich.

Sie versuchte ihre Trennung zu verhindern, aber wie ein glitschiger Aal schlüpfte er unter ihr weg, und anstelle seines Schoßes spürte sie kaltes Kunstleder an ihren nackten Oberschenkeln.

Die ganze Zeit über hatte die aufdringliche Kellnerin mit den Servietten den Tisch gewienert und die Scherben zusammengewischt. Endlich war sie fertig, und sie ließ Julie und Mac wieder allein.

»Sid ist im Hinterzimmer verschwunden. Das ist die Gelegenheit – wir sollten so schnell wie möglich verschwinden.«

Sid. Richtig. Sie hatte den Grund, warum sie überhaupt hier waren, völlig vergessen. Ihren betrügerischen Ehemann und ihre Rachegedanken. Und der Mann, der sie das alles hatte vergessen lassen, saß vor ihr und war eine Million Mal verlockender als jede Tafel Schokolade. Unglaublich, aber sogar der feste, fast grobe Griff seiner Hände an ihren Armen war sexy, dachte sie.

Sie sah sich um. Sid war nirgends zu sehen.

Wieder sah sie Mac in die Augen und sah noch die Reste der Glut, die eben noch wild gelodert hatte. Aber der Moment war vorüber. Er hatte sich wieder voll unter Kontrolle. Im Gegensatz zu ihr. Sie war immer noch wie betäubt, beinahe unfähig, sich zu bewegen.

»Komm schon, wir müssen los!«

Bei Mac hatte keinerlei Liebesstarre eingesetzt, oder sie war schon vorbei. Er glitt von der Bank herunter und stand auf, nahm sein Bierglas, setzte es an und leerte den Rest in einem Zug. Dann packte er Julie und zog sie mit sich, als wäre sie seine Gefangene und er hätte Angst, sie könnte ihm entwischen. Wie eine willenlose Puppe lies Julie es geschehen. Gleichzeitig rasten ihre Gedanken. *Was war da gerade mit ihnen beiden geschehen?* Erst erwischte sie Sid sozusagen in flagranti, und kaum zehn Minuten später knutschte sie mit Mac alias Debbie. Sie stolperte, blickte verwirrt an sich herab und bemerkte mit ein paar Sekunden Verzögerung, dass sie barfuß war. Sie war wirklich äußerst verwirrt.

»Was ist los? Worauf wartest du?« Mac sah sie ungeduldig und mit gerunzelter Stirn an.

»Meine Schuhe.«

Sie stolperte die wenigen Schritte zurück zum Tisch

und angelte mit ihren Füßen nach den Schuhen darunter. Sie merkte, wie ungeschickt sie sich dabei anstellte. Das lag wohl daran, dass ihr Hirn noch immer unter Blutleere litt.

Mac wurde ungeduldig, kam zu ihr, beugte sich herab und griff nach den Schuhen und behielt sie in der Hand, während er die barfüßige Julie zum Ausgang und auf die Straße zerrte.

Die schwüle Nachtluft fühlte sich an, als ob jemand ein heißes feuchtes Handtuch über sie geworfen hätte, und Julie wurde erst in diesem Augenblick bewusst, wie kalt es in dem Club gewesen sein musste. Eine Tatsache, die ihr natürlich in Macs heißer Umarmung nicht aufgefallen war. Nein, ihr war so heiß gewesen, dass nicht viel gefehlt hätte, und sie hätte sich die Kleider vom Leib gerissen. Gleich dort am Tisch.

Und dann Macs Kleider.

Die Vorstellung überwältigte sie beinahe.

»Da.« Mac hielt Julie die Schuhe hin. Sie lehnte sich an die warme Backsteinmauer und versuchte in die Schuhe zu schlüpfen, während sie gleichgültig die lange Schlange von Menschen betrachtete, die auf Einlass ins *Sweetwater* wartete. Mac betrachtete sie. Als sie beide Schuhe angezogen und wieder festen Boden unter den Füßen hatte, trafen sich ihre Blicke. Das Knistern in seinem Blick war so deutlich spürbar wie die Hitze des Tages in der Mauer an ihrem Rücken.

Irgendetwas stimmte nicht.

Doch da war der Moment schon vorüber, und er hatte ihre Hand gepackt und zog sie mit sich. Sie bewegten sich durch die dichte Passantenmenge wie ein Football-Spieler mit Ball unter dem Arm auf dem Weg zum Touchdown. Wobei Mac der Football-Spieler und

Julie der Ball war. Ihre Gedanken rasten, während sie auf den Rücken des vor ihr her stürmenden Mannes blickte.

Er hatte breite Schultern, dachte sie. Und durchtrainierte Arme. Und unter dieser gut sitzenden Jeans einen wirklich knackigen Arsch. Sehr sexy. Groß, athletisch, gut aussehend, das war er.

Bei ihm musste jeder Frau das Wasser im Munde zusammenlaufen.

Kein Wunder also, dass sie ihn begehrte. Im Gegenteil. Es wäre ein Wunder, wenn es nicht so wäre. Schließlich war sie kein verklemmtes Mauerblümchen, sondern eine amerikanische Frau mit normalem Hormonhaushalt. Eine amerikanische Frau, deren Ehe in den letzten Zuckungen lag und die unter schwerem sexuellen Entzug litt.

So weit, so klar. Aber er war auch scharf auf sie. Daran konnte es keinen Zweifel geben. Aber dies warf einige Fragen auf. Und die standen in Zusammenhang mit blonden Perücken, High Heels, riesigen künstlichen Brüsten und einem kleinen Schoßhündchen namens Josephine. Was hatte er doch gleich geantwortet, als sie ihn geradeheraus gefragt hatte, ob er schwul sei?

Sie wusste es nicht mehr genau, aber sie meinte sich zu erinnern, dass seine Antwort ein kurzes »Ja« gewesen wäre. Und vor ein paar Minuten hatte sie ihn gefragt, ob er für beide Seiten offen wäre, und diesmal hatte er mit »Nein« geantwortet und sie dann geküsst, bis ihr Gehirn schrumpfte.

Und was bedeuteten diese beiden Antworten? Wohl, dass für sie nur Frust blieb.

»Warte mal!«, rief sie und stemmte sich gegen seine

Bewegung. Sie standen in der finsteren Gasse, an deren Ende der Parkplatz mit ihrem Wagen war. Ein stinkender, unheimlicher Ort, aber Julie bemerkte das kaum. Sie richtete ihre ganze Aufmerksamkeit auf diesen Mann, der sie hinter sich her schleifte, als würde er mit seinem Hund Gassi gehen.

Falsch, dachte sie bitter. Wahrscheinlich war er bei einem Hund nicht so grob.

Er blieb stehen und drehte sich zu ihr um.

»Was denn jetzt?«

Sein Gesicht war rötlich erleuchtet von den Neonlichtern der Etablissements auf der Hauptstraße. Und was sie in seinen Augen sah, erstaunte sie. War da Angst?

»Du hast ›Nein‹ gesagt. Was soll das heißen?« Ihre Augen blitzten ihn herausfordernd an. Plötzlich bewegte sich etwas an der Wand neben ihnen, und Julie erschrak so sehr, dass sie instinktiv auf Mac zusprang und sich schutzsuchend an ihn presste. Er reagierte, indem er einen Arm um sie legte und sie noch enger an sich zog. Sekunden später löste sich die Gestalt eines alten Mannes aus dem Schatten, die langsam die Gasse hinunter schlurfte, bis sie von der Dunkelheit verschluckt wurde.

Sein Griff lockerte sich. »Wir können nachher im Wagen reden.«

Und ohne eine Erwiderung von ihr abzuwarten, hatte er ihr Handgelenk umfasst und zog die überraschte Julie hinter sich her, bis sie den Wagen erreicht hatten. Er schob sie nicht gerade sanft auf den Beifahrersitz, schlug die Tür zu, lief um das Fahrzeug herum und stieg auf der Fahrerseite ein.

Ohne ein weiteres Wort oder einen weiteren Blick

ließ er den Motor aufheulen und wollte gerade den Gang einlegen, als sie nach dem Zündschlüssel griff und den Motor abstellte.

»Was soll denn ...« Weiter kam er nicht, denn sie beugte sich zu ihm hinüber und presste ihre Lippen auf die seinen.

13

Seine Reaktion kam spontan und ließ keine Fragen offen: Als wolle er mit ihr verschmelzen, presste er seine Lippen auf die ihren, und die Glut, die beide zu entzünden schien, vertrieb alle Zweifel in Julie. Sein Kuss war wild und fordernd, hungrig und gierig. Julie wurde von demselben Gefühl überwältigt, das schon vorher in der Bar von ihr Besitz ergriffen hatte, als er seine kräftigen Hände unter ihren Rock geschoben hatte. Sie wollte ihn, o Gott, sie musste ihn haben!

Und er wollte sie. Daran gab es jetzt keinen Zweifel mehr.

Bevor sie vollständig die Kontrolle über sich und die Situation verlor, löste sich Julie von ihm. Was sie mit diesem aufregenden Experiment beweisen wollte, hatte sie bewiesen. Mac ließ nicht locker und zog sie auf seinen Schoß.

»Du bist nicht schwul«, stieß Julie atemlos und auch ein wenig vorwurfsvoll hervor. Seine Hände lagen auf ihrer Hüfte, die ihren auf seinen Schultern. Sie lag halb auf ihm, ihre Brüste gegen seine Brust gedrückt, er über sie gebeugt, ihre Gesichter nur Zentimeter voneinander entfernt. Sie spürte seinen Atem auf ihren Lippen. Wegen der Dunkelheit konnte sie zwar seinen Gesichtsausdruck nicht genau erkennen, aber sie stellte sich vor, dass Mac eine schuldbewusste Miene machte.

»Nein, du bist nicht schwul«, wiederholte sie ganz deutlich, wie um sich selbst noch einmal von dieser Erkenntnis zu überzeugen.

Mac atmete tief durch, richtete sich auf, hob sie fast mühelos hoch und setzte sie auf den Beifahrersitz. Julie strich ihren Rock glatt, verschränkte die Arme vor der Brust und blickte ihn streng an.

»Ich habe auch nie behauptet, schwul zu sein«, sagte er mit einer Stimme so glatt und kühl wie Glas. Sprach's und griff nach dem Zündschlüssel, um den Motor anzulassen, als ob nichts geschehen wäre. Er schaltete die Scheinwerfer an, und das von der Mauer vor ihnen reflektierte Licht beleuchtete sein Gesicht.

Julie erkannte, dass er nicht im mindesten schuldbewusst wirkte. Er wirkte so unbeteiligt, als würden sie sich über das Wetter von morgen unterhalten.

»Hast du doch!« Sie durchsuchte ihr Gedächtnis nach seinen genauen Worten. »Ich habe dich danach gefragt, und du hast gesagt … du hast gesagt, dass …«

»Ich habe dich gefragt, ob das für dich eine Rolle spielen würde«, sagte er und lenkte den Wagen vom Parkplatz. Der Scheinwerfer erfasste Mülltonnen, mit Graffiti beschmierte Wände und eine streunende Katze. »Und wenn ich mich recht erinnere«, fuhr er mit einem Seitenblick fort, »sagtest du, dass es keine Rolle spielen würde.«

Julie erwiderte seinen Blick grimmig. »Aber jetzt spielt es eine Rolle«, sagte sie bissig.

»Also gut: Ich bin nicht schwul. Im Übrigen leg bitte den Sicherheitsgurt an.« Er fädelte sich in den dichten Verkehr der Hauptstraße ein.

Sie hätte ihm am liebsten eine runtergehauen. Während sie seiner Aufforderung Folge leistete, zählte sie in ihrem Kopf langsam bis zehn. Julie kochte, aber sie entschied, dass sie erst explodieren würde, wenn sie alles wusste.

»Dann findest du es also einfach gelegentlich toll, in Frauenklamotten herumzulaufen?«

Er lachte auf. »Das mache ich nur, wenn der Job es erfordert. Wenn du mich fragst, sind Nylonstrümpfe von der spanischen Inquisition als Folterinstrumente erfunden worden. Keine Ahnung, warum Frauen die Dinger überhaupt tragen. Das gilt auch für BHs. Aber am schlimmsten sind diese Schuhe.« Mac fuhr in seiner Debbie-Stimme fort: »Hey, Schwester, die Absätze sind der Killer!«

Er grinste sie von der Seite an.

»Du wirst bemerken, dass ich nicht mitlache«, sagte Julie. Aber im Stillen ärgerte sie sich, dass sie überhaupt so blöd gewesen war, zu glauben, dass er schwul sein könnte. So vieles hatte nicht in dieses Bild gepasst, aber vielleicht hatte sie es einfach glauben wollen. »Also nur noch einmal, um die Sache ganz klarzustellen: Du bist hetero.«

»So ziemlich.«

»So ziemlich?«

»So ziemlich einhundert Prozent.«

»Du hast mich belogen.«

»Ich habe nie gelogen. Du hast etwas angedeutet,

und ich habe dem nicht widersprochen. Das ist ein Unterschied.«

»Macht es aber nicht besser.«

»Sagen wir mal so: Hättest du mich engagiert, wenn du nicht davon ausgegangen wärst, dass ich schwul bin?«

»Ha! Willst du mir jetzt weismachen, du hättest zu meinem Besten gelogen?«

»Genauso war's«, sagte er, als wäre er mit dieser Zusammenfassung der Geschichte äußerst zufrieden.

»Na klar.« Sie atmete tief durch, um sich zu beruhigen. »Wärst du dann so freundlich, mir zu erklären, was es mit Debbie auf sich hat?«

»Debbie ist meine Tarnung bei einem Auftrag, in dem ich sozusagen undercover einen Typen beschatte. Du hast den Kerl gestern auf dem Parkplatz gesehen. Der steht auf Drag Queens. Und weil ich an ihn herankommen will, bin ich eine Drag Queen. Debbie.« Er zuckte lässig mit den Achseln und blinzelte sie unschuldig an. »Hey, Kleine, ein Schnüffler muss tun, was ein Schnüffler tun muss.«

»An dieser Stelle sollte ich vielleicht noch mal sagen, dass ich das alles ü-ber-haupt nicht witzig finde.«

Danach schwiegen beide für ein paar Minuten, während sie auf dem Highway nach und nach den dichten Stadtverkehr hinter sich ließen. Julie massierte sich die Schläfen mit beiden Händen.

»Was ist mit Josephine?«, fragte Julie plötzlich. »Die gehört wohl gar nicht dir, oder? Die ist auch nur Teil deiner Rolle als Debbie.«

»Bis vor drei Wochen gehörte Josephine meiner Oma. Dann ist sie ins Altersheim gezogen, und ich hab sie komplett mit Halsband, Leine und wöchentlichem Hundefriseurtermin übernommen.«

Julie blickte misstrauisch zu ihm hinüber. Es fiel ihr schwer zu glauben, dass er eine ›Oma‹ hatte, die er so sehr liebte, dass er in der Not sogar für ihren kleinen Mops sorgte.

»Stimmt das auch wirklich?«

»Ja.« Ein Lächeln umspielte seine Lippen. »Ehrlich, ich schwöre.«

»Ich glaub dir kein Wort.«

»Warum bist du eigentlich so sauer? Ich dachte, du magst Debbie.«

»Aber ich will keinen Sex mit ihr.« Kaum hatte sie das gesagt, hätte sie sich auf die Zunge beißen können. Und vielleicht wäre es am besten gewesen, die heißen Küsse von eben einfach zu vergessen. Gar nicht mehr zu erwähnen, aber dafür war es jetzt zu spät.

»Ach so. Klar, verstehe ich.«

Er warf ihr einen Blick zu, der ihr Begehren sofort wieder weckte. Aber dann musste sie daran denken, dass er sie ganz bewusst hatte auflaufen lassen. Vielmehr Debbie.

Mac oder Debbie war kein Wolf im Schafspelz, sondern eher ein Schweinehund in Pudelverkleidung.

Sie starrte ihn wütend an, weil sie sich wie ein Idiot vorkam, und dieses Gefühl mochte sie überhaupt nicht. »Was da vorhin passiert ist, wird nie wieder passieren, klar? Es war schlicht eine Folge unglücklicher Umstände. Also bilde dir ja nicht ein, dass das der Beginn einer wunderbaren Freundschaft war. Denn das war es nicht, verstanden?«

»Wenn du dich nicht so an mich rangeschmissen hättest, wäre ich im Leben nicht auf die Idee gekommen, dich zu küssen.« Er schüttelte heftig den Kopf, und Julie sah ihn mit einem abschätzigen Wer's-glaubt-wird-selig-Blick an.

Und dann grinste er, und Julie begriff, dass er sie schon wieder hatte auflaufen lassen. »Vielleicht vergaß ich zu erwähnen«, sagte er, »dass wir in unserer Firma den Grundsatz haben, nie mit einem Klienten anzubandeln. Andererseits bin ich der Boss und als solcher natürlich befugt, auch mal eine Ausnahme zu machen. Wenn der Klient mich ganz freundlich bittet.«

»Vergiss es.« Ihr Lächeln war mehr ein Zähnefletschen. »Ich muss aber zugeben, dass Debbie als Tarnung sehr überzeugend wirkte. Zumindest originell. Auch wenn es für eine Frau nicht leicht ist, auf diese Weise verarscht zu werden.«

»Nur fürs Protokoll: Du hast mich zuerst geküsst. Ich habe nur reagiert. Wenn ich dich hätte ins Bett kriegen wollen, hättest du das viel früher gemerkt. Außerdem habe ich dich nie angelogen.«

»Okay, es reicht. Du hast mich belogen, egal wie du das nennst, und das weißt du auch. Aus meiner Sicht war das eine Gemeinheit.«

»Darum geht es doch gar nicht. Ich gehe ins Bett, mit wem ich will. Es geht darum, dass ich bei dieser dreckigen Scheidungsgeschichte auf deiner Seite stehe.«

»Und darum, dass du mich belogen hast.«

In diesem Augenblick stockte der Streit, weil ein riesiger Lastwagen an ihnen vorbeirauschte und den Wagen durchschüttelte. Wenige Minuten später hatten sie die Ausfahrt Summerville erreicht und fuhren vom Highway ab auf eine dunkle Landstraße.

Julie las die Uhrzeit vom Armaturenbrett ab:

1:43 Uhr. Sie konzentrierte sich auf ihr eigentliches Problem: Sid. Heute Nacht würde sie genug Zeit haben, bevor ihr betrügerischer Ehemann nach Hause kam. Sollte sie vorher packen und das Haus verlassen? Oder sollte sie wie in einem schlechten Film mit dem Nudelholz auf ihn warten und ihm dann eins überziehen? Oder sollte sie sich gar nichts anmerken lassen und still und heimlich einen knallharten Anwalt einschalten, der Sid fertig machte? Die Vorstellung, auch nur eine weitere Nacht mit diesem Kerl unter einem Dach oder gar einer Decke zu verbringen, machte sie krank und hätte beinahe den Ausschlag für die nächtliche Fluchtvariante gegeben. Aber dann dachte sie an ihre bisherigen Schritte, und ihr wurde klar, dass sie auf diese Weise einen Vorteil verspielen würde, den sie sich durch ihr besonnenes Verhalten verschafft hatte.

Einen Vorteil, den sie vielleicht noch dringend benötigen würde, denn Sid war absolut rücksichtslos, wenn es um Geld und Geschäfte ging. Und ebenso rücksichtslos würde er bei einer Scheidung vorgehen, da war Julie sich sicher.

Wieder warf sie Mac einen Blick zu. Noch so ein Problem, dachte sie. Sie musste eins nach dem anderen angehen und möglichst nichts vermischen.

Mac hatte sie mit Debbie übers Ohr gehauen. Andererseits hatte er ihr in Zeiten der Not geholfen, und der heftige Flirt vorhin hatte ihr Spaß gemacht und den Wunsch nach mehr geweckt. Dafür war sie ihm dankbar. Er hatte seinen Job erledigt, für sie bewiesen, dass Sid tatsächlich fremdging. Es gab keinen Grund, sich weiter mit ihm abzugeben – außer vielleicht, dass sie am liebsten sofort hemmungslosen Sex mit ihm haben wollte. Abgesehen davon war das Letzte, das sie im Moment brauchen konnte, ein Mann, der weitere Probleme schuf.

Ein Mann, der sie anlog und weitere Probleme schuf.

»Okay, vielleicht spielt es tatsächlich keine Rolle, ob du gelogen hast oder nicht«, sagte sie mit einer Stimme, aus der jeder Ärger verflogen war und die nur noch nüchtern und sachlich klang. »Du hast deinen Auftrag erledigt, und ich bin durchaus zufrieden. Das ging schneller als erwartet. Schreib mir also eine Rechnung, und setz den Schaden an deinem Wagen drauf. Ich werde sie so schnell wie möglich begleichen, und das war's dann.«

»Oha, nicht so schnell, Miss America!«

»Was noch?«

»Ich denke nicht, dass die Sache schon erledigt ist. Ein reicher, angesehener Mann wird seine Frau kaum betrügen, indem er sich in einer Bar wie dem *Sweetwater* mit ein paar Stripperinnen abgibt. Das war einfach alles zu offensichtlich, fast so als wolle er, dass man ihn dort sieht. Ein untreuer Ehemann trifft seine Geliebte vielleicht in einem einsamen Motel irgendwo an einer Landstraße. Glaub mir, ich hab da so meine Erfahrungen.«

»Was willst du mir damit sagen?«

»Ich will damit sagen, dass das, was wir heute gesehen haben, keinen Sinn ergibt. Keine Ahnung, was Sid im *Sweetwater* wollte, aber er wollte sicher nicht heimlich seine Frau mit einer Geliebten betrügen.«

Julie musste plötzlich an etwas denken, und ihre Augen weiteten sich.

»Er hat heute kein Viagra genommen. In seinem Vitaminfläschchen waren immer noch sechs Pillen versteckt. Ich habe sie gezählt, bevor er sich gestern Abend aus dem Haus geschlichen hat.«

Mac lächelte. »Na also, das ist der Beweis.«

»Hältst du es etwa für möglich, dass Sid mich gar nicht betrügt?« Merkwürdigerweise machte der Gedanke Julie überhaupt nicht glücklich. Vielleicht, weil sie tief in ihrem Innern wusste, dass das nicht möglich war. Er betrog sie, da war sie sicher. Aber wichtiger war, dass ihre Ehe am Ende war. Auch dies spürte sie tief in ihrem Innern. Ihr Herz empfand nichts mehr für Sid. Sids Anblick in der Bar und die leidenschaftliche Szene, die darauf folgte, hatten ihr das wieder klargemacht. Auch wenn ihre Gefühle für Mac vielleicht nur eine Trotzreaktion waren – sie wusste einfach, dass sie mehr brauchte, als Sid ihr geben konnte. Sie brauchte mehr Liebe und mehr Leidenschaft, und sie verdiente auch mehr.

Zeit, an sich selbst zu denken, dachte Julie.

»Alles ist möglich, aber ich halte es nicht für wahrscheinlich. Er nimmt offenbar Viagra, doch du hast nichts davon, also wird er dich wohl betrügen. Das erscheint mir logisch. Aber bisher konntest du ihm den Betrug nicht nachweisen. Außerdem gab es für ihn heute Nacht noch einen weiteren Grund, ins *Sweetwater* zu gehen, fällt mir gerade ein.« Mac klang plötzlich nachdenklich.

Julie blickte aus dem Fenster des Wagens auf die schlafende Vorstadt. Dunkle Häuser, verlassene Straßen. Als Mac fortfuhr, drehte sie sich ihm zu.

»Warum gibst du mir nicht noch ein paar Tage Zeit?«, fragte er.

Und ich könnte dich noch ein paar Tage länger sehen,

dachte Julie unwillkürlich. Und ärgerte sich gleich über sich selbst. Er war schließlich nur eine Phase. Nichts als eine kurze Phase, in der sie Trost brauchte. Sie hatte das in einer Fernsehshow gesehen: Wie beim Tod eines Menschen stürzte auch der Tod einer Ehe die Hinterbliebenen in psychische Verwirrung. Manchmal verursachte er hemmungslose Sexgier, hatte der Experte im Fernsehen gesagt. Aber sie würde nicht in diese Falle tappen, sagte sich Julie. Sie würde stark bleiben.

Also schüttelte sie auf sein Angebot den Kopf. »Ich glaube nicht, dass das gut ist. Und ich glaube nicht, dass ich Sid gegenüber auch nur einen weiteren Tag so tun könnte, als ob alles in bester Ordnung wäre. Außerdem hast du mich belogen, und ich kann dir nicht mehr trauen.«

Sie bogen in ihre Straße ein, die düster und still vor ihnen lag.

»Ich soll mich für Debbie entschuldigen? Ist es das, was du willst? Also schön, ich entschuldige mich. Wenn ich das nächste Mal einer unglücklichen schönen Dame begegne und gerade selbst als eine herumlaufe, werde ich mich sofort auf sie werfen, damit keine Missverständnisse aufkommen.«

Julie wollte ihm eigentlich einen bösen Blick zuwerfen, aber als sie sich die von ihm geschilderte Situation vorstellte, musste sie gegen ihren Willen grinsen. Wenn er sich als Debbie an sie herangeschmissen hätte, wäre sie wahrscheinlich schreiend davongelaufen.

Als er sie grinsen sah, grinste er zurück. »Schon besser«, sagte er. »Willst du denn nicht wissen, welche glückliche Person von all dem Viagra profitiert?«

Diese Frage hatte sich Julie noch gar nicht gestellt.

Wollte sie es wissen? Wie viele andere Frauen kamen in Frage? Unendlich viele, sagte sie sich. Es konnte jemand sein, der für ihn arbeitete. Heidi, seine Assistentin, zum Beispiel. Sie war jung, attraktiv und schien Sid anzuhimmeln. Oder jemand von ihren so genannten Freundinnen. Oder eine Frau in der Nachbarschaft? Oder – irgendjemand. Schon bei dem Gedanken wurde Julie schlecht, aber gleichzeitig wurde ihr klar, dass Mac Recht hatte und dass sie wissen musste, mit wem Sid sie betrog. Jeder war verdächtig, und wenn sie es nicht sicher wusste, würde sie nie mehr ihren Freundinnen in die Augen blicken können, ohne diesen bösen Verdacht zu haben. Immer wäre diese Frage in ihrem Kopf: Warst du es?

»Wie lange brauchst du, um das herauszufinden?« Ihr Grinsen war verschwunden, und sie schluckte.

»Höchstens eine Woche, schätze ich.«

O Gott! Konnte sie es noch eine weitere Woche mit Sid und dieser Unsicherheit aushalten? Am liebsten wäre sie einfach davongerannt, aber es gab Situationen im Leben eines jeden Menschen, durch die man einfach durchmusste.

Sie hätte darauf verzichten können.

»In dieser Zeit könnte ich mir einen Anwalt suchen.« Sie kaute auf ihrer Unterlippe herum. Sid würde alles tun, um nicht nur sie, sondern auch ihre Familie an den Bettelstab zu bringen. Wahrscheinlich wäre das sogar eine tiefe Befriedigung für ihn.

»Gute Idee.«

Mac ließ den Wagen vor Julies Eingangstür ausrollen und stellte Motor und Licht ab. »Dir ist doch klar, dass Sid mit harten Bandagen kämpfen wird, sobald er herausfindet, dass du dich scheiden lassen willst. Du brauchst also einen Anwalt, dem du voll vertrauen kannst.«

Julie lachte still und bitter in sich hinein. »Ich kenne nur Anwälte, die mit Sid befreundet sind.«

»Hm, schwierig. Soll ich mich mal nach jemandem umhören, der es mit ihm aufnehmen würde?«

»Würdest du das für mich tun?«

»Es wäre mir ein Vergnügen.«

Und damit verflüchtigte sich bei Julie auch noch der letzte Rest Verärgerung über Debbie. Mac war eben doch ein Freund, auf den sie sich verlassen konnte, und sie war froh, ihn zumindest noch eine Woche bei sich zu haben. Gleichzeitig beschloss sie, ihn noch ein wenig zappeln zu lassen. Sollte er ruhig denken, dass sie immer noch sauer auf ihn war.

»Gib es endlich zu«, sagte sie. »Du hast alles getan, um mich mit Debbie hinters Licht zu führen.«

Als er sich zu ihr umdrehte, sah er beinahe überrascht aus. »Ich?«

»Du und Debbie.«

»Na ja«, brummelte er, »sagen wir mal so: Vielleicht hab ich dich unbeabsichtigt ein wenig in die Irre geführt.«

»Du hast gelogen. Gib's schon zu.«

»Gut. Du hast gewonnen. Ich hab gelogen.«

»Schon besser. Belüg mich nie mehr.«

»Aber was ich über deine Schuhe gesagt habe, war nicht gelogen.«

Julie sah ihn an, und plötzlich wurde ihr bewusst, dass sie sich an den Händen hielten. Hatte er ihre Hand genommen oder sie seine? Sie wusste es nicht. Und doch war die Verbindung zwischen ihnen auch körperlich wieder da. Sie spürte seine Kraft und die

Hitze seiner Handflächen, und sofort schlug ihr Herz kräftiger, erhöhte sich ihre Pulsfrequenz. Es fühlte sich gut an. Aber genau das hatte sie verhindern wollen. Sie konnte einfach im Moment keinen Mann in ihrem Leben brauchen.

Sie sah ihn an.

»Ich werde nicht mit dir schlafen«, sagte sie. Es war ihr wichtig, das klarzustellen, auch wenn sie ihn nicht gern vor den Kopf stieß, denn Sex mit ihm war wahrscheinlich eine fantastische Sache. Aber jetzt hatte sie es ausgesprochen, und damit gab es kein Zurück mehr. Und das war gut. Er sollte wissen: Eine andere Bezahlung als Geld für seine Dienste würde es nicht geben.

Er presste die Lippen aufeinander, dass sie weiß wurden. Seine Hand schloss sich fester um die ihre. Ihre Blicke trafen sich. Sie konnte seine Gedanken nicht lesen, aber sein Griff sagte viel.

»Es gilt als Zeichen guter Manieren, eine Frage erst dann zu beantworten, wenn sie gestellt wurde.«

»Ich will nur, dass zwischen uns alles klar ist.«

»Klar wie Kloßbrühe.«

Er ließ ihre Hand los und in seinen Schoß sinken.

»Dann geh ich jetzt rein«, sagte sie.

Sie öffnete die Wagentür, und das Deckenlicht ging an. Ein kurzer Blick über ihre Schulter sagte ihr, dass er sie mit gerunzelter Stirn und zusammengepressten Lippen beobachtete. Schwer zu sagen, was er dachte, aber es war sicher kein warmer Blick zum Abschied.

»Wir bleiben in Verbindung«, sagte er. »Du hast ja meine Nummer.«

Seine Stimme klang geschäftsmäßig. Er hatte offenbar verstanden.

Als Julie den Wagen hinter sich ließ und in Richtung Haustür ging, hätte sie sich ohrfeigen können.

14

Irgendetwas stimmte nicht. Julie Carlson hielt sich nicht an ihren Zeitplan. Sie hätte längst zu Hause in ihrem Bett schlafen sollen. Aber schon die zweite Nacht in Folge tat sie das aus irgendeinem Grund nicht.

Wo, zum Teufel, steckte sie? Wenn er den Job nicht diese Nacht noch erledigen konnte, hätte er echten Ärger am Hals. Das hatte ihm der Boss am Telefon mehr als deutlich gemacht.

»Heute Nacht wird die Sache erledigt. Und wehe, du vermasselst es noch mal. Hab ich mich klar genug ausgedrückt?«

Allerdings. Basta hatte schon während des Gesprächs Schweißausbrüche. Und jetzt war er hier – und Julie Carlson nicht.

Er hatte sich schon im Haus umgesehen, aber nichts entdeckt, was ihre Abwesenheit hätte erklären können. Keine Nachrichten auf dem Anrufbeantworter. Keine Notizen am Kühlschrank. Das von der Versicherung zur Verfügung gestellte Auto stand in der Garage. Nur der Mercedes von ihrem Mann fehlte. Also machte sie einfach einen ausgedehnten Spaziergang durch die Nachbarschaft – ein absurder Gedanke, und

Basta ließ ihn auch gleich wieder fallen –, oder jemand hatte sie abgeholt.

Vielleicht hatte sie seit neuestem eine Affäre? Selbst wenn, war es ihm egal. Von ihm aus konnte sie für die gesamte männliche Bevölkerung von Fort Jackson die Beine breit machen, solange das nicht seine Pläne durchkreuzte. Denn er war ein Geschäftsmann, und Zeit bedeutete Geld. Er hatte keine Zeit mehr.

Und der Boss hatte keine Geduld mehr. In seiner Branche machte es keinen guten Eindruck, seinen Boss hängen zu lassen.

Wenn er sie schon wieder verpasste – und danach sah es gerade aus –, hätte er ein großes Problem.

Er dachte erst, sie hätte ihn vielleicht kommen hören und sich versteckt. Daher hatte er in den Schränken, unterm Bett, sogar im verdammten Kühlschrank nach ihr gesucht, aber da war nichts. Natürlich nicht.

Denn sie hätte ihn niemals kommen hören. Sie war einfach nicht im Haus.

Eigentlich sollte er zu diesem Zeitpunkt schon in Key West sein – fast konnte er die warme Meeresbrise riechen. Er sollte auf dem Balkon seines Hotelzimmers sitzen, sich einen Drink genehmigen und das Geld für den erfolgreich ausgeführten Auftrag genießen.

Stattdessen saß er im dunklen Haus seines potenziellen Opfers in einem Sessel und spielte mit dem Gameboy, den er bei der Hausdurchsuchung gefunden hatte.

Aber er war entschlossen, diesmal keine Sekunde mehr zu zögern, wenn sie auch nur einen Zeh durch die Eingangstür steckte. Warten konnte er auf den Tod nicht ausstehen. Warten und gleichzeitig zu wissen, dass der Boss noch ungeduldiger wartete, noch weniger.

Und dann war er irgendwann so damit beschäftigt, diese dummen kleinen Krokodile in dem Spiel abzumurksen, dass er Julie Carlson gar nicht hörte, als sie schließlich doch kam.

Das grelle Licht des plötzlich erleuchteten Kronleuchters in der großen Eingangshalle ließ sein Herz stocken. Für den Bruchteil einer Sekunde saß er wie versteinert, die Finger verharrten starr über dem Gameboy, dann schoss sein Kopf zur Tür herum, und seine Instinkte setzten ein: Mit einem Satz war er über die Lehne des breiten Sessels gesprungen und in Deckung gegangen. Zum Glück hatte er bei dieser akrobatischen Einlage den Gameboy nicht fallen lassen, das Geräusch hätte ihn sonst vielleicht verraten. Er kauerte hinter dem Sessel und spähte wie ein kleiner Junge, der Verstecken spielte, vorsichtig über den Rand zur Tür.

Sie war es.

Sein Herzschlag verlangsamte sich und erreichte wieder die normale Schlagzahl.

Zwar hatte er keinen freien Blick in die Eingangshalle und hörte nur ihre Schritte, ein Seufzen, aber dann sah er auch ihren Schatten, und es gab keinen Zweifel mehr. Julie Carlson war nach Hause gekommen. Er wusste es so genau, als hätte er eine 360-Grad-Ansicht von ihr bekommen.

Er warf einen Blick auf seine Uhr und lächelte in sich hinein. In dieser Nacht hatte er mehr als genug Zeit.

Die Erleichterung ließ ihn fast übermütig werden. Wie hatte seine Mutter immer zu ihm gesagt? Kommt Zeit, kommt Rat.

Das Licht in der Eingangshalle verlosch, und er hörte ihre Schritte die Treppe hinauf leiser werden. Als sie oben angekommen und weit genug von ihm weg war, zog er den Reißverschluss seiner Tasche auf und legte den Gameboy hinein. Er konnte ihn unmöglich dalassen, weil seine Fingerabdrücke darauf waren. Mit Handschuhen hatte er die kleinen Knöpfe nicht bedienen können. Außerdem hatte er noch nicht alle Krokodile erledigt. Dann wartete er einige Minuten, um Julie Carlson Gelegenheit zu geben, es sich gemütlich zu machen. Nach einem weiteren Blick auf seine Uhr schlüpfte er in die Handschuhe, zog sich die Skimaske über das Gesicht und holte seine SIG-Sauer Automatic aus der Tasche.

Der Spaß konnte beginnen.

Geh zurück.

Julie hörte die kleine Stimme in ihrem Kopf und schnitt sich dann im Badezimmerspiegel eine Grimasse.

»Würde ich ja gerne«, sagte sie laut. »Aber mit ihm zu schlafen wäre ausgesprochen dämlich.«

Und sie dachte: Wenn Leute ihren kleinen Stimmen im Kopf laut antworten, müssen sie in echten Schwierigkeiten stecken.

Also beschloss sie, nicht mehr mit der kleinen Stimme zu sprechen. Auch wenn sie am liebsten getan hätte, was sie sagte. Dabei hatte die kleine Stimme keine Ahnung, welche Folgen es haben könnte, ihrem Ratschlag zu folgen und zu ihm zurückzugehen.

Seit Monaten war sie einem Orgasmus nicht mehr so nahe gewesen wie heute Nacht auf Macs Schoß. Sie betrachtete eingehend ihr Gesicht im Spiegel. War da eine neue Falte zwischen ihren Augenbrauen? Nein, dachte sie. Nicht seit Monaten. Seit Jahren war sie einem Orgasmus nicht mehr so nahe gewesen. Vielleicht war sie einfach zu anspruchsvoll, aber die fünf Minuten, die Sid vom ersten Kuss bis zum anschließenden Schnarchen brauchte, hatten Julie nie ausgereicht, um zum Höhepunkt zu kommen.

Also noch ein Grund, Sid loszuwerden: Er war ein lausiger Liebhaber. Jedenfalls hielt Julie ihn dafür. Genau genommen hatte sie keine Vergleichsmöglichkeiten. Und damit war sie wieder bei Mac.

Zu gern hätte sie Mac in dieser Hinsicht mit Sid verglichen.

Julie starrte auf diese verflixte neue Falte in ihrem Gesicht, als wäre sie der Grund für ihre Grübelei. Sie nahm eine Schale vom Toilettentisch und schmierte sich eine Art Schlamm auf die Stelle. Dann hielt sie kurz inne, bevor sie auch den Rest ihres frisch gewaschenen Gesichts mit dem Schlamm bedeckte.

Geh raus zu ihm.

Nein. Auch wenn sie in den Abgrund einer Scheidungsschlacht blickte, würde sie nicht auf innere Stimmen hören und auch keinen Nervenzusammenbruch kriegen. Und vor allem würde sie nicht mit Mac schlafen. Sie würde Sid keinen Baseballschläger über den Schädel ziehen. Verdammt, sie würde nicht fünfzig Kilo zunehmen.

Sehnsüchtig blickte sie auf die Klosettschüssel, die vor wenigen Minuten ihren letzten Pralinenvorrat aus dem Wäscheschrank geschluckt hatte. Woher hatte sie nur die Kraft genommen, ihn zu vernichten?, fragte sie sich jetzt. Und doch konnte sie mit all ihrer Willenskraft auch das Gute darin sehen. Besser in der Toilette als an meinem eh schon zu großen Hintern, dachte sie.

Jedenfalls würde sie ihren Stress in Zukunft auf weniger dick machende Arten abbauen, beschloss sie.

Aber ein von Mac verschaffter Orgasmus gehörte nicht dazu. Inzwischen trauerte sie zwar schon der verpassten Gelegenheit nach, tröstete sich aber damit, das Richtige getan zu haben.

Vielleicht war Aromatherapie nicht so lustig, dafür hatte sie bestimmt weniger Nebenwirkungen. Die Nebenwirkung ›Mann‹ war dabei praktisch unbekannt. Und das nach Kamille duftende Badewasser war wirklich verlockend, genau wie in der Werbung versprochen. Julie atmete die beruhigenden Dämpfe tief ein. Gleich würde sie hineingleiten, sich entspannt zurücklegen und die Sprudeldüsen aktivieren.

Ein Segen wird das sein. Jedenfalls so viel Segen, wie sie sich heute gönnen durfte.

Geh raus zu ihm.

Nimm dies, stressige kleine Stimme, dachte sie und atmete noch tiefer ein als vorher. Aber es schien nicht zu helfen. Die Stimme war da, und für eine Sekunde spielte Julie sogar mit dem Gedanken, an den Wäscheschrank zu gehen und nachzusehen, ob sie in ihrer Schokoladenvernichtungswut nicht vielleicht eine Praline übersehen hatte. Nein, nein und nochmals nein. Entschlossen schmierte sie sich den Rest Schlamm auf ihre Nase wie Marmelade auf ein Stück Brot. Sie würde nicht ihr Aussehen ruinieren. Für einen Mann!

Sie betrachtete sich im Spiegel: Mit dem von einem Gummi hochgehaltenen Haar und dem Schlamm im Gesicht, von dem nur noch weiße Ringe um Augen und Mund zu sehen war, sah sie aus wie das Monster aus der grünen Lagune.

Frauen müssen sich hässlich machen, um schön zu werden, dachte sie. Zum Glück sah die Umwelt meist nur das Resultat.

Cindy Crawford hatte einmal gesagt: Gut auszusehen ist die beste Form der Rache.

Wie auch immer. Julie beschloss, diesen Spruch zu ihrem Mantra zu machen. Und jedes Mal, wenn ihr wieder Sids außereheliche Affäre einfiel, wollte sie das Mantra aufsagen und sich etwas Gutes tun.

Zum Beispiel eine Gurkenmaske auftragen. Oder ihre Zähne mit einer superweiß machenden Zahnpasta putzen. Oder ihre Beine wachsen.

Oder eben ein richtig heißes Schaumbad mit entspannenden Kräutern nehmen und danach ins Bett schlüpfen, *ohne auch nur eine Sekunde* an irgendeinen Mann zu denken!

Nicht an den Mistkerl Sid. Nicht an Traummann Mac. An überhaupt keinen Menschen, der im Verdacht stand, männlichen Geschlechts zu sein.

Ach, eine Welt ohne Männer – wie schön könnte sie sein …

Geh raus zu ihm.

Hab ich was gehört? Ich hab nichts gehört, sagte sie sich mit einem letzten Blick in den Spiegel. Die Maske trocknete bereits, und es zeigten sich erste Risse an ihrer Wange. In ein paar Minuten würde sie die Maske abspülen, Feuchtigkeitscreme auftragen, ihre Beine wachsen und dann in die Wanne hüpfen. Danach ins Bett. *Schlafen!*

Nein, sie würde nicht als verschrumpelte, verbitterte alte Frau mit schlechten Zähnen, haarigen Beinen und dickem Hängearsch enden, nur weil sie einen Drecksack wie Sid geheiratet hatte!

Genau!

Einige Minuten zuvor, bevor sie sich zu einem Bad entschloss, hatte sie sich ein Nachthemd aus dem Wäscheschrank geschnappt. Ein Nachthemd Marke Männertraum, kurz und aus Seide, mit Leopardenmuster und Spaghettiträgern. Und obwohl ihr gleich klar war, dass sie wohl in dieser Nacht kaum Verwendung für das gute Stück haben würde und ein ausgeleiertes T-Shirt es genauso tun würde, schlüpfte sie hinein, löschte das Licht und ging zum Fenster. Sie wollte nachsehen, ob Macs Auto noch unten stand.

Zu dunkel.

Sie sah ihr Gesicht im Spiegel, die leicht geöffneten Lippen und die halb geschlossenen Lider. Ihre Gedanken wanderten zu der Szene mit Mac im *Sweetwater*, und ihre Erregung wuchs so schnell wie ihre Enttäuschung.

Ihr Hunger würde nicht so bald gestillt werden.

Sekunden später zog sie mit einem Ruck die Vorhänge zu, drehte sich schnell um und ging ins Badezimmer. Nicht ohne vorher ihren gesamten Schokoladevorrat aus dem Wäscheschrank zu holen. Sie würde vielleicht auf Sex verzichten müssen, dachte sie, aber wenigstens nicht auf etwas Süßes. Angesichts dessen, was sie aber im Spiegel sah – speziell der für ihren Geschmack viel zu dicke Hintern –, bewies sie außergewöhnliche Charakterstärke und warf den kalorienreichen Trost in die Toilette.

Geh jetzt!

Sie wollte schon ›Schrei mich nicht an‹ sagen, als ihr einfiel, dass es keine gute Idee war, der kleinen

Stimme zu antworten. Ein Blick auf die Wanne sagte ihr, dass sie fast voll war. Barfuß lief sie über die kalten Kacheln zur Badewanne, beugte sich vor, um die Hähne zuzudrehen, nahm den Topf mit dem Wachs für die Beine vom Wannenrand, atmete tief den angeblich so entspannenden Dampf ein, der sie kein bisschen entspannte, richtete sich wieder auf, weil sie zurück zum Waschbecken wollte, um sich die Maske abzuwaschen …

… als sie wie vom Donner gerührt stehen blieb.

Im Spiegel starrte sie ein Mann an. Ein Mann, der an der Wand ihres Schlafzimmers stand. Er trug eine schwarze Skimaske, so dass sie nur seine dunkel blitzenden Augen sehen konnte. Er sah, dass sie ihn entdeckt hatte.

Julie stand mit einem Schlag jedes einzelne Haar ihres Körpers zu Berge.

Die kleine Stimme schrie ihr eine Warnung zu, aber Julie war viel zu überrascht, um reagieren zu können.

Sie stand noch starr, als er vortrat und die Tür zum Badezimmer blockierte. Alles zu spät.

Julie merkte erst, dass sie den Atem angehalten hatte, als sie mit einem scharfen Zischen alle Luft aus ihren Lungen presste.

»Hallo, Julie«, sagte er mit einer fast zärtlichen Stimme, die ihr Schauder der Angst den Rücken herunterjagte.

Julie bewegte sich nicht. Ihr war klar, dass sie gerade den Albtraum aller Frauen durchlebte: Ein Vergewaltiger, vielleicht sogar ein Killer war bei ihr eingebrochen. Mit dem winzigen Teil ihres Hirns, das nicht vom Schrecken gelähmt war, registrierte sie, dass der ganz in Schwarz gekleidete Mann sehr korpulent war und eine Automatik in der Hand hielt.

O Gott, er wollte sie erschießen.

Der Lauf der Waffe hob sich langsam, bis er genau auf ihren Bauch zeigte. Das war der Moment, als die Klammer der Angst Julie losließ und der Instinkt von ihr Besitz ergriff. Sie schrie. Sie erhob die Stimme, so schrill und laut wie sie konnte, und schrie wie eine Sirene. Dann warf sie dem Kerl den Wachstopf an den Kopf.

Er war aus dunkelblauem Glas und ziemlich schwer, und als sie ihn genau in der Mitte seiner Stirn traf, klang das wie das Ploppen eines Korkens beim Öffnen einer Champagnerflasche.

»Verfluchte Schlampe!«, schrie er, taumelte zurück und schlug eine Hand vor das Gesicht, während der von seinem Kopf abgeprallte Topf irgendwo im Schlafzimmer an eine Wand klatschte. Der Mann stolperte aus der Badezimmertür, und plötzlich stand die wieder erstarrte Julie allein im Raum. Sie hörte ihn schwer atmen und fluchen, sie wusste, dass er noch da war.

Lauf!

Großartige Idee, antwortete Julie stumm ihrer kleinen inneren Stimme, und dann verlieh ihr die Angst Flügel: Weil sie wusste, dass es überhaupt nur eine Chance für ein Entkommen gab, rannte sie zur Badezimmertür und ins Schlafzimmer.

Er stand nur ein paar Schritte vom Bad entfernt vornüber gebeugt und anscheinend auf der Suche nach der Pistole, die er hatte fallen lassen. Als sie an ihm vorbei hechtete, sah er sie erstaunt an.

»Verfluchte Schlampe!«, schrie er wieder und griff

nach ihr, aber sie war schon vorbei. Sie musste raus, raus aus dem Schlafzimmer, über den Gang zur Treppe, die Treppe hinunter, durch die Eingangshalle zur Tür und raus. Nur raus!

O Gott, o Gott, jetzt war er hinter ihr, erstaunlich flink für einen, der gerade einen Wachstopf an den Schädel bekommen hatte, er war ganz nah, gleich würde er sie haben, gleich, nur noch Sekunden …

Gedanken rasten durch ihren Kopf: Was hatte man ihr damals im Selbstverteidigungskurs beigebracht? Verdammt, da zahlte man viel Geld für den Mist, und wenn man ihn brauchte, hatte man ihn vergessen! Schreien, dachte sie plötzlich, schreien gehörte jedenfalls dazu. Und darum schrie sie noch lauter, als sie es ohnehin schon tat, aber es schien nichts zu nützen, denn er ließ sich nicht abschrecken, sondern kam im Gegenteil immer näher.

An der Treppe war er so nah, dass er sie an den Haaren zu fassen bekam. Er riss sie so heftig zurück, dass sie dachte, ihr Genick würde brechen. Der Schrei, der sich Julies Kehle entrang, war laut genug, um Gläser in New York zerspringen zu lassen. Der schwarze Kerl umklammerte ihren Körper, dann ließ er die Haare los und presste die andere Hand so fest auf ihre Nase und ihren Mund, dass sie glaubte, ersticken zu müssen. Sie roch das Leder seiner Handschuhe, Talkum und beißenden Schweiß. Dann war sie in seinen Klauen, keine Chance zu entkommen.

Sein Mund näherte sich ihrem Ohr.

»Du hast mir wehgetan. Das hättest du nicht tun sollen«, knurrte er.

Sie roch Zwiebeln in seinem Atem.

Sein Mundgeruch und die Hand auf ihrem Gesicht

gaben ihr das Gefühl, ersticken zu müssen. Ihr wurde schwindelig, das Herz schlug ihr bis zum Hals, aber sie wehrte sich, so gut sie konnte, mit allen Mitteln, die sie einst als Mädchen auf der Straße gelernt hatte, sie trat aus und wand sich, kratzte und biss, während er sie zurück ins Schlafzimmer schleppte. Über den strahlend weißen Teppich, vorbei an den geschmackvollen grauen Tapeten zum schwarz lackierten Bett. Nein, dies war ein Raum der Ruhe und der stillen Einkehr nach einem harten Arbeitstag und sicher nicht gemacht für rohe Gewalt.

O bitte, ich will nicht sterben.

Noch während sie dieses Stoßgebet zum Himmel schickte, hatte sie eine Hand frei bekommen, nach oben gegriffen, Stoff zwischen den Fingern gespürt und ihm die Maske vom Kopf gerissen. Er grunzte, hob sie hoch und warf sie mit dem Rücken aufs Bett.

Ihr Körper wurde einmal von den Federn hochgeworfen, und dann war er auch schon auf ihr und nahm ihr mit seinem Gewicht den Atem und jeden Bewegungsspielraum. Julie wollte ihm zwischen die Beine treten, aber es ging nicht, wollte sich seitlich wegrollen, aber auch das war unmöglich. Der raue Stoff seiner Hose kratzte an der zarten Haut ihrer Oberschenkel, und sie spürte, dass ihr Nachthemd nach oben gerutscht war und sich um ihre Hüfte gewickelt hatte. Sie wusste, was er vorhatte, und war überwältigt von Ekel und Abscheu wie noch nie in ihrem Leben, und sie schrie weiter und kämpfte und bäumte sich auf, aber es war zwecklos.

»Halt's Maul, Schlampe!« Er presste seine stinkende Hand auf ihren Mund, tat es viel brutaler als nötig, weil er ihr wehtun wollte. Sie warf den Kopf herum und blickte absurderweise auf den dicken Teddybären auf ihrem Bett, der sie mit der Gelassenheit eines Buddha ansah. Dieser Plüschbär wird das Letzte sein, das ich in meinem Leben sehe, dachte sie ungläubig. Er würgte sie, nahm ihr die Luft, das Leben. Blut rauschte in ihren Ohren …

»Maul halten, hab ich gesagt! Klar?«

Gab er ihr eine Chance? War das noch nicht das Ende? Sie war so dankbar, leben zu dürfen, dass sie heftig nickte. Er lockerte langsam seinen Griff um ihren Hals, und sie holte so tief sie konnte Luft. Den Moment der Unachtsamkeit nutzte der Mann in Schwarz, packte Julies Handgelenke, hob sie über ihren Kopf und nagelte sie mit seinem Gewicht fest. Plötzlich hatte er eine Rolle Klebeband in der Hand. Das ratschende Geräusch beim Abreißen des ersten Bandstücks erschreckte Julie merkwürdigerweise mehr als alles andere in dieser schrecklichen Nacht.

Ruhig, brutal und methodisch band er ihr die Hände. Das Band war fest und klebrig und hatte für Julie etwas grauenhaft Endgültiges. Noch ein letztes Mal versuchte sie kraftlos, sich freizuwinden. Aber das Band war viel zu stark.

Und der Versuch wurde sofort mit seiner Hand an ihrer Kehle bestraft.

»Okay. Wenn du das noch einmal versuchst oder irgendwelchen Ärger machst, dreh ich dir einfach den Hals um. Verstanden?« Er riss ein weiteres Stück Band mit den Zähnen von der Rolle und beugte sich über sie, um es zu befestigen. Sie roch seinen Atem und musste würgen. Dann war er zufrieden, und sie lag wie ein Fisch auf dem Trockenen, zum Sterben verurteilt auf dem Bett, er über ihr.

Bis auf den Lichtstrahl aus dem Bad war das Schlafzimmer dunkel, aber sie konnte das gemeine Glitzern in seinen Augen sehen, das Leuchten seiner weißen Zähne, seine vom Schweiß glänzende grobe Nase, die nur Zentimeter von der ihren entfernt war …

Seine Nase.

Mit der Wildheit eines in die Enge getriebenen Tieres warf sie sich ihm entgegen, schlug ihre Zähne in seine Nase und biss zu.

Sie hörte ein hässliches Knacken, und dann hatte sie den Geschmack von Blut auf ihrer Zunge.

Er heulte auf, schlug wild nach ihrem Gesicht und rollte von ihr herunter. Ihr Gesicht wurde zur Seite geschlagen, und für Sekunden sah sie nichts als Schwärze und Sterne.

Es störte sie nicht. Ihr Fluchtinstinkt gewann die Oberhand über alle anderen Gefühle. Kaum hatte sie gemerkt, dass er nicht mehr auf ihr lag, schnellte sie vom Bett hoch und rannte zur Tür, als sei der Teufel hinter ihr her.

Wieder rannte sie über den Gang zur Treppe, aber diesmal spürte sie seinen Atem nicht im Nacken, und sie erreichte die Marmorstufen in die Halle. Sie lief so schnell, dass ihre Füße kaum den Boden berührten. Jeder Atemzug tat ihr weh, jeder Herzschlag schien ihr die Rippen zu sprengen …

»Scheißschlampe! Beschissene Drecksschlampe!«

O Gott, lieber Gott, lass ihn keine Pistole haben.

Auf den letzten Stufen zur Eingangshalle duckte sie sich schon in Erwartung einer Kugel, aber es kam keine.

»Komm sofort zurück!«

Die Stimme war näher. Er hatte die Verfolgung aufgenommen und kam schnell näher, angetrieben von wahnsinniger Wut, die Julie fast körperlich zu spüren glaubte. Sie kam sich vor wie in einem dieser grässlichen Träume, in denen man das Gefühl hat, unter Wasser zu laufen und seinem Ziel – der Eingangstür – kein Stückchen näher zu kommen.

Der Boden vibrierte. Das Monster war ganz nah.

»Julie!«

Macs Stimme, die ihren Namen rief, war das schönste Geräusch, das sie je in ihrem Leben gehört hatte.

Es kam aus der Küche. Mit einem Schrei schlug sie einen Haken in diese Richtung, und ihre nackten Füße schlitterten über den Boden.

Julie hatte die gebundenen Hände ausgestreckt, stieß die Tür zum Speisesaal auf und sprintete über das frisch gebohnerte Parkett.

»Julie!«

»Hilfe! Hilf mir!«

Ihre Füße hatten kaum den kalten Steinfußboden der Küche erreicht, als das Licht anging, den Raum durchflutete und sie blendete. Für den Augenblick blind rannte sie in den schweren, gläsernen Küchentisch, prallte zurück und rannte weiter. Dann hatten sich ihre Augen an das Licht gewöhnt, und sie sah Mac am anderen Ende des Raums stehen, die Hand am Lichtschalter.

Und er sah sie, hielt in der Bewegung inne, wirkte groß und stark, aber auch atemlos und höchst alarmiert.

»Mac!«

Sie warf sich ihm entgegen, weinte, schluchzte, schnappte nach Luft und versuchte, ihn vor dem

Monster auf ihren Fersen zu warnen – alles gleichzeitig.

Dann sah sie die Pistole in seiner Hand. Und hörte das Monster näher kommen.

O Gott, wo war er?

»Was …«

Mac packte sie mit einer Hand, zog sie schützend zu sich heran und machte mit derselben Bewegung einen Schritt, der ihn mit dem Rücken zur Wand brachte. Er streckte die Hand mit der Waffe aus und zielte auf die Tür, durch die Julie Augenblicke vorher hereingestürmt war.

»Julie, Julie! Alles okay. Du bist in Sicherheit.« Sie hörte auf, sinnlos zu schreien und zu stammeln, und presste ihr Gesicht bebend an seine Brust, spürte, dass jede Faser in Macs Körper gespannt und zum Kampf bereit war. Sicher wusste er, wie man mit einer Pistole umging, schoss es ihr durch den Kopf. Plötzlich fühlte sie sich bei ihm ganz und gar sicher. Er würde ihr helfen, ihr Leben verteidigen und das Monster besiegen. Darum beschloss sie, an ihm kleben zu bleiben wie eine Muschel an einem Fels in der Brandung.

»Du bleibst hier, und ich gehe …« Weiter kam Mac nicht.

»Nein!« Sie krallte ihre Finger in Todesangst in sein T-Shirt. »Er hat eine Pistole!«

Und dann hatte sie ein alles betäubendes Klingen in den Ohren, die Welt begann sich zu drehen, und der Boden kam ihr entgegen. Wenn Mac sie nicht gerade noch aufgefangen hätte, wäre sie als ein kleines Häufchen Elend vor ihm zusammengesackt.

15

»Julie! O Gott! Julie!«

Sie war in seinen Armen ohnmächtig geworden.

Zumindest hoffte er, dass es nur eine Ohnmacht war, etwas anderes konnte und wollte er sich nicht vorstellen.

Mit einer Hand stützte er den schlaffen Körper, suchte mit den Augen nach Spuren einer Verletzung, während er gleichzeitig die Tür gegenüber im Auge behielt. Dieses Seidenzeug, das Julie anhatte, war so glatt, dass es schwer war, sie festzuhalten. Er erschrak, als er sah, dass ihr ganzes Gesicht grau-braun verkrustet war. Was war das? Mac musste an getrocknetes Blut oder Spuren von Verbrennung denken, bei näherem Hinsehen stellte er jedoch erleichtert fest, dass das Zeug wohl eher kosmetisch als tödlich war. Ihre Handgelenke waren fest mit zähem Klebeband umwickelt, ihr Hals war rot unterlaufen, aber er sah kein Blut, keine Anzeichen für eine äußere Verletzung.

War sie vergewaltigt worden?

In seine Besorgnis mischte sich eine unbändige, grausame Wut. Den Kerl, der Julie das angetan hatte, wollte er mit bloßen Händen in Stücke reißen oder zumindest voll Blei pumpen.

Und das Schwein war noch immer im Haus. Er wusste es. Eine Art sechster Sinn, der schon zu seinen Zeiten bei der Polizei unfehlbar gewesen war, sagte ihm das. Er war ganz nah.

Aber er konnte Julie nicht hier lassen, um sich den

Bastard vorzuknöpfen. Das zu begreifen war sein Kopf zum Glück kühl genug. Aber das Schwein durfte ihm nicht zuvorkommen und zum Jäger werden, sonst konnte er womöglich mit ihnen beiden beenden, was er mit Julie begonnen hatte.

Und als er sich vorstellte, was das bedeuten konnte, wuchs erneut sein Verlangen, den Kerl fertig zu machen.

Bleib cool, sagte er sich schließlich. Zuerst musste er Julie in Sicherheit bringen.

Mit einem resignierten Seufzer hob er die leblose Julie hoch und warf sie sich wie einen Sack Kartoffeln über die Schulter. Die Leopardenseide streifte dabei sanft sein Gesicht, bei jedem Schritt kitzelte ihn der feine Saum am Kinn. Zwar war Julie nicht schwer, aber die Seide machte das Tragen zu einer heiklen Angelegenheit. Immer wieder drohte Julie abzurutschen und ihm aus den Händen zu gleiten. Er fluchte leise, packte sie fester und schlang einen Arm um ihre Kniekehlen. Ihr Nachthemd war längst nach oben gerutscht und zeigte die Oberschenkel bis zum Schritt und zwei schöne runde Backen, aber in dieser Situation war jede Art von Schamhaftigkeit fehl am Platze, sagte sich Mac. Trotzdem versuchte er, sich durch den Anblick nicht allzu sehr ablenken zu lassen. Dass ihre Beine glatt und fest und zu kalt waren, merkte er allerdings. Ihre Temperatur ließ einen Schock vermuten.

Das Schwein hatte eine Schusswaffe, hatte sie gesagt. Vielleicht machte er sich aus dem Staub, aber Mac konnte sich nicht darauf verlassen. Solche Typen waren unberechenbar.

An einem Nagel neben der Tür hing ein Schlüsselbund. Mit dem einen Arm balancierte er Julie aus und griff nach dem Schlüssel. Er war sich plötzlich sicher, dass er zu dem weißen Wagen in der Garage gehörte, den Julie von der Versicherung zur Verfügung gestellt bekommen hatte. Es war also sozusagen Julies Auto.

Ja, es war sicher besser, die eigenen Rachegefühle hinunterzuschlucken und Julie ins nächste Krankenhaus zu bringen. Sid würde gleich wenn er nach Hause käme die Polizei anrufen, und morgen würde dann die ganze Stadt von dem Einbruch und dem Überfall wissen. Aber niemand durfte erfahren, dass Mac als Privatdetektiv für Julie arbeitete, deshalb war es besser, Julie in ihrem Auto einzuliefern. Später würde Mac einfach in der allgemeinen Aufregung untertauchen. Es würde sowieso eine Weile dauern, bis Julie vernehmungsfähig wäre, und dann konnte sie sagen, dass sie selbst zum Krankenhaus gefahren wäre.

Hoffentlich würde es nicht zu lange dauern, dachte Mac besorgt.

Dann verdrängte er den Gedanken und konzentrierte sich auf das Naheliegende. Er öffnete die Tür zur Garage und schob sich und Julie vorsichtig hindurch.

Bis auf den schmalen Lichtstreifen, der von der Küche hereinfiel, war die Garage dunkel. Hier gab es keine Klimaanlage, und die Hitze des Tages hatte sich gestaut. Es roch nach frisch gemähtem Gras und Motoröl. Sie hatten keine Zeit zu verlieren, der Einbrecher konnte jeden Augenblick auftauchen und das Feuer eröffnen. Mac umrundete die weiße Limousine und blieb an der Fondtür stehen. Er brauchte beide Hände, um Julie einzuladen. Das war schlecht, denn es bedeutete, dass er seine eigene Pistole aus der Hand legen musste. Aber es half nichts. Sie mussten schnellstmöglich hier raus.

Er schob die Glock aufs Wagendach. Lautlos fluchend öffnete er mühsam die Tür und balancierte die schlaffe Julie ins Wageninnere. Endlich lag sie mehr oder weniger bequem mit angewinkelten Beinen auf der Rückbank. Das reichte. Er drückte leise die Tür zu, schnappte sich die Waffe vom Autodach und ging zum Garagentor, das er schon bei seinem letzten Besuch aufgebrochen hatte und durch das er eben ins Haus gekommen war. Es war also noch offen. Mit einem Auge auf den Lichtschein von der Küche starrend, schob er das schwere Tor hoch, verdammte das metallische Klappern, das dabei entstand, sprang dann ins Auto, warf die Pistole auf den Beifahrersitz, steckte den Schlüssel ins Zündschloss, drehte ihn, hörte das beruhigende Anspringen des Motors, legte den Gang ein und gab Gas. Raus hier, dachte er.

Gott sei Dank. Erst als sie das Ende der Auffahrt erreicht hatten, wurde Mac klar, wie viel Angst er gehabt hatte. Er atmete tief durch.

Sein Blazer stand auf der Straße nahe der Einfahrt zum Haus. Mac stoppte die Limousine mit einer Vollbremsung dahinter, sprang aus dem Wagen, schloss den Blazer auf, nahm sein Handy und stieg wieder zu Julie ins Auto. Er sah sie an. Sie atmete, ruhig und gleichmäßig hob und senkte sich ihre Brust. Ihre tollen Beine zuckten.

Was war los mit ihr?, fragte er sich und wurde nervös. Viel ungestümer als nötig trat er aufs Gaspedal und brachte den weißen Wagen mit quietschenden Reifen wieder auf die Fahrbahn. Mit einer Hand hielt er das Steuer, mit der anderen tippte er die Notrufnummer in sein Handy. Je schneller die Polizei am Tatort war, desto besser. Den Einbrecher würden sie allerdings kaum mehr antreffen. Außer, der hätte Pudding statt Hirn im Kopf.

Mac blickte grimmig in die Nacht hinter der Windschutzscheibe. Die Vorstellung, dass das Schwein über alle Berge war, passte ihm gar nicht, aber unter den gegebenen Umständen konnte er daran nichts ändern.

Aber reagierte er nicht viel zu emotional?, fragte er sich plötzlich. Schließlich war Julie Carlson nur eine Klientin. Klar, dass er sich in gewissem Maße für sie verantwortlich fühlte. Und da der Überfall fast genau vor seiner Nase stattgefunden hatte, durfte er sich schon ärgern. Doch wie erklärte sich diese übermächtige Kombination aus Angst und mörderischer Wut?

Als er Julies Schrei gehört hatte, war er so von Angst erfüllt gewesen wie noch nie in seinem Leben.

Er näherte sich einem Stoppschild, doch er ging kaum vom Gas, denn er war in Gedanken versunken.

Nachdem Julie ins Haus gegangen war, hatte er es sich in seinem Auto gemütlich gemacht und auf Sids Heimkehr gewartet. Sicherheitshalber hatte er ein Richtmikrofon eingestellt, doch zunächst war nichts zu hören gewesen, denn Julie war ja allein im Gebäude. Erst wenn Sid nach Hause käme, so dachte Mac, würde es interessant werden.

Julie hatte immer wieder gesagt, dass Sid nicht zur Gewalt neigen würde. Mac war da aus eigener Erfahrung ganz anderer Meinung. Vielleicht war er Julie gegenüber bisher nicht gewalttätig geworden, weil sie ihm keinen Grund gegeben hatte. Allerdings konnte Julies Ankündigung, dass sie sich scheiden lassen wollte, für Sid durchaus Grund genug sein. Wenn ja, würde Mac das mit dem Richtmikrofon hören und rechtzeitig eingreifen können.

Außerdem rechnete Mac immer noch damit, dass Sid ihn und Julie im *Sweetwater* doch erkannt hatte und es deshalb zu einer unschönen Szene kommen mochte, die Sid von einer ganz neuen, brutalen Seite zeigen könnte.

So oder so, Mac war Julies Schatten, ihr Schutzengel. Irgendwie war das in den letzten vierundzwanzig Stunden zu seiner Hauptbeschäftigung geworden.

Selbst wenn nichts passierte, konnte es nützlich sein, Sids Angewohnheiten zu studieren, zu sehen, was er machte, nachdem er nach Hause gekommen war. Rief er jemanden an? Ging er spazieren? Oder gleich ins Bett?

Ins Bett vielleicht, aber nicht mit Julie, hatte Mac befriedigt gedacht. Dann hätte er sein Mikrofon ausschalten müssen. Das hätte er sich nicht anhören können, ohne wahnsinnig zu werden.

Zweifellos ein schlechtes Zeichen. Ein sehr schlechtes Zeichen. Julie Carlson war ein Klient, verdammt noch mal. Und eine nützliche Verbindung zu Sid. Mehr nicht. Mehr nicht!

Klar, und sein wirklicher Name war Debbie.

Mac verzog das Gesicht zu einer Grimasse. Die Geschichte mit Julie geriet außer Kontrolle. Er verstand das nicht.

Erst küsste sie ihn, als könne sie es nicht erwarten, mit ihm zu schlafen. Zwanzig Minuten später verkündete sie ihm, dass sie nie mit ihm ins Bett gehen würde. Schön, dachte er. Dann eben nicht. Er wäre sowieso nie mit ihr ins Bett gegangen. Dann könnte er ja gleich kopfüber in Treibsand springen.

Und doch hatte er die ganze Zeit an sie denken müssen, während er in seinem Wagen gesessen und auf Sid gewartet hatte. Nein, es gehörte wirklich nicht zu seinem Plan, Julie ins Bett zu kriegen, aber die Vorstellung, wie es wäre, entspannte ihn nicht gerade. Und wie sagte schon John Lennon? »Leben ist das, was geschieht, während du Pläne dafür schmiedest.«

Er war fast erleichtert, als er pinkeln und sich so auf etwas anderes konzentrieren konnte.

Nach dem Austreten hatte er beschlossen, einen kleinen Spaziergang um das Carlson-Anwesen zu machen.

Als er den Swimmingpool erreichte, war er stehen geblieben. Sanftes Mondlicht hatte sich in der Wasseroberfläche gespiegelt. Es musste doch einen Grund dafür geben, dass Julie trotz allem an ihrer Ehe festhalten wollte?, hatte er überlegt.

Klar, Kleiner, Kohle ködert Katzen.

Es war fast so gewesen, als hörte er die Stimme seines Bruders Daniel tatsächlich. Mac hatte Daniels Gesicht vor sich gesehen, das ironische, wissende Lächeln. Der hatte damals mit sechzehn irgendwoher ein Flugzeug beschafft und damit Marihuana nach Mexiko geschmuggelt, und Mac hatte ihn zu überzeugen versucht, dass das nicht gerade legal war und Daniel sich gefälligst einen anständigen Job besorgen sollte.

Und Daniel hatte dieses breite unwiderstehliche Lächeln aufgesetzt, das Mädels verrückt und Mac aggressiv machte, und seinem kleinen, ach so vernünftigen Bruder erklärt, dass es nur ums Geld ging, denn »Kohle ködert Katzen«.

Julie Carlson war so eine Katze. Hatte sie sich auch von Kohle ködern lassen, als sie Sid heiratete? Wenn man sich Haus und Grundstück so ansah, konnte man das fast meinen.

»Mac.« Julies Stimme war schwach, aber sie riss ihn aus seinen Gedanken und ließ seinen Kopf herumfahren. Sie hatte die Augen geöffnet und versuchte sich aufzusetzen.

»Bleib liegen. Wir sind schon auf dem Weg ins Krankenhaus, und dann kümmert sich jemand um dich.«

»O Mac, er wollte … Er hat versucht …« Mit einem Stöhnen, das Mac durch Mark und Bein ging, brach sie mitten im Satz ab.

»Alles wird gut«, sagte er mit rauer Stimme. Er war sich nicht sicher, ob er ertragen könnte, was sie offensichtlich erzählen wollte. Vielleicht war es besser, wenn er die Details der schrecklichen letzten Nacht nicht kannte, überlegte er, während er ein weiteres Stoppschild ignorierte. »Du bist jetzt in Sicherheit.«

»Ich … Ich muss ohnmächtig geworden sein.« Sie klang verwirrt und hatte große Schwierigkeiten, sich aufzurichten. Das konnte nicht nur an den gebundenen Händen liegen. Vielleicht war sie doch stärker verletzt, schoss es Mac durch den Kopf, und sein Magen krampfte sich zusammen. Hatte er etwas übersehen?

»Allerdings«, sagte Mac und warf noch einen Blick über die Schulter. Dann sagte er im harten Polizisten-Verhör-Ton, den er seit Jahren nicht mehr benutzt hatte: »Hast du den Kerl erkannt? Kanntest du ihn?«

»Nein, das heißt, ich weiß nicht mehr. Nein, ich glaube nicht. Verdammt, aber er kannte mich, meinen Namen.«

Mac fluchte in sich hinein. Ruhig, sagte er sich, ganz ruhig bleiben.

Sein Ton wurde wieder persönlicher und sanfter. »Kannst du ihn mir beschreiben? Wie sah er aus?«

Julie schüttelte den Kopf, holte stockend Atem.

»Erst hatte er eine Maske auf. Nachher konnte ich nicht gut … Nein, ich hab ihn nicht richtig gesehen.«

»Bist du verletzt? Tut es dir irgendwo weh?«

»Mein Kopf«, sagte Julie nach einigen Sekunden, in denen Mac der Schweiß ausgebrochen war. »Und mein Hals. Er hat mir auf den Kopf geschlagen und wollte mich dann erwürgen, glaube ich …«

Mac biss die Zähne aufeinander und betrachtete sie im Rückspiegel. Jetzt saß Julie aufrecht, den Kopf gegen die Stütze im Nacken gelehnt, die Augen geschlossen, die Haare wirr, eine braune Kruste im Gesicht.

»Und ich spüre meine Hände nicht!«, rief sie wütend. Sie kam offenbar wieder zu Kräften.

Mac atmete durch. Wieder hatte er dieses starke Gefühl, dass er den Kerl, der ihr das angetan hatte, am liebsten lange leiden sehen wollte.

»Sobald wir beim Krankenhaus sind, nehme ich dir das Band ab. Dauert nur noch ein paar Minuten.«

»Krankenhaus?«

»Wir sind auf dem Weg dorthin.« Hatte sie ihn nicht verstanden? Hörte sie ihn nicht gut? War das vielleicht eine Folge dieses Schlags auf ihren Kopf? Wieder nahm er den Blick von der Straße und betrachtete sie im Rückspiegel. Verdammt, das nächste Stoppschild überfahren! Wenn es nicht drei Uhr früh in diesem toten Nest wäre …

»Halt an, Mac.«

»Was? Wieso? Was ist los?«

»Ich glaube, ich muss mich übergeben.«

Er bremste hart und zog auf die rechte Seite hinüber, wo die weiße Limousine zum Stehen kam.

Julie versuchte, die Tür zu öffnen, aber Mac war schneller, stieg aus und öffnete sie von außen.

»Halt still«, sagte er und zückte ein Taschenmesser. Er hakte seine Finger unter dem Klebeband ein, hob es leicht von der Haut ab, schob das Messer darunter, schnitt das Band mit einer energischen Bewegung durch und riss das Band von ihren Händen. Sie jaulte dabei laut auf vor Schmerz, und Mac gab es einen Stich ins Herz, als er merkte, dass er Julie wehgetan hatte. Es war, als hätte er ihr ein riesiges Pflaster abgezogen. Nicht gerade angenehm.

»Weg da!«, schrie sie Mac an und presste dann die Lippen zusammen, als habe sie Angst vor dem, was ihren Worten folgen könnte. Sie schwang die Beine aus dem Wagen und wollte sich in Richtung Böschung bewegen. Ihre nackten Füße leuchteten weiß in der Nacht, und ihre Beine unter dem unglaublich erregenden Nachthemd schimmerten matt. Vom Hals abwärts war sie der feuchte Traum eines jeden Mannes. Vom Hals aufwärts war sie der Albtraum jedes Mannes, der nicht glauben konnte, mit wem er sein Bett die nächsten fünfzig Jahre nach den Flitterwochen würde teilen müssen.

Nur blöd, dass sie trotz des getrockneten Schlamms im Gesicht und dem dämlichen Pony einfach toll und sexy aussah. Und in diesem Augenblick wurde Mac erst richtig bewusst, dass er bereits bis zum Hals im Treibsand steckte.

Julie kam nicht weit. Nach ein paar Schritten sackte sie zusammen. Mac stürzte hinzu und stützte sie, obwohl er sich damit in große Gefahr brachte, voll gekotzt zu werden.

Er führte sie zur Böschung, wo sie kraftlos auf die Knie sank.

16

Es kostete Julie viel Kraft, aber schließlich gelang es ihr, den Drang, sich zu übergeben, zu unterdrücken. Sie kauerte im Gras, den Kopf hatte sie auf die Oberschenkel sinken lassen, ihre Arme hingen schlaff an den Seiten. Ihr war schwindelig, und sie konnte sich unmöglich aufrichten. Ein schmerzhaftes Pochen breitete sich in ihrem Kopf aus, ihre Gliedmaßen kribbelten und fühlten sich taub an.

Sie hob leicht den Kopf und die Hände und blickte auf die Spuren des Klebebands an ihren Handgelenken.

»Julie …« Mac war neben ihr ebenfalls auf die Knie gegangen und hatte eine warme Hand auf ihren Rücken gelegt. Ihr war kalt bis auf die Knochen. Der Geruch des frisch gemähten Grases fiel ihr auf, und dass der Untergrund feucht und kühl war.

Julie wandte langsam den Kopf und sah Mac an. Sah sein Profil gegen den klaren Sternenhimmel, erkannte die Kraft seiner breiten Schultern, sah seine männliche Schönheit und fühlte sich geborgen. Alles war gut. Ja, vielleicht hatte er sie angelogen, aber wenn es darauf ankam, war er da, war er ihr verlässlicher Beschützer.

»Ich bin so froh, dass du nicht schwul bist.«

»Und ich erst.«

Sein Blick war besorgt, aber er lächelte.

Wenn Mac nicht gewesen wäre …, dachte sie und wollte den Gedanken nicht weiterverfolgen. Sich vorzustellen, wie das hätte enden können, würde sie sicher vollkommen zusammenbrechen lassen, und das konnte sie jetzt wirklich nicht gebrauchen.

»Wie fühlst du dich?«

»Es geht schon.«

»Von wegen.« Er klang wieder nüchtern, sah sich um und dann wieder zu ihr. »Da drüben steht ein Wasserspender. Willst du etwas trinken?«

Sie hob den Blick und erkannte erst in diesem Moment, dass sie am Kinderspielplatz des Swayer Parks angehalten hatten. Sie sah verlassene Schaukeln und Wippen und Klettergerüste im Mondlicht. Wie viele glückliche Nachmittage hatte sie an diesem Ort mit Erin und Kelly verbracht?

»Gute Idee.«

Kaum hatte sie das gesagt, hatte Mac auch schon tief Luft geholt, seine Arme unter sie geschoben und sie angehoben. Und als wäre sie so leicht wie eine Feder, trug er sie auf den Wasserspender zu, der wie eine verheißungsvolle Oase in knapp hundert Metern Entfernung auf sie wartete.

Julie dachte gar nicht daran, gegen diese Behandlung zu protestieren. Stattdessen schmiegte sie sich an ihn, legte ihre Arme um seinen starken Nacken und fühlte sich so gut wie schon lange nicht mehr. So könnte es immer bleiben, dachte sie. Und gleichzeitig: du bist verrückt, Julie, so kann es nicht bleiben.

Aber ob sie allein hätte zum Wasserspender laufen können, bezweifelte sie. Musste sie ja auch nicht. Es war schön in Macs Armen. Sie spürte seine muskulösen Arme in ihren Kniekehlen und am Rücken. Und seine Brust war so warm! Ja, vielleicht war dieses Anlehnungsbedürfnis an einen Mann die primitive weibliche Reaktion auf ein traumatisches Ereignis, aber sie beschloss, dass ihr das egal war und sie es genießen wollte. Julie ließ den Kopf an seine Schulter sinken, schloss die Augen und umschlang seinen Hals noch fester.

»Also«, sagte Mac mit etwas grummeliger Stimme. Julie öffnete die Augen und sah, dass sie sich dem Wasserspender näherten. »Und jetzt wüsste ich gern, was das für ein Zeug in deinem Gesicht ist.«

Einen Augenblick lang hatte Julie keine Ahnung, worüber Mac sprach. Doch dann erinnerte sie sich an den Schlamm und merkte überrascht, dass sie lächeln musste. Da durchlebte sie gerade die romantische und dramatische Rettungsaktion von diesem Bild von einem Mann und sah dabei aus wie eine Außerirdische aus Raumschiff Enterprise. Das Leben war wirklich eine seltsame Sache. Zumindest ihr Leben.

»Schlamm.«

»Und das ist normal, dass du mit Dreck im Gesicht ins Bett gehst?«

»Nicht Dreck. Schlamm. Das ist eine Gesichtsmaske, die die Haut glättet und klärt. Ich hatte sie schon aufgelegt und wollte eigentlich baden, als ich ihn sah.«

Bei dem Gedanken an diesen Moment überlief ein Schauer ihren Körper. Mac spürte es und fasste sie fester. Sie wollte die Erinnerung verdrängen, aber sie konnte es nicht. Eine Gänsehaut überzog ihren Körper, als ihr klar wurde, dass die kleine Stimme sie gewarnt hatte. Ihr sechster Sinn? Irgendwie hatte sie gespürt, dass jemand im Haus war.

Auch dieser Gedanke verunsicherte sie. Die Vorstellung, dass sie etwas wusste, das sie eigentlich nicht wissen konnte.

»Woher wusstest du, dass ich in Gefahr war?« Vielleicht hatte er ja auch einen sechsten Sinn.

»Mein Schatz, du schreist wie eine Schauspielerin im Horrorfilm. Ich stand draußen am Pool und konnte dich kaum überhören. In dem Moment, als ich dich schreien hörte, bin ich wahrscheinlich um zwanzig Jahre gealtert.« Er atmete tief durch. »Dann habe ich festgestellt, dass jemand ins Haus eingebrochen ist. War nicht der freudigste Moment in meinem Leben, das kann ich dir sagen.«

Eine Zeit lang schwiegen beide. Mac trat von einem Fuß auf den anderen. Das Singen der Zikaden klang durch die Nacht. Der Mond tauchte den Spielplatz in ein geisterhaftes Licht. Die sonst so fröhlich wirkenden Geräte hatten plötzlich etwas Unheimliches, Bedrohendes.

Wieder lief Julie ein Schauer über den Rücken. Sie konnte nicht die Angst abschütteln, die sie in ihrem eigenen Zuhause ergriffen hatte. Ein Zuhause, das ihr nie wieder das Gefühl von Sicherheit vermitteln würde. Die Erinnerung an die Schrecken der letzten Nacht würde wie ein Virus immer wieder von ihr Besitz ergreifen, das wusste sie.

Und da war noch etwas: Wenn es in ihrem Heim geschehen konnte, konnte es überall geschehen. Auch auf diesem anscheinend so harmlosen Spielplatz. »Immer mit dem Schlimmsten rechnen« würde von heute an ihr Motto sein. Und das tat sie auch in diesem Augenblick. Gott sei Dank war Mac bei ihr, sonst hätte sie wahrscheinlich irgendwann in der letzten Stunde den Verstand verloren.

Nein, sagte sie sich, viel schlimmer. Ohne Mac wäre sie nicht einmal mehr lebendig genug, um überhaupt den Verstand verlieren zu können.

Julie zitterte.

Mac spürte es und zog sie zärtlich an sich.

»Mac? Danke.«

»Wofür?« Er schob sie ein kleines Stück von sich, um sie anzusehen. Sein Gesicht war dem ihren sehr nah.

»Ich glaube, du hast mir das Leben gerettet.«

»Keine Ursache.«

»Was, wenn er uns verfolgt? Wenn er hierher kommt?« Ihre Stimme war zu einem Flüstern geworden. Das Virus der Angst breitete sich wieder in ihrem Körper aus, und sie blickte misstrauisch um sich. In jedem Schatten konnte er lauern und sie beobachten.

»Ich werde dich beschützen, egal wann, egal wo. Versprochen. Aber was den Kerl betrifft, musst du dir keine Sorgen mehr machen. Der hat längst die Flucht ergriffen und ist über alle Berge. Das kannst du mir glauben.«

»Du hast doch eine Waffe, oder?«

»Klar.«

»Und du weißt, wie man sie benutzt, nicht wahr?«

Er zog eine Schnute. »Ich war bei der Polizei. Und davor bei den Marines. Reicht dir das?«

»Ich glaube schon. Ja, bestimmt.« Das Schwindelgefühl kehrte zurück, und sie musste sich an seine Brust lehnen. Er sah auf sie herab.

»Geht's dir wirklich besser?«

»Ja. Warum bist du nicht mehr bei der Polizei?«

Seine Lippen wurden zu einem Strich. Sie fühlte, wie sein ganzer Körper sich auf einmal versteifte. Für Sekunden hatte sie den Eindruck, dass er ihr eine Antwort geben würde, doch er schwieg. Sie hob den Kopf und sah ihm in die Augen. Erst hielt er ihrem Blick stand, dann sah er weg.

»Ich wurde vom Dienst suspendiert.«

»Suspendiert?« Das konnte sich Julie bei ihm gar nicht vorstellen. Abgesehen von der Geschichte mit Debbie war Mac der zuverlässigste, aufrichtigste Mensch, den sie je kennen gelernt hatte. »Aber warum?«

Er seufzte. »Bei uns auf dem Revier wurden in der Asservatenkammer Drogen vermisst – und später hat man sie bei mir gefunden. Plötzlich gab es Dutzende von angeblichen Zeugen, die beschwören konnten, dass ich ein Dealer sei. Ich wurde suspendiert. Ich hätte auch vor Gericht landen können, aber man wollte einen Skandal vermeiden.«

»Du warst unschuldig.« Es war eine Feststellung, keine Frage.

»Ja, war ich. Der Kerl, hinter dem ich damals her war, hat mich drangekriegt.«

Inzwischen hatten sie den Wasserspender erreicht, und Mac setzte Julie ab. Aber er blieb hinter ihr stehen mit den Händen auf ihren Hüften. Als wolle er ihr Rückendeckung geben.

Julie spritzte sich Wasser ins Gesicht und wusch den Schlamm ab. Sie fing das Wasser mit den Händen und ließ es sich über Nacken und Hals laufen. Sie trank mit gierigen Schlucken. Immerhin tat ihr die Kehle beim Schlucken nicht weh. Also keine inneren Verletzungen, stellte sie erleichtert fest. Das Wasser war eher lauwarm als kalt, aber es tat trotzdem gut und vertrieb das Schwindelgefühl. Als sie sich von dem Wasserspender erhob, fühlte sie sich fast wieder normal. Während sie sich das Wasser aus dem Gesicht wischte, drehte sie sich um und warf einen scharfen Blick auf Mac.

»Moment«, sagte er und tupfte ihr Gesicht vorsichtig mit einem Zipfel seines T-Shirts trocken.

»Jetzt ist dein Shirt nass«, sagte sie und stützte sich ihrerseits auf seinen Hüften ab. Sie waren schmal und durchtrainiert. Sie spürte das Spiel seiner Muskeln unter ihren Fingern.

»Ich werd's überleben.«

Er fasste in ihr Haar und zog das Gummi ab, das ihr Pony hielt. Es fiel herab, und Julie schüttelte den Kopf, um ihr Haar zu lockern; dabei verzog sie kurz das Gesicht vor dem plötzlich in ihrem Hals zupackenden Schmerz.

»So ist's besser«, sagte er. »Womit ich nicht sagen will, dass du mit Dreck im Gesicht und einer Frisur wie ein Wischmopp nicht auch ganz toll aussiehst.«

Julie grinste. »Deine Flunkereien werden dich eines Tages noch in echte Schwierigkeiten bringen.«

Sie standen da und sahen einander an den Armen haltend an. Die Hitze seiner Hände schien ihre Haut zu versengen. Er war sehr nah. Ihre Brüste waren nur Zentimeter von seiner Brust entfernt, und ihr Becken berührte fast den Reißverschluss seiner Jeans. Ein plötzliches, heftiges Verlangen packte sie. Sie spürte eine Gänsehaut am Rücken, als sie sich an den Kuss im *Sweetwater* erinnerte. Wie viel schöner war doch diese Erinnerung als jene an den Horror der Nacht. Als hätte eine höhere Macht einen Schalter umgelegt, schien die Luft zwischen ihnen sich aufzuladen. Sie öffnete ganz leicht ihre Lippen, ihr Atem ging schneller. Seine Hände schlossen sich fester um ihre Arme.

Wieder wurde ihr schwindelig, doch diesmal war das äußerst angenehm.

»Wir sollten jetzt von hier verschwinden. Du kannst

doch laufen, oder?« Seine Worte straften die Glut in seinen Augen lügen.

Verträumt lächelte Julie zu ihm hoch. Vielleicht würde er sie wieder auf seine Arme nehmen und sie durch die laue Nacht tragen. Bei dieser Aussicht begann jede Faser in ihr zu vibrieren. Sie wollte von ihm getragen werden, auch wenn das Gefahren barg.

»Ich kann laufen.« Ihre Stimme klang selbstsicherer, als sie sich fühlte.

Er ließ sie los. Sie war zugleich enttäuscht und froh, dass er sie beim Wort nahm. Statt sie zu tragen, legte er ihr fürsorglich wie eine Krankenschwester eine Hand unter den Ellbogen, um sie zu stützen. Mit entschlossener Miene setzte sich Julie in Bewegung. Schon nach wenigen Schritten merkte sie, dass die schwüle Nachtluft alles andere als belebend wirkte. Noch ein paar Schritte weiter, und ihre ohnehin schon gummiweichen Knie schienen sich zu verflüssigen. Sie klappte zusammen wie ein Akkordeon. Mac reagierte schnell und packte ihre Hüfte, aber er konnte nur knapp verhindern, dass sie mit der Nase flach auf dem Asphalt landete.

»Ach, was soll's«, brummte Mac und nahm sie wieder auf die Arme.

Und so sehr sie sich auch bemühte, Julie tat die Situation kein bisschen Leid. Ihre Glieder waren zwar so schlaff wie verkochte Spaghetti, doch um ihn zu umarmen reichte es allemal. Sie wusste, dass sie sich vor ihren Gefühlen in Acht nehmen musste, trotzdem stellte sie widerwillig fest, dass sie sich in seinen Armen wie zu Hause fühlte. Sicherer als zu Hause.

Stumm bewegte sich das seltsame Paar in Richtung Auto. Sie atmete seinen leichten Schweißgeruch ein und kuschelte sich so nah wie möglich an ihn. Er atmete und lief.

Dann grunzte Mac ungehalten. Seine Hände – eine knapp oberhalb ihres nackten Knies, eine unter ihrer rechten Brust – fassten sie fester.

»Nur fürs Protokoll: Hast du überhaupt irgendetwas drunter an?«

Julie hob den Kopf und bewunderte die Linien seines Gesichts, das kräftige Kinn und die gerade Nase und stellte dabei mit Entzücken fest, dass also auch blonde Männer einen bläulichen Bartschatten haben konnten.

»Nein. Nichts.«

»Dachte ich mir.«

Er schwitzte. Kleine Perlen bildeten sich auf seiner Stirn, die wahrscheinlich nichts mit körperlicher Anstrengung zu tun hatten, dachte Julie.

»Warum fragst du?« Julie klang so unschuldig wie ein Lämmchen.

»Darum.«

Sie erreichten das Auto. Mac setzte Julie ab und öffnete die Beifahrertür. Sie strich das Nachthemd nach unten, das ihr fast bis zum Bauchnabel hochgerutscht war. Mit ihrer nackten Schulter lehnte sie sich an ihn, ihre Hüfte berührte seine Hüfte, und wie zufällig streifte sie die Vorderseite seiner Jeans. Er war hart, kein Zweifel.

»Magst du denn mein Nachthemd nicht?« Da! Sie flirtete mit ihm, ganz offen und schamlos, trotz Kopfschmerzen und steifem Hals. Julie musste daran denken, dass sie seit Jahren nicht mehr geflirtet hatte und schon fast nicht mehr wusste, wie viel Spaß das machte.

Mac sah sie nachdenklich an. Die Wagentür war offen und wartete nur darauf, sie zu schlucken, aber sie war noch nicht so weit. Sie wollte viel lieber in etwas anderes einsteigen.

»Kommt darauf an«, sagte er vorsichtig. Dann hatte er sich offenbar plötzlich zu etwas entschlossen. Seine Lippen wurden schmal, und er runzelte die Stirn. »Sei jetzt ein gutes Mädchen und steig ein, ja?«

Als sie immer noch keine Anstalten machte, seiner Anweisung Folge zu leisten, und ihn nur vielsagend anlächelte, packte er sie, setzte sie auf den Sitz und beugte sich über sie, um sie anzuschnallen.

»Auf was kommt es an?« Ihre Hand glitt unter sein T-Shirt, als er sich über sie beugte. Sie streichelte seine glatte, feste Haut, spürte den Linien seiner Muskeln nach, kraulte das seidenweiche Haar auf seiner Brust.

Ihre Blicke trafen sich. Er war so nah, dass sie seinen warmen Atem auf ihrer Haut fühlte.

Seine Augen waren wunderschön. Seine Lippen waren – so sexy. Sie konnte sich nicht abwenden, und ihre Hand auf seiner Brust spürte den beständigen und starken Schlag seines Herzens.

»Darauf, wie du das gemeint hast – dass du nie mit mir schlafen würdest.«

Seine Stimme klang mit einem Mal atemlos, und auch sie schnappte bei seinen Worten nach Luft, öffnete die Lippen, näherte sich den seinen.

Seine Augen wurden zu Schlitzen, seine Lippen zu einem schmalen Strich. Er zog den Kopf zurück. Mac griff nach ihrer Hand unter seinem T-Shirt und zog sie gegen ihren Widerstand darunter hervor.

»Mac!«

Er zögerte. Abermals sahen sie sich tief in die Augen. Die Luft zwischen ihnen war so geladen mit Energie, dass Julie nur noch auf Blitz und Donner wartete.

Dann murmelte er etwas, das wie »ach, verdammt« klang, lehnte sich vor und entzündete sie mit einem langen, gierigen, dringlichen Kuss. Julie befürchtete, ohnmächtig zu werden.

Ihre Lippen öffneten sich, drängten sich ihm entgegen. Er schmeckte leicht nach Bier, und Julie genoss jeden Schluck. Ihre Leiste zog sich zusammen und begann zu pochen, ihre Brustwarzen hatten sich in wenigen Augenblicken steif aufgerichtet. Julie hielt Macs Hand umklammert, presste sie mit der Handfläche gegen ihre Brust, füllte sie aus. Oh, und wie gut sich seine Hand auf ihrer Brust anfühlte, wie wunderbar, wie empfindlich ihre Brustwarzen auf seine Hitze reagierten …

Für einen Augenblick dachte sie, er würde nicht darauf anspringen, aber dann machte er ein grunzendes Geräusch und begann sie zu kneten. Julie sah Sternchen. Das Herz schlug ihr bis zum Hals, sie wurde feucht zwischen den Beinen, ihre Zehen krallten sich in den Wagenboden.

Macs hungrige Küsse machten sie rasend. Seine Hände umfassten die Rundungen ihrer Brust, drückten sie zärtlich, dann wieder hart. Er nahm ihre Brustwarzen zwischen die Finger, rieb und knetete sie, steigerte ihre Lust und ihren Willen zur totalen Selbstaufgabe. Julie wollte sich befreien, den Gurt zerreißen, der wie ein Gitter zwischen ihren Körpern war und sie trennte, sie packte seinen Nacken, zog ihn zu sich herunter, noch näher, noch näher. Etwas in ihr zog sich zusammen, erzeugte eine Spannung, die sich noch in dieser Nacht entladen musste, wenn sie nicht verrückt werden wollte …

Da löste er plötzlich die Lippen von den ihren und zog sich zurück. Seine Hand ließ ihre Brust los, und er hielt Abstand.

Julie öffnete die Augen und warf ihm einen Blick zu, der nur eines bedeuten konnte, und das so klar, als würde sie ihn anschreien: »Nimm mich jetzt und hier oder fahr zur Hölle!«

Natürlich wäre sie nie wirklich so grob geworden. Sie klimperte also mit ihren Wimpern und knurrte ihn verspielt an. Vielleicht reizte ihn das ja, dachte sie.

»Grrrr …«

Sein Gesicht kam wieder näher.

»Treib es nicht zu weit, Julie. Sonst könnte es nämlich sein, dass ich den etwas verwirrten Zustand deines Hirns heute Nacht skrupellos ausnutze.«

Und damit ließ er sie ganz los, schob sich rückwärts aus der Wagentür und schlug sie zu. Dann ging er um die Limousine herum und stieg auf der Fahrerseite ein.

Julie hatte die Arme über ihre immer noch erregten Brüste verschränkt und sah ihn beleidigt an. »Mein Verstand ist nicht verwirrt.«

»Das kannst du mir erzählen, nachdem du beim Arzt warst.« Er startete den Motor.

»Vielleicht hab ich es mir einfach anders überlegt«, sagte sie und fuhr mit der Spitze ihres Zeigefingers ganz leicht über die Härchen auf seinem Arm. »Was soll schon dabei sein, wenn ich mit dir schlafe?«

»Es ist einfach keine gute Idee.« Er zog seinen Arm ruckartig zurück.

Über verwaiste Straßen fuhren sie durch die Nacht,

vorbei an Häusern, in denen Familien friedlich schliefen.

»Und was ist an dieser Idee nicht gut? Willst du denn nicht mit mir schlafen?«

Mac lachte auf und schüttelte den Kopf. Julie konnte seine Miene gut sehen, denn sie fuhren durch eine Geschäftsstraße, und die Neonreklame von McDonald's und 7-Eleven schien ins Wageninnere. Sein Ausdruck hatte etwas Bedauerndes, dachte sie.

»Heißt das jetzt ja oder nein?«, fragte sie schärfer als beabsichtigt.

»Definitiv ja.«

Sie ließ sich in den Sitz zurückfallen und verzog das Gesicht. »Also wo liegt dann das verdammte Problem?«

»Das Problem liegt darin, dass du – vorsichtig ausgedrückt – im Augenblick nicht im Vollbesitz deiner geistigen Kräfte bist.« Seine geduldige, belehrende Art regte sie auf.

»Das ist doch lächerlich.«

Er zuckte nur mit den Schultern. »Wenn du meinst.«

»Feigling.«

»Genau. Und da sind wir auch schon.«

Er war auf einen Parkplatz gleich neben dem Eingang zur Notaufnahme des örtlichen Krankenhauses gebogen. Er stellte den Motor ab und ließ einige Sekunden verstreichen, in denen er stumm geradeaus durch die Windschutzscheibe auf den Parkplatz starrte. Im Licht der Laternen sah Julie die strengen Züge um seine Augen und seinen Mund.

»Spuck's aus«, sagte Julie, als sie von seinem vielsagenden Schweigen genug hatte.

»Also gut.« Sein Kopf fuhr heftig zu ihr herum.

»Sag mir nur eins: hat er dich vergewaltigt?« Seine Finger umfassten das Lenkrad so fest, dass seine Knöchel weiß wurden.

Julie wurde blass. »Nein. Nein!« Bei seinen brutalen Worten stieg die Erinnerung in ihr auf wie ein furchtbares Ungeheuer aus der Tiefe. »Ich … ich glaube, er wollte … aber es kam nicht dazu.«

»Warum nicht?« Er hatte ihr nun sein Gesicht ganz zugewandt, und in seiner Stimme lag mehr Besorgnis als Neugierde. Die Anspannung schien aus seinem Körper zu weichen. Er ließ das Lenkrad los.

»Ich hab ihm in die Nase gebissen und bin gerannt.«

Für Sekunden herrschte Stille. *»Du hast was?«*

»Ihm in die Nase gebissen. Sogar ziemlich fest«, sagte sie mit Genugtuung. »Er hat jedenfalls geblutet, und ich hab es knirschen gehört. Er hat geschrien wie am Spieß und ist von mir runter. Ich hab die Gelegenheit genutzt und bin nach unten gerannt.«

Mac starrte sie ungläubig an. Dann entspannte sich sein Gesicht, und von seinen Mundwinkeln breitete sich ein amüsiertes Lächeln aus. »Ich kann mir vorstellen, dass das gewirkt hat.« Er schüttelte den Kopf. »Du bist wirklich eine Nummer, weißt du das? Eine echte Nummer.«

»Also schläfst du mit mir, oder was?«

»Später. Vielleicht.«

Er zog den Schlüssel ab und stieg aus. Als er um den Wagen herumging, beobachtete Julie ihn. Gerade hatte sie sich noch so gut gefühlt, aber jetzt sank ihr Mut wieder, und das üble Gefühl in Kopf und Magen kehrte zurück. Vielleicht, so überlegte sie, hatte Mac Recht, und sie war wirklich etwas durcheinander. Vielleicht waren aber auch nur die gnadenlosen Bilder in ihrem

Kopf schuld daran, dass sich ihr Zustand verschlechterte. Nur Minuten zuvor, während ihres heftigen Flirts mit Mac, waren diese Bilder so fern gewesen, als gehörten sie gar nicht zu ihr, sondern zu einem fremden Menschen.

Das mochte ein Schutzmechanismus sein, dachte sie. Wie auch immer, jedenfalls hatte dieser Mechanismus bei seiner Frage nach Vergewaltigung versagt, und jetzt ging es ihr schlecht.

Mac öffnete die Tür und beugte sich über sie, um den Gurt zu lösen. Julie rührte sich nicht, lehnte sich kraftlos an den Sitz und bekämpfte den erneut in ihr wachsenden Brechreiz.

Mac sah sie an. »Hältst du noch ein paar Minuten durch, du Kriegerin?« Seine Stimme war liebevoll und ruhig. Sie nickte, und er hob sie aus dem Sitz.

Julie ließ sich in seine Arme sinken, aber diesmal nicht lustvoll, sondern schicksalsergeben. Er würde sich um alles kümmern, dachte sie. Ihr war in diesem Moment alles egal.

Mac schritt mit seiner Schutzbefohlenen auf die Notaufnahme zu und sagte: »Hör zu. Wir gehen jetzt da rein, und dann möchte ich, dass du Folgendes tust …«

Zehn Minuten später schlüpfte Mac aus seiner Deckung hinter dem großen Ficus und machte sich aus dem Staub. Inzwischen war erst die Polizei mit einem sehr aufgeregten Sid und dann Julies kaum weniger aufgeregte Mutter und Schwester eingetroffen. Mac hatte seinen Teil getan. Im Moment wurde er nicht mehr gebraucht.

Im Osten kündigte ein orangefarbener Schimmer

am Horizont den neuen Tag an. Die Stunde war günstig. Er stieg in das wartende Taxi und gab eine Nummer in sein Handy ein.

Mutter war nicht gerade erfreut, so früh am Morgen geweckt zu werden, aber Mac unterbrach seine Tiraden.

»Ich brauche Informationen von dir.«

17

Schon am Dienstag nach diesen Ereignissen war Julie wieder im Geschäft. Am Sonntag hatte man sie noch zur Beobachtung im Krankenhaus behalten, und den Montag hatte sie bei ihrer Mutter verbracht. Zwar erzählte sie sehr schnell jedem, dass sie über die Sache hinweg sei, sie wusste es aber besser. Der Vergewaltigungsversuch würde sie noch lange quälen. Und auch körperlich war sie nicht im Vollbesitz ihrer Kräfte. Die Ärzte hatten eine leichte Gehirnerschütterung festgestellt. Mac hatte also Recht gehabt. An der Stirn war ihr eine tennisballgroße Beule gewachsen, die blauen Flecke an ihrer Kehle und neben ihrem Bauchnabel würden noch eine Weile gut zu sehen sein. Da die Flecken am Hals sich nur mit sehr viel Make-up oder gar nicht hätten abdecken lassen, trug sie trotz des heißen Wetters einen pinkfarbenen Rollkragenpulli, dazu einen schmalen purpurfarbenen Gürtel und farblich passende sündhaft teure Sandalen.

Nein, dachte sie, als sie sich im Spiegel des Anproberaums in ihrem Geschäft betrachtete, man konnte ihr wirklich nicht nachsagen, dass sie Angst vor kräftigen Farben hatte.

In den letzten Tagen war sie sich wie eine Zirkussensation und Alleinunterhalterin gleichzeitig vorgekommen. Wieder und wieder hatte sie Verwandten, Polizisten und völlig unbekannten Menschen jedes kleine Detail der beinahe verhängnisvollen Nacht erzählen müssen. Und nur massive Drohungen von Sid hatten den Chefredakteur des örtlichen Käseblatts davon abgehalten, die Geschichte mit großen Schlagzeilen in der Öffentlichkeit auszubreiten. Im Allgemeinen wurde angenommen, dass der Überfall im Zusammenhang mit dem vorangegangenen Autodiebstahl stand. Entweder, so lautete die Theorie, hatte der Dieb ihr Bild im Führerschein gesehen und sich daraufhin zu seiner Tat entschlossen, oder die Tat war von Anfang an geplant gewesen, und der Täter war nur zurückgekommen, um zu vollenden, was er mit dem Diebstahl des Jaguars begonnen hatte.

Zwei Überfälle auf ein und dieselbe Person im Abstand von zwei Tagen konnten schlicht kein Zufall sein.

Allerdings gebe es keinen Grund zur Sorge für Julie: erstens, sagte die Polizei, würde der Fall bald gelöst sein, und zweitens wäre es äußerst unwahrscheinlich, dass er es noch mal versuchen würde. Sagte die Polizei.

Wenn man den aktuellen Ermittlungsstand berücksichtigte, konnte man wohl zu dieser Beurteilung kommen. Aber Julie hatte gute Gründe, anderer Meinung zu sein. Gründe, die sie der Polizei nicht mitteilte, um selbst nicht in Schwierigkeiten zu kommen. Sie wusste, dass der Mann, der sie in ihrem Haus angegriffen hatte, nichts mit den Autodieben zu tun hatte. Nein, dachte sie, keinesfalls. Die Autodiebe hätten nämlich nicht bei ihr einbrechen müssen, weil sie zusammen mit dem Jaguar auch ihren Hausschlüssel gestohlen hatten. Mac hatte sie zwar von dieser Tatsache berichtet, aber niemandem sonst. Er hatte sie zweimal angerufen. Das erste Mal im Krankenhaus und ein paar Tage später bei ihrer Mutter. Gesehen hatte sie ihn seit dieser Nacht nicht.

Es fiel ihr schwer, es sich einzugestehen, aber sie vermisste ihn sehr.

Dieser Montagmorgen, der erste im Geschäft seit dem Überfall, war besonders hektisch. Julie hatte, um Arbeit aufzuholen, alle Dienstagstermine auf Montag vorverlegt. Außerdem stand der Wettbewerb der Miss Southern Beauty unmittelbar bevor. Und neben Carlene stattete Julie noch sieben weitere Teilnehmerinnen aus. Sie alle kamen für letzte Anproben ins Geschäft. Julie war dankbar dafür, dass der Alltag sie wieder eingeholt hatte. Ein Wochenende wie das vergangene wollte sie nie mehr erleben.

Als kurz vor ein Uhr mittags das Telefon klingelte, war Julie gerade damit beschäftigt, bei einer der Wettbewerbsteilnehmerinnen die Nadeln aus einer überarbeiteten Naht herauszuziehen. Zwischen ihren Lippen hingen Dutzende von Nadeln, die sie beinahe verschluckt hätte, als Meredith in den Anproberaum stürmte und rief: »Da ist eine gewisse Debbie für dich dran.«

Statt sie zu schlucken, spuckte Julie die Nadeln in ihre Hand und warf sie auf den Nähtisch.

»Danke.« Sie bedeutete Meredith, mit der Arbeit fortzufahren, stand auf und sagte lächelnd zu ihrer rothaarigen Kundin: »Sie entschuldigen mich, ich bin gleich wieder für Sie da.«

Tara Lumley war ein liebes Mädchen, die allerdings im Wettbewerb gegen die ehrgeizige Carlene nicht den Hauch einer Chance hatte, sagte sich Julie.

Sie nahm den Hörer ab.

»Hallo«, sagte sie mit einer Stimme, die zu aufgeregt und zu intim war, um wirklich an eine Frau namens Debbie gerichtet zu sein.

»Hallo«, sagte Mac, und der Klang seiner Stimme beschleunigte ihren Herzschlag und ließ sie den Hörer fester umfassen. »Hast du heute Mittag schon was vor? Wollen wir zusammen essen?«

»Ich hab leider schon gegessen«, sagte Julie und dachte dabei an die beiden Karotten und die paar Cracker, die sie sich erlaubt hatte. Aber sie wollte ihn sehen. Unbedingt. Ihre Sehnsucht nach ihm war für sie selbst beängstigend.

»Ich auch. Aber wir sollten uns trotzdem schnell treffen. Im *Taco Bell* an der Ecke?«

»Worum geht's?«

»Sag ich dir, wenn wir uns treffen.«

Julie dachte an Tara und zögerte. Da Amber in der Mittagspause war, müsste Meredith den Laden in Julies Abwesenheit alleine schmeißen. Aber Amber war gegen zwei wieder im Geschäft, solange sollte Meredith alles im Griff haben. Um drei musste Julie allerdings spätestens zurück sein, denn da hatte Carlene einen Termin. Oje, Carlene, dachte Julie und stöhnte innerlich. Na, da hatte sie sich wohl vorher eine Pause verdient.

»Ich komme gleich rüber«, sagte sie und legte auf. Sie warf einen kurzen Blick in den Spiegel. Plötzlich schien die Wahl ihres pinkfarbenen Rollkragenpullis nicht mehr die beste gewesen zu sein. Und in dem Rock kam ihr der Hintern wirklich riesig vor. Sie seufzte und ging zu einem Ständer, an dem ihre selbst genähten Kleider hingen. Nach kurzer Bedenkzeit nahm sie ein lila Kleid mit weitem, eckigen Ausschnitt von einem Bügel. Es endete über den Knien, war auf Körper geschnitten und passte hervorragend zu ihren Sandalen. Dann eilte sie in ihr Büro und zog sich schnell um. Um die immer noch gut sichtbaren Flecken an ihrem Hals notdürftig zu verdecken, legte sie sich eine viersträngige Perlenkette um. Noch ein paar Perlenohrringe, und sie fühlte sich gleich viel besser für ein Treffen mit Mac gerüstet. Ein letztes Mal sah sie in den Spiegel – und lächelte. Ihr schwarzes Haar und ihr brauner Teint kontrastierten sehr gut mit dem Kleid. Ziemlich Jackie O., dachte sie, aber gut.

Der Gedanke an den wartenden Mac scheuchte Schmetterlinge in ihrem Bauch auf. Sie schüttelte den Kopf und rief sich zur Ordnung. Du benimmst dich wie ein Teenager vor dem ersten Date, sagte sie sich vorwurfsvoll. Dabei triffst du nur eine merkwürdige Freundin namens Debbie. Sie lächelte wieder.

Sie rief Meredith zu sich, erklärte ihr, dass sie etwas zu erledigen hatte, und verließ dann das Geschäft. Der Besitzer des Haushaltswarenladens neben ihr stand vor seiner Eingangstür und rauchte in aller Ruhe eine Zigarette. Es schien Julie, als würde er ihre blauen Flecken anstarren. Die Hitze ließ die Luft flirren und verwischte die auf der Straße vorbeirasenden Autos zu bunten Flecken.

Julie wartete eine Lücke im Verkehr ab und lief dann zügig über die Straße. Eine Hand hatte sie zum Schutz vor der Sonne an die Stirn gelegt, und zur Sicherheit warf sie Blicke in beide Richtungen. Natürlich war es verboten, die Straße an dieser Stelle zu überqueren, aber schließlich tat das jeder, und außerdem hatte sie keine Zeit zu verlieren.

Im *Taco Bell* herrschte reger Betrieb. Am Drive-thru-Schalter hatte sich eine Autoschlange gebildet, und durch die Scheiben konnte Julie schon von außen sehen, dass auch die Mädchen hinter dem Tresen sehr beschäftigt waren.

Sie wollte gerade in das Restaurant treten, als ein lauter Pfiff von der Seite sie stocken ließ. Da war er. Ihr Herz legte wieder einen Gang zu. Er stand am Ende des Parkplatzes gegen seinen Wagen gelehnt. Das Hawaiihemd, das er über einem weißen T-Shirt und Jeans trug, war so grell, dass Julie dachte, er wolle damit der Sonne Konkurrenz machen. Unter seiner dunklen Sonnenbrille breitete sich ein Lächeln aus, als ihre Blicke sich trafen.

O Gott, dachte Julie in diesem Augenblick, er sieht einfach fantastisch aus. Und dann: Verdammt, warum muss er so fantastisch aussehen?

Aber sie lächelte zurück, sie konnte nicht anders. Fantastisch oder nicht, sie freute sich – freute sich sehr –, ihn zu sehen.

Ein bisschen peinlich war die Situation allerdings auch. Schließlich war das der Mann, den sie bei ihrem letzten Treffen absolut hemmungs- und schamlos geküsst hatte, der Mann, dessen Hände ihre Brüste geknetet hatten, der Mann, den sie aufgefordert hatte, mit ihr zu schlafen.

Der Mann, der nein gesagt hatte.

Komisch. Sie wusste nicht, ob sie deswegen eher wütend oder dankbar sein sollte.

»Hallo«, sagte er, als sie näher kam. Er ließ die vor seiner Brust verschränkten Arme sinken, und Julie sah, dass er eine Leine in der Hand hatte. Und da bewegte sich auch schon das andere Ende der Leine, und Josephine trippelte aus einem Busch, der den Parkplatz begrenzte. An diesem Tag ohne Nagellack, aber mit einem mit silbernen Nieten beschlagenen, schwarzen Lederhalsband.

Als der Pudel Julie sah, entfuhr ihm ein kleines Japsen, und schon tanzte er um sie herum.

»Hallo, meine Süße!«, rief Julie. Sie ging in die Hocke, um Josephine zu streicheln, und Josephine tat alles Hundemögliche, um Julie zu zeigen, dass sie über das unverhoffte Wiedersehen höchst erfreut war: sie leckte ihr das Gesicht, die Hände und alle anderen erreichbaren Körperteile und wedelte so heftig mit dem Schwanz, dass der ganze kleine Hundekörper kräftig mitwackelte.

»Mac!«, rief Julie, »was hast du der armen Josephine angetan?«

Er war einen Schritt von dem Wagen weggetreten und nahm seine Sonnenbrille ab. »Was? Ach, du meinst das Halsband? Ich hab ihr ein neues gekauft. Dieses alte pinkfarbene Ding hat doch ziemlich an meinem Selbstwertgefühl genagt.«

»Dafür sieht sie jetzt aus wie ein Sado-Maso-Pudel«, sagte Julie lachend.

»Stimmt gar nicht«, sagte Mac und blickte auf Josephine, die sich jetzt kunstvoll auf die Hinterpfoten gestellt hatte und mit den rudernden Vorderpfoten mehr

Aufmerksamkeit erbetteln wollte. »Verdammt. Stimmt doch.«

»Ich weiß«, sagte Julie zu dem Pudel, »er hat wirklich keinen Geschmack, was man ja schon an seinen Hemden erkennen kann. Aber keine Angst, ich sorge dafür, dass du dein altes Halsband wiederbekommst. Versprochen.«

»Soll das heißen, du magst mein Hemd nicht?«, sagte Mac mit beleidigter Miene.

»Im Gegenteil. Es ist ganz toll, ehrlich. Man braucht halt einfach eine Sonnenbrille, wenn man dich ansehen will.«

»Ich versuche nur, mich unauffällig unter die Touristen zu mischen.«

»Tut mir ehrlich Leid, dass ich es bin, der dir die schlechte Nachricht überbringt, aber es scheint nicht zu funktionieren.«

Julie sah aus er Hocke lächelnd zu Mac auf, während sie weiter Josephine streichelte. Ihre Blicke trafen sich. Die Erinnerung an ihre letzte Begegnung hing unausgesprochen zwischen ihnen und erzeugte eine Spannung, die so spürbar war wie die Hitze des Tages.

Dann merkte Julie fast erleichtert, dass der Pudel winselnd ihre Aufmerksamkeit erheischte. Sie nahm Josephine in die Arme, löste das Halsband und reichte es samt daran befestigter Leine Mac. Josephine japste und warf ihren Kopf hin und her. Offenbar konnte sie ihre neue Freiheit kaum fassen.

Ich bin immer noch eine verheiratete Frau, sagte sich Julie, und dieser Mann ist nur eine vorübergehende Phase in meinem Leben.

Eine verdammt reizvolle Phase.

Eine verdammt reizvolle Phase, die ihr Leben gerettet hatte.

Eine verdammt reizvolle Phase, die ihr Leben gerettet hatte und es lebenswert machte.

»Ach, Freundinnen müsste man sein«, sagte Mac seufzend. »Nur damit du Bescheid weißt: Dieser Wischmopp da kann froh sein, dass ich ihm noch nicht den Hals umgedreht habe.« Er schloss die Beifahrertür auf. »Während wir uns im *Sweetwater* amüsiert haben, hat dieses reizende Tier mein Badezimmer in Schutt und Asche gelegt.«

»Oje!« Julie konnte nicht anders, sie musste lachen. »Da wird ihr wohl langweilig gewesen sein.«

»Ich vermute eher, dass sie lebensmüde ist.« Er hielt Julie die Tür auf. Als sie sich an ihm vorbei in den Wagen schob, streifte sein Blick ihre Flecken an Hals und Schläfe. »Wie geht es dir?«, fragte er mit besorgter Stimme.

»Besser, als ich aussehe.«

»Unmöglich«, sagte er und schlug die Tür zu, ehe sie etwas erwidern konnte. Julie saß auf dem Beifahrersitz, hatte die Arme um Josephine geschlungen, und ihr Herz hüpfte wie ein junges Füllen im Frühling. Mac ging vorn um das Auto herum und stieg ein. Das ist nur eine Phase, sagte sich Julie zum tausendsten Mal, während sie ihn genau beobachtete.

»Also, worüber wolltest du mit mir sprechen?«, fragte sie in geschäftsmäßigem Ton. Er startete den Wagen. Josephine befreite sich aus Julies Armen, streckte sich und gähnte und rollte sich auf ihrem Schoß zusammen. Die schwere Wärme des Tiers war beruhigend. Abwesend streichelte Julie über das gekräuselte Fell.

»Ich hab mich ein bisschen umgehört. Meine Informanten sagen, dass das niemand aus der Gegend gewesen sein kann.« Während er sprach, sah er immer wieder auf die Beule an ihrer Schläfe.

Der Wagen setzte sich in Bewegung und hielt an der Parkplatzausfahrt.

»Zumindest gehört er auf keinen Fall zu den üblichen Verdächtigen unter den hiesigen Kriminellen und Perversen.«

Bilder der Horrornacht blitzten in Julies Gedächtnis auf und verschwanden wieder. Ihr Magen zog sich zusammen.

»Und was sagt uns das?«

»Verschiedenes. Vielleicht haben wir es mit einem Einbrecher zu tun, der sein Repertoire auf Vergewaltigung erweitern will? Vielleicht ist einer in die Stadt gekommen, der in der Szene noch unbekannt ist. Ich weiß es nicht. Um mehr herausfinden zu können, muss ich dein Haus durchsuchen, Julie. Gibst du mir die Erlaubnis?«

Julie starrte ihn an. In gleicher Höhe mit ihnen fuhr eine blaue Corvette, und erst jetzt merkte Julie, dass sie sich in den Verkehr eingefädelt hatten und längst fuhren.

»Aber die Polizei hat doch schon alles untersucht.« Ihre Stimme klang angespannt.

Macs Gesichtsausdruck war seltsam, ihr lief ein Schauer über den Rücken. Sie schüttelte sich leicht, und Josephine hob fragend den Kopf.

»Ich weiß«, sagte Mac.

In diesem Augenblick wusste sie, was seine Miene zu bedeuten hatte. Er verheimlichte etwas vor ihr.

»Aber die Polizei hat viel zu viel zu tun und übersieht hin und wieder Dinge, die wichtig sein könnten. Zumal dein Mann ihnen gesagt hat, dass sie sich um wichtigere Fälle kümmern sollen. Hast du irgendeine Ahnung, warum er ein Interesse daran haben könnte, den brutalen Überfall auf seine Frau zu verharmlosen?«

Julie lachte bitter auf. »Na, das ist doch klar! Sids Firma baut Häuser in der Gegend. Er hat Angst, dass die Grundstückspreise fallen könnten, wenn der Überfall sich herumspricht und andere Anwohner Angst vor ähnlichen Überfällen bekommen. Und Sid ist gegen alles, wirklich alles, das die Grundstückspreise negativ beeinflussen könnte.«

»Grundstückspreise sind durchaus wichtig für die Wirtschaft«, sagte Mac trocken.

»Ich dachte, du seist damit beschäftigt herauszufinden, für wen mein Mann das Viagra gekauft hat.« Julie versuchte beiläufig und unbeschwert zu klingen. Sie musste dieses üble Gefühl im Magen loswerden und sich entspannen. So ging das nicht weiter.

Ihr Ton schien auch ihn lockerer werden zu lassen. »Hey«, rief er, »was willst du eigentlich, ich bin eben ein Universaldetektiv, der sich um alles kümmert.«

Die Übelkeit und Anspannung in Julies Magen wich. Sie schnitt ihm eine Grimasse. »Nur zu Ihrer Information, Mr. Universaldetektiv: Mein Mann fliegt heute Nachmittag für drei Tage nach Atlanta. Was gedenken Sie dagegen zu tun?«

»Dachtest du etwa, das wüsste ich nicht? Ich wusste das. Auch deshalb wollte ich mit dir reden. Ursprünglich hatte ich vor, mich an ihn dranzuhängen. Ehebrecher gehen oft auf Nummer Sicher und treffen sich mit ihren Geliebten auf Geschäftsreisen. Aber unter den gegebenen Umständen halte ich es für besser, hier zu bleiben. Ich möchte dich im Moment nur ungern allein lassen.«

»Du denkst, dass der Kerl es noch mal versucht, stimmt's? Sei ehrlich.« Diesmal war es, als würde Eiswasser an ihrem Rückgrat herunterlaufen. Sie begann zu zittern.

Mac sah ihre Erregung. »Beruhige dich«, sagte er. »Es ist überhaupt nicht gesagt, dass er wiederkommt. Ich denke nur, wir sollten nichts riskieren, das ist alles. So oder so, ich werde dich beschützen, bis die Sache überstanden ist. Vertrau mir.«

Julie holte tief Luft. »Ja, ich vertraue dir.«

Sein Lächeln war breit und strahlend und unheimlich sexy, dachte sie. »Na also, so mag ich dich.«

Mögen? Verdammt, er sollte sie lieben!

Als Mac den Wagen anhielt, merkte Julie, dass sie vor dem Haus ihres Nachbarn standen.

»Was tun wir hier?«

»Ich hab dir doch gesagt, dass ich gern dein Haus durchsuchen würde. Jetzt ist die beste Gelegenheit. Eure Nachbarn gehen ihren Geschäften nach, und Sid ist nicht in der Stadt. Am besten führst du mich einfach durchs Haus und erzählst mir dabei noch mal, was bei dem Überfall passiert ist. Meinst du, das schaffst du?«

Jede Faser in Julies Körper protestierte gegen die Aussicht, dieses Haus wieder zu betreten. Sie war nicht mehr darin gewesen, seit Mac sie in dieser Nacht herausgetragen hatte. Sid hatte die letzten Nächte allein im Haus verbracht. Nein, eher wollte sie auf den Mond, als dieses Gebäude noch einmal zu betreten. Selbst der Gedanke daran ließ ihr Herz schneller schlagen.

Und wenn der Täter wirklich wiederkam?

Abermals holte sie tief Luft, bohrte die Fingernägel in ihre Handfläche, dass es schmerzte, und nickte dann langsam.

»Ich werde dich nicht aus den Augen lassen.« Lächelnd betrachtete er Josephine, die sich in Julies Schoß aufrichtete und wie eine Katze auf dem Ofen reckte und streckte. »Außerdem haben wir einen erfahrenen Wachhund bei uns«, sagte Mac spöttisch. »Was soll uns da schon passieren?«

Da musste auch Julie lächeln. Und das Lächeln machte sie stärker.

Sie stieg mit Josephine auf dem Arm aus, lächelte weiter ihr Ich-bin-so-stark-Lächeln und beobachtete Mac dabei, wie er etwas aus dem Kofferraum holte. Es war ein weißes Magnetschild mit der Aufschrift IHRE GARTENPROFIS – GARTEN- UND LANDSCHAFTSBAU. Darunter stand noch eine Telefonnummer.

Julie sah Mac fragend an.

»Das brauche ich immer mal wieder bei solchen Gelegenheiten«, sagte er, während er das Schild am Auto befestigte. »Da stellt niemand Fragen. Erstaunlich, wie viele Gärtner sich in den besseren Wohngegenden so herumtreiben.«

Tatsächlich hörte Julie in diesem Moment irgendwo in der Nähe einen Rasenmäher anspringen.

»Am besten versteckt man sich, indem man sich nicht versteckt«, sagte Mac, nahm Julie am Arm und führte sie die Auffahrt zu ihrem Haus hoch.

Mac benutzte Julies Schlüssel, um die Haustür zu öffnen. Sie traten ein. Nachdem es draußen in der gleißenden Sonne drückend heiß gewesen war, wirkte die sie plötzlich umfangende Düsternis und Kälte wie ein Schock.

Mac schloss die Tür hinter ihnen. Eine eisige Hand krallte sich in Julies Herz, und in ihrem Bauch schien ein Wirbelsturm zu wüten. Sie betete nur darum, nicht ohnmächtig zu werden.

Reiß dich zusammen, befahl sie sich, atmete ruhig ein und aus und machte ein paar zögerliche Schritte in ihr so fremdes Zuhause.

Wenigstens war kein Laut von der kleinen Stimme zu hören. Das war beruhigend. Sie hatte sich vorgenommen, das nächste Mal, wenn sie sich meldete, ganz genau zuzuhören.

Gott sei Dank hielt sie Josephine im Arm. So konnte sie sich auf das kleine Wollknäuel konzentrieren und andere böse Gedanken verdrängen. Wie ein Baby kuschelte sich der Pudel an sie, und Julie fühlte sich an Kelly und Erin erinnert, als sie noch ganz klein gewesen waren. Das Fell fühlte sich wie die Babydecke an, auf der die beiden immer geschlafen hatten.

Jetzt war Julie ruhiger und wagte sogar, sich umzusehen. Nichts in diesem Raum erinnerte an das, was sie durchgemacht hatte. Hier gab es weder Fuß- noch Blutspuren, nichts. Es roch nach Bohnerwachs und Möbelpolitur. Natürlich waren inzwischen die Putzfrauen hier gewesen, die immer dienstags und donnerstags kamen. Darum glänzte der Marmorboden auch so. Merkwürdig, dass diese vier Wände einfach so tun konnten, als sei überhaupt nichts passiert. Mauern und Wände konnten so gleichgültig sein, und Julie sollte sich nie mehr so wohl in ihrer Haut fühlen wie zuvor. Das war nicht gerecht.

Ihr Blick fiel auf die breite Treppe mit dem geschmiedeten Geländer, und sofort drängten sich Bilder der wilden Flucht diese Treppe hinab in ihr Gedächtnis. Fast glaubte sie, wieder die Hand ihres Peinigers im Nacken zu spüren.

»Alles klar?«

Julie hielt erschrocken die Luft an, als sie Macs Hand auf ihrer Schulter spürte. Da wusste sie, dass er hinter ihr stand, bildlich und tatsächlich, stark und vertrauenswürdig. Das Bewusstsein beruhigte sie wieder. Sie atmete, ein und aus, ein und aus. Sie nickte als Antwort, drückte Josephine fester an sich und beschloss, mutig zu sein.

Während sie langsam auf die Treppe zuging, räusperte sie sich. »Die Putzfrauen waren heute Morgen hier. Wenn die Polizei irgendwelche Beweise übersehen hat, sind sie inzwischen wohl für immer verloren.«

Sie hatten den Fuß der Treppe erreicht. Mac sah sich um. Er hatte den Eindruck, dass das ganze Haus und seine Einrichtung nur einen Zweck verfolgte: Es sollte beeindrucken, einschüchtern. Mit Marmorböden und Kronleuchtern und Brokatvorhängen.

»Ich war oben im Badezimmer …«, begann Julie, doch dann stockte sie und drehte sich zu ihm um. »Mac, ich glaube, das schaffe ich nicht. Ich kann nicht nach oben gehen.«

»Du musst nichts tun, was du nicht willst.« Er streichelte ihren nackten Arm. Wenn es dir lieber ist, bleiben wir hier unten.« Sein Blick fiel auf eine offene Tür am Ende der Eingangshalle. »Was ist da drüben? Eine Art Büro?«

Julie folgte seinem Blick und nickte. »Ja. Da drin ist Sids Schreibtisch und Computer. Er arbeitet häufig noch zu Hause.«

»Was dagegen, wenn ich mich da mal umsehe?«

»Nein. Mach ruhig.«

Da er sich schon auf die Tür zu bewegte, antwortete sie seinem Rücken. Sie folgte ihm, blieb in der Tür stehen und beobachtete Mac dabei, wie er Papiere durchblätterte, Schubladen auf und zu schob und dann den Computer anmachte.

»Wonach suchst du?« Es tat gut, der Treppe den Rücken zuzukehren. Julie war jetzt ruhiger. Es war richtig, hierher zu kommen, dachte sie. Sie musste ihr Leben wieder in den Griff bekommen, und dazu gehörte auch das Haus.

Mac zuckte mit den Achseln. »Du kennst nicht zufällig sein Passwort, oder?« Er starrte auf den Bildschirm, während er sprach.

»Keine Ahnung.«

Mac hackte auf dem Keyboard herum. Offenbar probierte er ein paar Möglichkeiten durch.

»Na bitte«, sagte er einige Sekunden später, als sich auf seinen letzten Befehl ein Dokument öffnete.

Julie wollte gerade fragen, wie Mac das geschafft hatte, als ein Geräusch aus der Küche ihr alle Haare zu Berge stehen ließ. Auch Josephine hob den Kopf und stellte die Ohren auf.

Kein Zweifel: Gerade hatte sich jemand durch die Garage Zugang zum Haus verschafft.

18

Sofort war Julies neu gewonnene Ruhe wie weggeblasen. Schweiß brach ihr auf der Stirn aus, ihr Atem ging stoßweise. Nicht schon wieder, dachte sie nur.

»Keine Angst, ich bin da«, sagte Mac an ihrem Ohr, der das Geräusch wohl ebenso gehört hatte. Bevor sie ihrem Instinkt gehorchen und Hals über Kopf flüchten konnte, hatte er ihr eine starke Hand auf die Schulter gelegt. Mit der anderen Hand hielt er Josephine die Schnauze zu.

Er zog Julie zurück in Sids Büro. Dort war es beinahe stockdunkel, auch der Bildschirm leuchtete nicht mehr, also hatte Mac offenbar den Computer ausgeschaltet.

»Hier«, flüsterte er und hielt ihr den Pudel entgegen. »Sorg dafür, dass sie keinen Laut von sich gibt.« Sie schloss nun ihrerseits eine Hand um Josephines Schnauze, während er gleichzeitig losließ. Aber Josephine schien die Gefahr zu spüren und machte keine Anstalten zu bellen. Tatsächlich, dachte Julie, schien Josephine so erschrocken und versteinert wie sie selbst. Sie hatte sich versteift, die Augen waren große, runde, schwarze Murmeln, und sie hechelte kaum hörbar, aber sehr schnell.

Nicht zu fassen, dass sie in dieser Situation über die Gefühle eines Pudels nachdachte, schoss es Julie durch den Kopf.

»Psst«, machte Mac. Sie standen jetzt an einem der hohen Fenster, die zum Pool hinausgingen. Er schob

Julie und Josephine hinter einen der schweren, bodenlangen Vorhänge und schlüpfte dann selbst hinterher. Es stank nach Raumspray mit Rosenduft. Julie wurde von Angst wie von einer Welle gepackt, sie begann am ganzen Körper zu zittern. Mac zog sie in der Dunkelheit an sich, sie standen Brust an Brust, sie spürte seinen gleichmäßigen, ruhigen Herzschlag und konzentrierte sich auf ihren Atem. Ein und aus, ein und aus, tief und lautlos.

Schnell ging es ihr besser. Josephine regte sich, und Julie wurde sich einer anderen Gefahr bewusst. Um Gottes willen, betete sie, hoffentlich würde sie nicht auf die Idee kommen zu bellen, dann hätten sie vielleicht eine Chance. Nein, sie könnte nicht noch so eine Attacke ertragen, nicht einmal mit Mac an ihrer Seite und diesem flauschigen Wachhund in den Armen. Diesmal, da war sie sich sicher, würde sie einfach tot umfallen.

Mac hatte einen Arm um sie gelegt. Jetzt, da sie so still und starr bei ihm stand, wurde ihr erst wieder bewusst, wie groß er war. Sie sah ihn an und erkannte schemenhaft, dass er etwas in der Hand hielt – eine Pistole. Dieselbe matt schimmernde tödliche, große Waffe, die er in der Hand gehalten hatte, als sie auf der Flucht vor dem Bösen in der Küche in seine Arme gelaufen war.

Die Waffe machte es überdeutlich: Es ging für sie um Leben und Tod. Diese Erkenntnis und die zusammen mit diesem Gedanken aufsteigende Panik ließen sie beinahe in Ohnmacht fallen. Als hätte Mac ihre Gedanken gelesen, schloss sich sein Arm fester um sie. Sie zählte langsam bis zehn, bekämpfte die Panik mit schierer Willenskraft.

Und dann geschah es doch: gerade näherten sich Stimmen der Tür zum Büro, als Josephine ein leises Winseln von sich gab. Julie musste in der Aufregung ihre Schnauze zu fest zugedrückt haben, so dass der Pudel keine Luft mehr bekam. Es war nur ein ganz zartes Geräusch, aber es reichte aus, Julie glauben zu machen, ihrer aller letztes Stündlein habe geschlagen.

Und doch war da noch etwas anderes, das sie stutzen ließ. Diese näher kommenden Stimmen, dachte sie plötzlich eiskalt: das war nicht der Kerl, der sie überfallen hatte … Diese Stimme kannte sie, kannte sie gut, nur zu gut … es war Sid.

Sid und eine Frau.

Julie versteifte sich in Macs Arm. Sie war jetzt hoch konzentriert.

»Es ist Sid«, flüsterte sie Mac zu.

»Keinen Mucks«, flüsterte Mac zurück. Sein Arm hielt Julie wie eine stählerne Klammer, so als befürchte er, sie könnte vor lauter Wut hinterm Vorhang hervorspringen und Sid gleich an Ort und Stelle als Betrüger enttarnen. Mit einer kleinen Drehung hatte er Julie an die Wand gedrückt und sich schützend vor sie gestellt. Die Mündung der Waffe hatte er waagerecht ungefähr in Richtung der Bürotür gerichtet. Hielt er Sid etwa für gefährlich?

Die Stimmen waren nun aus der Eingangshalle deutlich zu vernehmen. Sid und die Frau sprachen vollkommen ungeniert miteinander.

»… alle Zeit der Welt«, hörte sie Sid leichthin sagen.

»Ich kann ihr einfach sagen, dass ich was zu erledigen hatte, aber um drei muss ich auf jeden Fall zurück sein, sonst bekomme ich Ärger. He, lass das, du …«

Die Stimme der Frau war jung und überdreht und … kam Julie ebenfalls bekannt vor. Sie erstarrte.

»Na, wenn du es so eilig hast, können wir es auch gleich hier auf der Treppe treiben, was hältst du davon?«

»O Sid!« Die Frau kicherte albern. Stille. Unterdrückte Laute. Küssten sie sich? Dann wieder Gesprächsfetzen, diesmal weiter entfernt. Sie schienen die Treppe hinauf zu gehen. »Wann geht dein Flieger?«

»Um vier. Gott, Mädchen, du hast so einen geilen, strammen kleinen Arsch …«

Die Stimmen verloren sich im Haus. Noch ein spitzer Schrei, ein Grummeln, ein Lachen, eine Tür fiel ins Schloss.

Julies Schock verebbte, und ihr wurde klar, dass ihr Mann soeben mit einer anderen Frau in ihrem Schlafzimmer verschwunden war. Sie kam sich vor wie Lots Frau, die zur Salzsäule erstarrte, weil sie Zeuge von etwas wurde, das sie nie hätte sehen oder hören dürfen.

Sie würde nie wieder atmen, fühlen, sich bewegen.

»Los, Julie«, raunte Mac ihr zu, »wir hauen ab.« Er hatte sich die Pistole hinter den Gürtel geschoben, sich Josephine unter den Arm geklemmt und zog Julie am Handgelenk hinter sich her. Salzsäule oder nicht.

Durch das Esszimmer, durch die Küche, durch die Garage ließ sie sich widerwillig zerren und musste die ganze Zeit daran denken, was dort oben in ihrem Bett vor sich ging.

In der Garage kamen sie an Sids schwarzem Mercedes vorbei. Das Symbol seines Erfolgs, sein ganzer Stolz.

»Einen Moment noch«, sagte sie und riss sich von

Mac los. Bevor der reagieren konnte, war Julie zurück in der Küche und am Küchenschrank. Sie bewegte sich geschickt und unhörbar wie eine Katze. Bis Mac begriff, was vor sich ging und sie aufhalten wollte, kam sie ihm schon wieder entgegengestürmt. Sie wirkte zielstrebig, ernst und entschlossen.

Mit einer schnellen Handbewegung hatte sie den Tankverschluss der schwarzen Luxuskarosse abgeschraubt. Dann öffnete sie vorsichtig die Zuckertüte, die sie aus der Küche mitgebracht hatte, formte mit einer Ecke der Packung eine Art Schnabel und schüttete den Inhalt fein säuberlich in den Tank.

Mac schien das alles zu schnell gegangen zu sein. Er stand ein paar Schritte entfernt von ihr in der Garage und sah Julie an, als wären ihr plötzlich Pferdefuß und Schwanz gewachsen. »Was, zum Teufel …?«

»Sid ist ganz vernarrt in die Karre«, sagte Julie mit tiefer Befriedigung in der Stimme und leerte die Zuckerpackung. Sie drehte den Verschluss zu und schloss die Tankklappe, damit auch alles seine Ordnung hatte. Sie würde keine Spuren hinterlassen.

»Ich werde mir in Zukunft lieber zweimal überlegen, ob ich dich ärgere«, sagte Mac mit einem bösen Grinsen, nahm Julie dann wieder am Handgelenk und zog sie mit sich aus der Garage. Diesmal wehrte sie sich nicht. Während sie die Auffahrt hinuntereilten, zerknüllte sie die leere Zuckerpackung zu einem kleinen Bällchen, das ihr Mac abnahm, kaum hatten sie seinen Wagen erreicht.

»Rein da!«, rief Mac, nachdem er die Beifahrertür geöffnet hatte. Das Papierbällchen warf er achtlos auf den Rücksitz.

Julie blickte zurück zum Haus, ihr Haus, und sah,

dass die Vorhänge des Schlafzimmers zugezogen waren. Ein starkes Gefühl – war es Wut, war es Schmerz – ergriff Besitz von ihr und ließ sie mit den Zähnen knirschen.

»Das war Amber«, knurrte sie. »Dieser dreckige Bastard fickt meine Assistentin. In meinem Schlafzimmer!«

Sie hätte kotzen können.

»Rein jetzt«, fauchte Mac und schob sie fast gewaltsam ins Auto. Sie gab sich geschlagen. Kaum saß sie, warf Mac ihr Josephine auf den Schoß, bevor er die Tür zuwarf. Sekunden später glitt er hinters Lenkrad und warf das GARTENPROFIS-Schild auf die Rückbank.

Die Aufregung hatte Josephine angesteckt. Sie hockte auf Julies Schoß und blickte japsend zu ihr auf, als erwarte sie eine Erklärung für all das merkwürdige Verhalten. Nach einem kurzen Blick auf den Pudel schien Mac die Geduld mit dem Tier zu verlieren. Er beugte sich hinüber zum Handschuhfach, holte einen Hundekeks heraus, ließ Josephine kurz daran schnuppern und warf den Keks zu dem ganzen anderen Krempel auf den Rücksitz. »Schnapp!« Josephine brauchte keine Aufforderung. Wie ein Minikänguru hopste sie dem Keks nach.

»Also, wer ist diese Amber?« Mac startete den Motor und legte den Gang ein.

Julie reagierte nicht. Sie spürte nicht einmal, wie der Wagen sich in Bewegung setzte. Es war, als würde sie in einer großen Blase sitzen, die alle Geräusche und Reize ausschloss. Sie fühlte sich taub, wie nach einem Schock.

Ein Schock. Ja, es war die plötzliche Erkenntnis,

dass acht Jahre ihres Lebens, ihres Lebens mit Sid, auf einen Schlag zerstört worden waren.

»Sie arbeitet für mich. Sie und Meredith arbeiten in meinem Geschäft. Ich kann es einfach nicht fassen.« Und dann löste sich die Spannung in einem Lachen, einem grellen, unnatürlichen, verzweifelten Lachen. »Klar, für die braucht er natürlich Viagra. Die ist erst zwanzig, ohne Hilfsmittel kann er die nie bei der Stange halten. Zwanzig. So alt war ich, als wir uns kennen lernten. Ich war damals auch brünett und frisch gekürte Schönheitskönigin. Amber ist wohl so was wie ein Ersatz für mich.«

»Ein bekanntes Muster bei Männern«, sagte Mac kühl, doch der Blick, den er ihr zuwarf, verriet sein Mitleid. »Wenn sie sich auf einen bestimmten Frauentyp festgelegt haben, werden sie immer wieder nach genau diesem Typ suchen.«

»Ach so, dann war ich also einfach sein Typ. Das soll alles gewesen sein?« Sie zeigte Mac die Zähne. »Vielen Dank auch für die tröstenden Worte.«

»Na ja, könnte doch schlimmer sein, oder? Immerhin bist du der aufregend schöne Typ.«

Macs als Scherz und Aufmunterung gemeinter Satz ging gründlich in die Hose. Julie funkelte ihn böse an. »O Gott, ich hasse Sid so sehr, dass ich ihn am liebsten eigenhändig umbringen würde. Ich will ihn tot sehen, und vorher soll er leiden.«

»Die Sache mit dem Zucker im Tank war ein vielversprechender Anfang.« Er lächelte bei der Erinnerung an die Aktion. »Billiger und effektiver kann man eine Achtzigtausend-Dollar-Limousine nicht ruinieren.«

Auch Julie musste grinsen. »Das stimmt allerdings«, sagte sie. Dann verfinsterte sich ihre Miene wieder. »Leider wird die Versicherung den Schaden übernehmen und Sid einen neuen kaufen.«

»Julie, ich verstehe, dass du verletzt und traurig bist, aber du darfst das eigentliche Ziel nicht aus den Augen verlieren, hörst du? Du hast den Kerl genau da, wo du ihn haben willst. Er hat dir heute seinen Kopf fast freiwillig auf einem Silbertablett serviert.« Mac nahm sein Mobiltelefon aus der Tasche und tippte eine Nummer ein. »Entschuldige, ich muss mal schnell telefonieren, um sicherzugehen, dass Sids Ausritt mit deiner Assistentin auch für die Nachwelt festgehalten wird.«

Bevor Julie etwas sagen konnte, hörte sie auch schon eine laute Stimme am anderen Ende der Leitung:

»Verdammt, Mac, wo bist du? Rawanda hat dich überall gesucht. Wir haben echt Ärger an der Backe, weil Ed Barundis Freundin spitz gekriegt hat, dass wir sie überprüft haben. Sie hat ihm den Laufpass gegeben, und jetzt war er hier und hat Krach geschlagen und wollte …«

»Jaja, schon gut, erzähl mir das später. Es gibt jetzt Wichtigeres, okay?« Mac steuerte den Wagen nach links zurück in die Stadt. »Du bist doch gerade an der Laura-Simmons-Sache dran, oder? Gut, dann bist du ja in der Nähe. Hör zu.« Julie hörte Macs Gesprächspartner fluchen. »Du fährst mit deiner ganzen Ausrüstung sofort nach Summerville zur Magnolia 451, verstanden? Im Zimmer Vorderseite, erster Stock amüsiert sich ein Pärchen. Ich will optische und akustische Beweise, verstanden?«

»Und wer amüsiert sich dort genau?«, hörte Julie die Gegenseite fragen.

»Tu einfach, was ich dir sage.« Und während sein Partner ihn noch beschimpfte, beendete Mac das Gespräch mit einem ›Wir sprechen uns‹.

Julie sah ihn fragend an. »Wer war das?«

Bevor Mac ihr antworten konnte, klingelte sein Handy. Er warf einen Blick aufs Display, erkannte offenbar den Anrufer an der Nummer, zog eine Grimasse und stellte das Gerät ab. »Mein Partner. Er hat gerade versucht, mich zu erreichen. Manchmal will er mehr wissen, als für ihn gut ist. Mach dir seinetwegen keine Gedanken. Es geht nur darum, dass wir auch Beweise für Sids Seitensprung mit deiner Assistentin haben, damit nicht irgendwann einfach Aussage gegen Aussage steht. Selbst wenn wir zu spät kommen und nur noch Bilder schießen können, die zeigen, dass die beiden gemeinsam das Haus verlassen haben, kann das sehr nützlich sein. Vor Gericht sagt ein Bild immer noch mehr als tausend Worte.«

»Ich schmeiße sie raus. Ich schmeiße Amber raus«, murmelte Julie tief in Gedanken versunken. »Das wäre doch ein Auftritt, was? Sie kommt von der Mittagspause zurück, ich stehe am Eingang zum Geschäft und sage: ›Amber, du bist gefeuert, weil du meinen Mann fickst!‹« Sie seufzte. »Sie ist schon über ein Jahr bei mir. Eigentlich hab ich sie immer gemocht.«

»Vielleicht keine gute Idee, wenn du gleich zurück ins Geschäft gehst. Es wäre besser, du würdest warten, bis du den ersten Schock ein bisschen verdaut hast.«

»Du meinst, ich soll zwei Aspirin nehmen, ins Bett gehen und sie morgen feuern?« Sie lächelte sarkastisch. Gleichzeitig versuchte sie sich zu erinnern. Wie und wo hatte Sid ihre Assistentin kennen gelernt? Er hatte natürlich öfter im Geschäft vorbeigeschaut. Hatte es Anzeichen für die Sache zwischen ihnen gegeben? Selbst wenn, dachte Julie, musste sie diese Anzeichen wohl nicht gesehen oder falsch verstanden haben. »Wahrscheinlich geht das zwischen den beiden, seit Amber bei mir arbeitet«, dachte Julie laut. »Und ich habe nichts gemerkt. Ich kann einfach nicht fassen, dass ich nichts gemerkt habe.«

»Das ist in solchen Fällen nicht ungewöhnlich.« In seiner Stimme lag Mitgefühl.

»Mist ist nicht ungewöhnlich.«

»Eben.«

Julie war wütend. Ihr war richtig schlecht vor Wut. Und sie hatte Angst. Und sie war traurig. All die widerstreitenden Gefühle machten sie schwindelig. Und dann fiel ihr auf einmal noch etwas siedend heiß ein. Es war der schlimmste Gedanke von allen. »Ich werde meiner Mutter sagen müssen, dass ich mich scheiden lasse.« Sie stöhnte auf.

»So wie du das sagst, klingt es, als müsstest du einen Mord gestehen. Ist deine Mutter so schlimm?«

Julie ließ sich kraftlos zurück in den Sitz sinken. Sie schloss die Augen, als wolle sie nichts mehr von der Welt sehen. »Nein, meine Mutter ist wunderbar. Ganz toll, die Beste. Und irgendwie hab ich sie sogar lieb. Aber ihr liegt einfach sehr viel an meiner Ehe mit Sid. Er ist mein Hauptgewinn. Ihr Hauptgewinn. Wenn sie hört, dass ich mich scheiden lasse, wird sie das umbringen. Aber zuerst würde sie uns zum Eheberater schleppen, nehme ich an, und die ganze Familie aktivieren. Meine Schwester und Kenny, meinen Schwager, der in Sids Firma arbeitet. Wenn ich mich von Sid trenne, wird Kenny seinen Job verlieren und meine beiden Nichten nicht mehr ernähren können und …«

»Na, nun mach mal halblang, so schlimm wird's schon nicht werden.«

Mit geballten Fäusten richtete sie sich auf und funkelte ihn an. »Doch, wird es. Genauso schlimm wird es werden.« Sie schluckte und spürte einen Kloß im Hals. »Wie konnte Sid mir das antun? Wir haben uns doch ewige Treue und Liebe geschworen. Ich war so glücklich, als wir geheiratet haben …«

Mac hatte die Lippen zu einem schmalen Strich zusammengepresst. »Und du wirst auch wieder glücklich werden. Das ist nichts als ein Schlagloch auf der Straße des Lebens. Du wirst kurz durchgeschüttelt, und dann geht es weiter.«

Ungläubig sah sie ihn an. »Woher willst ausgerechnet du das wissen? Warst du denn je verheiratet?« Kaum hatte sie das gesagt, kam ihr ein schrecklicher Gedanke. O nein, dachte sie, noch eine schlechte Nachricht würde sie an diesem Tag kaum ertragen können. »Du bist doch nicht etwa verheiratet, oder?«

Er schüttelte den Kopf.

Julie atmete auf.

»Nein, nicht mehr. Vor etwa fünf Jahren war ich neun Monate lang verheiratet.«

»Geschieden?«

Er nickte.

»Was ist passiert?« Sie hatte die Stimme gedämpft, als würde sie nach dem Hergang eines schrecklichen Unfalls fragen.

»Na ja, nachdem ich vom Polizeidienst suspendiert worden war, wollte sie nichts mehr mit mir zu tun haben. Erstens schämte sie sich für mich, und zweitens konnte ich die Rechnungen nicht mehr bezahlen. Also hat sie mich verlassen. Was Besseres konnte mir nicht passieren. Damals dachte ich natürlich nicht so und war ziemlich niedergeschlagen.«

Obwohl er so beiläufig tat, ahnte Julie doch, dass sie einen wunden Punkt getroffen hatte. Tröstend legte sie ihm eine Hand auf den Oberschenkel.

»Die Frau muss verrückt gewesen sein.«

Mac warf ihr einen undurchdringlichen Blick zu. Dann legte er seine Hand auf die ihre. Sie war viel größer, brauner, männlich. Und warm. Sehr warm. So warm wie sein Oberschenkel unter der Jeans. Erstaunlich, wie temperaturfühlig Julie in letzter Zeit geworden war.

»Komisch, dass du das sagst. Ich wollte dasselbe über Sid sagen.«

Julie brauchte einige Sekunden, bevor sie die Bedeutung seiner Worte begriff. Dann schlug ihr Herz bis zum Hals. Sie atmete tief durch.

Eigentlich, so dachte sie, konnte man das, was an diesem Tag geschehen war, auf zwei Arten sehen: Sie war betrogen worden. Oder: Sie war wieder frei.

Sie musste jetzt an sich selbst denken. Jetzt war sie niemandem mehr Rechenschaft schuldig. Sie konnte tun und lassen, was sie wollte.

Sie sah Mac in die Augen.

»Und was machst du heute Nachmittag? Hast du schon was vor?«, fragte sie unschuldig.

Aber etwas in ihrem Ton musste ihn gewarnt haben, denn er zog fragend die Augenbrauen hoch.

»Nein, ich hab noch nichts vor. Warum?«

Julie lächelte.

»Dann bring mich irgendwo hin, wo wir unter uns sind, reiß mir die Kleider vom Leib und fick mich, bis ich den Verstand verliere.«

19

»Wie bitte?« Mac traute seinen Ohren nicht. Da war er so vorsichtig wie ein Mäuschen vorgegangen, hatte wie ein Kind, das über die Straße will, immer erst nach rechts und links geschaut – und dann wurde er voll von hinten überfahren. Der angesprochene Teil seines Körpers reagierte sofort und begeistert. Sein Verstand sträubte sich noch.

»Du solltest dir wirklich vorher überlegen, was du sagst, sonst könnte es dir eines Tages passieren, dass jemand dich beim Wort nimmt.«

»Dann nimm mich beim Wort! Bring mich irgendwo hin, wo wir unter uns sind, reiß mir die Kleider vom Leib und …«

»Ich hab dich schon verstanden«, unterbrach Mac sie hastig.

Julie lächelte ihn an und zog langsam ihre Beine an den Körper, um sie schließlich unter ihren Hintern zu schieben. Herrliche Beine. Herrliche, nackte Beine. Verdammt, dachte Mac, trägt die Frau denn nie Strumpfhosen?

Wie als Antwort auf seine stumme Frage beugte Julie sich zu ihm herüber, legte eine Hand auf seine Schulter und schob ihre Zunge in sein Ohr.

»O Gott!«, rief Mac und kam von der Straße ab. Kies spritzte auf, und Staub hüllte sie ein, bevor er den Wagen wieder unter Kontrolle brachte und mit quietschenden Reifen vom Seitenstreifen zurück auf den Asphalt fuhr. Da saß Julie schon wieder brav auf ihrem

Sitz. Nur das Blitzen in ihren Augen verriet ihre Stimmung. So wie sie ihn ansah, würde wohl eine Katze einen Kanarienvogel ansehen.

Der Kanarienvogel am Steuer schluckte.

»Willst du denn nicht?«, fragte Julie mit einer Stimme, die Eisberge hätte schmelzen lassen.

Ja. Er wollte. Er wollte es mehr als alles andere in diesem Augenblick, und er hätte dafür glatt das eine oder andere Körperteil und noch seinen Verstand geopfert. Aber er musste sich zwingen, das Wichtigste nicht aus den Augen zu verlieren. Seine Mission bestand nicht darin, Sids Frau zu nageln, sondern Sid selbst *fest*zunageln, um Daniel zu finden. Er war schon ein gutes Stück weitergekommen, und heute hatte er vielleicht einen entscheidenden Durchbruch erzielt: Mac hatte wichtige Firmendaten von Sids Computer kopiert.

Der Datenraub war ihm fast zu einfach vorgekommen. Kaum zu glauben, dass Sids Passwort »Vader« war. »Vader«, von »Darth Vader« aus der Kultserie *Star Wars,* hatte schon zu Schulzeiten auf dem Nummernschild von Sids schwarzem Porsche gestanden. Es war sein Erkennungszeichen, jeder wusste das. Die anderen Schüler waren beeindruckt und ahnten vielleicht so wenig wie Sid selbst, dass es keinen passenderen Namen für Sid gab. Er war wirklich so skrupellos und korrupt wie der Fiesling aus der Sciencefiction-Serie.

Sid war immer ein Star-Wars-Fan gewesen. Genau wie Daniel.

Jetzt hatte sich dieses Wissen ausgezahlt.

Sids geheime Firmendaten waren auf einem kleinen Datenträger, der wie ein Stift aussah. Und dieser Stift hing in diesem Moment völlig unverdächtig an Macs Schlüsselbund, der wiederum an der Zündung seines Wagens baumelte. In Sids Büro hatte er den Stift nur an den USB-Port des Computers anschließen und die ganzen Daten herunterladen müssen. So einfach war das. Zu Hause würde er sich das Ganze in Ruhe auf dem eigenen Bildschirm anschauen können. Wenn die Daten tatsächlich die Informationen enthielten, die Mac brauchte, dann war seine Rache nur noch eine Frage der Zeit und von ein paar Anrufen bei den richtigen Leuten.

Vielleicht konnte Mac bis dahin schon eine Art Vorschuss auf seine Rache nehmen, indem er Sids schöne Frau vögelte. Aber da gab es ein Problem. Mac wollte nicht Sids Frau vögeln. Aber er wollte mit Julie schlafen. Der schönen, aufregenden, humorvollen Julie. Der unwiderstehlichen Julie. Der verzaubernden Julie. Julie, der Frau seiner Träume.

Nicht Julie Carlson. Ganz einfach: Julie.

Und das war verdammt kompliziert. Tausendmal komplizierter, als er je befürchtet hatte.

Mac hatte sein halbes Leben damit verbracht, etwas über das Schicksal seines großen Bruders zu erfahren. Inzwischen war er sich so gut wie sicher, dass Daniel nicht mehr lebte. Und er hatte den starken Verdacht, dass Sid etwas mit Daniels Tod zu tun hatte. Wenn sich der Verdacht bestätigen sollte, würde Sid bekommen, was er verdiente. Dafür wollte Mac sorgen. Das Problem bestand nur darin, dass Mac auch dafür sorgen wollte, dass Julie bei alldem nichts zustieß. Sie wusste nichts von ihrer Rolle in diesem schmutzigen kleinen Krieg. Und Mac hatte inzwischen ein schlechtes Gewissen, weil er sie für seine Zwecke benutzte.

Verdammt, das hatte sie nicht verdient.

Er atmete wieder ruhig und wagte einen Blick auf die schöne Frau neben sich. Sie sah ihn an mit großen Augen, vollen Lippen und leicht gefurchter Stirn, und Mac wurde mit einem Schlag klar, dass unter dieser begehrenswerten Fassade ein noch viel begehrenswerterer Mensch und Charakter steckte. In diesem Augenblick hätte er beinahe alles vergessen, was gewesen war, wäre er beinahe bereit gewesen, die Vergangenheit vergangen sein zu lassen, mit Julie zu fliehen und irgendwo ein gemeinsames neues Leben anzufangen. Und Sid seine Frau weggenommen zu haben wäre für Mac Rache genug gewesen.

Aber nur beinahe.

Ja, er wollte sie. Unter anderen Umständen wäre er ohne zu zögern für sie barfuß über glühende Kohlen gelaufen. Sie saß neben ihm. Bereit und willig. Würde alles mit sich geschehen lassen, flehte ihn geradezu an, mit ihr zu schlafen.

Und doch konnte Mac nicht über seinen Schatten springen. Er konnte seinen geliebten Bruder nicht im Stich lassen.

Auch für Julie nicht.

Dazu kam noch etwas. Sie dachte, er wäre nur ein Privatdetektiv, der ihr helfen wollte. Sie vertraute ihm. Wenn er mit ihr schlafen würde, ohne ihr die Wahrheit zu sagen, wäre er dann auch nur einen Deut besser als Sid? Nein, auch das wäre ein schlimmer Verrat.

Das Ganze war wirklich so etwas wie ein großer kosmischer Witz – aber auf seine Kosten: Er wollte Julie und konnte sie guten Gewissens nicht haben. So sah es aus.

Ihm war gar nicht zum Lachen zumute.

»Hallo! Jemand zu Hause?«

Julies Stimme riss ihn so heftig aus seinen Gedanken, als hätte ihn jemand in den Arm gekniffen. Wie lange waren sie stumm nebeneinander gefahren? Er wusste es nicht mehr.

»Hey, erinnerst du dich an mich?« Sie wedelte mit einer Hand vor seinem Gesicht herum, als wolle sie ihn aus einer Hypnose wecken. »Ich hab dich gerade gefragt, ob du mit mir schlafen willst, weißt du noch?«

O Gott, gib mir Kraft, dachte Mac.

»Ich weiß«, sagte er mit größter Mühe. »Und ich finde, du solltest dir das noch einmal gut überlegen. Es könnte nämlich sein, dass du dich nur von mir ficken lassen willst, um dich an Sid zu rächen. Und das würdest du schon morgen bereuen.«

»Nein, werde ich nicht«, sagte sie mit schwerem Augenaufschlag.

Am liebsten hätte Mac die Augen geschlossen, um die Versuchung zu bannen, aber das ging nicht, schließlich musste er fahren.

»Ich habe nämlich beschlossen, wieder mein eigenes Leben zu leben und nur zu tun, wozu ich Lust habe. Und jetzt habe ich Lust, mit dir schlimme Sachen zu machen.«

Verdammt, dachte Mac. Wenn sie nicht sofort aufhörte, ihn bis aufs Blut zu reizen, würde er sich hier und jetzt im Wagen nass machen und nichts dagegen tun können.

»Du kannst ganz schön stur sein, weißt du das?«, sagte er mit einem grimmigen Seitenblick. »Aber ich bin es auch.«

Julie starrte ihn nur an. Dann sagte sie: »Wenn du nicht willst. Auch gut.«

Sie zog die Beine unter dem Hintern vor, stellte sie anständig mit geschlossenen Knien nebeneinander, verschränkte die Arme und lehnte sich an die Kopfstütze. Schließlich schloss sie die Augen.

Ruhe, dachte Mac. Endlich konnte er sich wieder voll und ganz aufs Fahren konzentrieren. Inzwischen waren sie irgendwie dem Highway nach Charleston gefolgt, obwohl sich Mac nicht daran erinnern konnte, bewusst in diese Richtung gefahren zu sein. Autopilot, sagte er sich.

Dann fiel ihm auf, dass etwas nicht stimmte. Er fuhr zwar in Richtung Charleston, aber nicht zu ihrem Geschäft, sondern zu sich nach Hause. Und er wusste auch, warum.

Bring mich irgendwo hin, wo wir unter uns sind …

Die Macht des Unterbewusstseins.

»Sollen wir nicht lieber ein bisschen spazieren gehen?«, fragte er und kam sich albern vor. Was für eine Alternative! Aber er musste jetzt unter Leuten sein. »Ich finde, wir sollten spazieren gehen und uns unterhalten. Ja, unterhalten wäre gut, oder nicht?«

Julie öffnete die Augen und sah ihn giftig an. Klare Sache, sie war wütend.

»Ich will nicht spazieren gehen. Und ich will nicht reden. Von mir aus kannst du den Hobbypsychologen spielen – aber nicht bei mir, verstanden? Vergiss es einfach, und bring mich zurück zum Geschäft.«

Na prima, dachte Mac, jetzt war sie richtig sauer. Julie konnte ihn immer wieder überraschen. Unter dieser süßen Oberfläche brodelte es, und manchmal konnte es sogar gefährlich werden. Mac musste an den Zucker im Tank des Mercedes denken. Warum sollte ihm das nicht auch passieren? Am besten war wohl, wenn Julie Gelegenheit bekäme, sich zu beruhigen. Mac beschloss, sie in dieser Stimmung auf keinen Fall aus den Augen zu lassen. Am Schluss beging sie vielleicht noch eine Dummheit und schadete sich selbst.

Oder wäre sie in der Lage, einen anderen zu finden und sich mit dem im Bett an Sid zu rächen?

»Hast du gehört? Bring mich ins Geschäft zurück.«

Im Augenblick vorher war er an einer Ausfahrt vorbeigefahren, die Gelegenheit für ein Wendemanöver gegeben hätte. Julie musste das bemerkt haben. Mac reagierte nicht und fuhr weiter in Richtung Downtown Charleston.

Wenn er erst mal da war, überlegte er, würde ihm schon etwas einfallen. Der Strand vielleicht …

»Bist du taub oder was?«

Gleich würde Julie ausflippen. Mac konnte gerade noch ein genervtes Augenrollen vermeiden, sonst hätte Julie ihm wohl eine Ohrfeige gegeben. Oje, dachte Mac, auf irrationale Frauen konnte er verzichten.

Er konnte überhaupt auf alle Frauen verzichten. Basta.

Also begann er geduldig und beschwichtigend: »Julie …«

»Wag es ja nicht, mir so von oben herab zu kommen«, unterbrach sie ihn heftig. »Du bringst mich jetzt in mein Geschäft, Ende der Diskussion.« Sie sah ihn an, und Mac war nur froh, dass Blicke nicht töten konnten.

Er versuchte die Situation durch Humor zu entschärfen. »Aber du erwartest nicht von mir, dass ich mitten auf dem Highway umdrehe, oder?«

»Mir egal, wie du's machst, kehr einfach um.«

Offenbar war es im Moment nicht möglich, vernünftig mit Julie zu reden, und deshalb verlor auch Mac langsam die Geduld.

»Wenn du dich umbringen willst, ist das dein Problem. Aber lass mich aus dem Spiel.«

»Ich sag's zum letzten Mal, Mac. Dreh *sofort* um!«

Mac bemerkte, dass er mit den Zähnen knirschte. Er musste ruhig bleiben und nachdenken. Aber nachdenken war gar nicht so einfach, wenn einen ein Schwanz von der Größe des Washington Monuments in der Hose drückte.

Und wenn dieser Schwanz auch noch gemeinsame Sache mit seinem Hirn machte.

»Tja, Pech«, sagte Mac so freundlich wie nur möglich.

Julie fuhr zusammen, als hätte ihr jemand einen Schürhaken in den Arsch gerammt.

»Also, weil du es bist, erklär ich es dir noch mal ganz langsam«, sagte sie mit dem gefährlichen Lächeln eines Piranhas. »Du hast hier überhaupt nichts zu sagen, klar? Ich treffe hier die Entscheidungen, denn *ich* Boss, *du* Lohnempfänger. So weit mitgekommen?«

Okay, dachte Mac, das reichte.

»Nein. Eher *ich* vernünftig, *du* vorübergehend verrückt. So lange das so ist, wirst du mich nicht los. Finde dich damit ab, oder lass es bleiben.«

Der Wagen näherte sich der Ausfahrt, die Mac immer nahm, wenn er nach Hause fuhr. Ach, warum nicht, dachte Mac und ordnete sich auf der Abbiegespur ein. Der Strand wäre sowieso voller Touristen, dann konnte er genauso gut …

»Was glaubst du, wer du bist, dass du so mit mir umspringen kannst, du Mann, du!« Julie hatte die

Fäuste geballt und hielt sie Mac unter die Nase. »Glaubst du, das gibt dir das Recht, mich herumzukommandieren? Weil du ein Mann bist? Da muss ich dich leider enttäuschen. Nur weil ihr neunzig Prozent eures Lebens mit dem Schwanz denkt, macht euch das nicht zum starken Geschlecht. Männer sind echt zum Kotzen. Ich hasse Männer. Alle. Auch dich!«

Mac musste insgeheim zugeben, dass sie nicht ganz Unrecht hatte. Aber um den Streit nicht eskalieren zu lassen, beschloss er, lieber den Mund zu halten. Zumal er in diesem Moment von Josephine abgelenkt wurde, die offenbar ihren Keks gefunden und gefressen hatte und deshalb auf Julies Schoß sprang. Etwas Weißes hing ihr aus der Schnauze. Nudeln? Weiße Plastiknudeln?

Macs Mund blieb offen stehen. Dann schrie er:

»Du hast mein Schild aufgefressen!«

»Es ist rot!«, schrie Julie gleichzeitig.

Alarmiert blickte Mac wieder auf die Straße, sah die rote Ampel und stieg auf die Bremse. Mit quietschenden Reifen kam der Wagen knapp vor der Kreuzung, über die schon der Verkehr rauschte, zum Stehen. Es war eine der meistbefahrenen Kreuzungen in Charleston. Ohne Julie wären sie wahrscheinlich alle tot.

Dieser verdammte Pudel, dachte Mac und warf Josephine einen eisigen Blick zu. Für einen Augenblick hatte er den Eindruck, der Pudel grinste ihn an mit seinen weißen Fetzen in der Schnauze. Dann geschah etwas, das seine Aufmerksamkeit abrupt wieder auf Julie lenkte. Denn als sie an dieser Kreuzung standen, auf mehreren Spuren Stoßstange an Stoßstange mit anderen, ungeduldigen Fahrern, umringt von einem Ampelwald, umtost vom Lärm des quer über die

Kreuzung rasenden Verkehrs – da zog Julie am Türgriff und stieg einfach aus.

Im ersten Moment konnte Mac es gar nicht glauben. Eben hatte sie noch schimpfend neben ihm gesessen, jetzt schlug sie krachend die Beifahrertür zu, so dass das ganze Auto bebte, und ging kreuz und quer durch die wartenden Autos in Richtung Bürgersteig.

»Gott verdamme alle weiblichen Wesen bis in alle Ewigkeit«, sagte Mac zu Josephine, die von seinem Fluch nicht sonderlich beeindruckt schien. Dann schob er den Ganghebel in die Parkposition und stieg ebenfalls aus.

Als er ihr hinterherrannte, kam er sich wie der größte Idiot der Welt vor. Zugleich war er so wütend, dass er glatt Nägel zu Brezeln hätte verbiegen können.

Mac musste sich durch Grüppchen von Touristen, streitende Paare beim Shopping und eine Eis schleckende Busladung Schulkinder quetschen, ehe er Julie einholte, die immer noch ein ordentliches Tempo vorlegte.

»Okay, du kannst jetzt stehen bleiben«, sagte er durch zusammengepresste Lippen und packte sie von hinten am Arm.

Sie blieb abrupt stehen und wirbelte zu ihm herum.

Sie schien vor Erregung zu zittern. Sie hatte das Kinn vorgestreckt. Ihre Augen schleuderten Blitze.

Und Tränen liefen ihr die Wangen hinunter.

»Scheiße«, sagte Mac und meinte es so.

»Ja, du bist scheiße«, sagte Julie schluchzend und versuchte erfolglos, sich von ihm loszureißen. Er sah auf diese jämmerliche, fuchsteufelswilde, anbetungswürdige Frau herab, und er hatte ein Gefühl, als hätte ihm gerade jemand mit der Faust in die Magengrube geschlagen. Er wollte etwas sagen, aber er wusste nicht, was. Aber als er sah, dass sie den Mund öffnete, um ihm – das las er in ihren Augen – zweifellos irgendeine Gemeinheit ins Gesicht zu schleudern, da tat er das einzig Vernünftige für einen Mann in seiner Lage.

Er nahm sie in die Arme und küsste sie.

Und kaum hatten seine Lippen die ihren berührt, da wusste er, dass er den Schritt von der Klippe getan hatte und es kein Zurück mehr gab.

20

Ein ohrenbetäubendes Hupkonzert brachte Julie wieder in die Gegenwart zurück. Noch etwas verwirrt hob sie den Kopf, und auch Mac schien sich der Kakophonie bewusst zu werden.

»Scheiße«, sagte er wieder, sah sich kurz um und dann auf Julie. Sein Mund war zu einem schmalen Strich geworden. Sie war in seinen Armen, so fest wie möglich an ihn gedrückt, sie hatte die Arme in seinem Nacken verschränkt und sah amüsiert zu ihm hoch. Die Gründe für ihre Tränen, ja die Tränen selbst waren vergessen. Die Sonne warf flirrende Reflexionen von den Autodächern und Fensterscheiben, die Luft war erfüllt von Abgasen und Verkehrslärm. Mac ging es prächtig.

Und wenn man von dem Gehupe absah, war auch

Julie genau da, wo sie schon die ganze Zeit hatte sein wollen: In seinen Armen.

Mac musste fast brüllen, um den Lärm zu übertönen. »Also, ich entschuldige mich, okay?« In Julies Ohren klang seine Stimme hektisch und wenig romantisch. »Wenn ich etwas gesagt habe, das dich verletzt hat, dann tut es mir Leid, und ich nehme es zurück. Können wir jetzt bitte so schnell wie möglich zurück zum Auto gehen, ehe die Polizei aufkreuzt?«

Da verstand Julie, und ihre Augen weiteten sich. Mac hatte seinen Wagen einfach mitten auf der Kreuzung stehen lassen, um ihr hinterherzurennen.

Bevor sie antworten konnte, hatte Mac sich schon von ihr gelöst, ihre Hand ergriffen und sich mit ihr im Schlepptau auf den Weg zum Wagen gemacht.

Während sie in ihren High-Heel-Sandalen praktisch hinter ihm herrennen musste, um nicht zu stolpern, wischte sie sich die letzten Tränenspuren aus dem Gesicht. Sie war sich seiner Haltung ihr gegenüber immer noch nicht sicher, aber eines wusste sie: Sie würde Mac so schnell nicht mehr gehen lassen.

Mit ihm konnte man immer etwas erleben.

»Brauchen Sie Hilfe, Lady?«, fragte ein Mann im Anzug aus seinem geöffneten Wagenfenster. Tatsächlich waren alle Blicke auf das seltsame Paar gerichtet. Julie sah zwei Kinder mit von Eiscreme verschmierten Gesichtern aus einer Heckscheibe starren.

»Nein, aber vielen Dank!«, rief Julie über ihre Schulter zurück. Die meisten Verkehrsteilnehmer schienen nicht so hilfsbereit, sondern eher wütend. Einige hatten versucht, um Macs Wagen herumzufahren, und so ein noch größeres Chaos angerichtet. Da die Ampel gerade wieder rot geworden war, konnten Mac und

Julie sich gefahrlos durch die aufgestauten Autos schlängeln. Das nicht enden wollende Hupen zerrte an den Nerven.

Und als sie endlich den Wagen erreichten, wartete an der Fahrerseite auch noch eine scheußlich bunt gekleidete Frau mittleren Alters – offensichtlich eine Touristin –, die Mac und Julie schon von weitem mahnend einen Zeigefinger entgegenstreckte.

»Wie können Sie nur bei dieser Hitze einen kleinen, wehrlosen Hund im Auto zurücklassen. Anzeigen sollte man Sie wegen Tierquälerei!«

Mac sah sie nur an, öffnete die Beifahrertür für Julie, ging dann um den Wagen herum, drängte die empörte Frau zur Seite und grummelte nur: »Leute gibt's, nicht zu fassen.« Dann stieg er ein und schlug der Touristin die Tür vor der Nase zu.

Der Mund der Frau ging immer noch auf und zu, aber zum Glück schaltete gerade die Ampel auf Grün. Mac fuhr an, die Frau sprang zurück, sie bogen links ab und tauchten augenblicklich wieder in die Anonymität ein. Julie atmete auf.

»Und jetzt wüsste ich gern, warum du geweint hast«, sagte Mac.

Sie schob trotzig das Kinn vor. Es war ihr peinlich, dass sie sich so hatte gehen lassen, aber immerhin hatte sie einen denkbar schlechten Tag hinter sich.

»Es geht um meine Scheidung, und ich kann weinen, wann ich will.«

»Stimmt.«

»Wenn wir schon bei den entscheidenden Fragen sind, hab ich auch eine: Warum hast du mich geküsst?«

»Weil ich so verrückt bin wie du.«

»Ich bin nicht verrückt.«

Mac wollte etwas erwidern, überlegte es sich aber anders und sah sie nur müde an.

»Bitte tu mir einen Gefallen: Bleib einfach sitzen und halt den Mund, bis wir aussteigen, okay?«

»Klar«, sagte Julie grinsend und ließ sich in den Sitz zurückfallen. Sie war gespannt, wie es weitergehen würde. Seine Grobheit konnte sie nicht mehr verletzen, denn sein Kuss hatte Bände gesprochen und seine Worte Lügen gestraft.

Sie fuhren durch eine hübsche, aber bescheidene Gegend, mit gepflegten Vorgärten und bunten kleinen Häusern. Julie kam das bekannt vor, wusste aber nicht, warum, bis Mac plötzlich auf eine Auffahrt bog und den Motor abstellte.

Sie sah sich um und musste lächeln. Ja, sie war schon einmal hier gewesen, damals war es allerdings Nacht gewesen. Mac hatte sie zu sich nach Hause gebracht.

Na, das war doch ein gutes Zeichen.

Auch Josephine hatte in der Zwischenzeit mitbekommen, wo sie waren. Der Pudel sprang japsend und fiepsend von Julies Schoß an der Seitenscheibe hoch. Mit einem missbilligenden Blick für die beiden Damen auf dem Beifahrersitz öffnete Mac seine Tür und stieg aus. Sofort sprang Josephine von Julies Schoß ihm hinterher. Julie versuchte noch, sie zu packen, verfehlte Josephine aber knapp.

»Vorsicht!«, rief sie Mac zu. »Sie ist nicht angeleint!«

»Josephine geht mir zwar oft genug auf die Nerven«, gab Mac durch die geöffnete Tür zurück, »aber man kann nicht sagen, dass sie blöd ist. Im Gegensatz zu anderen rennt sie nicht blindlings auf die Straße.«

Julie stieg ebenfalls aus und blieb neben dem Wagen stehen, die Hände in die Hüften gestemmt. »Du sprichst doch wohl nicht etwa von mir, oder?«

»Von wem denn sonst? Wer hat denn beinahe ein mittelschweres Verkehrschaos verursacht?«

»Ja, richtig! Wer hat denn seinen Wagen mitten auf der Kreuzung stehen lassen und ist weggerannt?«

»Aber nur, weil ich dieser kindischen Frau hinterherrennen musste. Oder hast du etwa gedacht, ich hätte dich ins Verderben laufen lassen? In deinem Zustand?«

»Ob du es glaubst oder nicht. Selbst in diesem *Zustand* wäre ich in der Lage gewesen, mir ein Taxi zu rufen, das mich ins Geschäft gebracht hätte. Und da wäre ich längst, wenn du nicht so ein Theater gemacht hättest.«

»Genau das glaube ich eben nicht«, murmelte Mac beleidigt. Er hatte leise gesprochen, aber Julie hatte seine letzte Bemerkung doch verstanden und wollte ihm gerade den Rest geben, als plötzlich eine aufgeregte Frauenstimme ertönte.

»Mac! Mac! Hast du Gus irgendwo gesehen?«

Der Gerufene wirbelte herum und legte die Hand an die Stirn, um gegen die Sonne besser sehen zu können. Eine kleine Frau in geblümtem Hauskleid stand auf den Stufen ihrer Veranda zwei Häuser weiter.

»Leider nicht, Mrs. Leiferman«, rief Mac freundlich zurück.

»Ist es denn zu fassen! Der Kerl sollte nur schnell den Müll heraustragen, und weg ist er. Wahrscheinlich schleicht er um den Block und raucht wieder heimlich.«

»So wird es wohl sein«, rief Mac noch, dann nahm

er Julie bei der Hand und führte sie sanft, aber bestimmt zum Eingang seines Hauses. »Auf Wiedersehen, Mrs. Leiferman.«

Mrs. Leiferman winkte zum Gruß und suchte dann mit strengen Blicken die Straße nach Mr. Leiferman ab.

»Eine Freundin meiner Großmutter und die berüchtigtste Klatschtante in ganz Charleston«, flüsterte er Julie zu, während er die Tür aufschloss. »Die ist sicher nur herausgekommen, um zu sehen, wen ich da mit nach Hause bringe. Wenn ich das nächste Mal meine Großmutter besuche, werde ich mich auf ein paar Fragen gefasst machen müssen.«

Erstaunlicherweise reagierte Josephine auf seinen Pfiff und schlüpfte ins Haus. Julie und Mac und die Blicke von Frau Leiferman folgten ihr.

»Deine Nachbarn spionieren im Auftrag deiner Großmutter?«, fragte Julie ungläubig und lächelte. »Wie charmant.«

»Früher hat sie in diesem Haus gewohnt. Meine jetzigen Nachbarn waren ihre Nachbarn. Als sie sich vor fünf Jahren dazu entschloss, zu ihrer Schwester zu ziehen und ich mich im gleichen Jahr scheiden ließ, habe ich ihr das Haus abgekauft. Ich wollte einiges daran machen, bin aber nie dazu gekommen. Sogar der 55er Chevy meines Großvaters steht noch in der Garage. Vor einigen Wochen sind dann Großmutter und Tante Rose gemeinsam ins Altersheim gezogen. So habe ich Josephine geerbt. Und das Leben im Altersheim verhindert nicht gute Kontakte zu den alten Nachbarn. Schließlich muss man doch auf dem Laufenden bleiben.«

»Ich find's irgendwie nett.«

Julie lief den Flur hinunter. Das Haus war so, wie sie

es in Erinnerung hatte: Kühl und dunkel und auf charmante Weise heruntergekommen. Alle Vorhänge waren zugezogen, um die Hitze des Tages auszusperren. Fernseher und Sessel standen da, wo sie zuletzt gestanden hatten. Nur die Zeitschriften lagen nicht mehr überall herum. Offenbar hatte Mac einen Schnellkurs in Haustierhaltung gemacht. Auf jeden Fall hatte er aus Josephines letzter Zeitschriftenzerstörungsaktion gelernt, denn es lag praktisch nichts mehr auf dem Boden.

»Nett? Na ja. Du musst ja nicht damit leben.« Seine Laune schien auf einem Tiefpunkt zu sein. Er schlug die Tür hinter sich zu und knallte seine Sonnenbrille und die Pistole, die er aus dem Gürtel am Rücken gezogen hatte, auf die Garderobe.

Josephine sah zu Julie hoch und schien schwanzwedelnd »du entschuldigst mich doch« zu sagen, ehe sie trippelnd in der Küche verschwand.

»Übrigens musst du gar nicht erst versuchen, einen neuen Streit vom Zaun zu brechen. Es wird nämlich nicht funktionieren.«

»Ich hab keine Ahnung, wovon du redest, Süße.«

Ohne Vorwarnung war er hinter ihr, schlang seine Arme um sie und legte seine Hände auf ihre Brüste. Das Ganze geschah so überraschend, dass es Julie den Atem verschlug und sie ein erstes Kribbeln der Erregung in ihren Adern spürte.

»Also gut«, sagte Mac an ihrem Ohr. Sie spürte seinen Atem im Haar und seinen harten Körper an ihrem Rücken. »Wenn du dich immer noch an Sid rächen und von mir gefickt werden willst: Ich stehe zur Verfügung.«

Irgendetwas an seinem Ton, an seinem Verhalten

ließ in Julie den Verdacht aufkommen, dass er sie ärgern wollte, dass er sie dazu bringen wollte, nicht auf sein Angebot einzugehen. Für ein paar Sekunden überlegte sie, während seine Hände ihre Brüste kneteten. Wahrscheinlich hätte sie tatsächlich abgelehnt, wenn dies sein erster grober Annäherungsversuch gewesen wäre. Aber sie kannte ihn schon zu gut.

Wie ein Aal drehte sie sich in seiner Umarmung, schob ihre Hände um seinen Körper und verschränkte die Hände in seinem Nacken. So sahen sie sich an.

Ihre nackten, braunen Arme bildeten einen schönen Kontrast zu seinem weißen T-Shirt. Ihre Brustwarzen waren schon hart geworden und drückten gegen seine breite Brust. Obwohl sie High Heels trug, reichte sie nicht ganz an seine Nasenspitze heran.

Er blickte auf sie herab mit zusammengezogenen Augenbrauen und grimmig verkniffenem Mund. Er merkte wohl gerade, dass seine Strategie nicht aufging.

Grimmig konnte durchaus sexy sein, entschied Julie. Zumindest in Macs Fall. Denn Mac war immer sexy, egal, in welcher Stimmung er war. Und wenn das gerade grimmig war, würde sie ihn eben grimmig nehmen.

»Also los. Zieh mich aus«, sagte sie mit einem provozierenden Grinsen. »Und denk später bitte daran, dass ich erst fertig bin, wenn ich richtig geschrien habe.«

Seine Augen weiteten sich, und sie war sich fast sicher, dass er jeden Moment versuchen würde, sie von sich zu stoßen. Also verstärkte sie ihren Griff um seinen Nacken.

»Verdammt, Julie«, sagte Mac.

»Du bist süß, wenn du schmollst, weißt du das?«

»Süß?« Er klang beleidigt, und sie musste schmunzeln. Dann würgte sie jede weitere Konversation ab, indem sie sich ganz einfach auf die Zehenspitzen stellte und ihre Lippen auf seinen Mund drückte.

Bei dieser ersten, zärtlichen Berührung wurde ihr etwas klar, was sie unterbewusst schon die ganze Zeit geahnt hatte. Mit Mac ging es nicht nur um Sex. Auch wenn sie ihn begehrte wie keinen Menschen zuvor in ihrem Leben. Nein, da war eindeutig mehr. Sie wollte mehr über ihn wissen, wollte sein innerstes Wesen kennen lernen, wollte für ihn da sein. Sie spürte Gefühle der Verantwortung und Zärtlichkeit gegenüber diesem Mann, die sie in ihrer Beziehung zu Sid längst vergessen hatte. Julie war klar, es ging um mehr. Mac hatte Unrecht, wenn er behauptete, sie wolle nur mit ihm schlafen, um sich an Sid zu rächen. Sid war ihr egal. Sie wollte Sex mit Mac, weil Mac der Einzige für sie geworden war.

Ihre Zunge war vorsichtig vorgedrungen und berührte nun seine Zunge, die erst auszuweichen und zu widerstreben schien, dann nachgab und die ihre erforschte, umkreiste, streichelte. Eigentlich hatte dieser Kuss aus Julies Sicht nur eine sanfte Andeutung von noch mehr sein sollen, ein langsames, genüssliches Vorspiel. Aber plötzlich gruben sich Macs Finger heftig in ihre Hüften, seine Zunge schoss vor und eroberte ihr Territorium im Nu. Ihre Leidenschaft war nun wie ein Buschbrand, der nicht mehr aufzuhalten war.

Als sie nach unendlichen Sekunden schließlich ihre Lippen von den seinen lösen konnte und tief Luft holte, sah sie ihn an. Er war beeindruckt, keine Frage, und seine Selbstbeherrschung hatte sichtbare Sprünge bekommen. Das sagten ihr seine geröteten Wangen und die feucht glänzenden Augen.

»Julie«, krächzte er mit einer Stimme, die nicht seine zu sein schien. Sein Griff an ihren Hüften hatte sich nicht gelockert. »Julie, das ist ein Fehler.«

»Was bist du? Eine eiserne Jungfrau?«, fragte sie mit gespielter Beleidigung in der Stimme und einem lockenden Lächeln, während sie die kurzen Stoppelhaare in seinem Nacken kraulte. Den Augenaufschlag, mit dem sie ihn jetzt weich kochte, hatte sie auf vielen Schönheitswettbewerben erfolgreich an männlichen Jurymitgliedern geprobt, und sie konnte sich auf ihn verlassen. »Keine Angst, Baby«, hauchte sie, »ich werde dir nicht wehtun, versprochen.«

Sie wusste, dass Mac keine Chance hatte, aber noch wehrte er sich ein bisschen. Warum wohl?, fragte sich Julie. Arbeitsethik? Gentleman-Kodex? Oder gehörte er wirklich zu der seltenen Spezies, die nichts mit verheirateten Frauen zu tun haben wollten?

»Ich meine es ernst«, sagte er. Es sollte streng und grimmig klingen, aber der Frosch in seinem Hals machte nur ein jämmerliches Krächzen möglich. Seine Hände straften seine Worte zusätzlich Lügen, denn sie tasteten gierig ihre Hüften ab, glitten ihren Rücken hinauf und blieben dann heiß und zitternd auf ihren Arschbacken liegen. Er zog sie so fest an sich heran, dass sie durch die verschiedenen Kleiderschichten seine harte, große Männlichkeit spüren konnte.

Enorm, dachte sie. Nicht zu übersehen.

»Auch ich meine es ernst«, ging sie zum Angriff über. Ihre Lippen waren feucht und voll und ganz nah an seinem Gesicht. »Nimm mich, Mac.«

Macs Pupillen weiteten sich, als würde in diesem

Augenblick eine starke Droge in ihm wirken. Er schien für einen Moment die Fassung zu verlieren, schnappte japsend nach Luft, seine Wangenknochen mahlten. Doch dann kam er ihr unendlich langsam entgegen, so langsam, dass Julies Lippen in heißer Erwartung bebten und ihr beinahe schwindelig wurde. Heiße Erwartung, dachte sie, wie lange war es her, dass sie einen Menschen, einen Mann, einen männlichen Körper so heiß erwartet hatte? Sie wusste es nicht mehr.

Dann küssten sie sich und hörten auf zu denken.

So hungrig und atemlos und wild verschmolzen sie miteinander, dass der Teil von Julies Verstand, der die Arbeit noch nicht ganz eingestellt hatte, ein paar Sekunden brauchte, ehe er das Geräusch aus ihrem Rücken erkannte: Er öffnete den Reißverschluss ihres Kleides.

Ihre Knie wurden weich.

Sie spürte die kühle Luft an ihrem Rücken, wo der Stoff die Haut nicht mehr bedeckte. Nachdem er den Reißverschluss ganz geöffnet hatte, verharrte seine Hand, und er löste seine Lippen, um sie anzusehen. Schwer und unregelmäßig ging sein Atem. Sie waren so fest aneinander gepresst, dass Julie glaubte, all seine Muskeln, Adern, Sehnen spüren zu können. Am deutlichsten spürte sie sein Herz schlagen. Oder war das ihres? Es war ihr gleich. Sie wusste nur, dass Büstenhalter und Slip ihr zu eng wurden. Sie wusste mit einem Blick in seine glasigen, gierigen Augen, dass es kein Zurück mehr gab.

Blut durchtoste pulsierend ihr Zentrum wie glühende Lava.

Es war ihre Stunde. Das Leben hatte sie wieder.

»Mac«, hauchte sie.

»Letzte Chance, es dir noch mal zu überlegen«, sagte Mac kaum hörbar. Seine Hand glitt unterdessen unter den offenen Reißverschluss ihres Rocks.

Sie schüttelte nur heftig den Kopf, erschauderte, als seine Finger ihr Rückgrat hoch und wieder runter wanderten. Ihre Knie waren schon vorher weich geworden, aber jetzt waren sie nur mehr Wackelpudding.

Sie sahen sich tief in die Augen. Seine Hand oberhalb ihres Hinterns drückte ihr Becken an seines. Sie schob ihr Becken leicht hin und her, wie ein Vögelchen, das es sich in seinem Nest gemütlich macht.

»Erinnerst du dich noch daran, was du gesagt hast?«, wollte Mac mit einem warnenden Unterton wissen.

Aber Julie erinnerte sich nicht. Sie war im Hier und Jetzt verloren. Erst recht, als er wie ein Adler auf sie herabstieß und seine Lippen in ihrem Hals vergrub, dann tiefer wanderte, die empfindliche Stelle an ihrem Schlüsselbein erreichte und sich küssend mit heißem Atem ihrem Dekolleté näherte.

Plötzlich richtete er sich ohne Vorwarnung auf, ergriff ihre Arme und zog ihre Hände von seinem Nacken weg. Er küsste erst die eine Handfläche, dann die andere. Schließlich legte er ihre Hände an seine Hüften, griff ganz langsam nach den Trägern ihres Kleids und schob sie von ihren gebräunten Schultern herunter.

Bevor das Kleid ihre Brüste entblößen konnte, riss Julie einen Arm hoch und presste ihn hart gegen ihren Körper.

»Warte!« Sie warf den Kopf hin und her.

Er sah mit gerunzelter Stirn auf sie herab. Sie trat

mit einem tiefen Atemzug einen Schritt von ihm zurück. Nach seinem Gesichtsausdruck zu schließen, kostete es ihn einige Mühe, sie nicht gewaltsam zurückzuhalten. Seine Arme hingen angespannt an den Seiten, die Hände zu Fäusten geballt, als müsse er sich zwingen, Ruhe zu bewahren.

Julie lächelte.

»Lass mich machen«, sagte sie.

Seine Lider flatterten, aber er sagte kein Wort.

Sie verstand sein Schweigen als Aufforderung, wiegte sich leicht in den Hüften und ließ dann ihr Kleid los. Mit einem Flüstern fiel es von ihr ab und legte ihren herrlichen Körper frei. Sie tänzelte einen Schritt zur Seite und kickte das Häufchen Stoff weg.

Dann schüttelte sie sich das lange schwarze Haar aus dem Gesicht, drückte den Rücken durch, schob das Kinn vor und ließ ihn sie anblicken. Die Lippen hatte sie leicht geöffnet, und die Hände lagen auf ihren nackten Oberschenkeln.

Julie kannte ihren Körper und ihre Wirkung auf Männer. Sie wusste, dass sie schlank und doch mit Kurven an all den richtigen Stellen ausgestattet war. Sie wusste, wie die schimmernden Perlen um ihren Hals und an ihrem Ohr auf ihrer getönten Haut wirkten. Sie war stolz auf ihre festen, vollen, aber nicht zu üppigen Brüste, über denen der fast durchsichtige Halter kaum zu sehen war. Für ihren flachen, festen Bauch hatte sie viel trainieren müssen. Darunter lag der zum Büstenhalter passende Slip, der ihr goldenes Dreieck eher betonte als kaschierte, ein Effekt, den Julie durch das kaum wahrnehmbare Kreisen ihrer Hüften noch hervorhob. Welchen Eindruck ihre langen, schlanken, gebräunten Beine auf das andere Geschlecht machen konnten, hatte Julie oft erfahren und genutzt. Ihre High Heels dienten keinem anderen Zweck, als noch mehr Aufmerksamkeit auf ihre umwerfenden Beine zu lenken.

Kurz gesagt: Julie war sich bewusst, dass sie nur sehr wenig anhatte und sehr heiß aussah. Und dass Mac eben das auch sah, machte sie noch heißer.

»Julie«, sagte Mac. »Ich wüsste gern, ob du auch irgendwelche Unterwäsche hast, die einen Mann nicht in den Wahnsinn treibt.«

Julie schüttelte kokett den Kopf. »Nein, tut mir Leid, damit kann ich nicht dienen. Stört es dich denn?«

Mac grunzte, vielleicht lachte er auch. »Na ja, es ist nicht leicht, aber ich denke, ich werde damit fertig.«

Stumm standen sie sich für Sekunden gegenüber. Julie leckte ihre Lippen. Mac öffnete und schloss seine Fäuste. Wieder trafen sich ihre Blicke, und diesmal waren die Signale so eindeutig, dass es für Julie wie ein Schlag in die Magengrube war und ihr für eine Sekunde die Luft wegblieb.

»Du bist das Schönste, was ich je in meinem Leben gesehen habe, Julie, und wenn ich dich nicht gleich in die Finger kriege, werde ich wohl mein letztes bisschen Verstand verlieren.«

Dann machte er einen schnellen Schritt auf sie zu, packte sie, hob sie mühelos hoch und trug sie in sein Schlafzimmer. Auf dem ganzen Weg, der Julie wie eine Meile vorkam, küsste und streichelte er sie, bis sie glaubte, ihrer Sinne beraubt zu werden.

21

Die Vorhänge im Schlafzimmer waren zugezogen, der Raum dunkel und kühl. Mac trug Julie zum Bett, legte sie auf das ungemachte Bett mit der angenehm harten Matratze und sich gleich neben sie. Sie erschrak etwas, als die kalten Laken ihre Haut berührten, doch dann wurde ihre Aufmerksamkeit von Macs Küssen auf ihre Brüste in Beschlag genommen.

Seine Lippen spielten mit ihren Brustwarzen durch den hauchdünnen Büstenhalter. Die Zunge schnellte vor und schnalzte gegen die empfindlichen Spitzen, wieder und wieder. Julie bog den Rücken durch und stöhnte auf.

»Mac …!«

»Julie.«

Mehr gab es nicht zu sagen. Sein Mund spielte mit ihr, bis ihre Brustspitzen heiß und pochend und nass waren. Irgendwann merkte sie, dass er ein Bein zwischen ihre Beine geschoben hatte. Die Naht seiner Jeans rieb an der zarten Innenseite ihrer Schenkel, und seine Hüften und Oberschenkel drückten gegen ihre Scham, bis ihr Slip feucht und klamm war. Ich bin bereit, dachte Julie, ich war noch nie so bereit.

Sie klemmte sein Bein ein, um den Druck noch zu verstärken, und dann traf es sie wie ein elektrischer Schlag in der Mitte ihres Körpers. Ein Impuls, dem sie nachgeben wollte, den sie erneut auslösen wollte, der das Zentrum ihres Seins zu sein schien.

Kleinere elektrische Stöße folgten, sie bäumte sich

unter ihm auf, gab sich hin, ließ ihn los, versuchte ruhig zu atmen. Mein Gott, es war so lange her, dass sie beinahe schon kam, obwohl es noch nicht einmal richtig losgegangen war.

Ganz ruhig, sagte sie sich, sie musste ruhig bleiben, wenn sie es genießen wollte. Und sie wollte es nicht nur genießen, sondern mit allen Fasern ihres Körpers auskosten.

Er bemerkte ihre plötzliche Passivität und hob den Kopf, wobei sein Schenkel weiter ihre Scham rieb, die sich langsam öffnete wie eine Knospe. O Gott, dachte sie nur halb bei Bewusstsein, wie gut sich das anfühlte.

»Und wie ging es doch gleich weiter? Ach, richtig, ich muss dir alle Kleider vom Leib reißen, stimmt's?«

Julie konnte nichts erwidern. Aber sie hatte ihre Kraft zurückgewonnen und krallte Mac nun ihre Nägel in den Rücken, während er ohne viel Federlesens den Verschluss ihres Büstenhalters löste und das nutzlose Ding auf den Boden warf. Er sah ihre Brüste an, schwer atmend und mit glasigen Augen.

Er nahm sie in die Hand, als wolle er Gewicht und Größe abschätzen, fuhr mit dem Daumen über die nasse, rote, harte Spitze.

»O Mac, bitte, o Gott«, stöhnte Julie, riss ihn zu sich herunter und küsste ihn auf die Lippen, sog seinen männlich herben Duft ein und merkte plötzlich, dass etwas nicht stimmte. Denn sie war zwar nackt, aber er war immer noch angezogen, und sie musste einfach seinen Körper spüren! Hastig schob sie ihre Hände unter seinen Hosenbund, erreichte ein Stück nackte Haut, aber das konnte nur ein Vorgeschmack sein, nie genug.

»Zieh dein Hemd aus!«, befahl sie ihm.

Ohne zu zögern richtete er sich auf, griff über Kreuz mit beiden Händen nach dem Saum seines Hemds und zog es mit einer fließenden Bewegung über den Kopf.

Julie hatte schon vergessen, wie atemberaubend der Körper dieses Mannes war. Mit breiten Schultern und bronzefarbener starker Brust, die von einem dichten Flor aschbraunen Haars bedeckt war, unter dem sie flache Brustwarzen erkennen konnte. Sein Waschbrettbauch sah so aus, als könnte man Holz auf ihm hacken. Die Jeans hing Mac niedrig auf der Hüfte, so dass Julie einen tiefen Bauchnabel und darunter braunes, gekräuseltes Haar sah, das in der Hose verschwand.

Solange Julie denken konnte, war Schokolade immer ihre größte Versuchung gewesen – das hier war definitiv besser als Schokolade!

»Du siehst fantastisch aus«, murmelte sie.

»Freut mich, dass ich dir gefalle«, sagte Mac und beugte sich über sie, um da weiterzumachen, wo er aufgehört hatte.

Mit beiden Händen griff Julie in sein Brusthaar, unter dem sie die Bewegungen seiner Muskeln spürte, sie tastete nach seinen Brustwarzen, fand sie, kniff spielerisch hinein und genoss seine wachsende Erregung. Bald lastete sein ganzes Gewicht auf ihr, aber nicht das nahm ihr die Luft, sondern diese knisternde Nähe, seine sanften und doch störrischen Brusthaare an ihrer Brust. Es war unglaublich erotisch. Sie bewegte sich unter ihm, schob sich hin und her, um ihn auch wirklich an jedem Zentimeter ihrer Haut zu spüren.

Er hielt inne und hob den Kopf. Julie nahm ihn zwischen beide Hände und führte ihn mit den Lippen an ihre Brust. Sie schloss die Augen und legte den Kopf in den Nacken, während sie sich ihm darbot.

Als seine Zunge diesmal ihre Nippel liebkosten, war nichts als heißer Atem zwischen ihnen.

Wäre Julie in diesem Augenblick gestorben, sie wäre glücklich gestorben. Mit geschlossenen Augen, die Hände in seinem Haar verkrallt, ließ sie ihn nicht von ihrer Brust. Er saugte, biss, züngelte, jagte immer neue Schauer der Lust durch ihren Körper. Er hatte inzwischen beide Beine zwischen ihre Schenkel geschoben, und instinktiv machte sie es ihm bequemer, indem sie ihre Beine weit spreizte und die Knie anzog. Als deshalb sein Becken und sein harter Schwanz unter der Jeans gegen ihre Scheide drückten, schrie sie vor Verzückung auf. Ja, dachte sie, es würde geschehen.

»Entspann dich«, flüsterte er und nahm sein Gewicht von ihr. Keine Sekunde zu früh. Von der plötzlichen Veränderung der Position verwirrt, wollte Julie protestieren, aber Mac ließ ihr keine Zeit. Er hielt ihre Arme und fixierte sie mit seinem Gewicht neben ihrem Kopf, dann setzte er sich rittlings auf sie, ihre Beine zwischen seinen Knien.

»Mac«, jammerte Julie, die merkte, dass er in dieser Haltung keinen ihrer herrlich empfindlichen Körperteile berührte. Nein, dachte sie, das war nicht gut. Vor Frust biss sie sich auf die Unterlippe und schaute enttäuscht zu ihm auf.

Was er gerade getan hatte, gab dem Spruch *›so nah und doch so fern‹* eine vollkommen neue Bedeutung.

»Ganz langsam, Süße. Wir haben Zeit.«

»Ich hab keine Zeit. Ich will nicht langsam machen.«

»Doch, das willst du, du weißt es nur nicht.«

Gegen diese Logik kam sie nicht an. Egal, so hart wie ihr das Herz in der Brust schlug und so laut wie ihr das Blut durch den Kopf rauschte, wäre sie sowieso nicht zu einer Diskussion in der Lage gewesen. Und war es nicht egal, wann er sie endlich fickte, solange sie nur wusste, dass er es tun würde? Konnte er so cool sein? Ein Blick in seine Augen verriet ihr, dass er alles andere als das war. Seine Augen glühten unter den halb geschlossenen Lidern. Der zusammengepresste Mund und die mahlenden Kiefer machten klar, wie schwer es für Mac war, sich zurückzuhalten.

Ihr Frust verschwand spätestens, als er ihre Arme losließ und seine Finger eine Erkundungstour über ihren Körper begannen. Erst strichen sie über ihr Dekolleté, dann zwischen ihren Brüsten entlang und den Bauch hinunter. Dass seine Hände und erstaunlicherweise auch seine Bauchmuskeln kaum wahrnehmbar zitterten, steigerte ihre Lust wieder. Seine Berührung war wie ein Aphrodisiakum.

»Wunderschön«, sagte er leise, während seine Finger am Saum ihres Höschens entlang fuhren, von Hüftknochen zu Hüftknochen und dann bis zur Spitze des Dreiecks zwischen ihren Beinen. Er fühlte ihre Feuchtigkeit an seinen Fingerspitzen. Dann hakte er zwei Finger unter dem Bund ein und zog den Slip langsam herunter. Sie drückte den Rücken durch und hob ganz leicht Hüfte und Hintern.

Neben ihr kniend, zog er den Slip die Beine hinunter bis zu ihren Knöcheln. Vorsichtig ein Bein nach dem anderen anhebend, zog er den Slip über ihre High Heels und warf ihn dann achtlos neben das Bett.

Julie bemerkte zu ihrem Erstaunen erst in diesem

Augenblick, dass sie immer noch ihre Schuhe anhatte. Sie sah an sich herunter. Sah ihre vor Nässe glänzende Brust, sah die sanften Dünen ihrer Hüfte, ihre endlos langen Beine, eines in einem unziemlichen Winkel abgespreizt, weil er immer noch einen Knöchel in seiner Hand hielt. Sie lag vor ihm mit nichts als Perlenschmuck und High Heels bekleidet und offenbarte sich ihm. Es war die erotischste Situation, die sie in ihrem Leben je gesehen hatte.

»Tolle Schuhe«, sagte Mac trocken und küsste ihren Knöchel, so dass Julie ein Schauder die Beine hoch bis in ihre Scham fuhr. »Besonders toll, wenn sie alles sind, was du trägst.«

Er löste die winzige Schnalle und zog ihr langsam den ersten Schuh aus. Dann machte er dasselbe mit dem anderen Schuh. Er küsste auch den Knöchel des anderen Fußes und arbeitete sich dann küssend die Innenseite ihres Beines hoch.

Als Julie merkte, wo er hinwollte, wäre sie fast gestorben vor Geilheit.

Als er das samtene Dreieck erreicht hatte, schloss sie die Augen. Seine Zunge drang in ihren Spalt ein und kitzelte die Knospe, die schon so lange um Aufmerksamkeit gebettelt hatte.

Julie schrie vor Glück.

»Gefällt dir das?«, flüsterte Mac rau.

Julie nickte heftig mit geschlossenen Augen und zusammengekniffenem Mund.

»Dachte ich mir.«

Da war er wieder, der machohafte Unterton, den man von so vielen Männern zu hören bekam. Aber diesmal störte Julie sich nicht daran, weil die schiere Freude, die Mac ihr bereitete, alles andere verzieh. Sie fühlte sich, als hätten ihre Knochen sich verflüssigt, gleichzeitig schoss ihr Blut wie glühende Lava durch ihre Adern. Sie war wehrlos, ihm ausgeliefert. Sie konnte nichts tun, als sich in die Laken krallen und sich für ihn öffnen, ihn einsaugen. Mac hatte seine Hände unter ihr Gesäß geschoben und ihren Körper so in eine gute Position gebracht.

Wieder schnellte seine Zunge in sie hinein.

Julie glaubte gestorben und an einem Ort, der viel schöner als der Himmel war, wiedererweckt worden zu sein.

Sie erzitterte, sie erbebte, sie verglühte, sie wand sich unter ihm wie ein Wurm am Haken. Und sie stand kurz vor dem Höhepunkt, blickte in blendend weißes Licht, das sie magisch anzuziehen schien, das sie versengen würde, jetzt … jetzt …

Und dann hörte er auf, hörte einfach auf, stand auf und verließ das Bett.

»Mac!« Julie hatte die Augen aufgerissen.

Er stand neben dem Bett, groß und mächtig, und öffnete seinen Gürtel.

Julie wusste natürlich, was das bedeutete, wusste, was kommen würde. Trotzdem kam sie sich verlassen und verletzlich vor, so nackt ausgebreitet vor ihm. Ihr ganzer Körper bebte, bewegte sich unaufhörlich, verzehrte sich nach der Erfüllung.

Dann fiel seine Hose und seine Shorts gleich danach, und Julie sah, dass sein Schwanz enorm groß war.

Noch während er sich zu ihr legte, nahm sie ihn in die Hand, dieses samtüberzogene Stück Stahl. Sie umfasste es, küsste es … und da, endlich schien auch er die Kontrolle über sich zu verlieren.

Sie ließ ihn los, rückte etwas ab, stützte sich auf ihre Ellbogen und spreizte ihre Beine weit. Seine Schwanzspitze stieß gegen ihren Damm, fand die dunkle nasse Höhle, sie hielt die Luft an – und dann war er mit einem kräftigen Stoß in ihr.

Es fühlte sich so unwahrscheinlich gut an, wie er sie ausfüllte, besser, als sie es sich je ausgemalt hätte. Er nahm sie hart, stieß sie rhythmisch und schnell. Sie ging mit, bot Widerstand, wollte es noch härter, noch tiefer, und sie verlor vollkommen den Sinn für Raum und Zeit. Sie merkte nicht, wie sie schrie, immer wieder, immer lauter. Er ließ etwas nach, küsste sie. Sie schmeckte ihren eigenen Saft auf seinen Lippen und erschauderte. Dann stieß er wieder zu, unerwartet und härter und tiefer als je zuvor, und sie war da, einfach so. Sie wurde von einer riesigen Welle der Lust fortgerissen, sie grub ihre Nägel tief in seinen Rücken und kreischte seinen Namen: »Mac, Mac, Mac, Mac, *Mac!!*«

»Julie!«, stöhnte er, vergrub sein Gesicht in der Mulde zwischen Kinn und Schulter, und dann kam auch er, gab alles, drängte sich gegen den wilden Körper unter sich, bis er zusammenbrach.

Danach lag sie vollkommen entspannt da. Die Augen hatte sie geschlossen, und nur gelegentlich überlief sie noch ein kurzer Schauer. Auf ihr lag reglos Mac, überhitzt und verschwitzt und so schwer wie ein zementbeladener Lastwagen. Und ungefähr so ansprechbar. Sein Gesicht war immer noch an ihrem Hals vergraben, sein Atem ging schwer und deutlich vernehmbar.

Schnarchte er etwa?, fragte sich Julie.

Scheiße, waren wirklich alle Männer so?

Seit sie vor so langer Zeit zu Sid »Ich will« gesagt hatte, war es das erste Mal gewesen, dass sie mit einem anderen Mann geschlafen hatte.

Hatte sie ihren Mann betrogen?

Sie öffnete die Augen. Macs Schulter verstellte ihr den Blick auf den Großteil des Schlafzimmers. Sie drehte den Kopf nach rechts und sah eine wilde blonde Mähne, ein Ohr, ein energisches Kinn und gerade so noch seinen Mund. Wenn der Atem, der den geöffneten Lippen entwich, nicht Schnarchen war, dann kannte sie keine Männer mehr.

Sie blickte nach links und sah ein hohes Fenster mit blauen Vorhängen, eine weiße Wand – und seine Hand, die immer noch auf ihrer Brust lag.

Ohne Vorwarnung flog sie ein Gefühl von Schuldbewusstsein an. Was hatte sie getan?

Aber ihre Ehe war sowieso am Ende, sagte sie sich. Sie hatte keinen Grund, sich schuldig zu fühlen, auch wenn das, was gerade geschehen war, streng genommen illegal war. Hatte sie nicht einfach nur das getan, was laut Frauenzeitschriften die meisten Frauen tun, wenn sie vor den Trümmern ihrer Beziehung stehen? Sex mit dem ersten halbwegs akzeptablen Mann haben, der sie danach fragte.

Nur dass Mac nicht gefragt hatte.

Und er war mehr als nur halbwegs akzeptabel. Einiges mehr.

Und sie bereute eigentlich gar nicht, was geschehen war.

Wie könnte sie auch, sagte sie sich. Es war fantastisch gewesen. Ein Erdbeben. Ab diesem Tag gehörte der G-Punkt praktisch ihr.

Aber so neben und unter seinem feuchten Körper

zu liegen und seinem Schnarchen zu lauschen war schon seltsam. Als wäre sie nicht sie selbst. Am liebsten wäre sie einfach aufgestanden, hätte sich angezogen und wäre nach Hause gefahren, um das alles in Ruhe zu verarbeiten. Leider hatte sie kein Zuhause mehr. Jedenfalls keinen Ort, den sie mit Recht so hätte nennen wollen.

Erst war sie dort brutal überfallen worden, dann hatte sie Sid mit dieser Frau, diesem Mädchen, mit *Amber* erwischt.

Gerade rechtzeitig erkannte Julie, dass sie in Selbstmitleid zu versinken drohte, und sie atmete tief durch, um dieses Gefühl abzuschütteln. Nein, das war nicht ihre Art, sagte sie sich. Schon als Mädchen hatte sie gelernt, dass man Probleme am besten bei den Hörnern packte. Und so wollte sie es auch diesmal tun. Sie würde sich nicht von Sid unterkriegen lassen, sondern ihr Leben wieder selbst bestimmen, selbst in die Hand nehmen.

Phase eins der neuen Selbstbestimmung hatte sie gerade erfolgreich hinter sich gebracht: Wilder, schrankenloser Sex mit einem wirklich heißen Typen.

In Phase zwei würde sie Sid mutig gegenübertreten, Amber feuern und ihrer Mutter sagen, dass sie sich scheiden lassen würde – mit anderen Worten, Phase zwei bedeutete, dass ihr bisheriges Leben sich in einem vollkommenen Chaos auflösen würde.

Gut, sie musste sich eingestehen, dass der Gedanke an Phase zwei sie in Angst und Schrecken versetzte. Phase eins war insgesamt vielleicht lustiger, aber auch Phase zwei war zu schaffen. Sie musste nur immer schön einen Schritt nach dem anderen machen.

Vielleicht wäre ihr Leben dann ein Scherbenhaufen,

aber sie würde es überleben. Sie würde überleben und irgendwie – glücklicher – weitermachen.

Ja, weitermachen, aber dafür musste sie erst einmal von diesem Bett herunterkommen.

Manchmal war es eben besser, Distanz zu wahren, um den Blick auf das große Ganze nicht zu verlieren. Distanz auch zu Mac und seiner möglichen Rolle in ihrem zukünftigen Leben.

Vorsichtig, ganz vorsichtig, um ihn ja nicht zu wecken, schob Julie seine Hand von ihrer Brust. Sie würde sich unbemerkt unter seinem Körper hervorquetschen und anziehen. Wenn er aufwachen würde, hätte sie bestimmt eine sehr vernünftige und erwachsene Erklärung für das, was zwischen ihnen geschehen war.

Er wachte auf und hob den Kopf. Er sah sie an. Julie fühlte, wie sich ihr Magen zusammenzog, als ihre Blicke sich trafen.

So viel also zur Distanz, dachte sie.

Julie fühlte sich merkwürdig ertappt und wurde von einem Anflug von Panik ergriffen. Er hingegen wirkte verschlafen und etwas chaotisch und insgesamt wie ein Mann, der mit der Welt und sich im Reinen war. Kein Wunder.

Sie hatte sich ihm hingegeben. Hatte ihm alles gegeben.

Bei dem Gedanken verzog Julie das Gesicht.

Er sah ihren Gesichtsausdruck und wurde auf einmal ernst. Die Hand, die sie vorhin weggeschoben hatte, lag auf ihren Rippen, und ihre Wärme war ihr plötzlich unangenehm.

Sie war angespannt.

»Also – war es denn für dich so schön wie für mich?« Seine Stimme hatte einen ironischen Unterton.

Er spürte offenbar, dass sie nicht gerade in der Stimmung war, ihm um den Hals zu fallen und einen Nachschlag zu verlangen.

Zum Glück war auch ihm nicht zum Schmusen zumute. Sie war zwar nackt und er lag auf ihr, aber er war immer noch der zuverlässige Mac. Küssen und Knuddeln hätte sie jetzt kaum ertragen.

»Ja, es war gut. Danke der Nachfrage. Würdest du jetzt bitte von mir runtergehen?«, sagte sie so freundlich, wie sie einer Kellnerin in einem guten Restaurant für einen angenehmen Service danken würde.

Aber er war kein Kellner und wollte keine Freundlichkeit. Sein Gesicht näherte sich ihrem, und er blickte ihr tief in die Augen.

»Ach nee. Jetzt kommt also der Teil, in dem du am Morgen danach alles bereust und dich selbst hasst? Mein Gott, Julie, wie vorhersehbar und langweilig das ist.«

22

Warum, zum Teufel, kam er sich so vor, als hätte er gerade ein Lotterielos mit sechs Richtigen gefunden, das vor einer Woche abgelaufen war? Da lag eine wunderschöne, nackte Frau in seinem Bett. Eine wunderschöne, nackte Frau, der er eine Menge Spaß bereitet hatte. Eine wunderschöne, nackte Frau, wegen der er seit Tagen einen Dauerständer hatte.

Alles war doch in bester Ordnung. Warum sollte man das kaputtmachen wollen?

»Es ist nicht der Morgen danach, ich hasse mich auch nicht, und ich würde dich gern nochmals darum bitten, mich aufstehen zu lassen. Danke.«

Wenn sie weiter so scheißfreundlich war, würde er ausflippen, dachte Mac. Er rollte zur Seite, hatte aber immer noch einen Arm um ihre Hüften gelegt, damit sie nicht einfach aufspringen und abhauen konnte. Allerdings hatte die Vorstellung, dass sie beide in Verfolgung wie Räuber und Gendarm splitternackt die Straße herunterrannten, auch einen gewissen Reiz. Zumindest hätte Mrs. Leiferman für mindestens eine Woche reichlich Gesprächsstoff.

»Ihr Frauen seid doch sonst immer fürs Reden und Kuscheln danach?« Andererseits hätte er glatt darauf wetten können, dass sie so reagierte.

Ihr samtener Körper lag vor ihm ausgebreitet, und er konnte nur schwer der Versuchung widerstehen, ihn zu streicheln. Besser, er tat es nicht. In ihrer Stimmung hätte sie das wohl falsch aufgefasst. Der Raum duftete nach ihrem Parfüm und nach Sex, eine unglaublich erotische Mischung. Vielleicht vernebelte dieser Duft seine Sinne? Vielleicht ließ ihn dieser Duft auf eine Reaktion hoffen, die ungefähr »O Mac, das war einfach fantastisch« lautete.

»Was willst du? Eine detaillierte Analyse des Geschlechtsakts?«

Nicht nur ihre Schnippigkeit ging ihm auf die Nerven. Obwohl sie noch vor wenigen Minuten keine Tabus gekannt hatten, spielte sie jetzt Rühr-mich-nicht-an, presste die Beine zusammen, hielt die Hände vor die nackten Brüste, als könnte er ihr etwas weggucken.

Ihre Wangen waren gerötet und ihr Haar ein glänzend schwarzer Kranz um ihr schönes Gesicht. Mac zog die Stirn kraus. Es war wirklich nicht zu fassen, wie sie sein Herz sogar mit verschmiertem Lippenstift und fettiger Nase schneller schlagen lassen konnte.

Als sie dann auch noch begann, wie ein kleines Mädchen auf ihrer Unterlippe herumzukauen, hatte er sogar eine Erektion.

Verdammt, verdammt. Das war alles nicht gut. Sie brachte ihn entschieden aus dem Gleichgewicht.

»Also ehrlich, du könntest mit der blöden Schauspielerei aufhören. Es hat dir doch gefallen, oder? Und du bist gekommen.«

Sie funkelte ihn erbost an.

»Lass mich aufstehen.«

Er seufzte, nahm seinen Arm weg und wurde, als sie aufstand, für diese gute Tat mit einer wundervollen Aussicht auf ihr Hinterteil belohnt. Sie blieb mit dem Rücken zu ihm vor dem Bett stehen. Er entschied, dass auch ein schöner Rücken entzücken konnte, und dann noch diese Schulterlinie …

Sie bückte sich nach einem Laken und zerstörte so seinen Eindruck. Das Laken wickelte sie um ihren Körper, über die Brüste, und klemmte es unter den Armen fest. Schließlich war sie ganz in Dunkelblau gehüllt.

Er sah an sich herunter und spürte plötzlich dieses Bedürfnis, sich zu bedecken. Ihm blieb nur das Betttuch, das unter die Matratze gestopft war. Also zerrte er daran, bis es mit einem Ruck frei kam, und legte es dann über sich. Sie musste ja nicht sehen, dass er trotz ihres Streits schon wieder die Segel gesetzt hatte.

Jetzt, da sie ein Stück Stoff als Rüstung angelegt hatte, schien die Streitlust die Oberhand zu gewinnen. Jedenfalls drehte sie sich abrupt zu ihm um und funkelte ihn kampfeslustig an.

»Ich wäre dir dankbar, wenn auch du dich gnädigerweise erheben und anziehen würdest. Und dann fährst du mich in mein Geschäft. Ich habe nämlich einen wichtigen Termin um drei und nicht den ganzen Tag Zeit, hier herumzuhängen.«

Mac warf einen Blick auf seine Uhr. Dann sah er sie an und grinste. Es war kein nettes Grinsen, sondern eher eines von der gemeinen Sorte.

»Tja, Miss America, so ein Pech aber auch. Es ist Viertel nach vier. Ich dachte, wir wären uns einig, dass du dir für heute Nachmittag frei nimmst.«

»Verdammt. Ich habe Carlene Squabb versetzt!« Julie war für den Moment konsterniert. Dann starrte sie böse auf Mac. »Du bist daran schuld!«, rief sie. »Und überhaupt: Du brauchst deine schlechte Laune gar nicht an mir auszulassen. Schließlich hast du doch bekommen, was du wolltest!«

»Ich? Wohl kaum. Wer hat mich denn angefleht …« – er verfiel in ein albernes, gar nicht damenhaftes Falsett – »… bitte, Mac, bring mich an einen Ort, wo wir ungestört sind, und dann fickst du mich, bis ich den Verstand verliere. Ich habe nur deinem Wunsch entsprochen. Und, Baby, das mit dem Verstand hat ja wohl geklappt, oder?«

Julies Lippen waren zu einem schmalen Strich geworden, ihre Augen sprühten Feuer, ihre Fäuste waren geballt. Sie sah aus, als wollte sie Mac an die Gurgel und könnte sich nur mit allergrößter Mühe zurückhalten.

Doch dann schloss sie die Augen und schien langsam bis zehn zu zählen. Als sie sie wieder öffnete, hatte sie sich offenbar beruhigt. Aber diese Kühle und Distanz in ihrem Blick gefiel Mac gar nicht. Er hätte sich lieber richtig gestritten – und später wieder versöhnt.

»Also gut. Ich weiß, dass du nicht schuld an dieser Situation bist, okay? Du hast Recht, ich wollte es so. Nichts von dem, was hier passiert ist, ist dein Fehler. Mir ist inzwischen bewusst geworden, dass ich in einer letzten Phase vor dem Scheitern meiner Ehe stehe. Ich denke, dass der Sex mit dir so was wie meine Unabhängigkeitserklärung war. Ich musste das tun, um loszukommen. Aber jetzt sollten wir wohl am besten das Ganze so schnell wie möglich vergessen und so tun, als ob nichts passiert wäre.«

Für Sekunden herrschte Schweigen zwischen ihnen. Mac ließ sich ihre Worte durch den Kopf gehen und stellte fest, dass er nicht mochte, was sie da gesagt hatte. Er war also eine Phase. Etwas Schlimmeres hätte sie wirklich nicht sagen können.

»Alles klar.«

Mac rollte sich auf der anderen Seite vom Bett und stand auf. Dabei achtete er darauf, dass sein Körper die ganze Zeit von dem Betttuch bedeckt war. Verstohlen beobachtete er sie beim Anziehen. Er war sauer. Stinksauer. Und wusste nicht einmal, warum. Immerhin hatte er gerade den großartigsten Gratissex seines Lebens gehabt. Und das auch noch ohne die üblichen Zicken danach. Bums, zack, basta. Der Traum eines jeden Mannes. Schnell, geil und unkompliziert. Warum ärgerte er sich so?

Was, zum Teufel, war bloß los mit ihm?

»Was dagegen, wenn ich mich schnell dusche?« Sie hatte ihren superfreundlichen Ton wiedergefunden, und der machte ihn genauso fertig wie alles andere, was sie ihm an diesem Tag serviert hatte. Er sollte sie einfach nicht so nah an sich ranlassen, sagte er sich.

Guter Witz.

»Kein Problem«, sagte er freundlich, deutete vage in Richtung Badezimmer und war selbst von seinem überzeugenden Pokerface beeindruckt. Als sie leichtfüßig zum Bad trippelte, warf sie ihm tatsächlich ein rätselhaftes Lächeln zu. Und er stand nur da und starrte auf die Badezimmertür, die sich hinter ihr geschlossen hatte.

Scheiße, dachte er. So eine Scheiße. Was wurde da gespielt?

Während er seine Kleider aufsammelte und ein wenig Ordnung ins Zimmer brachte, verfolgte ihn die Frage unentwegt. Aber er kam auf keine Antwort. Das Telefon klingelte. Er ignorierte es. Mac war sich sicher, dass Hinkle versuchte, ihn zu erreichen. Aber er war nicht in der Stimmung für ein Gespräch mit seinem Partner. Ein Bier wäre jetzt gut, dachte Mac. Und dann hatte er sicher Zeit, Sids Dateien auf seinen Rechner zu überspielen, denn bekanntlich konnte sich eine kurze Dusche bei Frauen Tage hinziehen. Inzwischen würde er sich auf die eigentliche Arbeit konzentrieren. Es ging schließlich nicht um Julie, sondern um Sid.

Als er sich in der Küche aus dem Kühlschrank ein Bier nahm, hörte das Klingeln des Telefons auf. Zischend riss er die Bierdose auf und versuchte nicht an Julies nackten Körper unter der Dusche zu denken. Gerade wollte er zurück ins Schlafzimmer, als er im Flur wie angewurzelt stehen blieb.

Josephine hatte das Telefonkabel zwischen den Zähnen. Sie lag auf dem Boden und neben ihr das Telefon. Der Hörer zappelte auf dem Rücken wie ein erstickender Goldfisch.

»Du verdammte, kleine Misttöle!«, rief Mac.

Josephine sprang auf die Pfoten und lief in Richtung Schlafzimmer, den Hörer scheppernd im Schlepptau.

Fluchend bückte sich Mac nach dem ramponierten Apparat. Eine kurze Untersuchung ergab, dass da nichts mehr zu machen war. Das Ding war tot. Er konnte es nur noch beerdigen. Solange musste der Anschluss im Schlafzimmer ausreichen, überlegte er. Er zog den Stecker der Telefonleiche aus der Wand und legte es neben seine Pistole auf die Kommode.

Diesen Tag konnte er wirklich abhaken.

Licht, er brauchte Licht in dieser dunklen Stunde, sagte er sich. Mac ging zu den Vorhängen im Wohnzimmer und riss sie auf. Sofort war der Raum sonnendurchflutet. Im Gegenlicht kamen auch die Spinnweben in den Zimmerecken und der Staub auf den Möbeln gut zur Geltung. Er ließ sich aufs Sofa fallen, legte die Füße auf den Couchtisch und nahm einen großen Schluck Bier. Er dachte plötzlich an Julies Kleid, das zerknüllt auf dem Boden im Schlafzimmer lag. Wäre er ein Gentleman, würde er es aufheben, artig an die Badezimmertür klopfen und es ihr hineinreichen. Er konnte aber auch mit seinem Bier sitzen bleiben und darauf warten, dass sie sich peinlich berührt aus dem Bad schlich, um ihr Kleid zu holen. Mac entschied sich für sein Bier. Es war keine schwere Entscheidung.

Es klopfte an der Haustür. Mac verzog säuerlich das Gesicht, stand langsam auf und versuchte durch das Wohnzimmerfenster den Störenfried zu erspähen. Er und Julie mussten vor ungefähr einer Stunde gekommen sein. Für Mrs. Leiferman eine viel zu lange Zeit, ohne dass etwas passierte. Sie platzte sicher schon vor Neugierde, was im Haus vor sich ging. Bestimmt hatte sie es nicht mehr ausgehalten und sich irgendeinen fadenscheinigen Grund überlegt, warum sie bei ihm klingelte. Zucker borgen oder so.

Mac verrenkte sich beinahe den Hals am Fenster – und sah ein weißes Hosenbein. Ein männliches weißes Hosenbein. Sicher nicht Mrs. Leiferman. Aber auch nicht schwer zu erraten, wer es stattdessen war.

Mac ging zur Tür.

»Scheiße, was ist bloß los mit dir?« Hinkle stieß Mac beiseite, ehe der auch nur Piep sagen konnte, und stürmte an ihm vorbei ins Haus. »Du musst verrückt sein, dich wieder auf diesen Mist einzulassen, Mann. Okay, du hast immer noch dieses stinkende alte Hühnchen mit Sid Carlson zu rupfen. Das ist allein dein Bier, mich hältst du da raus, kapiert? Der Typ ist 'ne Nummer zu groß, und das weißt du genau.«

»Hallo, freut mich auch, dich zu sehen«, sagte Mac freundlich, schloss hinter seinem Partner die Tür und folgte ihm ins Wohnzimmer. Dort stand Hinkle in seinem unvermeidlichen Aufzug – weißer Anzug mit schwarzem Hemd und schwarzer Krawatte –, hatte die Arme in die Seiten gestemmt und funkelte Mac wütend an.

Mac schlenderte zum Wohnzimmertisch, nahm seine Bierdose, trank den Rest in einem Zug leer, rülpste, deutete mit der leeren Dose in Richtung Kühlschrank und sagte: »Du auch eins?«

»Scheiße, Mann, nein, ich will kein verdammtes Bier. Aber ich will verdammt noch mal wissen, warum du schon wieder Sid Carlson beschnüffelst. Ich hätte mir beinahe in die Hosen gemacht, als mir klar wurde, wen ich da im Kasten hatte. Dann hab ich versucht, dich anzurufen, aber du verdammter Idiot gehst ja nie an dein Handy. Und als ich dich schließlich hier erwischt habe, sagst du keinen verdammten Ton. Also bin ich persönlich gekommen, und ich hab nur eine verdammte Frage an dich: Was soll die Scheiße, Mann?«

Für einen Moment überlegte Mac, ob er Hinkle erzählen sollte, dass nicht er, sondern Josephine das Telefon abgenommen hatte. Er ließ es dann aber bleiben. Stattdessen fragte er: »Hast du die Bilder?«

»Ob ich was …?« Hinkle sah aus, als würde er jeden Moment an die Decke gehen. »Verdammt, es ist scheißegal, ob ich die Bilder habe oder nicht. Weil wir sie nämlich nicht verwenden werden, du Idiot. Kapierst du das? Lies es mir von den Lippen ab: Wir werden sie n-i-c-h-t verwenden! Soll ich dein Gedächtnis mal etwas auffrischen? Wir waren Cops, weißt du noch? Gute Cops sogar. Und dann hattest du diese grandiose Idee, Carlson festzunageln. Nur das am Ende wir festgenagelt wurden, verdammt. Mit unseren Ärschen an die Wand genagelt, würde ich sagen. Den Fehler mach ich nicht zweimal. Und du auch nicht, dafür sorge ich. Mann, sieh es doch endlich ein, Mac. Du wirst Sid Carlson niemals hochgehen lassen. Der ist dir und mir über. Wenn du den Scheiß nicht lässt, riskierst du diesmal nicht nur deinen Job, sondern dein …«

Er brach ab und starrte auf etwas hinter Mac. Der hatte plötzlich das Gefühl, dass etwas völlig schief ging. Er drehte sich um. Und da stand sie. Weiß Gott, wie lange schon. In Macs viel zu großem weißen Bademantel, mit unordentlich hochgesteckten Haaren und großen, glänzenden braunen Augen, die fragend von Mac zu Hinkle und wieder zurück blickten. Sie war wunderschön.

»Julie, darf ich vorstellen? Mein Partner George Hinkle.« Es war eine komische Situation, aber Mac hatte keine Ahnung, was er sonst tun sollte. Natürlich dachte er nicht daran, Julie mit vollem Namen vorzustellen. In diesem Fall wäre Hinkle sicher noch die letzte Sicherung durchgebrannt. Aber wie viel hatte Julie gehört? Mac sah sie an, versuchte ihr Gesicht zu lesen, aber das verriet nichts.

»Julie? Doch wohl nicht Julie ... *Carlson*?« Die Stimme, mit der Hinkle das fragte, war rau, und er sah aus wie das berühmte Kaninchen vor der Schlange.

So viel zur Vorstellung, sagte sich Mac mit einem tiefen Seufzer. Offenbar hatte er Hinkles Gedächtnis unterschätzt. Immerhin hatte er damals bei Julies und Sids Hochzeit als Bodyguard gearbeitet. Außerdem hatte Hinkle sich seit Jahren mit den Carlsons beschäftigt, und sei es auch nur, um Mac unter Kontrolle zu haben.

»Julie ist eine Klientin«, sagte Mac. Einerseits stimmte das natürlich. Andererseits hätte man blind sein müssen, um nicht zu sehen, dass sie noch weit mehr als eine Klientin war. Soweit Mac wusste, war es sonst für Klienten eher unüblich, halb nackt und frisch geduscht aus dem Badezimmer des Privatdetektivs zu kommen.

»Hallo«, sagte Julie einfach. Sie lächelte nicht. Wieder fragte sich Mac, wie viel sie gehört hatte.

»Verdammte Scheiße«, sagte Hinkle, sah Mac an

und dann wieder Julie. »War nicht auf Sie gemünzt, Ma'am.«

Hinkles Blick wanderte an Julie hinunter und blieb an dem Kleid in ihrer Hand hängen, das sie vorher im Wohnzimmer aufgelesen haben musste.

»Sie waren heute bei meinem Haus, richtig?«, fragte Julie höflich, aber bestimmt. Mac erstaunte es, wie wenig sie sich die Peinlichkeit der Situation anmerken ließ. »Ich war dabei, als Mac mit Ihnen diesbezüglich telefoniert hat. Konnten Sie Fotos von meinem Mann und seiner Geliebten machen?«

Hinkle schluckte schwer. »Na ja, also … äh …« Er warf Mac einen Blick zu und raunte: »Ich will mit dir unter vier Augen reden, okay?«

»Er hat die Bilder«, antwortete Mac an Hinkles Stelle. Er und Julie sahen sich für einen Augenblick an, und ihr Gesichtsausdruck war absolut leer.

»Dann zieh ich mich jetzt an«, sagte Julie. »Nett, Sie kennen gelernt zu haben. Mr. Hinkle«, fügte sie hinzu, drehte sich dann um und verließ das Zimmer.

»Äh … Sie auch, Mrs. … äh … Carlson.« Als sie verschwunden war, drehte er sich Mac zu. Er war in Rage.

»Bist du jetzt vollkommen übergeschnappt?«, zischte er Mac an. »Du nagelst seine verdammte Frau?«

Mac war klar, dass Leugnen reine Zeitverschwendung war. Er atmete tief durch, stellte seine leere Bierdose auf den Couchtisch und sah Hinkle so ruhig wie möglich an.

»Wie ich schon sagte, ist Julie eine Klientin. Sie hat uns angeheuert, weil sie herausfinden wollte, ob ihr Mann sie betrügt. Was zu beweisen war.«

»*Verdammte Scheiße, du fickst sie, Mac!*« Es war das lauteste gebrüllte Flüstern, das Mac je in seinem Leben gehört hatte. »Hier gibt es kein ›uns‹, kapiert? Das ist allein dein verdammtes Problem.«

»Okay. Dann betrachte sie eben als meine Privatklientin. Kannst du damit leben?«

»Nein, damit kann ich nicht leben. Wir beide glauben vielleicht, dass sie deine Privatklientin ist. Aber woher sollen das die anderen wissen, hä? Willst du ihr ein Schild um den Hals hängen, auf dem steht ›Hinkle hat damit nichts zu tun‹? Wenn Carlson herausfindet, dass wir ihn beschatten, haben wir mehr Ärger, als wir uns im Leben jemals wünschen konnten. Wenn er außerdem herausfindet, dass du mit seiner Frau rummachst, dann wird er wie ein verdammter Höllenhund hinter *uns* her sein. Nicht hinter *dir*. Uns!« Hinkle trat bei dieser Aussicht echter Angstschweiß auf die Stirn. »Mac, ich weiß nicht, wie's mit dir ist, aber ich hab das einmal erlebt und verzichte gern auf eine Wiederholung.«

Mac schwieg. Er wusste, dass Hinkle mit allem, was er sagte, Recht hatte. Damals war alles sehr schnell gegangen. Schon Tage nachdem Mac die Vorgesetzten von seinen Ermittlungserfolgen gegen Sid Carlson unterrichtet hatte, wurde Rauschgift aus beschlagnahmten Beständen in Macs Spind gefunden. Und Hinz und Kunz konnten plötzlich bezeugen, dass Mac von Heroin bis LSD so ziemlich alles im Angebot gehabt habe. Hingegen verschwanden die Beweise gegen Sid im Nichts, so dass nicht er, sondern Mac schließlich als Angeklagter dastand. Hinkle hatte mit der ganzen Sache eigentlich nichts zu tun, aber weil er Macs Partner war, wurde er in den Fall hineingezogen, und man ließ ihn auch über die Klinge springen. Als Macs Schicksal schon besiegelt war, hatte er sogar seinen

Captain und – wie er damals noch dachte – Freund angefleht, wenigstens Hinkle zu verschonen und ihm seinen Job zu lassen. Greg Rice hatte eiskalt abgelehnt und gesagt, er könnte nichts für ihn tun. Dass er und Hinkle gehen mussten, war von höchster Stelle angeordnet worden.

Die böse Geschichte hatte Mac klargemacht, dass Sid eine gefährliche Krake mit weitreichenden Armen war. Sogar seine Ex-Kollegen hatten ihn einer nach dem anderen fallen lassen, als es ihnen zu heiß wurde.

Zwar wurde letztlich doch keine Anklage gegen Mac und Hinkle erhoben, aber das war auch nicht mehr nötig, denn Sid hatte mit seinen Beziehungen erreicht, was er wollte: Er hatte Gegner unschädlich gemacht, ihren Ruf und ihre Karriere ruiniert. Die Not hatte Hinkle und Mac enger als je zuvor zusammengeschweißt. Sie konnten ja niemand anderem trauen. Später hatten sie dann McQuarry & Hinkle gegründet und nach einigen schwierigen Jahren auch zu einem erfolgreichen Unternehmen gemacht.

Genau diesen Erfolg setzte Mac mit dem Fall Julie Carlson wieder aufs Spiel. Daher konnte er Hinkles Wut vollkommen verstehen. Trotzdem.

»Es gibt kein Zurück mehr«, sagte Mac leise. »Ich bin schon zu nah an ihm dran. Ich werde dich ab jetzt aus der Sache raushalten, Partner. Und wenn du mir meinen Anteil an der Firma abkaufen und mich draußen haben willst, bin ich einverstanden. Dan Hadley auf der Bank würde dir sicher dabei helfen.«

»Verdammt noch mal, ich will deinen Anteil nicht«, maulte Hinkle. »Ich will nur, dass du einmal in deinem Leben Vernunft annimmst und die Sache abbläst.«

Gerade als Mac etwas erwidern wollte, hörte er, wie

die Schlafzimmertür sich schloss, und er bedeutete Hinkle zu schweigen.

Hinkle schaute säuerlich, aber er hielt den Mund. Julie kam ins Wohnzimmer und sah unglaublich sexy aus in ihrem purpurfarbenen Kleid und den High Heels. Mac hatte plötzlich Angst, Hinkle könnte bemerken, dass Macs Hose schon wieder zu eng wurde. Er musste plötzlich daran denken, wie er vor gar nicht langer Zeit Schicht für Schicht den traumhaften Körper unter dieser Schale freigelegt hatte …

»Ich muss in mein Geschäft«, sagte sie kühl. »Wenn die Herren zu beschäftigt sind, um mich zu fahren, kann ich mir auch ein Taxi nehmen.« Bei ihren Worten sah sie Hinkle an, nicht Mac.

»Gar nicht beschäftigt«, sagte Mac eilig, stopfte Pistole und Schlüssel in die Hose und setzte die Sonnenbrille auf. »Ich ruf dich an«, sagte er zu Hinkle gewandt.

»Klar«, sagte Hinkle, dem sichtlich unwohl in seiner Haut war.

In diesem Augenblick tauchte wie aus dem Nichts Josephine auf. Klar, denn sie merkte, dass irgendwer irgendwohin ging, und natürlich wollte sie mit.

Julie senkte ihren Blick auf den Pudel. »Nehmen wir sie mit oder …?«

»Okay. Im Auto kann sie weniger kaputtmachen als im Haus«, sagte Mac müde.

Julie nahm Josephine auf den Arm.

»Ich verdrück mich wieder ins Büro«, sagte Hinkle und hielt Julie die Tür auf. »Nett, Sie kennen gelernt zu haben, Ma'am.«

»Auf Wiedersehen, Mr. Hinkle.«

Nach einem letzten vielsagenden Blick zu Mac ging Hinkle zu seinem Wagen.

Mac ging Julie nach, die schon auf dem Weg zu seinem Wagen war. Mrs. Leiferman war nirgendwo zu entdecken. Immerhin, dachte Mac, ein Lichtblick an diesem verkorksten Tag. So konnte es weitergehen.

Mac hatte den Wagen angelassen und war bereits auf der Hauptstraße, als Julie sich plötzlich zu ihm umdrehte, ihn fixierte und sagte: »Und jetzt wüsste ich gern, was hier eigentlich gespielt wird.«

23

Er hasste es, in der heißen Nachmittagssonne tatenlos in seinem Wagen zu schwitzen und zu warten. Genauso gut hätte er sich mit einem Hammer auf den Kopf hauen können. Aber Roger Basta hatte keine Wahl. Der große Boss hatte keinen Zweifel daran gelassen, dass Roger noch genau diese letzte Chance hatte, Julie Carlson endgültig zu erledigen. Der große Boss wurde nicht gern enttäuscht, also musste Roger diese letzte Chance nutzen – wenn er weiterleben wollte.

Früher oder später würde sie aus ihrem Geschäft kommen, und er würde auf sie warten. Dann war Schluss mit Fisimatenten. Einfach und effektiv, das war jetzt sein Motto. Keine Experimente und keine Spielereien mehr. Wenn Julie Carlson erst einmal erledigt war, konnte er sich wieder um sein Leben kümmern.

Jedenfalls bis der große Boss das nächste Mal anrief.

Vielleicht sollte er doch darüber nachdenken, in den Ruhestand zu gehen. Mit fünfundfünfzig war er zwar eigentlich noch nicht zu alt für den Job, aber er wurde langsam müde – und ängstlich.

Der Julie-Carlson-Auftrag war der erste, den er je in seinem Leben vermasselt hatte. Hielt der große Boss ihn deshalb schon für einen Versager? Hielt Roger sich selbst für einen Versager?

So oder so. Roger hatte in seiner langen Karriere eines gelernt: Leg dich nicht mit dem Boss an. Wenn du es doch tust, bist du tot.

Das erste Mal zog Roger überhaupt die Möglichkeit in Betracht, dass am Ende eines Auftrags nicht Dolce Vita, sondern Sargträger stehen könnten. Seine Sargträger. Er wäre nicht der Erste.

Denn was hatte der große Boss schon davon, wenn er ihn bezahlte und einfach laufen ließ?

Schuld an allem war diese verdammte Julie Carlson. Er hatte ja am Anfang gar nichts gegen sie. Nichts Persönliches jedenfalls. Er wollte einfach nur seine Arbeit machen wie jeder andere Mensch. Aber nachdem sie ihn gebissen hatte, war es doch persönlich geworden. Sie hatte Spuren bei ihm hinterlassen. Bissspuren. Und das nahm er ihr übel. Nach dieser Sache durfte sie erst recht nicht überleben. Nicht nur der Boss wollte sie tot sehen, auch Roger hatte ein Interesse daran. Denn wenn sich sein Misserfolg bei Julie Carlson herumsprach, war das sehr schlecht fürs Geschäft.

Darum würde er sie einfach kurz und schmerzlos abknallen, wenn sie auch nur ihren Kopf zur Tür rausstreckte. Und eine Minute später wäre er schon über alle Berge.

Roger stöhnte. Im Wagen mussten mindestens vierzig Grad sein. Er hatte zwar extra einen mit Klimaanlage geklaut, aber damit die funktionierte, hätte er den Motor anstellen müssen, und ein Wagen, der stundenlang mit laufendem Motor herumsteht, fällt auf. Wenn man auf eine Gelegenheit wartet, jemanden zu ermorden, will man nicht auffallen. Also schwitzte Roger Basta weiter.

Schließlich war es schon fast fünf Uhr nachmittags. Die Sonne stand bereits ziemlich tief und heizte jetzt nicht nur den Wagen auf, sondern blendete Roger auch noch. Er hatte Hunger, er hatte Kopfschmerzen von der Hitze und der schlechten Luft. Er hatte nichts mehr zu trinken. Seine Nase schmerzte und erinnerte ihn an seine Demütigung. Der Eisbeutel, den er zur Kühlung benutzte, brachte nicht viel, tropfte aber sein Hemd nass.

Für die Nase würde er Julie bluten lassen. Das nahm er persönlich.

Wenn sie mal endlich käme. Schon am Morgen hatte er sie beobachtet, hatte gesehen, wie sie in den Laden gegangen war. Er hatte sich in der Gegend umgesehen und seinen Standort sorgfältig ausgewählt. Er kannte ihre Gewohnheiten, wusste, dass sie normalerweise um fünf den Laden verließ. Seit drei wartete er, um sie auch ja nicht zu verpassen, falls sie ausnahmsweise früher gehen sollte.

Es war hart, aber er würde hier schmoren, bis sie in sein Fadenkreuz kam.

Und danach nichts wie ab nach Key West, Florida. Erst mal Urlaub, dachte er, dann wieder sein normaler Job bis zur Pensionierung in ein paar Jahren. Er sollte sich mal Gedanken um seine Zukunft machen, überlegte Roger Basta. Ernsthafte Gedanken.

24

»Wir waren uns doch darüber einig, dass es sicherer für dich wäre, heute nicht mehr ins Geschäft zu gehen.« Mac hielt an einem Stoppschild und bog dann ab. »Und für heute hast du wirklich genug erlebt, oder nicht?«

Die Untertreibung des Jahres, dachte Julie, ließ sich aber nichts anmerken. Stattdessen beobachtete sie heimlich Macs Gesichtsausdruck. Wie gut sie ihn schon kannte. Er versuchte verzweifelt, ihrer Frage auszuweichen.

»Ich muss wieder an meine Arbeit. Ich habe meine Assistentin Meredith angerufen, und sie hat mir gesagt, dass mein Drei-Uhr-Termin noch da sei und es Ärger gebe. Außerdem will ich die Sache mit Amber möglichst schnell erledigen. Besser heute als morgen.« Beide schwiegen eine Weile.

»Also, worum ging es bei dem Streit zwischen dir und deinem Partner?«

Mac sah sie an, zögerte, winkte dann ab. »Ach, ich hab dir doch von unserem Firmengrundsatz erzählt, dass wir niemals etwas mit Klienten anfangen. Ich habe dagegen verstoßen, und das gefiel ihm nicht.«

Julie warf ihm einen misstrauischen Blick zu. Konnte das alles gewesen sein?, fragte sie sich. Sie hatte die Worte nicht genau verstanden, aber es war klar, dass Hinkle sehr wütend auf Mac war. Macs Erklärung erschien ihr nicht stichhaltig genug für Hinkles Reaktion.

»Und das war alles?«

»Absolut.« Er lächelte sie an. »Was hast du eigentlich heute Abend noch vor? Ich meine, nachdem du deine Assistentin gefeuert hast?«

»Wahrscheinlich fahre ich zu meiner Mutter. Jedenfalls gehe ich nicht zurück in dieses Haus.«

»Ich würde dich gern zum Essen einladen«, sagte er wie nebenbei und tat so, als würde er sich auf den starken Verkehr konzentrieren.

»Mac ...« Julie zögerte. Er sah fantastisch aus. Er war sexy und toll im Bett. Er war lustig. Man konnte sich auf ihn verlassen. Und er hatte einen süßen Hund. Sein Anblick allein ließ ihr Herz schneller schlagen. Aber Julie wusste auch, dass sie in dieser schwierigen Lebensphase verletzlich war. Und es war einfach nicht gut, wenn sie sich zu sehr auf ihn verließ.

»Tut mir Leid, aber ich glaube nicht, dass ich schon wieder bereit bin für eine neue Beziehung«, sagte Julie nach bedrückenden Sekunden der Stille.

»Wer spricht denn von einer Beziehung, Süße? Ich jedenfalls nicht. Mir geht's ums Abendessen – und ab und an guten Sex.« Er grinste sie von der Seite an, und Julie konnte sich ein Lächeln nicht verkneifen. »Wäre das was? Du entscheidest. Aber ich glaube, du könntest einen Freund gebrauchen. Und was zu essen sowieso.«

Wieder schwiegen sie sich an. Dann sagte Julie:

»Hast du schon eine Idee, wohin?« Julie hatte sich breitschlagen lassen, allerdings nur zum Essen, und ein Blick in sein Gesicht sagte ihr, dass auch er das wusste.

Julie war plötzlich froh, dass sie sich in diesem Augenblick für eine Freundschaft mit Mac entschlossen hatte. Vielleicht war das ein gefährliches Spiel, aber das ganze Leben war ein gefährliches Spiel, oder? In ihrem Schoß lag friedlich dösend Josephine und fühlte sich im wahrsten Sinne des Wortes pudelwohl. Genau wie Julie in Macs Gesellschaft, dachte sie.

»Mir egal, wohin. Fällt dir was ein?«

»Na ja, wir haben Josephine dabei, da ist vielleicht *O'Connell's* nicht schlecht«, sagte Julie. *O'Connell's* war ein unkompliziertes, angenehmes Restaurant mit schöner Terrasse und großem Speisesaal. Sid war es nie vornehm genug gewesen, darum war Julie mit Becky oder ihrer Mutter hingegangen. Auf der Terrasse hatten sie sicher nichts gegen Hunde.

»Ich sehe schon, dich auszuführen ist ziemlich preisgünstig«, sagte Mac lachend und fuhr dann vom Highway runter in Richtung Innenstadt Summerville. Es war bereits später Nachmittag, und die Sonne stand schräg, so dass sie gleißend geradewegs durch die Windschutzscheibe fiel und Mac und Julie blendete. Bald war es Abend, dachte Julie. Und sie würde mit Mac essen gehen.

Ihr wurde langsam bewusst, was für ein Trost das war. Wie der Zucker auf einem Löffel mit bitterer Medizin.

»Mac«, fing Julie vorsichtig an, »also, äh … es tut mir Leid, dass ich mich vorhin so daneben benommen habe.«

»Schon vergessen«, sagte er. »Von mir aus kannst du dich öfter so daneben benehmen, wenn ich dir wieder denselben Anlass geben darf.« Er grinste.

Sie lachte und fühlte sich ein wenig besser. Es würde zwar noch eine Zeit lang dauern, bis sie über die Erlebnisse der vergangenen Tage hinweg sein würde, aber sie spürte, dass sie auf dem besten Weg war. Mit Macs Hilfe.

Mac bog auf den Parkplatz in der Nähe von Julies Geschäft und stellte den Motor ab. Zu dieser Tageszeit war viel los. Menschen kamen von der Arbeit, kauften noch schnell ein, trafen sich auf einen Drink. Hinter dem Taco-Bell-Restaurant spiegelte sich das Sonnenlicht in den Frontscheiben des Carolina Belle.

Sie dachte an Amber und Carlene. Die Wirklichkeit hatte sie wieder.

»Soll ich schnell mit reinkommen?« Sein einfühlsamer Blick zeigte, dass er wusste, wie sich Julie fühlte und wie schwer es ihr fiel, auf Konfrontationskurs zu gehen. Wie schön. Sid hatte sich nie um ihre Ängste und Sorgen gekümmert, dachte Julie.

»Es könnte unerfreulich werden«, fuhr Mac fort.

Allein zu wissen, dass jemand zu ihr hielt, gab Julie großes Selbstvertrauen. Sie schüttelte den Kopf. »Nein, danke. Ich schaffe das schon. Treffen wir uns nachher wieder hier. Sagen wir, um sechs?«

»Komm einfach, wenn du fertig bist. Und wenn du mich doch brauchen solltest …« Er deutete auf sein Handy.

»Danke, aber es sollte auch so gehen.« Sie schob Josephine von ihrem Schoß und stieg aus. Bevor sie die Tür zuschlug, drehte sie sich noch mal zu Mac um. »Ich beeil mich.« Sie lächelte.

»Ich warte hier auf dich.«

Sie schlug die Tür zu, ging auf ihr Geschäft zu und glaubte seine Blicke in ihrem Rücken zu spüren. Als kleine Belohnung für Mac wackelte sie ganz bewusst mit dem Po. Sie stellte sich vor, was er dachte, wenn er das sah. Hoffentlich machte ihn das an.

Überrascht musste Julie feststellen, dass es sie anmachte, Mac anzumachen. Sollte sie sich darüber ärgern oder freuen?, fragte sie sich.

Sex als Scheidungstherapie. War das gut? In ihrem Fall ja, entschied Julie.

Um sie herum war es laut und so heiß, dass es schien, der Asphalt schmelze. Autos rasten vorbei, versuchten der Rushhour zu entfliehen. Es stank nach Abgasen. Sie hatte jetzt den Grünstreifen erreicht, der den Taco-Bell-Parkplatz begrenzte. In ihrem Kopf ging sie gerade durch, was sie zu Amber sagen würde. Aber etwas Würdigeres und Charmanteres als »Verzieh dich, du Flittchen« war ihr noch nicht eingefallen.

In diesem Moment hörte sie einen Wagen von hinten auf sie zufahren, und aus den Augenwinkeln erkannte sie, dass es ein grüner Lexus war. Sie schöpfte keinen Verdacht, nicht einmal, als sie hinter sich die Autotür sich öffnen und wieder schließen hörte. Umso erschrockener war sie, als sie plötzlich am Arm gepackt und herumgerissen wurde.

Und da stand sie Auge in Auge mit Sid.

»Verdammt, was hast du getan? Was hast du getan?«

Trotz der Hitze trug er wie üblich einen schwarzen Anzug und ein weißes Hemd. Normalerweise würde er nicht einmal bei diesen Temperaturen schwitzen, aber jetzt war er klatschnass. Sein Gesicht war eine hochrote, verzerrte Maske, er atmete schwer und krallte seine Finger so fest in ihren Arm, dass es schmerzte. Offenbar war er stinkwütend.

Julies Magen zog sich zusammen. Als Ehefrau hatte sie immer versucht, Sid möglichst nie aufzuregen, und auch jetzt spürte sie das instinktive Bedürfnis, ihn zu beruhigen. Aber dann wurde sie sich wieder der veränderten Lage bewusst: Letztlich hatte Sid sie durch sein Verhalten befreit. Er hatte das Band zwischen ihnen zerschnitten. Ihr ganzes gemeinsames Leben lang hatte er sie wie ein schönes Möbelstück behandelt, aber nicht als eine Frau. Sie hatte genug davon. Endgültig. Spätestens seit der Geschichte mit Amber gab es an ihrer Entscheidung keine Zweifel mehr.

Ja, sie hatte eine zweite Chance. Sie war nicht mehr Julie Carlson, sondern endlich wieder die wahre Julie. Und diese wahre Julie tat etwas, was Sids Julie niemals getan hätte: Sie riss sich von Sid los und stellte sich ihm entgegen.

»Ich habe nicht die geringste Ahnung, wovon du sprichst«, sagte sie mit eisiger Stimme. »Und lass gefälligst deine Hände von mir, verstanden?«

Sid war offenbar von ihrer Reaktion überrascht und stutzte für eine Sekunde. Dann wurde sein Gesicht dunkelrot vor Zorn. Er trat einen Schritt auf sie zu und nahm eine bedrohliche Haltung ein.

»Du weißt ganz genau, wovon ich spreche! Du warst heute zu Hause. Du hast mich ausspioniert, das stimmt doch, du verfluchte, kleine … Was, zum Teufel, hast du mit meinem Wagen gemacht? Ich hab meinen Flug verpasst, ist dir das klar? Hast du auch nur die leiseste Ahnung, wie wichtig dieser Termin war, den ich wegen dir verpasst habe?« Sein Gesicht war jetzt nur noch Zentimeter von ihrem entfernt.

Julie war zornig – und sprachlos. Sie konnte ihn in diesem Moment nur anstarren. Diese Frechheit war wirklich ungeheuerlich. Statt sich halbherzig zu entschuldigen, dass er sie mit ihrer Assistentin betrogen hatte, wagte er, ihr Vorwürfe zu machen.

Der Mann konnte nicht gesund sein. Er musste unter Realitätsschwund leiden, überlegte sie. Aber es war ihr egal. Sie würde Sid nicht auskurieren. Das war vorbei.

»Hallo!«, sagte sie im hohen Singsang, »jemand zu Hause? Ich hab dein Viagra gefunden, Sid. Da staunst du, was? Ich weiß, was du getan hast. Mir ist es so was von scheißegal, dass du deinen Flug verpasst hast. Und dein teures Auto interessiert mich überhaupt nicht. Also wirklich, Sid. Ich glaube fast, du bist noch viel dümmer, als ich gedacht habe. Ein dummes, bösartiges, verschlagenes, größenwahnsinniges und impotentes Arschgesicht. Unsere Ehe ist beendet. Ich lasse mich scheiden.«

Da war sogar Sid sprachlos. Er sah aus, als hätte er gerade miterlebt, wie sich ein Schmusekätzchen in einen reißenden Tiger verwandelt hatte. Sein Gesicht hatte die Farbe einer reifen Tomate angenommen, als er sie schließlich brutal am Arm packte und ihr ins Gesicht schrie: »Nur über meine Leiche!«

Dann zerrte er sie zum Lexus, sein Gesicht eine starre Maske der Grausamkeit. Julie versuchte sich zu wehren, aber er war zu stark für sie.

»Du lässt dich erst scheiden, wenn ich es dir erlaube, und keine Sekunde früher«, verkündete Sid großspurig. »Du bist doch nur eine billige kleine Schlampe. Jeder, der sich mit dir abgibt, wird früher oder später etwas mit mehr Hirn und weniger Arsch suchen.«

So sehr Julie auch versuchte, sich ihm zu widersetzen, sie konnte sich nicht losreißen und stolperte hinterher. Allmählich bekam sie es mit der Angst zu tun. Noch nie hatte sie Sid so wütend gesehen, und plötzlich wurde ihr klar, dass sie im Grunde gar nicht wusste, wozu er in diesem Zustand fähig war.

Sie wollte es gar nicht wissen.

»Lass mich los!«

Sein Griff um ihren Arm wurde nur noch fester. Hektisch sah sie sich um und suchte nach Hilfe, aber in dieser Ecke des Parkplatzes war nichts los, und die Menschen weiter weg schienen keinerlei Notiz von dieser gewalttätigen Szene zu nehmen. Julie war ganz auf sich allein gestellt. Und sie war entschlossen, sich nicht in diesen Lexus zwingen zu lassen, koste es, was es wolle.

»Lass die Hände von ihr, Sid.«

Gerade hatte Julie Sid so fest wie möglich gegen das Schienbein treten wollen, als sie Macs Stimme hörte. Ihr Oberkörper wirbelte herum, und sie sah ihn hinter sich stehen. Eine Hand hatte er nach ihr ausgestreckt, sein scharfer Blick war auf Sid gerichtet.

Auch Sid war überrascht von dieser Wendung. Er war stehen geblieben und sah Mac an, als hätte er eine Geistererscheinung. Sogar sein Griff lockerte sich unwillkürlich, und Mac konnte sie losreißen und zu sich herüberziehen. Kaum deckte Mac Julies Rücken, da wurde sie wieder mutiger. Sie stellte sich breitbeinig neben ihren Retter, verschränkte die Arme vor der Brust und sah Sid herausfordernd an.

Diesen Augenblick musste sie genießen. Wer wusste schon, ob sie Sid je wieder so kleinlaut sehen würde?

Doch Sid hatte sich fast wieder von seinem Schrecken erholt.

»Na, wen haben wir denn da? Wenn das nicht Mac McQuarry ist«, sagte er mit einem abschätzenden Grinsen. Seine Augen blieben eiskalt und wachsam.

Fast schien es, als hätte er bei Macs Anblick Julie völlig vergessen. »Hat man dich nicht vor ein paar Jahren aus der Stadt gejagt? Sag mir bitte, wenn ich mich irre, aber du warst doch der korrupte Bulle mit den Drogen, stimmt's?«

Auch Mac grinste unterkühlt, und ihre Blicke taxierten einander. Julie spürte die Spannung zwischen den beiden Männern fast körperlich. Sie betrachtete die Kontrahenten: Sid war älter, schmaler, kleiner und sah ganz wie der erfolgreiche Geschäftsmann aus in seinem edlen, dunklen Anzug. Mac war größer, jünger, sah viel besser aus, ganz der unbekümmerte Surferjunge aus Hawaii mit seinem bunten Hemd und den Turnschuhen. In dieser Sekunde, als alle drei sich bewegungslos belauerten, wurde Julie klar, dass es zwischen Sid und Mac tiefe Wunden und uralte Feindschaft geben musste.

Als Mac schließlich sprach, glich seine Stimme entferntem Donnergrollen. »Erzähl mir nicht, du könntest dich nicht mehr genau erinnern, was damals passierte. Ich jedenfalls habe nichts vergessen. Ich wollte dir schon lange zu deiner Leistung damals gratulieren.«

»Was soll das sein? So eine Art Drohung?«, sagte Sid und schien nahe daran zu explodieren. Dann sah er auf einmal zu Julie, sein Blick ging zurück zu Mac, seine Augen weiteten sich. »He, Augenblick mal, was, zum Henker, haben Sie eigentlich mit meiner Frau zu tun?«

»Ich beschütze sie vor ihrem Mann. Der ist nämlich ein ziemlich großes Arschloch, müssen Sie wissen.«

Mac hatte nie erwähnt, dass er Sid schon einmal begegnet war, und doch war klar, dass die beiden sich gut kannten. Zu gut.

»Ich habe ihn angeheuert«, mischte sich Julie ein. »Mac ist Privatdetektiv. Er hat Fotos von dir und Amber gemacht. Amber werde ich leider feuern müssen. Und gleich danach gehe ich zum Scheidungsanwalt.«

Sid sah sie an. Er sah Mac an. Und dann begann er zu lachen. Julie hatte mit allem gerechnet, aber nicht damit. Sid lachte schallend und kriegte sich gar nicht mehr ein. Mit einem schnellen Seitenblick erkannte Julie, dass auch in Macs Gesicht Verblüffung stand. Und noch etwas anderes, Neues: Verunsicherung?

»Du bist wirklich so blöd, oder?«, sagte Sid zu Julie, als er sich etwas beruhigt hatte. »Und du merkst nicht einmal, wenn dich jemand ausnutzt. Mac hat dich gemolken wie eine Kuh, und du hast ihm alles über mich erzählt, was er wissen wollte, stimmt's?« Er schüttelte fassungslos den Kopf. »Ich sehe es dir an, du kapierst überhaupt nichts, was? Manchmal hab ich den Eindruck, deine Titten haben mehr IQ als dein Hirn. Der Typ da versucht mir schon seit Jahren was anzuhängen, da hat er nur auf dich naives kleines Flittchen gewartet, das ihm alles erzählt, was er über mich wissen will.« Jetzt grinste er nicht mehr. »Was? Was hast du ihm über mich erzählt?«

Aber Julie beachtete ihn nicht. Sie sah Mac an, und trotz der Hitze fröstelte sie. »Ist das wahr?«, fragte sie.

Er erwiderte den Blick, ohne ein Wort zu sagen. Aber ihr genügte das. Sie las in seinen Augen, dass alles, was Sid gesagt hatte, der Wahrheit entsprach.

»Julie …«

»Dann stimmt es also.« Julie war wie betäubt. Sie hörte ein Summen in ihrem Kopf wie von einem Wespenschwarm, und ein Gedanke drang tiefer und tiefer in ihr Bewusstsein ein: Auch Mac hatte sie betrogen.

»Ich kann das erklären …«

Sid lachte gehässig auf und brachte Mac so zum Schweigen. »Wahrscheinlich bist du arschwackelnd in sein Büro geschneit, und als er dich sah, dachte er, es sei Weihnachten und Ostern zusammen. Und er hat dir nicht einmal erzählt, dass wir uns kennen, oder? Tja, wie ich schon sagte, er hat dich benutzt, Schätzchen.«

Er ging die paar Schritte zum Lexus, schloss die Beifahrertür auf und machte eine herrische Kopfbewegung zu Julie. »Los, steig ein. Wir fahren irgendwo hin und reden über die Sache.«

Julie rührte sich nicht. Sie sah immer noch Mac an. Sie fühlte sich, als hätte sie einen Tritt in den Magen bekommen, das Atmen fiel ihr schwer. Ihr wurde klar, dass Macs Hintergehung sie mehr schmerzte als Sids Ehebruch mit Amber.

»Bitte, Julie, ich wollte doch nur …«

Sie wandte sich ab und schüttelte den Kopf.

»Ich hätte nie gedacht, dass du so gemein sein könntest«, sagte sie tonlos.

»Lief da etwa noch mehr zwischen euch?«, schrie Sid vom Wagen aus.

Julie drehte sich zu ihm um. Ein bitteres Lachen entstieg ihrer Kehle. »Ob da was lief? Klar. Erst heute Nachmittag haben wir's getrieben.« Sie hatte ihre Kraft wieder gefunden und war froh darüber. Ein paar Mal schluckte sie schwer, dann war sie auch den Kloß im Hals los und musste nicht mehr befürchten, jeden Moment loszuheulen. Sie sah zu Sid hinüber. »Wenn du mir noch irgendetwas zu sagen hast, kannst du dich an meinen Anwalt wenden. Ich werde deiner Sekretärin gleich morgen früh seine Nummer mitteilen.«

Sie drehte sich zu Mac. »Und dich will ich nie wiedersehen.«

Mac streckte noch einmal halbherzig die Hand nach ihr aus. Seine Stimme klang belegt und rau. »Julie, jetzt hör mir doch bitte mal zu …«

»Mac! Verpiss dich einfach, okay?«

Mac ließ den Arm sinken und sah aus, als hätte er gerade eine schallende Ohrfeige bekommen.

»Und du«, sagte Julie zu Sid gewandt, »verpisst dich am besten auch.«

Mit erhobenem Haupt marschierte sie davon.

»He, du verdammte Schlampe, schaff gefälligst deinen Arsch hier rüber, verstanden?«, brüllte Sid. Seine Tirade war kaum verklungen, da hörte Julie ein Ächzen und Grunzen und Scharren von Füßen, die Halt suchten. Sie drehte sich um und sah gerade noch, wie Sid zurücktaumelte. Vor ihm stand Mac mit einem triumphierenden Gesicht und geballter Faust. Die Schlägerei erweckte nun Interesse bei Passanten und anderen Parkplatzbenutzern. Julie ging schneller, verfiel in einen leichten Trab und lief schließlich. Auf einmal hörte sie schnelle Schritte hinter sich, und dann packte sie jemand am Arm. Mac hielt sie fest und zwang sie, ihn anzusehen.

»Julie, ich weiß, wie sich das anhören muss, aber es war ganz anders und …«

»Es hört sich mies an, Mac. So hört es sich an.« Ihre Stimme zitterte vor Erregung. Sie riss ihren Arm los und blickte ihn hasserfüllt an. »Geh einfach! Hau ab, hörst du? Lass mich in Frieden! Ich will deine Entschuldigungen nicht hören! Schick mir deine Rechnung, und verschwinde aus meinem Leben! Verstanden?«

Erst die sensationslüsternen Blicke der Passanten verrieten ihr, dass sie die letzten Sätze geschrien haben musste. Und aus den Augenwinkeln sah sie Sid heranstürmen. Links von ihnen stand eine Frau mit Einkaufswagen, die eine kurze Nummer in ihr Handy eingab. Sicher rief sie die Polizei.

Vielleicht hatte sie Glück, und die beiden würden die Nacht im Gefängnis verbringen, schoss es ihr durch den Kopf.

»Hör doch zu!«, sagte Mac wieder.

»Ich denke nicht daran«, schrie sie zurück. Dann drehte sie sich mit dem letzten Fetzen Würde, den man ihr gelassen hatte, um und ging steifbeinig und unsicher in Richtung Bürgersteig. Sie wollte gerade eine Lücke im Verkehr ausnützen und über die Straße rennen, als sie auf der anderen Straßenseite Carlene Squabb aus ihrem Geschäft stürzen sah. O nein, dachte Julie. Das Letzte, was sie jetzt gebrauchen konnte, war diese vergrätzte Kuh, die Julie sicher schon durchs Schaufenster hatte kommen sehen und es gar nicht abwarten konnte, sich bei ihr über den schlechten Service zu beschweren. Julie machte auf dem Absatz kehrt und floh in die entgegengesetzte Richtung.

»Bitte, Julie, gib mir nur eine Minute …«

Mac gab nicht auf und packte sie am Arm. Julie musste stehen bleiben und sich zu ihm umdrehen. Sie sah Macs Gesicht. Sie sah Sid mit blutender Nase und verzerrtem Gesicht schnell näher kommen, und sie sah Carlene, die rechts und links schaute und dann auf die Straße rannte. Sie trug ein pinkfarbenes Kleid, das Julie für sich entworfen hatte. Warum, zum Teufel …

Aus dem Nichts raste ein blauer Wagen heran. Julie sah ihn. Und Julie sah, dass Carlene ihn sah, zu spät sah. Ihre Augen weiteten sich, sie wollte einen Schritt zurück machen, doch es war zu spät: Der Wagen traf Carlene mit einem dumpfen Schlag und wirbelte sie in die Höhe. Wie eine Lumpenpuppe flog Carlene durch die Luft und über den blauen Wagen.

Julie schrie. Sie vergaß die beiden Männer, die hinter ihr her waren, und rannte zu der jungen Frau, die nun vollkommen reglos in einer Blutlache auf der Straße lag.

25

Carlene war tot. Julie konnte es noch gar nicht glauben, als sie kurz nach zehn aus dem Krankenhaus in die Nachtluft trat. Es war immer noch heiß und stickig, aber am unendlichen Nachthimmel strahlten klar und tröstlich der Mond und die Sterne. Julie war dankbar für diese Temperatur. Sie fror bei dem Gedanken an die schrecklichen Szenen, die sie heute hatte erleben müssen. Am schlimmsten war das Warten gewesen. Sie hatte zusammen mit Carlenes Familie im Flur vor dem Operationssaal gesessen und auf eine gute Nachricht gehofft. Vergeblich.

Es hieß, Carlene sei das Opfer eines Unfalls mit Fahrerflucht geworden. Die Polizei ermittelte und hatte schon ein gutes Dutzend Zeugen inklusive Julie befragt. Jemand hatte sich geistesgegenwärtig den letzten Teil des Nummernschilds merken können, deshalb war die Polizei guter Hoffnung, dass sie den flüchtigen Fahrer bald schnappen würde.

Julie betete darum. Dieser Unfall würde ihr in mehrerer Hinsicht Albträume verschaffen.

Sie konnte nicht vergessen, dass Carlene eines von Julies Kleidern getragen hatte. Julie hatte diese Tatsache in einer Zeugenvernahme erwähnt, aber niemand schien dieses Detail zu beachten. Die Behörden gingen davon aus, dass der Fahrer des blauen Wagens betrunken gewesen war oder unter Drogen gestanden hatte. Vielleicht war es aber auch eine ältere Person gewesen, die nach dem Unfall in Panik geraten war. Man ging davon aus, dass es nicht lange dauern würde, Fahrer und Wagen zu finden.

Meredith hatte Julie erzählt, dass Carlene es irgendwann leid gewesen sei, auf Julie zu warten. Sie wollte aber auch nicht von »irgendeinem Hiwi« bedient werden, wie Carlene es nannte. Also saß sie übellaunig und kettenrauchend im Anproberaum, bis herunterfallende Asche ihr ein hübsches Loch in ihr neues Kleid gebrannt hatte, gerade oberhalb ihres prächtigen, noch prallen Busens. Carlene hätte geflucht wie ein Rohrspatz, wollte sofort gehen, bestand aber auch darauf, dass sie unmöglich mit Loch im Busen vor die Tür könne, weshalb sie ein Ersatzkleid forderte. Meredith hatte Carlene daraufhin erlaubt, sich im Lager zu bedienen, und die nahm sich ausgerechnet Julies pinkfarbenes Kleid.

Das Kleid, in dem Carlene starb.

»Hat dir noch nie jemand gesagt, dass es gefährlich ist, nachts allein auf einem unbeleuchteten Parkplatz spazieren zu gehen?«

Erschrocken fuhr Julie herum. Sie kannte die Stimme, aber ihre innere Anspannung war so groß, dass sie sich trotzdem fürchtete. Sie wurde diesen einen Gedanken nicht los. Carlene war in ihrem Kleid gestorben. Sie hatte ausgesehen wie Julie.

»Geh weg.« Sie drehte sich um und sah Mac nicht einmal an. Verrückterweise fühlte sie sich in dem Moment sicherer, weil sie wusste, dass er da war.

»Ich weiß, dass du wütend auf mich bist, und ich gebe zu, dass du einen triftigen Grund dafür hast. Aber darf ich jetzt endlich auch mal was erklären?«

Julie hatte inzwischen den Autoschlüssel aus ihrer Handtasche gekramt und den Wagen aufgeschlossen. Bevor sie einstieg, drehte sie sich zu ihm um. Adrenalin schoss ihr durch die Adern.

»Dann erklär mir doch bitte, welchen Teil des Satzes ›Geh weg‹ du nicht verstehst.«

Das Mondlicht ließ sein Haar silbern glänzen und spiegelte sich auch in seinen klaren Augen. Tiefe Schatten lagen unter seinen hohen Wangenknochen, seiner geraden Nase, seinem Kinn. Er stand da, ruhig und schön und geheimnisvoll, und Julie hasste alles an ihm.

Das machte ihr Angst. Hass war ein starkes Gefühl. Wie konnte sie es für jemanden empfinden, mit dem sie zwar einmal kurz Sex gehabt hatte, der aber ansonsten fast ein Unbekannter für sie war? Sid könnte sie hassen, aber der war ihr dieses Gefühl nicht mehr wert. Er war ihr nur noch egal. Bei Mac war es anders.

Sie sollte ihn nicht hassen, sagte sie sich. Mac war nur eine unbedeutende Phase in ihrem Leben, egal, was er ihr angetan hatte.

Mac stopfte beide Hände tief in seine Jeanstaschen und seufzte: »Also, es stimmt, ich kenne Sid schon ziemlich lange. Und ganz am Anfang, als wir uns trafen, da wollte ich über dich an ihn rankommen. Aber dann …«

»Vergiss es«, zischte Julie. »Reine Zeitverschwendung. Ich würde dir nicht einmal glauben, wenn du mir erzählen würdest, dass die Erde eine Kugel ist. Also hau ab.«

Sie drehte ihm den Rücken zu, um in ihren Wagen einzusteigen.

»Hast du dir jemals überlegt, dass Sid versuchen könnte, dich umzubringen?«

»Wie bitte?« Seine Frage war einerseits überraschend, andererseits drückte sie einen Gedanken aus, der ihr schon eine Weile im Kopf umherschwirrte. Sie drehte sich wieder zu ihm um.

»Nicht Sid selbst, natürlich. Der würde sich nie die Hände schmutzig machen. Aber er könnte jemanden angeheuert haben. Einen Profikiller. Überleg doch mal: Das Mädchen, das auf der Straße überfahren wurde, hatte dein Kleid an und kam aus deinem Laden. Jemand könnte gedacht haben, dass du das warst. Vielleicht derselbe Jemand, der schon vor ein paar Tagen versucht hat, dich in deinem eigenen Haus umzubringen. Das wäre dann der zweite Mordversuch. Und er wird es noch mal versuchen.«

Julies Herz schlug bis zum Hals, und eine Gänsehaut hatte sich auf ihrem ganzen Körper gebildet. Sid und einen Killer anheuern? Lächerlich. Oder? Das war doch wie in einem schlechten Film, dachte sie.

Beinahe hätte sie sich nach allen Seiten nach verdächtigen Gestalten umgesehen, aber sie widerstand der aufsteigenden Panik, um Mac nicht den Triumph zu gönnen.

Er hatte es geschafft, ihr Angst zu machen. Aber das musste er ja nicht wissen.

»Wenn du das wirklich für möglich hältst, solltest du zur Polizei gehen«, sagte Julie mit einer bemerkenswert coolen Stimme. Sie stieg ein und wollte die Tür zuschlagen, aber seine Hand am Türrahmen verhinderte das.

»Die Polizei interessiert sich nicht für meine Meinung. Schon gar nicht, wenn es um Sid geht. Ich hab dir doch erzählt, dass ich gefeuert wurde, weil der Typ, an dem ich dran war, mich hat auflaufen lassen.«

»Du warst damals hinter Sid her?«, fragte sie ungläubig. Ihr Hals war plötzlich rau. »Warum?«

»Drogen.« Sein Blick war durchdringend. »Ich hatte Beweise, dass er unter anderem ein dicker Fisch im Drogengeschäft war.«

Erst war Julie einfach zu überrascht, um irgendwie zu reagieren. Dann lachte sie auf und riss die Fahrertür heftig zu. Mac konnte gerade noch seine Finger zurückziehen. Julie ließ den Motor an, zögerte dann und ließ noch einmal das Fenster einen Spalt runter.

»Du brauchst professionelle Hilfe, Mac. An deiner Stelle würde ich gleich morgen früh zum erstbesten Psychiater rennen. Viel Glück und gute Besserung.« Sprach's, fuhr das Fenster hoch, legte den ersten Gang ein und fuhr davon.

Lächerlich, dachte sie, während sie ihn im Rückspiegel kleiner werden sah. Für eine Sekunde war sie fast so weit gewesen, ihm zu glauben, aber die Vorstellung, Sid, der saubere, ordentliche Sid, könnte ein Drogendealer sein, war wirklich zu albern. Sogar wenn man an Scheidung dachte.

Sie hatte Mac überhaupt nur deshalb zugehört, weil er von versuchtem Mord gesprochen hatte.

Seltsamerweise schien ihr diese Theorie nicht halb so absurd wie der Rest seiner Ausführungen.

Der Gedanke machte ihr Angst.

Jedenfalls würde sie erst wieder nach Hause fahren, wenn Ostern und Weihnachten auf einen Tag fielen. Zunächst würde sie bei ihrer Mutter bleiben, und Becky könnte sich darum kümmern, dass jemand ihre Sachen holte.

Julie hatte schon die kleinen dunklen Straßen des Viertels erreicht, in dem ihre Mutter wohnte, als ihr die Scheinwerfer im Rückspiegel auffielen. Sie blieben immer im gleichen Abstand. Sie fuhren, wenn sie fuhr. Sie bremsten, wenn sie bremste. Sie bogen ab, wenn sie abbog.

Sie wurde verfolgt. Die Erkenntnis traf sie wie ein eiskalter Schwall Wasser. Sie schluckte aufsteigende Panik herunter und suchte blind in ihrer Handtasche nach ihrem Handy.

Und plötzlich wusste sie, wer hinter ihr her war: Mac.

Sie ließ das Handy in die Handtasche fallen. Er musste es sein, dachte sie. Aber wenn es doch der Profikiller war, hatte sie schon aus Dummheit verdient zu sterben.

Sie fuhr unter einer der wenigen Straßenlaternen durch, die es in dieser Gegend gab. Dann sah sie aufmerksam in den Rückspiegel, um im Licht ebendieser Laterne den anderen Wagen erkennen zu können. Ja, es war Macs schwarzer Blazer. Kein Zweifel.

Mac folgte ihr.

Jetzt reichte es aber wirklich. Vor dem Haus ihrer

Mutter hielt sie am Straßenrand und wartete darauf, dass Mac hinter ihr zum Stehen kam. Dann stieg sie aus und marschierte mit dem Handy in der Hand wütend auf ihn zu.

Er stieg gerade aus, als sie den Blazer erreichte. Den Motor ließ er laufen. Bestimmt wegen der Klimaanlage, dachte Julie unwillkürlich. Wegen Josephine. Der Gedanke an den süßen kleinen Hund gab ihr einen Stich ins Herz. Und da war das weiße Wollknäuel schon und drückte sein vorwitziges Näschen von innen gegen die Scheibe. Verrückt, sagte sich Julie, aber in diesem ganzen Chaos hatte sie sich doch verliebt – in diesen Pudel.

Jedenfalls nicht in den Kerl, der mit verschränkten Armen an seinem Auto lehnte und sie herablassend ansah.

»Ich rufe jetzt die Polizei, wenn du nicht sofort abhaust.«

Er tat so, als hätte er sie gar nicht gehört. Das konnte er wirklich gut, dachte Julie.

»Ich hab dich doch nach Sids erster Frau gefragt, erinnerst du dich? Du hast erzählt, dass es zwischen ihr und Sid schon aus gewesen wäre, bevor du aufgetaucht bist. Ich kannte sie. Ich hab sie zuletzt auf einer Party gesehen. Danach war sie verschwunden. Weg, wie vom Erdboden verschluckt. Ich habe jahrelang nach ihr gesucht und keine Spur gefunden. Sie hieß Kelly und war erst zweiundzwanzig.«

»Und du willst mir weismachen, dass Sid sie umgebracht hat?« Ihre Stimme überschlug sich fast vor Wut und – wenn sie ehrlich zu sich war – auch Angst.

»Ich glaube, er hat sie umbringen lassen.«

»Du bist verrückt. Aber wenn du dir so sicher bist, dann geh doch zur Polizei.«

»Als ich nach Kelly Carlson gesucht habe, war ich noch bei der Polizei. Aber ohne Opfer und ohne Zeugen gibt es kein Verbrechen. So sieht's aus. Irgendwann hieß es dann, sie sei wohl zu ihrer Familie nach Kalifornien gegangen, und die obersten Gesetzeshüter der Stadt waren mit dieser Erklärung zufrieden. Dass es in Kalifornien keine Familie gab, zu der Kelly hätte zurückkehren können, störte die Herren nicht weiter. Ihre Eltern kamen zwar aus Kalifornien, waren aber schon vor Kellys Hochzeit gestorben. Mir glaubt die Polizei sowieso nicht mehr. *Dir* würden sie vielleicht glauben, wenn du ihnen erzählen würdest, dass dein Mann versucht, dich umzubringen. Aber Sid und seine Familie haben wichtige Freunde hier, also vielleicht glaubt man dir auch nicht, wer weiß das schon.«

»Du willst mir Angst machen.« Und es gelang ihm. Ja, wenn man das fertige Puzzle kannte, passten die einzelnen Teile plötzlich zusammen. Man konnte die Ereignisse tatsächlich so deuten, dass Sid sie umbringen lassen wollte. Aber war ihm das wirklich zuzutrauen? Sid hatte genug schlechte Eigenschaften, aber war er auch zu einem Mord fähig? Konnte es nicht auch sein, dass Mac die Dinge einfach so drehte, dass sie in seine verrückte Theorie passten? Schließlich hatte er sie schon einmal angelogen, und die Erinnerung an diese Demütigung ließ sie wieder wütend werden. Sie drehte sich um und wollte zum Haus ihrer Mutter gehen.

»Mir liegt etwas daran, dass du lebst.« Er machte einen Schritt auf sie zu, packte sie an den Schultern und drehte sie zu sich. »Ich habe in letzter Zeit meine Hausaufgaben gemacht, und mir gefällt überhaupt nicht, was ich da alles lernen muss, Süße. Du erinnerst dich sicher an das *Sweetwater*, wo Sid sich so gern amüsiert, oder? Wusstest du, dass der Laden der Rand Corporation gehört? Nicht? Das ist dieselbe Firma, der auch All American Builders gehört. Genau, Sids Unternehmen. Im *Sweetwater* wird offenbar Geld im großen Stil gewaschen. Und in der Szene weiß man auch, von wem: der Mafia. Und du hast sicher auch keine Ahnung, wer der Boss von Rand Corporation ist, hab ich Recht? Dreimal darfst du raten: John Sidney Carlson III. Und vor ihm saß John Sidney Carlson II. an der Spitze.«

»Du willst mir sagen, dass Sids Vater und Großvater Geld für die Mafia gewaschen haben?« Julie sah ihn stirnrunzelnd an. »Das ist doch lächerlich.«

Mac schüttelte den Kopf. »Ganz und gar nicht. Ich hatte zwar noch nicht die Zeit, um alle Puzzleteile zusammenzusetzen, aber ich glaube, dass die Rand Corporation seit Generationen an der Spitze des organisierten Verbrechens in South Carolina steht und ihre Finger im Drogen- und Waffenschmuggel, illegalen Glücksspiel, Geldwäsche und Erpressung hat. Und ich glaube, dass sie jeden, der ihnen im Weg steht, umbringen lassen.«

»Und du denkst, ich stehe ihnen im Weg?«

»Wusstest du, dass es in der Familiengeschichte der Carlsons noch nie eine Scheidung gab?«

Julie blinzelte verwirrt. »Ist das schon organisiertes Verbrechen?«

»Nein, aber das ist ausgesprochenes Pech für all die Frauen, die in die Carlson-Familie einheiraten. Denn es gab zwar keine Scheidungen, aber trotzdem hat der eine oder andere Carlson mehrere Ehen geführt – weil Frauen in dieser Familie häufig früh sterben.«

Julie schnappte nach Luft. Sie dachte an Geschichten, die Sid ihr erzählt hatte, daran, dass seine Mutter bei einem Autounfall gestorben und die zweite Frau seines Vaters ertrunken sei. Es musste wahr sein, dachte sie und erschauerte. Und noch etwas fiel ihr siedend heiß ein. Carlene starb bei einem Verkehrsunfall. Ihr eigener Vater war ertrunken. Es konnte ein böser Zufall sein, aber was, wenn …

»Als ich noch ein Kind war, hat mein Vater manchmal für eine Firma gearbeitet, die Rand Corporation hieß«, sagte sie tonlos.

Mac sah interessiert auf sie herab. »Tatsächlich? Wann war das?«

»Ich muss sieben oder acht gewesen sein. Meine Eltern waren damals schon geschieden, aber hin und wieder kam mein Vater mit einem Scheck für den Unterhalt, und auf dem stand der Name Rand Corporation. Ich weiß das deshalb so genau, weil meine Schwester und ich damals alles über unseren Vater wissen wollten, der nur so selten auftauchte.« Ihr war nicht bewusst gewesen, dass sie traurig klang, als sie das erzählte, aber Mac musste ihre Stimmung gespürt haben, denn er wollte tröstend die Arme um sie legen.

»Julie …«

»O nein, untersteh dich!« Sie entzog sich ihm. Vielleicht musste sie ihm ja wirklich für die Warnung dankbar sein, aber das hieß nicht, dass sie ihm plötzlich wieder vertrauen konnte. »Du hast mich schon einmal belogen, warum, zum Teufel, sollte ich dir jetzt glauben?«

Er sah verletzt aus und wollte gerade etwas sagen, als das Licht auf der Veranda des Hauses anging und Julies Mutter hinaustrat.

»Julie! Julie, bist du das?«

Sie starrte angestrengt in die Richtung, wo Julie und Mac außerhalb des Lichtkreises diskutierten. Julies Mutter trug Lockenwickler im Haar, ein geblümtes, knielanges Nachthemd und Hausschuhe.

»Ja, Mama!«, rief Julie zurück.

Ihre Mutter ging bis zum Rand der Veranda und legte eine Hand spähend an die Stirn. »Alles klar bei dir, Liebes?«

»Ja, alles klar.«

»Wer ist da bei dir?«

»Niemand, Mama.« Julie wandte sich wieder Mac zu und sagte leise und eindringlich: »Nein, ich glaube dir nicht. Ich glaube nicht ein Wort von dem, was du da sagst. Was immer du vorhast, halt mich da raus, klar? Und jetzt geh und lass dich nicht mehr blicken, ich meine das ernst.«

»Verdammt, Julie …«, aber weiter kam Mac nicht, weil Dixie ihn unterbrach.

»Was soll denn das heißen, niemand ist bei dir? Ich bin doch nicht taub und blind. Das wird doch wohl nicht der Mann sein, der Sid eins auf die Nase gegeben hat, oder?«

Auf die Buschtrommeln konnte man sich verlassen, dachte Julie.

»Wer hat dir denn das erzählt?«, fragte sie zurück und ging ihrer Mutter über den Rasen entgegen. Über ihre Schulter zischte sie Mac an: »Verschwinde jetzt endlich, los!«

»Ich weiß es von Becky, die es von Kenny weiß, der es von Sids Sekretärin weiß, die Heidi Irgendwie heißt. Heidi hätte Kenny erzählt, dass sie Sid ein frisches Hemd zum Flughafen bringen musste, weil sein anderes voll Blut war von einer Schlägerei mit dem Liebhaber seiner Frau.« Ihre Stimme war am Ende ihrer kleinen Rede vor Empörung schrill geworden. »Aber das habe ich natürlich nicht geglaubt«, fügte sie eilig hinzu.

»Ach, dann ist Sid also doch nach Atlanta geflogen.« Julie war erleichtert. Dann war sie dieses Problem wenigstens für ein paar Tage los.

»Scheint so. Aber darum geht es gar nicht. Es geht darum, dass er offenbar jedem erzählt, du hättest einen Liebhaber.«

An dieser Stelle umarmten sich Mutter und Tochter am Fuße der Verandatreppe. Verstohlen nutzte Julie die Gelegenheit, um sich nach Mac umzusehen. Er stand immer noch an seinen Wagen gelehnt, die Arme verschränkt, und machte keine Anstalten, sich zurückzuziehen. Sie versuchte, nicht an seine verrückte Theorie zu denken.

»Na ja, Mama, wie soll ich dir das erklären?« Sie wusste es wirklich nicht. Dann atmete sie tief durch und beschloss, es einfach zu sagen: »Ich lasse mich scheiden.«

Wenn sie ihre Mutter von Mac ablenken wollte, dann war ihr das gelungen.

Dixie schlug die Hand vor den Mund und riss die Augen auf. »O mein Gott, Julie! Warum denn? Warum denn bloß?« Dann wurden ihre Augen noch größer, als sie an das für sie Undenkbare dachte. »Dann hatte Sid also Recht? Du hast wirklich einen Liebhaber? Ich kann es nicht fassen!«

Die Haustür öffnete sich, und Julies Schwester Becky gesellte sich zu ihnen. »Mutter, ist dir jemals in den Sinn gekommen, dass sie das vielleicht von dir hat? Wie viel Liebhaber hattest du? Hunderte? Tausende? Und Julie hat einen. Also bleib mal auf dem Teppich.«

»Vielen Dank für deine Hilfe, Becky«, sagte Julie frustriert und dachte: Wenn man der Meinung ist, der Tag könnte nicht mehr schlimmer werden, passiert so was. Sie hätte sich denken können, dass Becky bei Mama auf sie lauerte. Die beiden traten bevorzugt als Team auf.

»Ist Kenny bei den Mädchen?«

»Ja. Und er ist ziemlich sauer. Die Sache könnte ihn den Job kosten.« Sie grinste ihre Schwester an. »Sieh an, sieh an. Hat mein perfektes kleines Schwesterchen doch tatsächlich einen heimlichen Stecher. Na, wer hätte das gedacht. Neben dir bin ich ja ein ungetrübtes Wässerchen.«

»Halt den Mund, Becky.«

Dixie übernahm die Initiative und zog Julie ins Haus. »Jetzt hör mir mal zu, Julie Ann. Nur weil du einen Liebhaber hast, heißt das noch lange nicht, dass du dich scheiden lassen musst. Ihr müsst an eurer Ehe arbeiten, ihr kriegt das bestimmt wieder hin, wenn …«

Julie hatte längst resigniert. Sie ließ sich auf einen Stuhl in der Küche fallen und bereitete sich innerlich auf eine lange Nacht vor.

26

Mac hatte ziemlich schlechte Laune. Die ganze Nacht hatte er schlaflos und verkrümmt in seinem Auto gesessen und Julies Schlaf bewacht. Per Handy hatte er

Hinkle, Rawanda, Mutter und jeden, der ihm sonst noch einen Gefallen schuldig war, losgeschickt, um Informationen zu sammeln. Und er hatte Josephine Gassi geführt. Das hielt ihn wenigstens wach, obwohl es schon verrückt war, wie oft so ein kleiner Hund pinkeln musste. Wenigstens konnte sie beim Gassigehen keinen Schaden im Auto anrichten. Inzwischen ging die Sonne auf, und Mac wünschte sich nichts mehr als einen starken Kaffee und eine Dusche. Nicht notwendigerweise in dieser Reihenfolge. Stattdessen öffnete sich die Haustür, und heraus kam Julie in Radlerhosen, schlabbrigem, pinkfarbenen T-Shirt mit irgendeiner Comicfigur darauf und Turnschuhen. Das Haar hatte sie zu einem Pferdeschwanz gebunden.

Bei ihrem Anblick stellten sich seine Nackenhaare auf. Nicht nur, weil sie sogar in diesem unmöglichen Aufzug noch schön genug war, um seine Hormone in Wallung zu bringen, sondern weil er ihre Absicht erkannte: Sie wollte joggen. Allein. Das machte ihm Angst.

Ungläubig beobachtete Mac aus der Deckung des Busches heraus, hinter dem er in der Nacht zuvor den Blazer geparkt hatte, wie Julie die Straße hinuntertrabte. Entweder die Frau hatte ihm tatsächlich kein Wort geglaubt, oder sie war schlicht lebensmüde. Vielleicht beides.

Fluchend öffnete Mac die Fahrertür. Schnell warf er noch einen Blick auf den Rücksitz, auf dem Josephine friedlich in dem Chaos schlummerte, das sie selbst angerichtet hatte. Dann drückte er vorsichtig die Tür zu, damit der Pudel nicht erwachte, und hechtete Julie hinterher. Es war kurz vor halb acht.

Die Gegend hatte einen fast ländlichen Charme,

weil die Häuser meist aus Holz gebaut und in großem Abstand zueinander errichtet worden waren. Die meisten Menschen in diesem friedlichen, etwas langweiligen Vorort schliefen noch. Nur eine alte Frau schlurfte gerade im Morgenmantel aus dem Haus, um die Zeitung hereinzuholen. Mac lächelte ihr munter zu, als er vorbeirannte. Die alte Frau lächelte nicht, sondern sah ihm misstrauisch nach.

Die Menschen hier trauten Fremden nicht über den Weg. Mac wusste das, weil er einmal Informationen über eine junge Frau aus der Nachbarschaft sammeln musste. Damals hätte er die Leute foltern können, und sie hätten den Mund trotzdem nicht aufgemacht.

Eine ideale Gegend für einen Mordanschlag. Kaum Zeugen. Schnell rein, schnell raus. Mit dem Auto neben Julie herfahren, und *Peng*, das war's.

Mac erschauerte bei diesem Gedanken.

Julie joggte weiter in gleichmäßigem Tempo auf dem Bürgersteig vor ihm her. Ihr Pferdeschwanz und ihre Brüste wippten auf und ab, ihre langen schlanken Beine trugen sie leichtfüßig vorwärts. Kurz bevor sie um eine Ecke verschwand, sah Mac plötzlich das Kabel. Sie hatte offenbar einen Walkman dabei und Knöpfe im Ohr. Kein Wunder, dass es so schien, als würde sie nichts von der Außenwelt mitbekommen. So würde sie nicht einmal merken, wenn eine ganze Armee in Kampfstiefeln hinter ihr her wäre. Und für einen Killer wäre es ein Kinderspiel, an sie heranzukommen.

Ihre Sorglosigkeit ärgerte ihn so, dass er beschloss, ihr eine Lektion zu erteilen. Er lief schneller, um sie einzuholen.

Als er sie erreicht hatte, streckte er die Hand aus, packte ihren Pferdeschwanz und zog kurz daran.

Julie kreischte auf und wirbelte mit ausgestreckten Armen herum. Sie hielt ihm etwas entgegen, und Mac erkannte gleich, was es war, konnte aber nicht mehr ausweichen. Pfefferspray.

Er bekam es voll ins Gesicht, hatte das Gefühl, in einen Flammenwerfer gerannt zu sein, schlug sich die Hände vors Gesicht und ging in die Knie. Mein Gott, brannte das. Er war geblendet, versengt, er würde sterben … Zumindest fühlte es sich so an. Mac wusste, dass Pfefferspray keine bleibenden Schäden hinterließ, aber in diesem Augenblick, als er glaubte, jemand würde seine Augäpfel in Olivenöl anbraten, tröstete ihn dieses Wissen kein bisschen.

»Scheiße, Julie!«, stöhnte er.

»Mac! O Gott, Mac!«

Er spürte ihre Hände auf seiner Schulter, fühlte, dass sie sich über ihn gebeugt hatte, aber er konnte sie nicht sehen.

»O Mac, es tut mir so Leid. Ich dachte, du wärst der Killer!« Es klang, als würde sie schluchzen, doch dann merkte Mac, dass sie lachte. Ja, sie lachte und kicherte, und dann schien sie mit jemandem zu sprechen. Mac konnte nicht verstehen, was gesagt wurde, aber er hatte den Eindruck, als wäre die andere Stimme männlich. Und während er immer noch hilflos und zusammengekrümmt auf dem Bürgersteig hockte, überkam ihn Angst. Gehörte die männliche Stimme vielleicht zu dem Killer? Hatte er ihr tatsächlich aufgelauert, die Szene beobachtet und beschlossen zuzuschlagen, während Julies einziger Beschützer außer Gefecht war? Aber dann beruhigte er sich wieder. Ziemlich sicher wollte dieser Mann Julie nicht töten, sonst hätte er es bereits getan. Killer halten sich normalerweise nicht damit auf, ein wenig mit ihren Opfern zu plaudern und zu scherzen, bevor sie abdrücken. Aber wer war er? Mac versuchte mit aller Kraft, die brennenden Augen wenigstens einen Spaltbreit zu öffnen.

Gerade in diesem Moment bekam er einen Schwall eiskaltes Wasser ins Gesicht geklatscht.

»Oh, verdammt«, prustete Mac und warf seine Arme schützend vors Gesicht. Aber das Wasser half, und Sekunden später konnte er vorsichtig ein Auge öffnen. Vor ihm stand Julie und ein älterer Herr mit Latzhose, der offenbar seine Gartenarbeit unterbrochen hatte, um Julie den Wasserschlauch in die Hand zu drücken.

»Da«, sagte Julie und hielt Mac den Schlauch hin. »Wasch dir den Rest selbst ab, ich muss weiter.«

»Du bleibst schön hier, verstanden«, bellte Mac im Befehlston. Die Augen vertrugen das Licht nicht, und er musste sie wieder schließen. Blind streckte er seinen Arm dahin aus, wo ihre Stimme herkam, und er versuchte sie zu packen, aber er hörte sie nur lachen. Ahnte sie überhaupt, in welch einer Gefahr sie sich befand?, fragte sich Mac. Offensichtlich nicht. Wenn er nur dieses Pfefferspray aus seinen Augen bekäme und wieder richtig sehen könnte. Er hielt immer noch den laufenden Wasserschlauch in der Hand. Jetzt hielt er das Gesicht gen Himmel, schob sich mit den Fingern der freien Hand die Lider auseinander und spülte stöhnend seine Augen aus. Oh, wie das brannte …

»Miss, ich hab gesehen, wie Ihnen der Kerl nachgelaufen ist«, hörte Mac den alten Mann krächzen. »Wenn Sie wollen, ruf ich die Polizei.«

Macs Augen waren so weit wieder klar, dass er einen weiteren Blick auf den alten Mann riskieren konnte. Und bei genauerem Hinsehen schien er wirklich steinalt zu sein. Er hatte sein Handy aus der weiten Latzhose geholt und stand neben Julie einige Meter entfernt. Beide betrachteten Mac ohne eine Spur von Mitleid oder Sympathie.

»Ach nein!«, rief Julie abwehrend, »das wird wohl nicht nötig sein. Ich bin mir ziemlich sicher, dass er seine Lektion gelernt hat.«

Und dann drehte sie sich zu Macs Entsetzen einfach um und lief wieder los, als ob nichts geschehen wäre.

»Verdammt, Julie, komm zurück!«, schrie Mac und wischte sich mit einem Zipfel seines nassen Hemds übers Gesicht. Er blinzelte immer noch durch gerötete Lider und wusste genau, dass er nicht in der Lage wäre, ihr nachzurennen. Ihre einzige Reaktion war ein beiläufiges Winken, ohne sich umzudrehen. Dann sah er noch, wie sie sich im Laufen die Ohrstöpsel des Walkman wieder einsetzte, bevor sie um eine Ecke verschwand.

»Scheiße, Scheiße, Scheiße!« Er konnte nun nichts mehr für sie tun. Sie war auf sich allein gestellt.

Mac war ungefähr fünfzehn Minuten später wieder bei seinem Auto. Er war nass bis auf die Knochen, fror wie ein Schlosshund, sah aus, als wäre er in einen wütenden Schwarm Bienen geraten, und wurde im Abstand von wenigen Metern auf Schritt und Tritt argwöhnisch von dem steinalten Mann verfolgt. Mit anderen Worten: Mac war stinksauer.

Und er kam gerade recht, um Julie locker die Stufen zum Haus ihrer Mutter hochspringen und in der Sicherheit des Hauses verschwinden zu sehen. In diesem Augenblick wusste Mac nicht, ob ihn das freuen oder ärgern sollte. Hätte der Killer in den letzten Minuten zugeschlagen, wäre Mac erspart geblieben, Julie bei nächster Gelegenheit den Hals umzudrehen.

Der alte Mann wurde durch sein klingelndes Handy abgelenkt, und Mac wollte die Situation nutzen, um in sein Auto zu steigen. Er öffnete die Wagentür – und wie ein weißer Wirbelwind zischte Josephine heraus und raste auf den alten Mann zu, offenbar in der Absicht, ihn zu zerfleischen.

Es kostete Mac einige Pflaster aus dem Handschuhfach, viele besänftigende Worte und fünfhundert Dollar, um ihn von einer Klage abzubringen. Diesen Tag konnte man wirklich vergessen.

Als Mac den alten Mann schließlich losgeworden war, sank Mac mit den Nerven am Ende auf den Fahrersitz seines Wagens und ließ den Kopf zurückfallen.

Josephine saß brav auf dem Beifahrersitz und sah ihr Herrchen hechelnd an. Mit ihrem pinkfarbenen und strassbesetzten Halsband war sie ganz vornehme Hundedame. Wenn man sie so sah, hätte man gar nicht glauben wollen, dass dieses brave Tier erst Minuten zuvor versucht hatte, einem alten Mann das Bein abzunagen. Zum Glück, dachte Mac, war Josephine kein Rottweiler.

»Was, zum Teufel, hast du dir bloß dabei gedacht?«, sagte er zu Josephine, während er überlegte, ob der Pudel entweder trotz Impfung tollwütig oder schlicht verrückt war. Oder vielleicht war er selbst verrückt, schließlich hatte er eben mit einem Hund gesprochen. Mit den Nerven am Ende, ließ er den Kopf auf die Brust sinken.

Da sah er aus den Augenwinkeln gerade noch ein

weißes Auto an ihm vorbeiflitzen. Und die Hand der Fahrerin hob sich zu einem kurzen, spöttischen Gruß.

Julie.

Er setzte sich sofort auf, drehte den Zündschlüssel herum und legte gerade den Gang ein, als Julies weißer Infiniti um die nächste Ecke bog. Mit quietschenden Reifen machte Mac eine 180-Grad-Wendung und setzte ihr nach. Dabei hätte er gute Lust gehabt, dieses sture Weibsbild einfach ihrem Killer zu überlassen.

Sie fuhr ins Zentrum von Summerville, was ihn nicht überraschte. Hinter der Reihe von Geschäften, zu dem auch ihres gehörte, hielt sie auf einem Parkplatz und stieg aus. Offenbar war es ihr egal, ob sie jemand dabei beobachten konnte. Sie zeigte sich ganz offen und zwanglos.

Mac fluchte in sich hinein. Aber jetzt war es sowieso zu spät, sagte sich Mac. Die Katze war aus dem Sack, und wenn der Killer nicht ganz blöd war, wusste er es jetzt auch.

Als Mac abrupt neben Julies Wagen stoppte und die Handbremse anzog, lief Julie bereits über den Parkplatz in Richtung ihres Geschäfts. In ihrem engen, schwarzen T-Shirt und dem kurzen weißen Rock sah sie wie immer toll aus, stellte Mac widerwillig fest. Er blickte sich um. Eine Frau trug volle Einkaufstüten zu ihrem Lieferwagen. Ein Mann warf etwas in einen Mülleimer. Sonst war niemand zu sehen. Julie war praktisch allein.

Wenn der Killer ihr hier auflauerte, hatte sie keine Chance.

Zu Julies Glück schien er diese Gelegenheit nicht nutzen zu wollen. Mac schnappte sich Josephine, klemmte sie wie einen Football unter den Arm, stieg aus und rannte Julie hinterher.

Er erreichte sie gerade, als sie ihren Schlüssel in die stählerne Hintertür ihres Ladens steckte. Sie hatte ihn zweifellos hinter sich bemerkt, trotzdem machte sie keine Anstalten, sich umzudrehen. Sie hob stolz den Kopf und schien verärgert über seine Anwesenheit.

»Du hörst wohl schlecht, was?«, sagte sie nach ein paar Sekunden entnervt und drehte sich dann langsam zu ihm um. Ihr wütender Blick wurde durch die wunderschönen Augen mit den langen Wimpern etwas gemildert. »Du sollst mich in Ruhe lassen, hab ich gesagt.« Ihr Blick wanderte zu dem Pudel unter Macs Arm und wurde deutlich milder. »Oh, hallo, Josephine.«

Josephine japste aufgeregt und versuchte Mac durch heftiges Schwanzwedeln totzuschlagen.

»Kein Wunder, dass ihr beide euch versteht«, sagte Mac. »Ihr seid mit Abstand die beiden größten Nervensägen, die ich je kennen gelernt habe. Jedenfalls hattest du heute Morgen deinen Spaß. Jetzt könntest du endlich einmal mir zuhören. Wie wär's?«

»Hau ab.« Sie öffnete die Tür, schlüpfte hindurch und wollte sie Mac vor der Nase zuschlagen. Aber der streckte den Arm aus, blockierte die Tür und verschaffte sich mit Körpereinsatz ebenfalls Eintritt.

»Also gut, ich gebe auf und gestehe, wenn's dich glücklich macht: Ich habe dich belogen und benutzt.«

Jetzt standen sie in einem Büro. Der Raum war düster und eiskalt. So kalt wie der Blick, den Julie ihm zuwarf. Sie seufzte, beschloss offenbar, dass es keinen Zweck hatte, ihn noch mal zum Gehen aufzufordern, und verschloss die Stahltür hinter ihnen.

»Gut, dann sind wir uns ja einig. Glücklich macht mich allerdings erst deine baldige Abwesenheit.«

»Keine Chance. Ich bleibe.«

Mac ging in dem Raum auf und ab, lief entlang der vielen Spiegel an den Wänden. Auf einem schwarz glänzenden Schreibtisch war nichts außer einer Schreibunterlage und einem Telefon. In einem Regal lagen Kleider. In einer Ecke stand eine graue, mit Flanell bezogene Couch.

»Kalt hier.«

»Kommt dir wahrscheinlich so vor, weil du klitschnass bist.«

Er warf noch einen schnellen Blick in das angrenzende Badezimmer und drehte sich wieder zu ihr um. »Ich wäre nicht so nass, wenn mich nicht jemand mit Pfefferspray malträtiert hätte.«

»Kann passieren, wenn man sich von hinten an eine Dame heranschleicht«, sagte Julie und gluckste belustigt.

»Sag mal, Miss America, sagt dir das Wort Profikiller irgendetwas?« Mit ihrer lässigen Art reizte sie ihn wirklich bis aufs Blut.

»Keine Ahnung, aber sagt dir das Wort Hühnerkacke irgendetwas?« Sie verstaute ihre Handtasche in einer Schublade des Schreibtischs, richtete sich wieder auf und grinste ihn breit und unverschämt an. »Ich sage nur: Hühnerkacke, Hühnerkacke, Hühnerkacke!«

»Um deinen Dickschädel durchzusetzen, würdest du sogar dein Leben aufs Spiel setzen, was?« Mac suchte mit den Augen nach einem Thermostat an der Wand. Er musste diese Klimaanlage abstellen, oder er würde einen schnellen Kältetod sterben. »Muss ich dich an den Einbrecher erinnern, der dich in deinem eigenen Haus umbringen wollte? Muss ich dich an die Frau erinnern, die *dein* Kleid anhatte und getötet wurde, als sie *deinen* Laden verließ? Oder bilde ich mir das etwa alles nur ein?«

Für einen Augenblick standen sie sich schweigend gegenüber. Dann verzog Julie den Mund und wandte sich von ihm ab.

Aha, dachte Mac. Erste Anzeichen von Einsicht. Plötzlich sah er den Thermostat, ging zu ihm und drehte die Klimaanlage ab. Das Rauschen der Anlage erstarb.

»Finger weg von der Klimaanlage«, sagte Julie und schlug nach seiner Hand. Mit einem Handgriff von ihr rauschte erneut eiskalte Luft in den Raum. »Ich habe Kundinnen, die nicht gerne schwitzen. Wenn's dir nicht passt, hab ich einen guten Tipp für dich: Verzieh dich!«

»Ja, ja, mach nur weiter so, dann wirst du mich erst recht nicht los«, sagte er und packte sie ohne Vorwarnung um die Hüften, als sie gerade das Büro verlassen wollte. »Halt! Hiergeblieben.«

»Lass mich sofort los! Was soll das eigentlich?« Sie wand sich in seinem Griff.

»Ganz einfach: Ich versuche dein Leben zu schützen. Zugegeben, gegen deinen ausdrücklichen Wunsch zu sterben, aber was tut man nicht alles?« Dann zog er seine Pistole aus dem Hosenbund und machte einen vorsichtigen Schritt in den großen eleganten Raum hinter dem Büro. Ein schneller Blick sagte ihm, dass er leer war. »Ist die Vordertür verschlossen?«

»Natürlich ist sie das. Noch habe ich nicht geöffnet.«

»Dann bleibt sie auch verschlossen. Und du lässt nur Leute ins Geschäft, die du kennst.«

»Das ist doch lächerlich.«

Ohne sie einer Antwort zu würdigen, untersuchte Mac die anderen Räume mit professioneller Routine und mit gezückter Waffe. Julie und Josephine folgten ihm neugierig.

»Und?«, fragte Julie, als Mac auch den letzten Raum durchsucht hatte. »Irgendeinen Killer gefunden?«

»Noch nicht.«

»Ich kann dir gar nicht sagen, wie erleichtert ich darüber bin«, sagte Julie. »Jetzt hast du deine Schuldigkeit getan und kannst unverzüglich mein Geschäft verlassen. Ich habe nämlich zu tun, und du störst dabei.«

Mac ignorierte ihre letzten Worte. »Warum hast du heute überhaupt geöffnet?«, fragte er stattdessen. »Wäre es nicht eine Frage des Respekts gegenüber deiner kürzlich verblichenen Kundin, heute geschlossen zu bleiben?«

Julie zog die Stirn in Falten und wirkte auf einmal nachdenklich. »Ich hatte daran gedacht. Aber dann haben mir die Veranstalter des Miss-Southern-Schönheitswettbewerbs mitgeteilt, dass der Wettbewerb trotz Carlenes Tod stattfinden wird. Immerhin soll es wohl eine Schweigeminute zu Beginn geben. Ich bereite fünf Kandidatinnen vor, die auf mich angewiesen sind. Das Leben geht weiter, ich habe keine Wahl.«

»Nicht zu fassen«, murmelte Mac und schüttelte den Kopf. »Ich spreche darüber, dass dich jemand umbringen will, und du redest von einem verdammten Schönheitswettbewerb. Sollte man da nicht Prioritäten setzen? Dich schnell aus der Stadt rausbringen, zum Beispiel, bis wir mehr wissen? Vergiss einfach diesen dummen Wettbewerb.«

»Nie«, sagte Julie mit in die Hüften gestemmten Händen. »Das kommt nicht in Frage. Schönheitswettbewerbe sind nun einmal mein Geschäft, und die Mädchen sind auf mich angewiesen. Und könntest du mir mal erklären, wofür ich dich überhaupt brauche? Ich hab nämlich keine Ahnung. Selbst wenn ich an deine bescheuerte Killer-Theorie glauben würde, würde ich mich an die Polizei wenden. Auf die könnte ich mich wenigstens verlassen.«

»Klar, die sind nett und schreiben einen Bericht, den man zu den Akten legt. Und wenn du dann tot bist, holt man ihn wieder raus und ermittelt. Nur leider zu spät. Tja, so ein Pech für dich.«

Julies Augen sprühten Funken. Was Mac gesagt hatte, war wohl nicht besonders freundlich gewesen, aber er hatte keine Lust mehr, freundlich zu sein. Seine Geduld war am Ende, denn hier ging es schließlich um Leben und Tod.

»Weißt du was?«, sagte Julie nach einer kurzen Denkpause. »Ich riskier's einfach. Was sagst du nun? Ich riskier's, und du kannst dich verkrümeln, verdünnisieren, verpissen, was auch immer du bevorzugst.«

Sie starrten sich lange stumm und verbissen an. Dann atmete Mac tief durch und schob die Pistole hinter seinen Gürtel. Sie mochte vielleicht ausfällig werden, dachte er sich, er würde es nicht.

Denn zumindest einer von ihnen sollte einen kühlen Kopf bewahren, wenn es hart auf hart kam. »Gib's auf, Julie«, sagte er matt. »Ich werde nicht gehen. Jedenfalls nicht ohne dich. Du willst wissen, wofür du mich brauchst? Ich werde es dir sagen: Weil dein Leben bedroht ist. Weil jemand da draußen deinen Tod will und ich der Einzige bin, der dir beisteht.«

27

Gegen sieben Uhr abends war Julie so müde, dass ihr beinahe die Augen zufielen. Aber sie musste sich noch um die letzte Kundin des Tages kümmern, die noch Änderungswünsche an ihrem Abendkleid hatte. Tara Lumley hatte natürlich wie alle anderen Teilnehmerinnen des Wettbewerbs zunächst das Schicksal von Carlene tränenreich beklagt. Selbstverständlich änderte das nichts daran, dass mit dem Tod der Favoritin jede verbliebene Teilnehmerin sich größere Chancen auf den Sieg ausrechnete. Der Ehrgeiz war neu geweckt. Auch bei Tara.

Deshalb hatte Julie in den letzten Stunden mehr genäht, gestopft, gesteppt und gekürzt als je in ihrem Leben.

»Du wirst doch morgen Abend auch dabei sein, Julie, oder?«, fragte Tara eifrig, als Julie sie und ihre Betreuerin Linda Wheeler zur Tür führte. Die war gemäß Macs Wunsch den ganzen Tag verschlossen gewesen, was die Arbeit nicht erleichtert hatte.

»Ja, Tara, bis zum bitteren Ende. Keine Angst, das wird für dich prima laufen, da bin ich ganz sicher.« Dann umarmte sie erst Tara und dann Linda und sah ihnen nach, wie sie im Abendlicht verschwanden.

»Von wegen«, sagte Mac, der plötzlich hinter Julie stand. Er hatte den ganzen Tag zwischen Anproberaum und Büro verbracht und abwechselnd in sein Handy gesprochen und ihren Computer benutzt. Rawanda hatte ihm am Nachmittag ein frisches schwarzes T-Shirt und eine Jeans gebracht. Seine Anwesenheit hatte so manche künftige Schönheitskönigin beim Betreten des Geschäfts erröten lassen. Später hatten die Mädchen dann Julie gefragt, wer denn der gut aussehende junge Mann wäre. Julie hatte stets geantwortet, es handele sich um einen Modedesigner namens Debbie, der auf Besuch sei. Die anschließende Verwirrung in den Gesichtern der Mädchen amüsierte Julie.

»Wie bitte?« Julie starrte Mac herausfordernd an. Sie hatte von seinem Macho-Getue längst die Nase voll.

»Du wirst nicht zu dem Schönheitswettbewerb gehen, damit das klar ist.« Er hielt ihrem Blick mühelos stand. Aber er sah schlecht aus. Seine Augen waren blutunterlaufen und sein Gesicht eingefallen und voller Sorgenfalten. »Ich weiß, dass absolut jeder dich dort erwartet. Aber der Killer eben auch. Ich finde, wir sollten es ihm nicht zu einfach machen, oder? Soll er doch etwas tun für sein Geld.«

»Ach so ist das. Na, in dem Fall habe ich Neuigkeiten für dich, mein großer Held: Erstens hast du mir nämlich gar nichts zu sagen, kapiert? Zweitens: Was für ein Interesse sollte eigentlich Sid an meinem Tod haben, hä? Geld? Mir steht laut Ehevertrag nichts zu. Sex mit dir? Davon wusste er nichts bis zu deiner grandiosen Szene auf dem Parkplatz. Willst du mir also weismachen, er würde mich umbringen lassen wollen, nur um sich selbst das Trauma einer Scheidung zu ersparen? Vergiss es! Also, um was geht's hier eigentlich wirklich, du Kanone?«

Mac senkte den Blick. Sie hatte offensichtlich einen wunden Punkt getroffen. »Ich weiß es noch nicht«, gab er kleinlaut zu.

»So ähnlich habe ich mir das gedacht.«

In diesem Moment kam Meredith aus dem Anproberaum. »Wann soll ich morgen früh hier sein, Julie?«, fragte sie und blieb dann abrupt in der Tür stehen. »Oh, Entschuldigung«, sagte sie, »ich wollte nicht stören.« Da Julie und Mac ihren Streit beinahe im Flüsterton ausgetragen hatten, konnte Meredith nichts vom Inhalt mitbekommen haben. Die eisige Atmosphäre zwischen den beiden war jedoch mit Händen zu greifen.

»Keine Ursache«, sagte Julie und rieb sich mit Daumen und Zeigefinger die Nasenwurzel. Sie hatte Kopfschmerzen. »Wir haben ja morgen keine Kunden, also genügt es wohl, wenn wir uns beim Wettbewerb treffen, okay? Komm vielleicht etwas früher, falls wir noch nachbessern müssen.«

»Gut«, sagte Meredith und strahlte. »Ich bin ja so aufgeregt. Ich war nämlich noch nie im Amtssitz des Gouverneurs.«

»Es wird bestimmt toll.«

»Also, dann geh ich jetzt.« Meredith stand etwas unentschlossen da, die Handtasche unter den Arm geklemmt. Julie überlegte, ob Meredith wusste, was vor sich ging. Sie hatte sicher begriffen, dass Amber entlassen worden war. Julie hatte Amber am Morgen auf den Anrufbeantworter gesprochen, nachdem sie nicht zur Arbeit erschienen war. Und Meredith hatte ebenfalls mitbekommen, dass Sid mindestens zweimal angerufen hatte und Julie sich jedes Mal verleugnen ließ. Und dann war da noch Mac. Ja, Meredith ahnte sicher, dass etwas nicht stimmte. Umso dankbarer war Julie, dass sie keine Fragen stellte.

Meredith blickte von Julie zu Mac und wieder zurück. »Bist du sicher … äh … dass du mich nicht mehr brauchst?«

»Ja, geh nur«, sagte Julie. Mac hatte die Anspielung durchaus verstanden, verschränkte beleidigt die Arme und blickte finster drein.

»Also dann bis morgen«, sagte Meredith.

»Danke, Meredith, du warst mir heute eine große Hilfe.«

Julie brachte sie noch zur Tür, schloss hinter ihr ab und sah ihrer Mitarbeiterin nach, die zögernd und sich immer wieder umblickend über den Parkplatz zu ihrem Auto ging.

»Du wirst nicht gehen«, kam Macs Stimme von hinten.

»Wollen wir wetten?« Julie ging lächelnd auf ihn zu.

»Gern.«

Sie blieb vor ihm stehen und sah ihm kühl in die Augen. »Dürfte ich bitte in mein Büro«, sagte sie scharf, weil Mac ihr im Weg stand.

»Weißt du, was ich heute gemacht habe?«

»Du meinst, außer uns allen unheimlich auf die Nerven zu gehen und Kaffee auf Kosten des Hauses zu trinken? Keine Ahnung.«

»Ich bin Lohnlisten der Rand Corporation durchgegangen.«

»Wie bitte?«

Mac hob die Hand. An einem Finger baumelte sein Schlüsselbund mit dem Speicher-Chip. »Damit hab ich gestern interessante Geschäftsdaten von Sids Computer geholt.«

Julie schüttelte in spielerischer Bewunderung den Kopf. »Ist er nicht trickreich, unser Meisterdetektiv?« Dann boxte sie ihm gar nicht spielerisch in den Magen, und als er sich mit einem dumpfen Stöhnen zusammenkrümmte, gab sie ihm einen Stoß und folgte dem rückwärts taumelnden Mac in ihr Büro.

»Aber es ist immerhin nett von dir, dass du es endlich zugibst. Du benutzt mich also nur, um an Informationen über Sid heranzukommen.«

»Ich gebe überhaupt nichts …«

»Und weißt du was? Das ist mir scheißegal!«, unterbrach Julie ihn rüde.

Mac schwieg und beobachtete sie dabei, wie sie ihre Handtasche unter dem Schreibtisch hervorholte. Josephine, die die Handtasche bewacht hatte, hob den Kopf und japste erfreut über Julies Anblick. Sie trug ihr pinkfarbenes Halsband und sah wirklich niedlich aus. Das hatten auch Julies Kundinnen gefunden.

»Komm«, sagte Julie zu dem Pudel, »wir gehen nach Hause.«

»Dein Vater hat bis vor fünfzehn Jahren jeden Monat einen Scheck von der Rand Corporation bekommen. Dann hörten die Zahlungen plötzlich auf, und zwar genau zu der Zeit, als Kelly Carlson verschwand und …«

»Hör auf, verdammt! Wann kapierst du das endlich? Ich habe die Schnauze gestrichen voll von deinen Verschwörungstheorien. Ich bin müde, ich habe Hunger, und ich habe Kopfschmerzen. Nur damit du's weißt: Ich glaube, dass Lee Harvey Oswald allein gehandelt hat. Ich glaube, dass Lady Di bei einem simplen Autounfall gestorben ist. Und ich glaube, dass du vollkommen den Verstand verloren hast.« Sie riss die stählerne Hintertür auf. »Würdest du dich jetzt bitte durch diese Tür bewegen, damit ich hinter dir abschließen kann.«

Mac starrte sie für ein paar Sekunden sprachlos an. Dann hob er Josephine vom Boden auf und trat nach draußen.

»Schade, dass du deinem Hund nicht ähnlicher bist«, sagte Julie.

Josephine wackelte fröhlich mit dem Schwanz.

»Also?«, sagte Mac, während Julie den Schlüssel in die Tür steckte. »Wohin sollen wir gehen? Zum Essen, meine ich.«

»Du wirst doch wohl nicht im Ernst glauben, dass ich mit dir essen gehe, oder? Vergiss es!« Sie glaubte zwar Macs Unsinn von einem gedungenen Mörder nicht, trotzdem sah sie sich erst einmal gründlich um, bevor sie über den Parkplatz zu ihrem Auto ging. Die Erinnerung an die leblos daliegende Carlene war noch zu frisch.

Mac und Josephine kamen ihr nach. »Du musst ja nichts essen. Mir macht es jedenfalls nichts aus, wenn du mir beim Essen nur zuschaust.«

»Ich werde bei meiner Mutter essen. Sie kocht für mich. Und sie wird über nichts anderes als die bevorstehende Scheidung reden, weil sie sehr besorgt ist.« Julie hatte zwar keine Lust auf diese Diskussion, aber sie konnte ihr sowieso nicht entkommen.

»Ruf sie an und sag ihr, du hättest etwas anderes vor.«

Mac kannte ihre Mutter nicht, sonst hätte er nie so einen lächerlichen Vorschlag gemacht.

»Das werde ich nicht tun.« Insgeheim musste Julie allerdings zugeben, dass sie ihrer Mutter zu gern abgesagt hätte.

Julie erreichte ihren Wagen und fühlte sich gleich sicherer. So viel zu dem lauernden Killer, dachte sie. So leicht würde sie sich nicht überfahren lassen.

Sie hatte in der Nacht zuvor schlecht geschlafen, weil immer wieder die Bilder der durch die Luft wirbelnden Carlene vor ihrem inneren Auge aufgetaucht waren. Hatte Mac Recht? War es Absicht gewesen und kein Unfall? Hätte sie jetzt tot sein sollen? Trotz ihrer Zweifel an seiner Theorie lief ihr ein Schauder über den Rücken. Vielleicht wäre es doch besser, die Polizei einzuschalten. Aber Mac hatte gesagt, dass die sie nicht schützen würde …

»Na gut, sagen wir …« Sie unterbrach sich, weil Mac ihr plötzlich den Pudel in die Hand drückte und auf die Knie ging, um unter ihren Wagen zu sehen.

»Was tust du da?«

Nach ein paar Sekunden stand er wieder auf und klopfte sich den Dreck von den Händen. »Alles klar«, sagte er. »Keine Bombe.«

Julie verdrehte die Augen. »Mein Gott, das hält man ja nicht aus.«

Sie hatte genug davon. Die ganze Geschichte wurde albern. Und machte ihr langsam Angst. Allerdings wusste sie nicht, was beängstigender war: Die Vorstellung, dass Mac unter Verfolgungswahn litt … oder die Vorstellung, dass es einen echten Grund für seine Vorsichtsmaßnahmen gab. Egal. Sie war nun endgültig entschlossen, gleich nach dem Essen die Polizei einzuschalten.

»Ich kann nur hoffen, dass du mich nicht bis zu meiner Mutter verfolgst«, sagte Julie schneidend.

»Das werde ich nicht, keine Angst.«

Er öffnete die hintere Tür seines Blazer, setzte Josephine hinein, öffnete dann die Beifahrertür, fummelte einen Augenblick an etwas herum und sah dann Julie an. »Steig ein.«

»Wie bitte? Du spinnst wohl!«

Julie drehte sich zu ihrem eigenen Wagen um, wollte gerade aufschließen, als er sie mit einem belustigten Lachen packte und hochhob.

»Was soll das? Lass mich runter!«

Julie trat wild um sich, wollte ihn schlagen, aber sie war in seinem Griff gefangen.

Ohne auf ihren Protest einzugehen, ließ er sie auf den Beifahrersitz fallen und schlug die Tür zu. Kaum ging er um den Blazer herum, um auf der anderen Seite einzusteigen, versuchte sie die Tür zu öffnen. Sie war blockiert. Julie rüttelte vergeblich. Frustriert ließ sie die Hände in den Schoß sinken. Gefangen von der Kindersicherung.

»Verdammt noch mal, was fällt dir ein?« Sie streckte ihm ihre geballten Fäuste entgegen. »Mach sofort die Tür auf!«

»Schnall dich an. Mach schon.« Er ließ den Motor an und fuhr los.

»Ich fahr mit dir nirgendwo hin, warum kannst du das nicht begreifen? Du bist verrückt! Völlig durchgeknallt. Das ist Kidnapping, ist dir das eigentlich klar, du … du …« Weil ihr gerade kein Schimpfwort einfiel, das der Lage angemessen schien, griff sie stattdessen zum Zündschlüssel.

»O nein, Schätzchen!« Mac trat heftig auf die Bremse, brachte den Wagen auf dem Parkplatz mit quietschenden Reifen zum Stehen und packte gleichzeitig unsanft Julies Handgelenk.

»So, jetzt mal Klartext, damit wir uns nicht missverstehen.« Macs Stimme hatte einen bedrohlichen Unterton, der deutlich machte, dass er kurz davor war, zu explodieren. »Ich hatte nämlich einen wirklich beschissenen Tag, musst du wissen. Letzte Nacht habe ich kein Auge zugemacht. Heute Morgen habe ich eine Ladung Pfefferspray in die Augen bekommen, danach hat mich jemand mit einem Gartenschlauch bis auf die Knochen durchnässt. Ich habe den ganzen Tag nichts gegessen, aber bin nahe an einer Koffeinvergiftung. Ich habe rasende Kopfschmerzen, weil ich mir den Kopf über diesen Fall zerbreche und ich mir den ganzen Tag dieses Mädchen-Gequatsche anhören musste, wer mit welchem Kleid und welchem Hüftschwung welchen alten Knacker in der Jury eines bescheuerten Schönheitswettbewerbs um den Finger wickeln will. Ich habe eine Erkältung von deiner Klimaanlage. Ich musste den ganzen Tag deine üble Laune ertragen. Ich werde einkaufen und heute Nacht endlich einmal wieder schlafen müssen. Das kann ich nicht, wenn ich die ganze Nacht auf deinen Arsch aufpassen muss. Also kommst du mit mir. Ende der Diskussion. Kein Wort mehr. Habe ich mich klar genug ausgedrückt?«

»Wenn ich nicht zum Abendessen zu Hause bin, ruft meine Mutter garantiert die Polizei.«

»Hast du ihr von Sids Drohung erzählt?« Mac nahm den Fuß von der Bremse, und der Blazer setzte sich langsam in Bewegung.

»Wenn du damit deine absurde Killer-Theorie meinst, dann lautet die Antwort nein. Ich werde ihr deswegen keine Angst machen.«

Mac bog vom Parkplatz auf die Straße, und Julie legte den Sicherheitsgurt an.

»Hast du jemals daran gedacht, dass du deine Familie in Gefahr bringen könntest, wenn du bei ihnen bleibst? Wir kennen den Killer noch nicht, aber vielleicht nimmt er wenig Rücksicht darauf, wenn er alles töten muss, um dich zu kriegen. Vielleicht deine Mutter, vielleicht deine Schwester.«

Der Gedanke erschreckte Julie und machte sie sprachlos. »Gib mir dein Handy«, sagte sie mit belegter Stimme.

Er reichte es ihr. Sie warf ihm einen angewiderten Blick zu und wählte dann die Nummer ihrer Mutter.

»Mama? Julie hier. Tut mir Leid, aber ich schaffe es nicht zum Essen. Ich ruf später noch mal an, okay?« Schnell unterbrach sie die Verbindung und atmete erleichtert auf. »Zum Glück nur der Anrufbeantworter.«

»Hast du so viel Angst vor deiner Mutter?«

»Du solltest auch Angst vor ihr haben. Schließlich macht sie dich für das Scheitern meiner Ehe verantwortlich. Und ich kann sie nicht von dieser fixen Idee abbringen. Sie will dich zur Rede stellen.«

»Klingt ja fast so, als hättest du deinen Sinn für Unvernunft von ihr geerbt.«

Sie wollte gerade etwas Bissiges erwidern, als Josephine auf ihren Schoß kletterte und sich wohlig niederließ. Julie konnte nicht anders und musste sie streicheln. Und sofort beruhigte sie das Gewicht dieses kleinen, warmen Körpers. Josephine war Gold wert. Und als Beruhigungsmittel viel wirksamer als Valium.

»Also, was willst du essen?«, fragte Mac mit einem schnellen Seitenblick.

»Thunfischsandwich bei meiner Mutter.«

»Super, ich hab nämlich auch Lust auf Pizza. Zudem kann man beim Essen arbeiten.«

Er nahm sein Handy und wählte.

Julie hörte, wie eine weibliche Stimme sich mit »McQuarry and Hinkle« meldete. Sie erkannte Macs Assistentin Rawanda.

»Bestellst du bitte zweimal Pizza für heute Abend? Einmal extra groß mit allem und einmal …« Er zögerte und sah Julie an.

»… eine kleine vegetarische«, vollendete sie seine Bestellung. Tatsächlich hatte sie großen Hunger, aber normalerweise würde sie nie so etwas Fettiges wie eine Pizza essen. Sie stand neben Schokolade ganz oben auf ihrer roten Liste.

»Vegetarisch also«, sagte Mac. »Danke.« Er unterbrach die Verbindung.

Sie rollten gemächlich in Richtung Charleston. Es war nicht viel Verkehr, so dass sie gut vorankamen. Am Horizont türmten sich dunkle Gewitterwolken auf, die baldige Abkühlung versprachen. Allerdings war es nach der ersten Erleichterung oft fast noch schwüler als vor dem Gewitter.

Julie schwieg für den Rest der Fahrt, und auch Mac war nicht sehr gesprächig. Endlich erreichten sie ein lang gestrecktes Bürogebäude, und Mac hielt den Blazer an.

»Und jetzt benimm dich bitte, okay?«, sagte Mac. »Meine Kollegen setzen einiges aufs Spiel, um dich zu schützen.«

»Ich benehme mich immer. Außer man belügt mich, hintergeht mich oder benutzt mich.«

Mac grinste nur und stieg aus. Er ging um den Wagen herum und öffnete die gesicherte Beifahrertür von außen, damit Julie mit Josephine im Arm aussteigen konnte.

»Setz sie ruhig ab«, sagte Mac und deutete auf den Pudel. Er beugte sich ins Wageninnere, holte ihre Leine vom Rücksitz und befestigte sie an Josephines pinkfarbenen Halsband. »Letzte Nacht musste sie ungefähr alle fünf Minuten Gassi, und dem will ich vorbeugen.«

Julie nahm die Leine, und Mac nahm Julie am Arm, als hätte er Angst, dass sie weglaufen könnte.

»Wohin gehen wir überhaupt?«, fragte sie gelangweilt.

»Ins Büro. Vielleicht gibt es inzwischen neue Erkenntnisse.«

Mac führte Julie und Josephine über die Straße und durch einen Hinterhof bis zu einer Reihe unscheinbarer, flacher Gebäude. Beim dritten blieben sie stehen.

»Warum haben wir da drüben geparkt?«, fragte Julie mit verzerrtem Gesicht. Offenbar eigneten sich ihre High Heels nicht für längere Spaziergänge.

»Ich dachte eben, ein bisschen Training könnte dir gut tun«, sagte Mac lächelnd. »Außerdem wollte ich verhindern, dass uns jemand sieht. Wir müssen aber nachher nicht zurücklaufen. Mutter holt uns mit einem neuen Wagen ab. Bis der Fall geklärt ist, ziehen wir den Blazer aus dem Verkehr. Zu auffällig.«

»Praktisch, einen Autodieb als Freund zu haben.«

»Sag ich mir auch.«

Die Büroräume von Macs Detektei lagen im ersten Stock. Auf einer Tür mit Milchglasscheibe stand in goldenen und schwarzen Buchstaben: McQuarry & Hinkle, Private Ermittlungen. Gerade als sie die Tür erreichten, wurde sie auch schon von innen geöffnet. Julie sah, dass der Raum, den sie betraten, zum Hof ging. Man hatte sie also kommen sehen.

»Das nenne ich Timing«, rief Rawanda. »Gerade ist die Pizza gekommen.« Macs dralle Assistentin stand in der Tür und begrüßte Julie und Mac. Sie trug eine orange Hose und dazu ein lila T-Shirt. »Meine Güte, Boss! Du siehst ja furchtbar aus. Waren Sie das, Lady?«

»Allerdings«, sagte Mac. »Wegen ihr hab ich letzte Nacht kein Auge zugemacht.« Er schob die empörte Julie ins Zimmer und zwinkerte Rawanda zu.

An einem Tisch nahe der Tür saß George Hinkle vor einem Computer. Er blickte kurz auf und nickte, als die beiden hereinkamen.

»Hallo, Mac. Hallo, Mrs. Carlson.« Seine Stimme klang kühl und reserviert. Julie musste daran denken, dass Hinkle über ihre Verbindung zu Mac gar nicht glücklich gewesen war. Was sie verstehen konnte. Sie war auch nicht mehr glücklich über diese Verbindung.

»Nennen Sie mich bitte Julie«, sagte sie um Freundlichkeit bemüht. »Ich lasse mich sowieso scheiden, da bin ich den Namen Carlson bald los.«

»Wir haben so was läuten hören«, sagte Rawanda und schüttelte betrübt den Kopf. »Scheidung ist 'ne üble Sache, Schätzchen. Hab ich schon zwei Mal mitgemacht und bin dabei nicht reich geworden.«

»Zwei?«, fragte Hinkle. »Von der zweiten Scheidung hast du mir nie erzählt.« Die Blicke, die er und Rawanda sich zuwarfen, machten klar, dass zwischen den beiden etwas lief. Und so wie Mac bei diesem kleinen Streit das Gesicht verzog, war ihm das gar nicht recht.

»Muss ich wohl vergessen haben zu erwähnen«, murmelte Rawanda und sah Julie an. »Hey, Schätzchen, wenn du was von der Pizza willst, solltest du dich ranhalten, sonst isst der Boss dir alles weg.«

»Na ja, für mich nur eine Ecke, das genügt mir.« Sie folgte Rawanda zu dem Tisch, auf dem Mac gerade die Pizzaschachteln öffnete. Der Duft, der aus dem flachen Karton aufstieg, ließ bei Julie das Wasser im Munde zusammenlaufen. Ihr Magen knurrte vernehmlich. Ihr wurde bewusst, dass sie bis auf ein Glas Orangensaft und alte Pralinen, die sie noch im Büro gefunden hatte, den ganzen Tag noch nichts zu sich genommen hatte.

Mac schnitt ein Stück von der vegetarischen Pizza ab, legte es auf eine Serviette und reichte es Julie. »Hier.« Dann riss er eine Cola von einem Sixpack und reichte ihr auch die Dose. Eigentlich trank sie nur Cola light, aber diesmal würde sie eine Ausnahme machen. Sie biss ein großes Stück von der Pizza ab. Es schmeckte wunderbar. Furchtbar ungesund, dachte sie. Aber eben eine Ausnahme. Eine köstliche Ausnahme.

»Hat das mit Simmons geklappt?«, fragte Mac zwischen zwei Bissen. Er saß auf einer Ecke des Tisches. Hinkle nahm sich gerade ebenfalls ein Stück Pizza.

»Klar«, sagte er und warf erst Julie und dann Mac einen Blick zu. »Die Fotos liegen auf deinem Schreibtisch.«

Julie ließ sich auf ein in der Ecke des Raums stehendes Sofa fallen. Sie war sich sicher, dass es um die Fotos von Sid und Amber ging.

Der Gedanke an die Szene ließ sie völlig kalt, stellte sie fest.

Mac nickte. »Danke. Und was habt ihr noch für mich?«

Wieder sah Hinkle erst Julie an, bevor er antwortete. »Die Rand Corporation hat offenbar eine Menge Tochterunternehmen. Einige legal, wie die All American Builders und das *Sweetwater*. Andere sind nur Scheinfirmen, und manche haben nichts als einen Briefkasten. Die sind nur dazu da, Geld zu verschieben und zu waschen. Offensichtlich gehört die Rand Corporation der Mafia oder wird zumindest von ihr kontrolliert. Wir sind ja die Lohnlisten durchgegangen. Immer wenn Zahlungen eingestellt wurden, gab es eine entsprechende Begründung: Entlassung, Pensionierung, Kündigung, irgendwas. Nur bei Julies Vater Mike Williams endeten die Überweisungen ohne Angabe von Gründen. Er wurde als Logistik-Experte geführt. Wir nehmen an, dass er schlicht ein Lastwagenfahrer war. Elf Jahre stand er auf der Lohnliste, bis Januar 1987. Danach taucht er nicht mehr auf.«

»Januar 1987. Derselbe Monat, in dem mein Bruder Daniel und Kelly Carlson verschwanden«, sagte Mac nachdenklich. »Gibt es da eine Verbindung?«

»Das wissen wir noch nicht«, sagte Hinkle.

Mac legte den Zeigefinger an die Stirn. »Also hat Mike Williams im Januar 1987 aufgehört, für Rand zu arbeiten. Was hat er danach gemacht?«

»Gestorben ist er jedenfalls erst 1992, so viel wissen wir«, sagte Hinkle.

Die Augen auf Julie gerichtet, sagte Mac: »Du hast doch erzählt, du hättest deinen Vater noch hin und wieder gesehen, bis du ungefähr vierzehn warst. Und dann sei er für ein paar Jahre einfach verschwunden. Wann hast du ihn anschließend wiedergesehen?«

Bevor sie antwortete, nahm Julie einen Schluck Cola. Sie dachte nicht gern an ihren Vater.

»Das war kurz bevor ich zur Miss South Carolina gekürt wurde. Ich war neunzehn.«

Mac war nun hoch konzentriert. »Und kurz nachdem du Miss geworden warst, hast du Sid getroffen, stimmt's?«

Julie nickte.

»Julie, du musst mir alles über deinen Vater erzählen. Alles, was du noch weißt, bis zu eurem letzten Treffen. Bist du bereit dazu? Es ist äußerst wichtig.«

28

Für einige Sekunden sah Julie Mac nur stumm an. Und plötzlich war das Stück Pizza in ihrem Magen schwer wie Blei.

»Also ich glaube, dass Mr. Hinkle ...«

»George«, unterbrach George sie.

»Also George. Ich glaube, dass George Recht hat. Soweit ich weiß, war mein Vater tatsächlich Lastwagenfahrer. Jedenfalls gab es eine Zeit, da hat er meiner Schwester Becky und mir immer gesagt, wir würden einmal was zusammen unternehmen, wenn er nicht mehr so viel arbeiten müsse. Er war wirklich viel unterwegs.« Sie holte tief Luft und sah Mac an. »Ich weiß wirklich nicht viel über meinen Vater. Er und meine Mutter ließen sich scheiden, als ich zwei Jahre alt war. Und er war schon ihr zweiter Mann. Nach ihm hatte sie noch mal vier. Für meine Mutter waren Männer so austauschbar wie Unterwäsche. Mein Vater war nicht oft zu Hause, aber er und meine Mutter haben öfter miteinander telefoniert und dann ...« Sie merkte, wie schwer es ihr fiel, über dieses Thema zu sprechen. Es war zu persönlich. Aber Macs Blick schien sie zu ermutigen, und so fuhr sie fort. »... und dann ging es meistens darum, dass sie Geld brauchte. Wenn er welches hatte, gab er es ihr. Aber er hatte nicht oft Geld.«

»Und als du vierzehn warst, verschwand er?«

Julie nickte und schluckte hart. Mac erhob sich vom Schreibtisch, kam zu ihr herüber, ging vor ihr in die Knie und nahm ihre Hände. Julie klammerte sich fast instinktiv an ihm fest.

»Bitte erzähl uns, unter welchen Umständen du ihn das letzte Mal gesehen hast. Das könnte sehr wichtig sein.«

Seine Miene verriet, dass er wusste, wie schwierig dieses Thema für Julie war. Aber Julie spürte auch wieder seine Kraft und sein Mitgefühl. Der Gedanke, dass er sie belogen und ausgenutzt hatte, erschien ihr plötzlich weit entfernt. Es war nicht mehr wichtig. Im Gegenteil. Wieder war er für sie in dem Moment da, wo sie einen Freund brauchte. Ganz wie am Anfang. Sie blickte in seine warmen Augen und versetzte sich in Gedanken zehn Jahre zurück.

»Ich war allein zu Hause, weil Mama und Becky weggefahren waren. Ich weiß nicht mehr, wohin. Es war gegen Abend, und ich saß in unserem Wohnwagen. Ich hatte den Fernseher laufen und nähte einen Saum an das Kleid, das ich zum Schönheitswettbewerb für die Miss South Carolina tragen wollte. Es klopfte, ich machte die Tür auf, und da stand er. Wir hatten uns ungefähr fünf Jahre nicht gesehen, also standen wir erst einmal stumm einander gegenüber, bis er dann ›Hallo, Becky‹ sagte. Ich sagte, ich sei Julie, und er ›na klar, Entschuldigung‹, und dann fragte er, wie es mir geht, und ich sagte gut und so weiter. Er kam dann auch rein, aber er fühlte sich sichtlich unwohl. Und mir war auch ein bisschen mulmig, schließlich kannte ich ihn kaum. Und er kannte mich ja auch nicht, sonst hätte er mich nicht mit meiner Schwester verwechselt. Trotzdem saßen wir ein bisschen zusammen und haben uns über alles Mögliche unterhalten. Er war unruhig und ständig auf dem Sprung. Als könnte er es gar nicht erwarten, wieder zu gehen.«

Julie schluckte und schwieg. Sie blickte auf Macs Mund, und es war, als würde sie ihn das erste Mal sehen. Es war ein schöner Mund, dachte sie. Dafür, dass er zu einem Mann gehörte. Sie starrte Macs Mund an und wollte nichts anderes denken als: was für ein schöner Mund.

»Julie?«

Sie hob den Blick. Nein, sie wollte nicht an die Vergangenheit denken. Zu viel war seither geschehen. Sie war nicht mehr dieselbe Julie, nicht mehr so verletzbar. Nie mehr wollte sie so verletzbar sein.

»Irgendwann ist er gegangen. Ich bin mit ihm zur Tür und hab ihn verabschiedet. Er ist in seinen alten Pick-up gestiegen, hat gewendet und hat noch mal angehalten. Er hat das Fenster heruntergekurbelt. Und dann hat er gesagt: ›Ich liebe dich, Becky.‹« Julie musste schlucken. »Ich hab ihn nie mehr wiedergesehen. Bei seiner Beerdigung musste ich die ganze Zeit denken: Mein Vater konnte sich nicht mal meinen Namen merken. Ist das nicht bescheuert?«

Inzwischen war der Kloß in ihrem Hals so groß geworden, dass sie das Gefühl hatte, nicht mehr sprechen zu können. Ihre Augen brannten. Plötzlich merkte sie, dass ihre Wangen nass waren. Sie weinte. Julie löste ihre Hände aus Macs Griff, bedeckte damit ihr Gesicht und wandte sich ab.

»Julie«, sagte Mac. Er stand auf, legte seine Arme

um sie, hob sie hoch und setzte sich zurück aufs Sofa mit ihr auf dem Schoß.

Ihr Blick war von Tränen so getrübt, dass sie Mac nur verschwommen sah. Wie albern von mir, dachte sie. Wie konnte etwas, das so lange her war, ihr so nahe gehen. Sie wischte sich die Tränen aus dem Gesicht und hoffte, dass das Schlimmste vorüber war. Aber als sie einen tiefen, beruhigenden Atemzug nehmen wollte, wurde unvermittelt ein Schluchzen daraus, und die Tränen flossen erneut.

Mac nahm sie noch fester in die Arme und sagte irgendetwas zu seinem Kollegen, das sie nicht verstand. Julie wurde einfach den Gedanken nicht los, dass ihr Vater sie nicht genug geliebt hatte. Das Gefühl hatte sie ihr ganzes bisheriges Leben begleitet, aber sie hatte es kontrolliert. Jetzt war es wieder da, und obwohl sie Macs Nähe genoss, fühlte sie sich verlassener als je zuvor. Sie verschloss die Augen vor der Welt.

»O Gott, es tut mir so Leid«, krächzte sie. »Ich komme mir wirklich wie ein Idiot vor.«

»Weine nur«, sagte Mac sanft, »das hilft.« Seine Stimme gab ihr den Rest. Er fühlte sich so warm und stark an, und genau das – Wärme und Stärke – hatte sie immer vermisst. Jetzt bekämpfte sie die Tränen nicht mehr, sondern ließ ihnen hemmungslos freien Lauf. Es war, als würden Dämme brechen.

Zwischen ihren Schluchzern hörte sie Hinkle sagen: »Wir gehen dann wohl besser. Ruf einfach an, wenn du was brauchst, okay?«

»Genau, wir gehen jetzt«, sagte auch Rawanda.

Julie hatte in den letzten Minuten vollkommen vergessen, dass sie nicht allein mit Mac im Raum war. Umso peinlicher waren ihr die Tränen. Es war, als würde sie aufwachen. Sie richtete sich auf und wollte Macs Kollegen zeigen, dass sie keine Heulsuse war.

Aber es war zu spät. Als ihr Blick für einen Moment klar genug war, um ihre Umwelt wahrzunehmen, waren Hinkle und Rawanda schon verschwunden. Dann traten wieder Tränen in ihre Augen, und es ging von vorn los. Sie musste einfach weinen. Sie weinte all die Tränen, die sie seit Jahren weinen wollte, es aber nie konnte. Der Schmerz hatte schon so lange in ihr genagt, aber nie hatte sie es zugeben und rauslassen können. Nachdem ihr Vater damals gegangen war, hatte sie geweint. Geweint, weil sie ihn so sehr vermisste und schon wieder verloren hatte. Seither hatte sie keine Träne mehr vergossen. Nicht einmal bei seiner Beerdigung.

Das erste Mal stellte sie sich ihren Gefühlen.

Mac wiegte sie in seinen Armen wie ein kleines Kind. Er summte eine Melodie und küsste sie auf Stirn, Wangen, Hals und Nacken, während sie nicht aufhören konnte zu schluchzen.

Schließlich war sie leer und müde. Nur hin und wieder erschütterte ein tiefer Seufzer ihren Körper. Ihr Kopf lag in der Beuge zwischen seinem Hals und seinen Schultern. Lange Zeit rührte sie sich nicht. Einerseits konnte es für Julie immer so bleiben. Andererseits hatte sie Angst davor, ihm ins Gesicht zu sehen.

Endlich blickte sie doch auf. Seine tiefblauen, schönen Augen blickten traurig, und seine Hand streichelte ihren Rücken durch das dünne Baumwoll-T-Shirt. Ihr Rock war hochgerutscht, so dass ihre nackten Oberschenkel auf seinem Schoß lagen. Julies Arme lagen um seinen Hals, ihre Brüste waren gegen seine Brust gepresst. Es fühlte sich so gut an, dass sie schon allein deshalb beinahe wieder angefangen hätte zu weinen.

Lange Sekunden verstrichen, dann verzogen sich seine Lippen zu einem sanften Lächeln.

»Du wirst mir noch das Herz brechen«, sagte er leise.

Dann legte er seine Hand in ihren Nacken, bog zärtlich ihren Kopf zurück und küsste sie.

Sobald sein Mund sie berührte, fing Julie Feuer. All ihre Zurückhaltung war verflogen, und sie wollte seine Wärme, seine Zärtlichkeit und seine kräftigen Berührungen. Ohne zu zögern schob sie ihre Zunge durch seine Lippen hindurch, und das war offenbar der Funke, den Mac gebraucht hatte, um zu explodieren. Von da an verschmolzen sie miteinander, konnten sich gar nicht nahe genug sein. Wie ein glühender Schürhaken schoss seine Zunge in ihren Mund. Seine Arme hielten sie wie zwei Stahlbänder fest. Sie war so fest an ihn gepresst, dass sie sein Herz an ihrer Brust schlagen fühlte. Während seine Hände wie rasend ihr T-Shirt aus dem Rock zogen und nach ihrem nackten Rücken tasteten, spürte sie, dass er vor Erregung zitterte. Julie griff ihm mit beiden Händen in den Nacken und küsste ihn, als hinge ihr Leben davon ab. Dann fand eine seiner Hände ihre Brust, und ihr entfuhr ein gepresster, erstickter Laut, als würde sie kurz vor dem Ertrinken ein letztes Mal verzweifelt Atem holen.

»O Gott, Julie«, knurrte Mac atemlos. Er bog ihren Rücken zurück, und sie spürte kühles Leder auf ihrer Haut. Dann war er über ihr und riss ihr das T-Shirt vom Leib, zog ihr den Rock herunter, während sie mit fahrigen Bewegungen versuchte, ihm gleichzeitig beim Ausziehen behilflich zu sein. Schließlich war sein

Oberkörper nackt, aber Julie zerrte immer noch an seinen Jeans. Dann war er auch die los, kickte seine Schuhe in die Ecke, wand sich aus seinen Shorts und ließ sich fast auf sie fallen, während sie die Beine für ihn spreizte. Seine rauen Schamhaare rieben über die weiche Innenseite ihrer Schenkel, und dieser süße Schmerz machte sie noch wilder. Sie zog an seinen breiten, festen Schultern, die feucht vom Schweiß waren.

Sie wollte ihn so sehr, dass ihr schwindelig wurde.

Da hielt Mac auf Knie und Hände gestützt inne und sah auf Julie herab. »Hübsch«, sagte er mit Blick auf ihren weißen Spitzen-BH und das dazu passende Höschen, die sie immer noch trug. »Wirklich sehr hübsch. Auch, was drinsteckt.«

Julie sah ihm tief in die Augen, zog die noch weiter gespreizten Knie an und brachte sich mit leichten Hüftbewegungen in Position. Ihre Augen glühten. »Küss mich«, sagte sie hart, und Mac stieß auf sie herab wie ein Raubvogel. Es war ein wilder, fordernder Kuss. Als sie sich wieder trennten, bebten ihre Lippen.

Mit einer entschlossenen, schnellen Bewegung fuhren seine Hände auf ihren Rücken und lösten den BH. Mac warf ihn zur Seite. Dann nahm er eine der entblößten, festen und glatten Brüste in den Mund. Julie schloss die Augen und stöhnte auf, als er in ihre Brustwarze biss. Ihr Körper warf sich ihm entgegen, ihr Rücken war gespannt wie ein Bogen. Mit beiden Händen hielt sie erst seinen Kopf fest, forderte mehr, dann ließ sie ihn los und fuhr über seine Hüfte und zwischen seine Schenkel, wo sie seinen Schwanz fand. Er war groß und hart, und sie grub ihre Fingernägel hinein, so dass er den Kopf von ihrer Brust hob und sie ansah. In ihren Augen stand die nackte Gier. Wenn sie ihn nicht gleich bekam, würde sie sterben, dachte sie. Ihre Hand dirigierte seinen Schwanz, und erst im letzten Moment wurde ihr bewusst, dass da noch ein Hindernis in Form ihres Höschens war.

Mac hatte es nicht gemerkt, und als sein Schwanz gegen das Hindernis stieß, stöhnte Julie enttäuscht auf. Sie wollte den störenden Fetzen mit der bloßen Hand zerreißen, aber Mac war schneller. Er schob den Schritt zur Seite und begann sie zu reiben. Julie bäumte sich auf, schnappte nach Luft und glaubte wahnsinnig zu werden, als Mac schließlich zwei Finger in sie hineinschob. Rein und raus, rein und raus, hart und schnell waren seine Bewegungen, während er ihren Mund mit seinen Lippen versiegelte.

»Mac! Oh, Mac!« Julie reagierte wie ein wildes Tier. Sie warf den Kopf zurück, ihre Haare flogen hin und her, sie jaulte schamlos auf und wusste, dass sie nicht länger warten konnte. Sie öffnete die Augen.

»Fick mich, Mac«, flüsterte sie heiser. Er hielt einen Moment zitternd inne, seine Finger waren immer noch in ihr. Sie fühlte die Nässe und Hitze zwischen ihren Beinen.

»Ja, Julie. Ich werde dich ficken«, sagte er kaum hörbar. »O Gott, ich werde dich ficken!«

Dann riss er ihr das Höschen runter, hielt ihre Beine mit beiden Händen und drang hart und ohne zu zögern in sie ein. Julie gab sich ganz hin und schrie seinen Namen. Er gab den Rhythmus vor, forderte sie, stieß sie, füllte sie ganz aus, und obwohl sie beide in ihrer eigenen Welt der Lust zu sein schienen, kamen sie doch zusammen. Noch ein wilder Stoß von ihm, noch ein wildes Aufbäumen von ihr. Er ergoss sich heiß und ekstatisch, sie verglühte in einem Feuerwerk der Leidenschaft, sie küssten sich in dem Moment, da es passierte, und es war, als würden sie sich gleichzeitig Leben einhauchen und alle Kraft aussaugen.

»Mac! O Mac!«

Er machte letzte, zuckende Bewegungen und wurde dann ganz still.

Langsam kehrte Julie aus dem sexuellen Nirwana in die Wirklichkeit zurück. Das ruhige, gleichmäßige Atmen fiel ihr noch schwer, aber zumindest Finger und Zehen konnte sie noch bewegen.

Der Rest ihres Körpers war von einem großen, heißen, schwitzenden Mann zerquetscht worden.

In diesem Augenblick hob Mac den Kopf und sah sie fragend an.

Julie erwiderte den Blick. »Das war wirklich unglaublich gut«, sagte sie.

Ein breites Grinsen verzog sein Gesicht. »Na also, Miss America, es geht doch. Die Art von Bettgeflüster mag ich schon eher.«

»Das dachte ich mir fast.«

Julie merkte schnell, dass es nicht gerade der Gipfel der Erotik war, nackt und verschwitzt auf einem Ledersofa zu liegen. Es war, als klebte sie an Fliegenpapier. Sie konnte sich praktisch nicht bewegen. Mac schien zu bemerken, dass sie sich nicht wohlfühlte. Er schob sich zwischen sie und die Sofalehne und zog sie auf sich. Das war schon besser.

Für einige Augenblicke genossen beide, einfach so dazuliegen. Dann zog sie die Arme an, faltete die Hände flach auf seiner Brust, legte ihr Kinn darauf und sah ihn an.

»Mac?«

»Hmm?« Seine Hände lagen flach und warm auf ihrem Hintern.

»Heißt das, dass du mich liebst?«

»Du bist ja ein Blitzmerker.«

»Stimmt.«

Er studierte jede Linie ihres Gesichts und lächelte fast schüchtern.

»Ich liebe dich so sehr, dass es mir Angst macht. Als ich dich zum ersten Mal sah, war es, als wäre nach Jahren der Dunkelheit die Sonne aufgegangen. Wenn ich dich sehe, verliere ich den Boden unter den Füßen. Wenn du lächelst, werden meine Knie weich. Wenn du weinst, bricht mir das Herz. War das die Antwort auf deine Frage?«

Julies Augen glänzten. »Eine wunderschöne Antwort.«

»Hab mir auch Mühe gegeben.«

»Stimmt die Antwort denn auch?« Ein misstrauischer Unterton war in ihrer Stimme zu hören.

Er lachte auf. »Ja.«

Ihr Kinn ruhte immer noch auf ihren Armen. Ihr Blick war warm, aber ernst. »Okay. Ich gebe dir genau eine Chance mir zu erklären, wie du mich belogen und benutzt hast, um an Sid heranzukommen. Wenn du es gut machst, bring ich dich vielleicht nicht um.«

Er seufzte übertrieben. »Ich offenbare meine tiefsten und aufrichtigsten Gefühle, und du traust mir immer noch nicht. Das verletzt mich.«

»Dich verletzt gleich was ganz anderes, wenn du nicht den Mund aufmachst.«

Er grinste und gab auf. »Also, wie ich schon sagte, hatte die Sache mit Debbie ursprünglich überhaupt nichts mit dir zu tun. Ich wollte …«

Es klopfte an der Tür. Das war das Signal für Josephine, unter dem Schreibtisch hervorzuspringen und mit kleinen Japsern vor der Tür auf und ab zu hüpfen. Mac und Julie tauschten fragende Blicke. Dann lösten sie sich voneinander, standen auf und nahmen sich ihre Kleider.

Wieder klopfte es. Diesmal härter und lauter. Julie sah Mac unsicher an. Ihr Blick schien zu fragen: Klopfen Killer an, bevor sie schießen?

Mac hatte schon seine Jeans angezogen und schlüpfte gerade in sein T-Shirt.

»Wer ist da?«, rief er. Gleichzeitig nahm er seine Pistole vom Schreibtisch. Julie zog gerade den Reißverschluss ihres Rocks hoch. BH und Höschen hatte sie in Windeseile angezogen. Mit der Pistole in der Hand näherte Mac sich der Tür. Josephine japste nicht mehr, sondern bellte wie verrückt. Julie schlug das Herz bis zum Hals.

»Aufmachen! Polizei!«

Julies Augen weiteten sich. War das gut? Nach Macs Gesichtsausdruck zu schließen, nicht. Er hatte die Pistole sinken lassen und suchte hastig nach seinen Schuhen.

»Bist du das, Dorsey?«

»Ja, ich bin's! Mach auf, McQuarry!«

Mac sah sich nach Julie um. Sie war inzwischen vollständig angezogen und hatte ihre Handtasche unter den Arm geklemmt.

Sie strich sich noch einmal übers Haar. Schließlich sollte nicht jeder gleich sehen, womit sie gerade beschäftigt gewesen war.

»Keine Angst«, flüsterte Mac, »es ist alles in Ordnung. Ich kenne den Typ. Er ist zwar ein Arschloch, aber wenigstens ein ehrliches Arschloch.«

Julie nickte.

Mac stopfte sich die Pistole hinter den Gürtel, ließ das T-Shirt darüber fallen und öffnete die Tür.

Im Flur standen zwei Polizisten und sahen gar nicht zum Fürchten aus. Sie musterten erst Mac und dann Julie, die sich schnell bückte und Josephine auf den Arm nahm. Auch der Pudel hatte sich beruhigt.

»Was gibt's?«, fragte Mac nicht gerade freundlich.

Der dickere der beiden Polizisten verzog das Gesicht.

»McQuarry? Sie sind verhaftet.«

29

»Das soll wohl ein Witz sein.«

Mac starrte Dorsey ungläubig an. Der zweite Cop schüttelte gewichtig den Kopf. Mac kannte ihn noch aus seiner Zeit bei der Polizei. Damals war er noch auf Streife gegangen, also musste er inzwischen Karriere gemacht haben.

»Kein Witz«, sagte Dorsey. »Trägst du 'ne Waffe bei dir? Klar tust du das. Wenn du keinen Ärger willst, gibst du sie mir, okay?«

Dorsey trat einen Schritt vor in den Raum und streckte die Hand aus. Sein Kollege zog vorsichtshalber schon mal seine Dienstwaffe.

»Du kannst mich doch nicht einfach verhaften! Weswegen eigentlich?«

»Tätlicher Angriff. Wir haben einen Haftbefehl. Du hast …«

»*Was?*«

»… das Recht zu schweigen. Alles, was Sie ab jetzt sagen, kann vor Gericht …«

»Ich kenne meine Rechte, danke. Verdammt, Dorsey, ich stecke mitten in der Arbeit. Diese Frau hier …« – er zeigte auf Julie, die hinter ihm stand und die Szene wortlos verfolgte – »… wird von einem Killer bedroht. Ich bin ihr Bodyguard, und wenn ich sie nicht beschütze, sind ihre Chancen gleich Null.«

»Klar doch«, sagte Dorsey ruhig, während er um eine Hand von Mac so beiläufig Handschellen legte, dass dieser erst gar nichts davon mitbekam. Aber als er das kalte Metall spürte, wusste er, dass es ernst wurde. Dorsey drehte Mac um die eigene Achse und leierte dabei weiter den Spruch über dessen Rechte herunter. Er langte nach Macs zweiter Hand und wollte auch um sie die Handschelle zuschnappen lassen. Sein Kollege war hinzugetreten und drückte jetzt eifrig den Oberkörper des Gefangenen auf die Tischfläche.

»Tut ihm bitte nicht weh«, rief Julie besorgt.

»Keine Angst, Ma'am, dem wird kein Haar gekrümmt. Bitte bleiben Sie zurück«, sagte der zweite Cop, der sich noch nicht ausgewiesen hatte.

Aus den Augenwinkeln sah Mac, dass Julie angesichts der Situation blass geworden war. Mit einem Ruck entzog er Dorsey seine Hand.

»Verdammt, McQuarry …« Dorsey packte Macs Hand erneut. Der zweite Cop hatte inzwischen Mac abgetastet und seine Pistole entdeckt. Er nahm sie an sich.

»Mac, soll ich jemanden anrufen?« In Julies Stimme schwang jetzt deutlich Angst mit.

»Ruf Hinkle an«, sagte Mac, der immer noch Spielchen mit Dorsey und seiner Hand spielte.

»Scheiße, Mac«, sagte Dorsey, »du machst es uns echt nicht leicht.« Darauf stieß er ihm sein Knie ins Kreuz, so dass Mac vor Schmerz aufstöhnte. Den Moment nutzte Dorsey, um Macs Hand endgültig zu fassen und die Handschelle zuschnappen zu lassen.

»Sie tun ihm weh!«, schrie Julie empört. Sie stand am Schreibtisch und hatte den Telefonhörer in der Hand. »Mac, Hinkle ist nicht da, ich erreiche nur den Anrufbeantworter.«

»Sag ihm einfach, was passiert ist, und sag ihm auch, dass er so schnell wie möglich zum Revier kommen soll.«

Mac war verzweifelt. Dorsey hatte den IQ eines Toasters, und es war sicher unmöglich, ihm die Verhaftung zu diesem Zeitpunkt noch auszureden. Aber er musste sie ihm ausreden, weil Julie sonst ihrem Killer schutzlos ausgeliefert war. Julie sprach immer noch auf Hinkles Anrufbeantworter.

Als Dorsey plötzlich das Gesicht seines Gefangenen grob auf die Tischplatte drückte, grunzte dieser vor Schmerz.

Verdammt, dachte Mac, sie saßen wirklich in der Scheiße.

Jetzt riss Dorsey ihn genauso grob wieder hoch und gab ihm einen Stoß in Richtung Tür.

»Julie«, rief Mac, »komm mit uns aufs Revier, okay? Das wird doch kein Problem sein, Dorsey?«

»Geht nicht. Die Vorschriften«, sagte der nur. Und dann etwas freundlicher: »Tut mir wirklich Leid, Ma'am.«

»Julie!«

»Ich bin hier, Mac! Officer, Sie können doch nicht …«

Die beiden Polizisten hatten Mac zwischen sich genommen und in den Aufzug geschoben. Gerade schlossen sich hinter ihnen die Türen und schnitten ihr das Wort ab.

Wie betäubt blickte Mac auf die stählerne Wand der Fahrstuhlkabine.

»Julie!«, brach es dann noch verzweifelter als zuvor aus ihm heraus, und sofort rissen die Polizisten brutal seine hinter dem Rücken gefesselten Arme nach oben.

Mac stöhnte vor Schmerz.

»Wenn du noch mal so schreist, breche ich dir die Arme, klar?«

»Dorsey, du Dreckskerl. Falls ihr etwas passiert, mach ich dich fertig.«

Bei dem Gedanken, dass Julie in diesem Augenblick allein da oben war, brach ihm der Angstschweiß aus. Josephine würde ihr kaum helfen können.

Mac atmete tief durch. Der Killer konnte ganz in der Nähe sein. Er war fast sicher, dass er ganz in der Nähe war. Julie hätte nicht den Hauch einer Chance. Sie würde sterben, und Mac könnte nichts dagegen tun. Bei dem Gedanken wurde er fast wahnsinnig vor Angst. Aber er durfte nicht in Panik geraten, durfte sich auf keinen Fall verrückt machen lassen. Er musste nachdenken. Dorsey war dumpf und dumm, aber ehrlich. Er machte, was die Obrigkeit ihm sagte. Wem hatte er also diese Verhaftung zu verdanken? Er konnte es sich schon denken.

Konzentriere dich, sagte Mac sich, sammle deine Kräfte, bleib ganz cool, sonst ist alles verloren.

Endlich hielt der Aufzug.

30

Mac war weg. Einfach so. Wie versteinert stand Julie in der Tür seines Büros und sah mit leerem Blick auf die geschlossene Aufzugtür. Die ebenfalls starre Josephine hatte sie unter ihren Arm geklemmt.

In der stumpfen, metallenen Oberfläche sah sie sich selbst. Sah die von Macs Küssen geschwollenen Lippen. Sah ihre geröteten Wangen. Sah ihr aufgelöstes Haar. Sie sah eine verliebte Frau.

Und Mac hatte gesagt, dass er sie liebte.

So unangenehm die Lage auch war, der Gedanke an die letzte Stunde wärmte Julie das Herz, und sie lächelte ihr Spiegelbild zaghaft an.

Raus hier.

Da war sie wieder. Die innere Stimme. Wie aus dem Nichts. Sofort war ihr Lächeln wie weggeblasen.

Die Stimme erinnerte Julie an etwas: Sie war keine verliebte Frau, sondern eine Frau auf der Flucht. Der Gedanke ließ sie erstarren. Ihre Nackenhaare stellten sich auf. Ängstlich und gehetzt wanderte ihr Blick durch den Raum.

Denn eines hatte sie während dieses ganzen Albtraums gelernt: Wenn ihre innere Stimme sich meldete, tat sie gut daran, auf sie zu hören.

Beeil dich!

Sie rannte los.

Der Aufzug war ihr zu langsam, deshalb wollte sie die Treppe nehmen, die sie vorher mit Mac benutzt hatte. Den Pudel unter ihrem Arm hielt sie so fest, als wäre er alles, was sie noch hatte. Was in gewisser Weise stimmte.

Als sie die Tür zum Treppenhaus erreichte, blieb sie stehen. War da ein Geräusch, oder hörte sie nur das Pulsieren ihres eigenen Blutes? Woher kam es? Es konnte alles Mögliche sein. Eine Katze zum Beispiel. Oder ein Penner. Oder vielleicht ein Killer?

Sehr beruhigend, Julie, sagte sie sich. Aber ruhig bleiben konnte sie sowieso nicht, also warum sich nicht der Todesangst hingeben und einfach weiterrennen? Doch auch davor hatte sie Angst.

Es gab nur zwei Wege aus dem Gebäude: Mit dem Fahrstuhl oder über die Treppe. Die Fahrstuhltür war zu. Was sollte ihr schon auf dem einen Treppenabsatz passieren?, sagte sie sich. Im Nu hätte sie Mac und die beiden Polizisten wieder eingeholt.

Versteck dich!

Als sie die Warnung ihrer inneren Stimme hörte, war es schon zu spät. Vor ihr öffnete sich die Tür zum Treppenhaus. Das Blut gefror in Julies Adern.

»Hallo, Julie.«

Ihr Herz setzte einen Schlag aus.

Sie wusste nicht, was ihr mehr Angst machte: Die Pistole, die auf sie gerichtet war, oder die Tatsache, dass sie gehalten wurde von einem Mann mit enorm geschwollener Nase.

Sie waren zu zweit und bewaffnet. Er war allein, unbewaffnet und seine Hände waren mit Handschellen auf den Rücken gefesselt.

Mit den Kerlen war nicht zu verhandeln. Wenn er sich nicht befreien konnte, würde er hinter Gittern landen. Und Julie würde sterben.

Wenn er auch nur den Hauch einer Chance haben sollte, dann hier im Aufzug auf engstem Raum.

Als der Aufzug hielt, ertönte ein elektronisches Signal, und diese Sekunde waren die Polizisten abgelenkt. Sofort begannen die Türen sich zu öffnen. Mac wartete noch einen Augenblick und besann sich auf seine militärische Ausbildung. Dann zog er blitzschnell ein Bein an und warf sich mit aller Kraft herum.

Dorsey bekam den ersten Tritt ab, verlor das Gleichgewicht und fiel mit einem Aufschrei auf seinen Kollegen. Der wurde von Dorseys Gewicht gegen die Wand geschleudert. Beide verloren ihre Pistolen und fielen übereinander. Schon war Mac über ihnen und trat auf Rücken, Bauch und Kopf, so fest er konnte. Nach wenigen Sekunden war Dorsey außer Gefecht gesetzt. Aber sein Kollege versuchte verzweifelt, den schweren, schlaffen Körper von sich zu wälzen, um aufstehen und sich wehren zu können. Zu spät: Mit einem gezielten Tritt gegen das Kinn gab ihm Mac den Rest. Kaum hatte es begonnen, war es auch schon vorbei. Die ganze Aktion hatte kaum mehr als ein paar Sekunden gedauert. Die beiden Polizisten lagen blutend und bewusstlos auf dem Fahrstuhlboden, aber sie lebten. Mac hatte gelernt, wie man tötet, aber er hatte sich so weit wie möglich zurückgehalten, um keinen bleibenden Schaden anzurichten. Natürlich wusste er, dass er sich mit dem Angriff auf Staatsbeamte eines schweren Verbrechens schuldig gemacht hatte, aber im Moment gab es wichtigere Probleme zu lösen.

Er musste Julie retten und dann mit ihr verschwinden.

Er ging in die Knie und stieg mit einem Fuß nach

dem anderen über die Kette der Handschellen, um seine Hände vor den Körper zu bekommen. Er hob eine der Pistolen auf und steckte sie sich in den Hosenbund. Dann durchsuchte er Dorseys Taschen nach dem Schlüssel für die Handschellen. Der Polizist atmete flach. Blut sickerte ihm aus dem Mundwinkel. Pech gehabt, du Idiot, dachte Mac und verzog das Gesicht zu einem zufriedenen Grinsen, als er die Schlüssel ertastete. Er schob den kleinen silbernen Schlüssel in das Schloss der Handschellen, und mit einem Klicken öffneten sie sich. Er rieb sich die Handgelenke und sah sich um. In dem Fahrstuhl gab es nichts, woran man die beiden hätte fesseln können. Also beugte er sich zu den bewusstlosen Cops hinunter und fesselte sie mit den Handschellen aneinander. Vielleicht würde es die beiden wenigstens etwas aufhalten, wenn sie aufwachten. Bevor er den Fahrstuhl verließ, fühlte er den Puls der beiden. Dann drückte er die Taste für den vierten Stock und verabschiedete sich.

Alles in allem sollten er und Julie gute fünf Minuten gewonnen haben. Aber sie mussten sich beeilen.

Er zog die Pistole aus dem Gürtel und rannte zur Treppe.

Zwei Stufen auf einmal nehmend erreichte er den ersten Stock und stieß die Metalltür auf. Der Gang war leer. Vielleicht war sie zurück ins Büro gegangen und wartete dort. Schon als ihm dieser Gedanke kam, zweifelte er daran. Angst kroch in ihm hoch, aber er versuchte sie zu verdrängen. Mit ausgestreckten Armen, die Pistole im Anschlag, stürmte er in das Büro.

»Julie!«

Die Lichter waren noch an. Der Computer summte leise. Die Pizzaschachteln lagen auf dem Schreibtisch:

Alles war genau so, wie sie das Büro Minuten zuvor verlassen hatten. Aber keine Julie.

»Julie!«

Das Blut raste durch seine Adern. Das Herz schlug ihm bis zum Hals. Obwohl er keine Hoffnung hatte, sie zu finden, machte er einen schnellen Gang durch die Räume.

Verdammt, dachte er. Sids Leute hatten sie in den paar Minuten geholt, die er und Julie getrennt gewesen waren. Das waren wirklich Profis.

»O Gott, nein«, murmelte er. Aber er wusste, dass er sich jetzt nicht von Gefühlen überwältigen lassen durfte. Wenn er nicht kühlen Kopf bewahrte, war alles verloren. Schon sie in sein Büro zu bringen war ein Fehler gewesen. Wie dumm von ihm zu glauben, dass ihr an seiner Seite nichts passieren könnte.

Noch so eine Dummheit durfte er sich nicht noch mal erlauben. Er hätte Sid und seine Rache vergessen und sofort mit Julie fliehen sollen.

Was sollte er nur tun?

Da fiel ihm ihre Handtasche ein. War sie noch im Büro? Er sah sich um, konnte sie aber nirgends entdecken. Sie musste sie bei sich haben. Bitte, lieber Gott, lass sie ihre Handtasche bei sich haben, dachte er.

Denn am Morgen hatte er heimlich einen Sender von der Größe eines Knopfes hineingetan. Nur für den Fall, dass sie ihm wieder entwischen wollte.

Sie musste sie bei sich haben. Soweit er wusste, gingen Frauen nie ohne ihre Handtasche irgendwohin.

Er rannte aus dem Büro, über den Flur, die Treppe hinunter und aus dem Gebäude. Verdammt, warum hatte er den Wagen nur so weit weg geparkt?, fragte er sich bei jedem Laufschritt. Schließlich hatte er ihn erreicht. Er riss das Handschuhfach auf und entnahm ihm den kleinen, tragbaren GPS-Empfänger. Mac schaltete ihn an und wartete ungeduldig, bis der Bildschirm aufleuchtete.

Da! Da war das Signal! Der kleine, pulsierende, grüne Punkt bewegte sich schnell durch das Geflecht von Straßen, das auf dem Bildschirm angezeigt wurde. Bitte, Julie, betete er stumm, halt deine Handtasche fest.

Mit rauchenden Reifen fuhr er an und bremste abrupt wieder, als er etwas Kleines, Weißes auf sich zuhüpfen sah. Er verzog das Gesicht zu einer Grimasse und öffnete die Tür. »Na los!«, rief er, »spring rein, mach schon!« Dann schlug er hinter Josephine die Tür zu und schoss vorwärts.

31

»Na, Julie? Was ist das für ein Gefühl, wenn man weiß, dass man den Morgen nicht mehr erleben wird?«, sagte Sid in einem Plauderton, hinter dem der Wahnsinn zu lauern schien. Julies Magen krampfte sich vor Angst zusammen. Sid saß in der dunkel verglasten Limousine, zu der sie der Mann mit der kaputten Nase geführt hatte. Sid nannte ihn Basta.

Julie saß vorne neben Sid, der den großen Wagen nach Norden über schlecht beleuchtete, einsame Landstraßen steuerte. Basta saß stumm auf dem Rücksitz und starrte Julie mit seinen kalten Augen an.

Sid und sein Killer. Mac hatte mit allem Recht gehabt.

»Du willst mich doch nicht umbringen, Sid? Wir haben uns geliebt, weißt du noch? Es kann wieder wie früher werden, da bin ich sicher.«

Sie hatte den fast übermächtigen Drang, sich die Lunge aus dem Hals zu schreien, die Beifahrertür aufzureißen und sich aus dem fahrenden Wagen zu stürzen. Nichts wie weg, egal wie. Jede Sekunde erwartete sie, dass Bastas kalte Finger nach ihrem Hals griffen. Oder dass sie die Mündung seiner Pistole an ihrer Schläfe spürte. Sie würde das Geräusch des Abzugs hören, wenn er langsam abdrückte. Und dann wäre sie tot. Einfach so.

O Gott, würde sie Schmerzen haben?

Sid lachte auf. »Ich habe dich nie geliebt, du billiges kleines Flittchen. Vielleicht war ich wirklich mal so dumm zu glauben, dass ich dich liebe. Aber eigentlich wollte ich dich immer nur ficken. Und selbst dazu habe ich inzwischen keine Lust mehr.«

Seine Worte verletzten Julie nicht so sehr, wie er wohl beabsichtigt hatte. Die rosarote Brille hatte sie sich schon vor langer Zeit vom Gesicht gerissen, und jetzt sah sie, wie Sid tatsächlich war. Ein rücksichtsloser und grausamer Mann. Am liebsten hätte sie ihm ins Gesicht geschrien, was sie von ihm hielt. Aber das wäre die falsche Taktik. Wenn sie lebend aus der Sache rauskommen wollte, musste sie wieder eine Beziehung zu ihm herstellen, in irgendeiner Form die Reste seines Gewissens erreichen. Es musste ihm Leid tun, sie umbringen zu lassen.

Dass Sids Kampfhund ihr im Nacken saß, machte es nicht leichter. In ihrem Nacken stellten sich die Haare auf, wenn sie nur an Basta dachte. Sie hörte seinen rasselnden Atem, sah aus den Augenwinkeln die Konturen seiner gemeinen Visage.

Sie musste an den unangenehmen Geruch von Zwiebeln denken … nein, sie musste diese schreckliche Nacht in ihrem Haus aus ihrem Gedächtnis verbannen. Jetzt ging es ums Überleben.

»Weißt du noch, wie wir uns das erste Mal getroffen haben? Auf der Party des Gouverneurs? Ich war gerade Miss South Carolina geworden, und wir haben die ganze Nacht geredet. Du wolltest alles über mich wissen. Ich glaube, damals habe ich mich in dich verliebt.«

Sie kam sich vor wie Scheherazade. Worte waren ihre einzige Waffe. Julie drehte den Körper nach links und zog ein Bein an, um Sids Aufmerksamkeit zu gewinnen. Aber der konzentrierte sich auf den Verkehr. Er fuhr schnell, viel zu schnell für die schlechte, kurvenreiche Straße. Die Dunkelheit schien den Wagen wie eine Decke zu umfangen. Schemenhaft huschten die bedrohlichen Schatten der Bäume am Straßenrand vorbei. Wohin brachten sie sie? Jedenfalls weit weg von der Zivilisation. Ein eiskalter Schauer jagte ihr über den Rücken.

Sie riss sich zusammen, durfte sich nicht von der Angst überwältigen lassen, sonst würde sie zu einem jammernden Häufchen Elend werden.

»Du kapierst es immer noch nicht, oder?«, sagte Sid und lachte böse. »Glaubst du wirklich, es gehört zu meinen Hobbys, mich auf bescheuerten Schönheitswettbewerben herumzutreiben? Wir haben uns nicht einfach getroffen. Ich hatte es von Anfang an auf dich abgesehen. Dabei warst du mir eigentlich völlig egal. Ich war hinter deinem Vater her. Der hat mal für uns gearbeitet, und dann hat er etwas gestohlen, das meinem Vater und mir gehörte. Das wollte ich wiederhaben. Ich dachte, du wüsstest, wo es ist. Deshalb hab ich dich den ganzen Abend gelöchert. Du warst mir dabei scheißegal. Trotzdem hab ich mit dir was angefangen, weil ich dachte, du würdest mir früher oder später sagen, was ich wissen wollte.«

»Du hast dich mit mir getroffen, nur um etwas von meinem Vater wiederzubekommen?« Sie musste daran denken, dass sie nie eine Beziehung zu ihrem Vater gehabt hatte. Er hätte ihr nie etwas erzählt. »Was hat er gestohlen?«

Basta räusperte sich auf dem Rücksitz.

Sid drehte sich schnell zu ihm um und warf dann Julie einen Blick zu. »Das geht dich nichts an«, sagte er grob. »Es war wichtig genug, um dafür mit dir was anzufangen. Außerdem warst du ganz süß und rund zehn Jahre jünger, wenn ich mich nicht irre. Ich wollte dich ficken. Aber du wolltest nicht, stimmt'? Ich sollte dich erst heiraten, vorher wolltest du mich nicht ranlassen. Sogar darauf hab ich mich eingelassen, weil ich immer noch gehofft habe, du würdest endlich den Mund aufmachen, wenn du dich sicherer fühlen würdest. Aber irgendwann habe ich kapiert, dass ich nie etwas von dir erfahren würde, weil du keine Ahnung hattest. Was dein Leben ziemlich gut zusammenfasst, findest du nicht? Du hast keine Ahnung von irgendwas, Julie. Gefickt habe ich dich auch. Was soll ich also noch mit dir? Ich werfe dich weg. Du bist Abfall.«

Sie hatte gedacht, dass sie über Sid hinweg sei, aber seine wahren Gefühle verletzten sie sehr. Ihre ganze Ehe, auch die schöne Zeit am Anfang, erschien in einem völlig neuen, hässlichen Licht. Ihr wurde schwindelig. Aber wenn sie über seine Gemeinheit nachdachte, machte sie Sinn. Er hatte in all den Jahren kaum über sich selbst gesprochen, fragte wieder und wieder nach ihrem Vater und war ihr gegenüber immer verächtlicher geworden.

Stumm sah sie Sid von der Seite an. Und deutlicher als je zuvor wurde ihr bewusst, dass sie acht Jahre lang einen Mann geliebt hatte, der ihr nie dasselbe Gefühl entgegenbringen wollte, einen Mann, der keine Probleme damit hatte, einen Killer anzuheuern, um sie loszuwerden. Aber selbst wenn sie bis vor wenigen Minuten noch einen letzten sentimentalen Rest Zuneigung zu diesem Wahnsinnigen gehabt hatte: spätestens jetzt war es damit vorbei.

Das zufriedene Grinsen auf seinem Gesicht verriet ihr, dass er wusste, was sie dachte.

Nein, den Triumph würde sie ihm nicht gönnen. Sie würde nicht zusammenbrechen, sondern sich ganz auf den bevorstehenden Überlebenskampf einstellen.

»Aber wenn du brav bist, Baby«, flötete er zuckersüß, »darfst du mir vielleicht noch einen blasen, bevor ich dich Basta überlasse.«

Wie sinnlos war der Versuch doch gewesen, an Gefühle zu appellieren, die Sid nie gehabt hatte, schoss es Julie durch den Kopf.

»Hast du denn genug Viagra dabei, um ihn hochzukriegen?« Es kam einfach aus ihr heraus. Sie hatte keinen Augenblick über diese Antwort nachgedacht.

Sogar im matten Licht des Armaturenbretts sah sie, dass Sid errötete und er Basta auf dem Rücksitz einen peinlich berührten Blick zuwarf.

»Halt doch dein Maul. Was weißt denn du? Das habe ich nur ausprobiert, um mich anzutörnen.«

»Klar doch. Hat es Amber und die Mädchen im *Sweetwater* auch angetörnt?«

»Hör zu, du Schlampe. Ich bin nie wegen der Mädchen ins *Sweetwater* gegangen, klar? Der Laden gehört uns, und ich hab da mehrmals die Woche abkassiert. Wusstest du überhaupt, dass uns das *Sweetwater* gehört? Natürlich nicht, weil du ja so ahnungslos bist. Dabei bin ich in letzter Zeit nur für dich dahin gegangen. Ich wollte, dass du und unser großer Freund Basta da hinten in unserem Haus ganz ungestört seid. Außerdem hatte ich auf die Art ein gutes Alibi. Leider hat er ein paar Mal Scheiße gebaut, stimmt's, Basta? Erst hat sie dir in die Nase gebissen, und dann hast du noch die Falsche überfahren. Du musst dir ziemlich blöd vorgekommen sein.« Wieder warf er einen Blick über die Schulter, lachte und schüttelte dabei den Kopf. »Na ja, egal, dafür kommst du ja heute Nacht zum Zug.«

»Ja, ich kam mir ziemlich blöd vor«, sagte Basta. Es war der erste vollständige Satz aus dem Mund des Killers. »Ungefähr so blöd wie du, als du rausbekommen hast, dass sie Daniels kleinen Bruder ranlässt, oder?«

Er meinte Mac, dachte Julie. Es dauerte eine Sekunde, bis sie die Zusammenhänge erkannte und ihr einfiel, dass Macs Bruder Daniel, ihr Vater und Sids erste Frau zur gleichen Zeit verschwunden waren.

»Hast du Kelly auch umgebracht?«, warf sie Sid an den Kopf.

Vom Rücksitz ertönte ein Lachen.

»Nein«, sagte Basta, »ich habe Kelly getötet. Und deinen Vater und Daniel auch. Und jetzt kümmere ich mich um dich. Ich gehöre schon fast zur Familie. Sid, fahr langsamer, die Straße ist gleich hier links.«

Julies Herz setzte für einen Schlag aus. War sie wirklich schon am Ende ihrer Reise? Während Sid bremste und auf einen holprigen Feldweg einbog, hatte sie Mühe zu atmen, weil ihre Kehle wie zugeschnürt war. Die Hände hatte sie zu Fäusten geballt. Ihre Gedanken überschlugen sich und suchten rastlos nach irgendeinem Plan, irgendeinem Ausweg.

»Die Polizei wird mich bereits suchen«, sagte sie hastig. »Sie waren bei Mac, und wenn ich mich nicht melde, werden sie wissen, dass du …«

»Denkste«, kam es vom Rücksitz.

»Du dummes Weibsstück«, sagte Sid hämisch. »Ich habe die Cops zu euch geschickt, um deinen großartigen Freund aus dem Weg zu räumen. Die stehen auf meiner Lohnliste. Also, ich wäre nicht überrascht, wenn Mac auf dem Weg aufs Revier etwas zustoßen würde. Vielleicht versucht er zu fliehen und wird tragischerweise auf der Flucht erschossen? Wer weiß?«

»Hier steht dein Wagen. Halt einfach dahinter. Du kannst dann fahren und den Rest mir überlassen«, sagte Basta.

Während Sid hinter seinen grünen Lexus rangierte, war Julie vor Todesangst wie gelähmt. War es das gewesen? Ihr Leben? Am Ende? Vorbei? Ausgelöscht? Sie hatte keinen Plan. Ihr Kopf war wie mit Watte gefüllt. Als der Wagen hielt, löste sie mechanisch ihren Sicherheitsgurt, streckte die Hand nach dem Türgriff aus, zog daran …

»Kindersicherung«, sagte Sid amüsiert.

Aus den Augenwinkeln sah sie, wie Basta nach etwas griff. Sie drehte sich zu ihm um, sah ihm in die Augen, die in der Dunkelheit zu glühen schienen, sah die Mündung der Pistole auf sich gerichtet. Jetzt würde er schießen, und sie würde sterben. Es gab nichts, was sie dagegen hätte tun können. Sie wurde ganz ruhig, schloss die Augen und betete.

Dann hörte sie den Knall.

32

Rund und gelb wie ein Tennisball stand der Mond am Himmel. Für einen Moment sah ihn Mac, dann fuhr er durch eine Mulde. Der Mond verschwand wieder aus seinem Blickfeld. Mac fuhr ohne Licht, orientierte sich nur an dem grünen Punkt auf dem Bildschirm seines GPS-Geräts und an den gelegentlich vor ihm zwischen den Bäumen aufblitzenden Rücklichtern.

In dem Wagen vor ihm war Julie.

Oder zumindest Julies Handtasche mit dem Sender. Es war möglich, dass die Handtasche und Julie nicht mehr zusammen waren. Aber daran wagte Mac gar nicht zu denken. Denn er wusste, dass Julie nur diese eine Chance hatte.

Das Blut schoss wie Eiswasser durch Macs Adern, wenn er sich vorstellte, dass vielleicht gerade in diesem Moment jemand ihr Gewalt antat. Wenn es sein musste, würde er töten, dachte er. Sie durfte nicht sterben … sie durfte einfach nicht sterben …

Als sie vor wenigen Stunden weinend in seinen Armen gelegen hatte, war ihm klar geworden, dass er sie liebte. Wie sehr, wusste er erst jetzt.

Sollte ihr etwas zustoßen, würde er sie grausam rächen. Er würde Sid und seine Helfershelfer kaltmachen, jeden einzelnen von ihnen. Er würde rasen vor Zorn. Er würde den Verstand verlieren, und es wäre ihm egal.

Bitte, lieber Gott, betete er, lass mich rechtzeitig da sein!

Der Wald war dicht und düster, die staubige Straße kurvig und voller Schlaglöcher. Ohne Licht zu fahren kostete ihn volle Konzentration. Er durfte keinen Unfall bauen, sonst würde er wertvolle Zeit verlieren.

An irgendeinem Punkt würde er den Blazer stehen lassen und zu Fuß weitergehen müssen, wenn er nicht im letzten Moment entdeckt werden wollte.

Die roten Rücklichter vor ihm verschwanden, und der grüne Punkt auf dem GPS-Bildschirm bog nach links ab. Sie hatten die Straße verlassen.

Allein würde er es nicht schaffen, das war Mac klar. Deshalb hatte er zwei Mal versucht, Hinkle zu erreichen, aber der Anrufbeantworter war eingeschaltet. An wen konnte er sich sonst wenden? Die Antwort war niederschmetternd: An niemanden. Er konnte niemandem trauen, denn die Krakenarme der Mafia waren lang und stark. Schließlich hatte er keinen anderen Rat gewusst, als doch die Polizei anzurufen. Sicher hatten sie in der Zwischenzeit Dorsey und seinen Kollegen gefunden und fahndeten sowieso im ganzen Staat nach ihm. Mac war für seine Ex-Kollegen schon vorher ein rotes Tuch gewesen, aber nach dieser Nummer würden sie ihn noch weniger mögen. Vielleicht wären sie so wütend, dass sie erst schießen und dann Fragen stellen würden.

Eine ganze Schwadron würde ihn jagen.

Und darunter viele, die sich von der Mafia schmieren ließen. Aber nicht alle. Nicht einmal die Mehrheit. Und wenn viele zusammenkommen würden, könnten die Ehrlichen die Oberhand behalten. Das wäre Macs Chance.

Hoffte er. Betete er.

Also hatte er seinen alten Boss Greg Rice angerufen und ihm erzählt, was passiert war, wo er sich befand und was er vorhatte. Dann war die Verbindung abgerissen.

Wenn er jemandem bei der Polizei Vertrauen entgegenbrachte, dann Greg. Es gab nur zwei Probleme: Erstens schien Greg ihm die verworrene Geschichte, die Mac ihm erzählte, nicht zu glauben. Jedenfalls hatte Greg seine Zweifel. Zweitens hatte er bei seiner Verfolgung schon einige Richtungswechsel machen müssen, seit die Verbindung zu Greg abgebrochen war. Würde er Mac überhaupt finden, selbst wenn er ihm glaubte?

Mac musste es riskieren. Und wenn sie Mac fanden und tatsächlich gleich auf ihn schossen, war ihm das auch egal, solange sie nur Julie retteten.

Plötzlich sah er die roten Rücklichter links von sich unter den Bäumen. Ein breiter Pfad führte von der Straße weg. Mac hätte ihn beinahe verpasst. Er schlug das Lenkrad scharf ein und fuhr durch ein riesiges Schlagloch, so dass Josephine vom Sitz geworfen wurde und unsanft im Fußraum landete.

»'tschuldige, Josephine.«

Der Pudel hüpfte unverletzt wieder auf den Beifahrersitz, machte Männchen und stützte die Vorderpfoten auf das Armaturenbrett, so als würde er nach Julie Ausschau halten. Wie viel verstand Josephine wirklich?, fragte sich Mac.

Der grüne Punkt auf dem GPS-Bildschirm wurde langsamer und bewegte sich dann gar nicht mehr. Mac hielt den Blazer an und starrte durch die Windschutzscheibe. Vor ihm auf einer Lichtung sah er im hellen Mondlicht einen schwarzen Kombi hinter einem Lexus stehen.

Da waren sie also, dachte Mac. Stunde Null. Wenn Julie in diesem Wagen saß, hatte er eine kleine Chance. Er brachte den Schalthebel in die Parkposition und stieg so leise wie möglich aus. Josephine blieb im Auto und spähte durch die Windschutzscheibe.

Mit der Pistole im Anschlag arbeitete sich Mac geduckt und von Deckung zu Deckung springend zu dem schwarzen Kombi vor. Er erkannte Julies Profil auf dem Beifahrersitz, sie hatte sich mit dem Rücken an die Tür gedrückt. Ihr schwarzes Haar glänzte fast bläulich im Mondlicht.

Sie lebt, schoss es ihm durch den Kopf, danke, lieber Gott, danke!

Dann löste sich ein Schuss im Wagen. Mac sah den Blitz, hörte den Knall, und dann verschwand Julie. Einfach so. Macs Herzschlag setzte aus, beinahe hätte er sich in die Hose gemacht vor Schreck. Noch ein weiterer Satz, dann hockte er neben der Beifahrertür. Er riss sie genau in dem Moment auf, als ein weiterer Schuss die Stille der Nacht zerfetzte. Julie fiel ihm rückwärts entgegen, sie hatte Mund und Augen weit offen und schrie aus Leibeskräften.

Für den Bruchteil einer Sekunde blieb Julie einfach auf dem Rücken liegen. Als der zweite Schuss explodiert war, hatte sie sich möglichst klein zusammengekauert, Hände über den Kopf, Knie an die Brust und an die Tür gedrängt. Sie hatte etwas Warmes, Feuchtes auf ihren Beinen gespürt, aber nicht gewagt, die Augen zu öffnen. Ihre Ohren klingelten, sie sah Sternchen und hielt den Atem an. Dann fiel sie plötzlich rückwärts ins Leere, ins Nichts, und erst dachte sie, sie wäre tot und auf dem Weg – wohin? Himmel oder Hölle?

Erst als sich Mac zwischen sie und den Mond über ihr schob, hörte sie auf zu schreien. Er umklammerte ihre Handgelenke, und da explodierte schon wieder ein Schuss direkt über ihr. Mac ließ ihre Hand los und stolperte fluchend rückwärts. Julie rappelte sich auf und ging neben dem rechten Hinterrad in Deckung. Sie lebte, dachte sie, so heftig konnte nur ein lebendiges Herz schlagen. Ihr war schlecht, das Blut rauschte in ihren Ohren … ja, sie lebte!

»Lauf!«, schrie Mac ihr zu. Sie dachte jedenfalls, Mac hätte es ihr zugerufen. Vielleicht war es aber auch wieder die kleine Stimme in ihrem Ohr? Egal. Laufen war eine gute Idee. Sie hatte sowieso vor wegzulaufen. In diesem Moment packte Mac ihr Handgelenk und riss sie mit sich. Geduckt rannten sie Haken schlagend in Richtung Wald. Julie warf einen Blick über die Schulter und sah gerade noch, wie Basta aus der Limousine kletterte und ihnen ebenfalls geduckt nachsetzte. Im Laufen hob er die Waffe und feuerte. Mac erwiderte das Feuer, und vor Bastas Füßen wurde Dreck aufgewirbelt. Der warf sich zur Seite auf den Boden, und so hatten Julie und Mac ein paar wertvolle Sekunden gewonnen.

Plötzlich waren sie raus aus dem Mondlicht und tauchten in den Schatten der Bäume ein. Sofort fühlte Julie sich sicherer. Noch sicherer fühlte sie sich, als vor ihnen wie ein massiver schwarzer großer Block der Blazer auftauchte.

Mac ließ ihr Handgelenk los.

»Rein da!«

Julie riss die Tür auf, hechtete in den Wagen und wäre auf Josephine gelandet, wenn der Pudel nicht im letzten Moment auf die Rückbank gesprungen wäre. Mac saß schon hinter dem Lenkrad. Der Motor heulte auf, er haute einen Gang rein, und der Blazer machte einen Satz rückwärts, so dass Julie beinahe vom Sitz geschleudert worden wäre. In diesem Augenblick sah sie Basta aus dem Wald auf sie zurennen. Mündungsfeuer blitzte auf, die Kugel durchschlug irgendwo hinten das Blech des Blazers. Dann war der Killer nicht mehr zu sehen, und Julie rollte sich zitternd und stöhnend auf ihrem Sitz zusammen.

»Er hat Sid erschossen!«, schrie sie am Rande der Hysterie. Der erste Schuss war nicht für sie gedacht gewesen, sondern er riss Sid das Gesicht weg. Einfach so. Eben hatte er sie noch angesehen, im nächsten Augenblick war da statt Augen, Nase und Mund nur noch ein blutiger, ekelerregender Klumpen. Wenn sie nur daran dachte, drehte sich ihr der Magen um. Dieser Geruch von Blut hatte die Luft erfüllt … nie hätte sie erwartet, dass Blut so nach verrottetem Fleisch stinken könnte. Und als dann Basta die Waffe auf sie gerichtet hatte …

»Wer hat Sid erschossen?«

Noch mehr Kugeln trafen den Wagen, ein Seitenfenster zersplitterte. Julie kauerte sich zusammen wie ein Embryo und schrie. Mit einem Knall zerplatzte die Windschutzscheibe, Glassplitter regneten auf Julie und Mac herab. Der ging nicht einmal in Deckung, sondern legte einen Arm um die Lehne des Beifahrersitzes und steuerte mit halsbrecherischem Tempo rückwärts den Pfad entlang zur Straße. Keine Schüsse mehr seit ein paar Sekunden. Julie wagte es, den Kopf zu heben und ebenfalls hinter sich zu sehen.

»Wer hat Sid erschossen?«, brüllte Mac.

»Basta! Der Killer! Dem ich in die Nase gebissen habe!«

Basta hatte offenbar nachgeladen, denn eine neue Salve traf mit einem klatschenden Geräusch den Wagen. Julie tauchte wimmernd ab. Ihr Körper pumpte so viel Adrenalin, dass sie zitterte und sich kaum beruhigen konnte.

»Ist das der Kerl, der auf uns schießt?«

»Ja!«

Der Pfad wurde schmaler. Mac gab noch mehr Gas, und links und rechts flogen die Bäume vorbei. Wie Mac ohne Licht heil da rauskommen wollte, konnte sich Julie nicht vorstellen. Sie wusste nur, dass Basta sie einholen würde, wenn sie einen Unfall hätten. Bei dem Gedanken daran blieb ihr fast das Herz stehen.

O Gott, bitte lass mich nicht so enden wie Sid!

»Wie bist du den Polizisten entkommen?«

»Ich habe sie zur Vernunft gebracht.«

»Sid hat sie geschmiert.«

»Das habe ich mir schon gedacht.«

Sie waren fast am Ende des Pfads und nahe der Straße, als plötzlich sich nähernde Scheinwerfer durch die Bäume schimmerten.

»Scheiße!«, schrie Mac. Die Verzweiflung in seiner Stimme machte Julie Angst. Etwas stimmte ganz und gar nicht. Der Pfad war zu schmal für zwei Wagen, sie kämen nie an dem von der Straße heranbrausenden anderen Fahrzeug vorbei.

Sie saßen in der Falle.

»O bitte, nein«, jammerte Julie. Sie hatte sich mit beiden Händen am Sitz festgekrallt und starrte dem näher kommenden Fahrzeug entgegen.

»Halte dich fest.«

Kaum hatte Mac das gesagt, da schleuderte der Blazer auch schon herum. Julie hätte sich vor Schreck beinahe in die Zunge gebissen. Dann hörte sie durchdrehende Reifen, und sie fuhren nach links genau in den Wald hinein. Aber Mac hatte offenbar bessere Augen als Julie, denn er fand die Lücken zwischen den Bäumen. Wenigstens fuhren sie vorwärts.

Aber nicht lange.

Gerade war hinter ihnen der andere Wagen vorbeigefahren, und Julie hoffte noch, dass der Fahrer den Blazer nicht gesehen hatte, da tat es einen Schlag, die Front des Wagens sackte ab, und sie blieben stehen. Mac hatte zwar die Bäume gesehen, aber den Graben vor sich nicht. Jetzt steckten sie fest.

Julie war bei dem plötzlichen Halt mit dem Kopf gegen das Armaturenbrett geknallt und kämpfte für Sekunden mit einer Ohnmacht. Bis sie wieder klar sah, war Mac schon raus aus dem Wagen, hatte die Beifahrertür geöffnet und zerrte Julie heraus.

»Los! Weiter!«, trieb er sie erbarmungslos an. Aber Julie brauchte keine Ermunterung. Die Angst vor Basta ließ sie laufen, so schnell sie konnte. Sids zerstörtes Gesicht ging ihr nicht aus dem Sinn, und sie packte Macs Hand noch fester, während beide wie Rehe auf der Flucht durch den Wald sprangen.

Julie hatte irgendwann ihre Schuhe verloren, und jeder Stein, jeder Ast, auf den sie trat, tat so weh, dass sie am liebsten laut aufgeschrien hätte. Aber der Gedanke an Basta ließ sie den Schmerz hinunterschlucken. Der

Untergrund war weich von totem Laub, es roch modrig und feucht. Sie sah Leuchtkäfer, hörte Grillen zirpen und Frösche quaken und spürte die Stiche der Mücken an Armen und Beinen. Hier im Wald war es so finster, dass sie sich hätte von Baum zu Baum tasten müssen, wenn Mac sie nicht geführt hätte.

Aber der wurde langsamer, sein Atem ging schwer. Nein, dachte Julie, nicht schwer, sondern rasselnd wie bei einem Sterbenden.

»Mac …«, sagte sie besorgt.

In diesem Augenblick stolperte er und wäre aufs Gesicht gefallen, wenn Julie seine Hand nicht mit aller Kraft festgehalten und so seinen Sturz abgefedert hätte.

»Scheiße«, sagte er. Sie machte einen Schritt und wusste plötzlich, warum er gestolpert war. Der Boden gab nach. Sie sank ein, und als sie ihren Fuß wieder herausziehen wollte, gab es ein schmatzendes Geräusch. Diesmal verhinderte Mac, dass sie das Gleichgewicht verlor und kopfüber in den Sumpf stürzte.

Schwer atmend und stumm standen sie für ein paar Sekunden im Dunkeln.

»Wir müssen umkehren«, flüsterte Julie schließlich und drehte sich auch schon um. Der Schlamm an ihren Füßen war zäh wie frischer Beton. Sie waren mitten in einen der Sümpfe gerannt, von denen es viele rund um Charleston gab. Deshalb dieser Geruch nach Verwesung, deshalb die Mücken. Sie wagte gar nicht, an das ganze andere Getier zu denken, das an solchen Orten kreuchte und fleuchte. Schlangen, Kröten, Spinnen … Aber das war das geringste Problem. Sie mussten zurück.

»Wir können nicht umkehren«, sagte Mac. »Da!« Er

deutete auf tanzende Lichter, die sich durch das Unterholz der Stelle näherten, wo sie den Blazer verlassen hatten. Taschenlampen, dachte sie. Und dann …

»Josephine!«

»Ihr wird nichts geschehen. Der Hund ist denen egal. Komm jetzt. Wir gehen weiter. Vielleicht ist der Sumpf unsere einzige Chance. Jedenfalls werden sie uns kaum folgen.«

Mac zog sie hinter sich her. Jeder Schritt machte ein schweres, in ihren Ohren unglaublich lautes, schmatzendes Geräusch, obwohl sich Julie alle Mühe gab, möglichst leise zu sein und nicht hinzufallen.

Angst war zu diesem Zeitpunkt nicht mehr ihr Antrieb. Es war das Adrenalin, das durch ihre Adern pulsierte. Und der Gedanke an Sids Schicksal. Was würde sie erwarten, wenn sie entdeckt würden?

Ohne Vorwarnung ging Mac in die Knie. Weil sie sich an ihn festgeklammert hatte, wäre Julie fast ebenfalls gestürzt. Aber sie ließ ihn gerade noch rechtzeitig los und hielt die Balance, indem sie sich mit dem ausgestreckten Arm an seinem Rücken abstützte. Sie hörte ihn fluchen.

Dann blickte sie über ihre Schulter und sah das tanzende Licht der Taschenlampen näher kommen.

Aber sie wurde von etwas abgelenkt, von einem warmen, klebrigen Gefühl an der Hand, die auf Macs Rücken lag. Sie hob sie vor ihr Gesicht. Und die Handfläche, die sie anstarrte, war im Mondlicht nicht matt und weiß, sondern schwarz und glänzend.

Unbändiger Schrecken durchfuhr sie.

»Mac! O Gott, Mac!«, flüsterte sie. »Du bist verletzt.«

33

Seine Zukunft stand auf dem Spiel. Ach was, sein Leben stand auf dem Spiel. Basta durfte jetzt nur nicht in Panik geraten.

Er musste Julie Carlson zu fassen kriegen und dahin schicken, wo ihr Mann schon wartete. Er wusste jetzt, wer der Kerl war, der sie ihm vor der Nase weggeschnappt hatte. Daniels kleiner Bruder. Und der war so gut wie tot.

Das gab dem Geschehen schon fast eine poetische Note. Sids Frau und Daniels Bruder würden gemeinsam sterben: Wenn das kein Déjà vu war!

Aber erst hatte er noch etwas anderes zu erledigen.

»Wie konnte das nur passieren?«, fragte der große Boss und verzog gequält das Gesicht. Tränen traten in seine Augen. Er wandte sich von dem schwarzen Kombi ab und musste sich auf die Kühlerhaube des Lexus stützen. Er trug einen teuren schwarzen Anzug und sah so aus, wie man sich einen erfolgreichen Geschäftsmann vorstellt. »Mein Sohn, o Gott, mein Sohn ist tot.«

»Dieser Mac McQuarry kam wie aus dem Nichts, Boss. Dorsey und Nichols sollten ihn eigentlich ausschalten, aber irgendetwas muss schief gelaufen sein. Er ist uns gefolgt, und wir haben nichts bemerkt. Plötzlich hat er Julie aus dem Auto gezerrt und sofort auf Sid geschossen. Ich habe zurückgeschossen, aber sie sind in den Wald entkommen. Irgendwo da draußen müssen sie sein. Und ich kriege sie, Boss, darauf gebe ich Ihnen mein Wort.«

»Dein Wort ist in letzter Zeit nicht viel wert, Basta. Sonst hättest du das Miststück schon vor Tagen erledigt, und die ganze Scheiße wäre gar nicht passiert.« John Carlsons Blick ruhte eiskalt auf dem Profikiller. Basta hatte diesen Blick schon gesehen, aber zum ersten Mal galt er ihm. Die anderen, die John Carlson so angesehen hatte, lebten nicht mehr.

John Carlson wandte sich abrupt an den Handlanger, der ihn begleitete. »Hol sofort Verstärkung, klar? Sag ihnen, sie sollen Wärmesuchgeräte mitbringen. Und jemand soll das Gebiet genau studieren. Ich will die beiden haben! Verstanden? Und keine Fehler mehr.«

»Ja, Sir«, beeilte sich der Handlanger zu sagen und zückte ein Handy.

Basta wusste, dass er das Richtige getan hatte. Wenn sein Plan missglückte, konnte er sich sowieso begraben lassen, aber wenn es gut ging, hatte er eine Chance. John Carlsons Blick war eindeutig. Er wollte Basta loswerden.

Der Boss der Bosse, der wichtigste Mann der Mafia an der Ostküste war mit Basta fertig. Normalerweise war das ein Todesurteil.

Basta kaute an seinen Fingernägeln und überlegte.

»Sie entschuldigen mich, ich muss mal austreten«, sagte er zu seinem Boss und verschmolz mit der Dunkelheit. Er ging in den Wald hinein und dachte, vielleicht sollte er einfach immer weiter laufen. Aber vor dem Boss konnte man nicht weglaufen. Und John Carlson wusste, wo er Basta finden würde. Und er würde ihn nicht entkommen lassen. Warum auch? In diesem Geschäft gab es keine Gnade. Basta pinkelte an einen Baum, klopfte ab und schloss seine Hose wieder.

Während er zurück zu den Wagen schlenderte, schraubte er in aller Ruhe den Schalldämpfer auf seine Pistole. Normalerweise hätte er in einer so weit abgelegenen Gegend keinen Wert darauf gelegt, aber in diesem Fall war das anders.

Es waren genug Leute in der Nähe, die den Schuss hören könnten. Vor allem John Carlsons Speichellecker. Er durfte nicht wieder versagen. Sonst wäre es das Ende seiner Geschichte.

Sid umzubringen war Teil seines Plans. Julie musste er umbringen, weil sie es gesehen hatte. Der Auftrag und das Geld waren ihm längst egal. Es ging darum, die losen Fäden aufzusammeln. Einer dieser Fäden lag schon so lange herum, dass er der Ursprung allen Übels war: Mike Williams. Nachdem er damals Daniel erledigt hatte, war Mike Williams abgehauen. Keiner hatte sich für ihn interessiert, schließlich war er auch nur einer der vielen Helfer gewesen. Aber er hatte etwas mitgenommen, das man kurz darauf schmerzlich vermisst hatte. Zu spät hatte man seinem Verschwinden Beachtung geschenkt. Spätestens dann hätte irgendjemand ihn finden und ausschalten müssen. Aber es war zu spät.

Nur weil man vor so vielen Jahren die Sache mit Mike Williams vermasselt hatte, waren sie jetzt überhaupt hier.

Er erreichte die Wagen und lief gebeugten Hauptes mit dem Boss über die kleine Lichtung. Der Boss sprach über seinen Sohn, und Basta nickte hin und wieder verständnisvoll. Basta musste an ein Lebensmotto denken, das John Carlson ihm einst mit auf den Weg gegeben hatte. Es schien so passend zur Situation, dass der Killer in sich hineinlächeln musste: Halte immer Kontakt zu deinen Freunden, aber halte noch engeren Kontakt mit deinen Feinden. Zweifellos hielt sich der Boss auch in diesem Moment an die Losung.

Sid hatte allem Anschein nach seinen Vater angerufen und ihm gesagt, wo sie mit Julie hinfahren würden, als Basta Julie gerade in Macs Büro geschnappt hatte. Deshalb war der Boss plötzlich mit seinen Hiwis aufgetaucht.

Basta wusste, dass er nach Mac und Julie auch den Boss würde erschießen müssen, wenn er aus der Sache lebend herauskommen wollte. Darum würde auch er in dieser Nacht engen Kontakt zu seinem Feind haben. Schon bevor McQuarry so überraschend aufgetaucht war und alles versaut hatte, war das sein Plan gewesen.

Sie mussten alle sterben, wenn er weiterleben wollte.

34

»Ich bin okay«, sagte Mac, aber es war offensichtlich, dass das nicht stimmte. Er stand auf und schleppte sich weiter, aber es kostete ihn immer mehr Kraft, nicht zusammenzubrechen. Julie stützte ihn, so gut sie konnte, aber sie spürte, dass sein sonst so warmer Körper immer kälter wurde. Er verliert viel Blut, dachte sie und spürte die klebrige Feuchtigkeit auf seinem Rücken. Sie war nahe daran, die Nerven zu verlieren.

Wenn er nur nicht ohnmächtig wurde, schoss es ihr durch den Kopf. Sie würde ihn nicht tragen können. Aber sie würde ihn auch niemals im Stich lassen.

Lieber Gott, gib ihm Kraft, betete sie inbrünstig.

Das Licht der Taschenlampen hinter ihnen kam immer näher. Sie hörten keine Stimmen, keine knackenden Äste, keine Schritte. Sie sahen nur Lichtkegel, die systematisch die Dunkelheit durchschnitten.

In all ihrer Verzweiflung war Julie deutlich bewusst, dass Mac in diesem Augenblick auf sie angewiesen war. Für ihn musste sie stark sein. Stark sein für Mac. Dieser Gedanke wurde auf der Flucht wie ein Mantra für sie. Und dieses Mantra gab ihr die Kraft für jeden neuen Schritt durch den Sumpf.

Weiter, immer weiter, befahl sie sich, obwohl ihr Herz so heftig schlug, dass sie dachte, es würde jeden Moment zerspringen. Immer wieder drohte sie in dem zähen Schlamm ihre Balance zu verlieren, aber sie fing sich jedes Mal. Sie war nass bis zu den Hüften und hatte inzwischen so viele Mückenstiche, dass ihre Haut ganz taub war. Sie sah keine Tiere, aber sie spürte, dass der Sumpf lebte, sie hörte unheimliche Geräusche und fühlte manchmal Bewegungen an ihren Beinen. Wenn sie sich für einen Augenblick ausruhten, stützte sie sich und Mac an den Stämmen der mächtigen Mangroven ab, die wie tote Finger überall aus dem Wasser ragten.

Mac hing an ihr mit hängenden Schultern wie ein angeschlagener Boxer. Trotz ihrer Hilfe stolperte er oft, und wenn er den Fall gerade noch verhindert hatte, wirkte er danach noch kraftloser als zuvor.

So würden sie es nicht schaffen, dachte Julie. Sie waren zu langsam. Vielleicht hatte Mac Recht gehabt.

Vielleicht mussten sie noch tiefer in den Sumpf hinein, um eine Chance zu haben.

»Wir müssen uns verstecken«, flüsterte sie.

»Lass mich hier.« Macs Stimme verriet, wie schlecht es ihm ging.

»Nein, auf keinen Fall. Ich lasse dich nicht zurück. Außerdem hätte ich allein erst recht keine Überlebenschance.«

»Julie ...«

»Keine Diskussion.«

Er sah wohl ein, dass sie die Wahrheit sagte, denn er schwieg. Vielleicht hatte er auch einfach keine Kraft mehr zu reden.

Julie warf einen Blick über die Schulter. Es schien, als wären die Lichter der Taschenlampen noch näher gekommen. Verzweifelt suchte sie nach einem Ausweg. Ihre Haut prickelte, und sie wagte kaum zu atmen aus Angst, selbst dieses Geräusch könnte sie verraten.

»Die Mangroven«, sagte sie in einer plötzlichen Eingebung. »Wir kriechen unter die Wurzeln der Bäume und verstecken uns da.«

»Gute Idee.« Seine Stimme war nur mehr ein Hauchen.

Sie schleppten sich weiter, und als sie an eine Mangrove stießen, betete Julie darum, dass ihre Wurzeln weit genug aus dem Wasser ragten, um sich dazwischen zu verstecken. Weil sie praktisch nichts sehen konnten, ertasteten sie die Wurzeln, fanden große Lücken und quetschten sich darunter. Es war feucht und düster und hart, aber es war in ihrer Lage das Beste, was ihnen passieren konnte. In der Mitte der Höhle ragte eine große Wurzel aus dem Wasser, auf der man wie auf einer Bank sitzen konnte. Welch ein Luxus, dachte Julie sarkastisch.

Weil sie nichts außer den Wänden ihres Verstecks auch nur schemenhaft sehen konnte, spielte Julies Phantasie ihr üble Streiche. Sie stellte sich vor, wie Basta langsam und unaufhaltsam wie ein Reptil in die Höhle gekrochen kam. Doch dann gewann ihre Vernunft wieder die Oberhand: Sie sahen ihn vielleicht nicht kommen, aber hören würden sie ihn bestimmt.

Neben Julie atmete Mac schwer, und er änderte immer wieder seine Körperhaltung. Offenbar hatte er große Schmerzen.

»Wie schlimm bist du verletzt?« Sie streckte ihre Hand aus, um ihn zu berühren, strich über seinen Arm, seine Schulter. Er war so nass und verdreckt wie sie, aber unter der Kleidung war seine Haut kalt. Dagegen hatte sie das Gefühl, nach der Anstrengung und bei der Schwüle vor Hitze zu vergehen. Wieder fragte sie sich, ob er viel Blut verlor. Aber es war unmöglich, das festzustellen.

»Es tut verdammt weh, aber ich glaube, ich schaffe es schon.« Er wollte beruhigend klingen, aber seine rasselnde Stimme bewirkte das Gegenteil.

»Blutest du?«

»Ein bisschen.«

»Okay.« Ihr war klar, dass er untertrieb, um ihr nicht noch mehr Angst zu machen. Aber die Blutung musste auf jeden Fall gestoppt werden. Julie zog ihr T-Shirt aus und faltete es zu einem kleinen Rechteck zusammen. »Ich hab hier mein T-Shirt«, sagte sie, »zeig mir, wo du blutest, dann press ich es auf die Wunde.«

»Gleich unter meinem rechten Schulterblatt.«

Umständlich tastete sie nach der Stelle, fühlte das

klebrige, warme Blut und presste den notdürftigen Verband auf die Wunde. Sie wagte nicht, unter sein T-Shirt zu greifen, weil es vielleicht an der Wunde festklebte und Julie sie dann weiter aufriss.

Mac schüttelte sich und stöhnte leise.

»Tut es weh?«

»Nein.«

Julie presste noch fester.

»Au. Jetzt tut es weh.«

»Tut mir Leid, aber ich muss die Blutung unbedingt stoppen.«

Anstelle einer Antwort grunzte er nur. Sie deutete das als Zustimmung. Für eine Minute schwiegen beide. Julie drückte ihre Hand auf seinen Rücken und lauschte den Geräuschen des Sumpfes. Wenn Basta und seine Komplizen auftauchten, mussten sie sich so still verhalten wie eine Maus, über der ein Bussard schwebte.

Und beten, dass sie nicht entdeckt wurden.

Das brackige Wasser leckte schmatzend an ihren Beinen. Der Baum über ihnen knarrte im leichten Wind. Ein Frosch quakte und sprang mit einem Klatschen ins Wasser.

Das Warten und Lauschen war nervenzerfetzend. Julie schlug das Herz bis zum Hals.

»Ich habe solche Angst«, flüsterte sie. Kaum hatte sie das gesagt, bereute sie es auch schon. Es half schließlich nichts, es auszusprechen. Es machte alles nur schlimmer.

»Wenn wir so weit gekommen sind, schaffen wir es auch.«

Er bewegte sich, und dann streiften seine Lippen ihren Mund. Julie suchte seinen Mund, und sie küssten sich. Sie spürte, wie die Berührung ihr ein bisschen von ihrer Angst nahm. Neue Energie floss zwischen ihnen. Überlebenswichtige Energie. Julie dankte Gott, dass er ihr Mac geschickt hatte. Ohne ihn wäre sie schon tot.

»Du hast mir schon wieder das Leben gerettet. Das wird langsam zur Gewohnheit.«

»Vielleicht denke ich einfach, dass dein Leben es wert ist, gerettet zu werden.«

Ein lautes Platschen schreckte sie auf. Für Sekunden lauschten sie angespannt. Doch das Geräusch wiederholte sich nicht, und sie atmeten auf.

»Die Polizei müsste bald hier sein«, sagte Mac. »Ich habe meinen alten Captain angerufen und ihm gesagt, wo ich hinfahre. Es kann nicht mehr lange dauern, bis sie kommen.«

Er wollte sie beruhigen, das war offensichtlich. Aber beide wussten, was geschehen würde, wenn Basta sie trotzdem zuerst finden würde. Und selbst wenn die Polizei vorher kam – konnten sie ihr trauen?

Julie erschauderte.

»Wie hast du mich überhaupt gefunden?« Die Frage hatte sie sich schon die ganze Zeit gestellt.

»Ich habe heute Morgen in deiner Handtasche einen Minisender versteckt. Nur für den Fall, dass du mich loswerden wolltest.« Es klang so, als würde er lächeln, aber sie konnte seinen Gesichtsausdruck nicht sehen.

»Mac?«, fragte sie nach einer Weile. Eine Frage brannte ihr unter den Nägeln. »Hattest du einen Bruder, der Daniel hieß?«

Seine Antwort kam nur zögerlich.

»Ja. Warum?«

»Basta hat im Auto erzählt, dass er ihn getötet hätte. Und nicht nur Daniel, sondern auch Kelly und meinen Vater.«

Schweigen.

»Aha.« Es hörte sich an, als würde er Luft holen, nachdem er lange den Atem angehalten hatte. »Hat er erzählt, wie er sie getötet hat? Und warum?«

Seine Stimme klang teilnahmslos. Zu teilnahmslos. Aber es war klar, dass sie mit ihrer Frage Salz in eine schwärende Wunde gestreut hatte.

»Nein. Sid hat gesagt, mein Vater hätte ihm und seinem Vater etwas gestohlen. Was das war, hat er nicht erwähnt. Aber ich glaube, dass mein Vater deshalb sterben musste.«

»Was hat er noch gesagt?«

»Sid?« Julie lachte bitter auf. »Eigentlich nicht viel. Dass er mich nie geliebt hat. Dass er mich nur geheiratet hat, weil er hoffte, dass ich ihm das wiederbeschaffen könnte, was mein Vater ihm gestohlen hat. Dass er von Anfang an wusste, dass er mich umbringen würde.«

»Sieht ihm ähnlich. Er ist wirklich der größte und gefährlichste Idiot, den ich je getroffen habe.«

Julie musste lächeln. »Danke, Mac. Du bist sehr lieb, weißt du das?«

»Kein Problem. Lieb ist mein zweiter Vorname.«

Neben ihrem Baum wurde das Wasser aufgewühlt und etwas – Tier oder Mensch? – schrie schrill auf. Julie gefror das Blut in den Adern.

»Ein Alligator«, beantwortete Mac ihre unausgesprochene Frage. »Hat wohl gerade Beute gemacht. Der kommt hier nicht rein, die Wurzeln sind zu eng für ihn.«

Na toll, dachte Julie. Alligatoren. Als ob es nicht genügen würde, dass gedungene Mörder hinter einem her waren.

»Woher kennst du Sid eigentlich?«

»Sid?« Mac atmete tief ein und aus. »Sid war Daniels bester Freund. Und Daniel war mein großer Bruder. Unser Vater war Streifenpolizist. Er wollte so ein Arschloch daran hindern, einen Laden auszurauben, und wurde dabei erschossen. Ich war damals gerade fünf, mein Bruder dreizehn. Danach hat Mutter uns allein großgezogen. Sids Vater hatte eine Stiftung gegründet, die Stipendien an sozial Benachteiligte vergab. Mein Bruder bekam das Stipendium und ging dann auf dieselbe teure Privatschule wie Sid. Für Daniel war die Schule eine einzige lange Party: Mädchen, Mädchen, Mädchen. Sid hat das wohl beeindruckt, und darum fing er an, mit Daniel rumzuhängen. Der hatte Sex, aber Sid hatte Kohle. Er hat mächtig damit angegeben und Daniel gezeigt, was man alles damit anfangen kann. Auf Daniel hat das großen Eindruck gemacht. Er träumte von Dingen, die wir uns nie leisten konnten. Nach der Highschool führte eins zum anderen, und schließlich arbeitete Daniel für Sid. Eines Abends ging Daniel zur Arbeit und kam nie wieder. Da war er fünfundzwanzig.« Wieder atmete er tief durch. Als er weitersprach, war seine Stimme belegt. »Sein Verschwinden hat unsere Mutter umgebracht. Sie ist nicht lange danach gestorben. Ich habe immer vermutet, nein, ich habe immer gewusst, dass Sid etwas mit Daniels Verschwinden zu tun hatte. Dass er mit seinem Tod zu tun hatte.«

Julie drängte sich näher an Mac.

»Du musst deinen Bruder sehr geliebt haben.«

Sie fühlte, wie er mit den Achseln zuckte. »Er war mein Bruder.«

Sie hörte die nüchterne Antwort und bekam einen Kloß im Hals. Sie drehte ihm das Gesicht zu, küsste seine Wange und suchte mit den Lippen seinen Mund. Als sie ihn fand, erwiderte er den Kuss so heftig, als würde er ersticken, wenn er nicht ihren Atem trinken durfte. Sie spürte, dass der Kuss mehr war als sexuelles Verlangen. Er war Trost für den Verlust des geliebten Bruders und der geliebten Mutter und Trost für die schreckliche Lage, in der sie sich befanden. Ein Gefühl stieg stärker in ihr auf, als sie es je in ihrem Leben gefühlt hatte. Es war elementar und ging so tief, dass sie erzitterte. Ja. Sie wusste, was dieses Gefühl bedeutete.

»Ich liebe dich, Mac«, hauchte sie.

Sein Atem streichelte ihre Lippen. »Und ich liebe dich«, erwiderte er nach einer Pause. Seine Stimme war tief und ernst. »Ich liebe dich mehr als alles andere auf der Welt.«

Und dann küssten sie sich, und dieser Kuss ließ sie vergessen, dass sie ihr T-Shirt auf seine Wunde pressen sollte, ließ sie vergessen, dass sie unter einer Mangrove im Sumpf hockte, dass Killer und Alligatoren auf sie lauerten, ließ sie die ganze Welt vergessen.

Unvermittelt löste er sich von ihr und legte ihr die Hand auf den Mund. »Psst.« Er lauschte. »Sie kommen.«

Julie hielt den Atem an, und dann hörte auch sie es: Schmatzende, gleichmäßige Schritte, aufwirbelndes Wasser. Kalter Schweiß brach ihr aus. Ihr Herz hämmerte.

Und dann sah sie das Licht einer Taschenlampe auf

der anderen Seite der Wurzeln, hinter denen sie kauerten.

Mac und Julie waren die Kaninchen, und die Bluthunde hatten die Witterung aufgenommen.

35

Basta hörte Julies Schrei. Er stand etwas abseits der Lichtung auf einer kleinen Anhöhe und blickte auf den See. Der Boss, einer seiner Lakaien und Basta waren hierher gekommen, weil der Empfang besser war als unter den Bäumen. Der Lakai telefonierte die ganze Zeit.

Eigentlich war es eine wunderbare Nacht, dachte Basta. Die Sterne und der Mond spiegelten sich in der gekräuselten Wasseroberfläche. Es war einer seiner Lieblingsorte. Hier tötete er besonders gern.

»Anscheinend haben sie sie gefunden«, sagte er zu John Carlson, der immer noch ganz mitgenommen war vom Tod seines Sohnes. Fast hätte der Killer Mitleid mit dem alten Mann empfunden, wenn er nicht genau gewusst hätte, dass sein Name zusammen mit McQuarry und Johns Schwiegertochter beim Boss ganz oben auf der Liste der Todeskandidaten stand.

Schon immer war das Spiel so gespielt worden: Wer die Ziellinie als Erster überquert, gewinnt. Der wollte er sein.

Es wäre ihm lieber gewesen, wenn im entscheidenden Moment keiner von John Carlsons Lakaien dabei gewesen wäre. Aber nachdem der Suchtrupp offenbar fündig geworden war, hatte er keine Zeit mehr zu verlieren und musste es nehmen, wie es kam. Gleich würden sie zurückkommen und dem Leitwolf die Beute präsentieren. Er kannte das. Er war selbst Teil des Rudels gewesen, aber jetzt würde er nicht mehr mit den Wölfen heulen.

»Ruf die anderen zurück«, befahl er seinem Helfer, der sogleich eifrig in sein Handy redete. John Carlson stand mit dem Rücken zum See und starrte gedankenverloren in den Sternenhimmel.

Basta fiel auf, dass Julie nicht mehr schrie. Was hatten sie getan, um sie zum Schweigen zu bringen?, fragte er sich flüchtig. Nicht dass das noch wichtig gewesen wäre.

»Schon merkwürdig, wie das Leben manchmal so spielt«, sagte er im Plauderton. Gleichzeitig trat er einen Schritt zurück, zog seine Pistole und schoss John Carlson eine Kugel in die Stirn. Der Boss schaute immer noch zum Himmel, als er starb. Der Lakai hatte gerade noch Zeit, vor Schreck sein Handy fallen zu lassen, dann starb auch er mit einer Kugel im Kopf.

Eine saubere Sache. Und dank des Schalldämpfers hatte niemand etwas gehört.

Basta summte eine kleine Melodie, während er das Handy des toten Lakaien aufhob – er wollte schließlich keine Spuren für die Männer von John Carlson selig hinterlassen –, und schleifte dann beide Leichen an den Rand des Sees. Schwarz schlugen die Wellen über den toten Körpern zusammen.

»Verdammt, ist der Typ schwer«, keuchte der Kerl, der Mac an den Füßen gepackt hatte. »Warum haben wir ihn nicht einfach im Sumpf erledigt, statt ihn den ganzen Weg zurückzuschleppen?«

»Sei froh, dass du an dem Ende bist«, sagte sein Kollege, der die Arme unter Macs Achseln geschlungen hatte.

»Befehl vom Boss«, sagte der dritte der Jagdgesellschaft. Seiner Stimme nach hatte er kein Verständnis für das Gejammer der anderen. Er hatte eine Hand in Julies Haar gekrallt und mit der anderen die Mündung seiner Pistole an ihren Hals gepresst. »Er will die beiden lebend, also kriegt er sie lebend.«

»Stimmt. Also halt's Maul, Dye«, sagte der vierte. Er lief hinter den anderen und hatte seine Waffe auf Mac gerichtet.

Mac war bewusstlos geschlagen worden, dachte Julie, warum zielte der Kerl dann auf ihn? Zur Sicherheit wahrscheinlich. Schließlich war er zuvor den beiden Polizisten entwischt. Mac sah schlimm aus. Sein Gesicht war voller Blut. Sein Körper hing schlaff zwischen den beiden Trägern. Sein Kopf rollte an der Brust des einen hin und her, während die Jäger mit ihrer Beute sich durch den nächtlichen Wald bewegten.

Julie war sich bewusst, dass sie ihrem sicheren Tod entgegenging. Ihre Angst war so groß, dass sie glaubte, ohnmächtig werden zu müssen. Ein paar Mal stürzte sie nur deshalb nicht, weil der Kerl sie an den Haaren wieder hochriss. Ja, in wenigen Augenblicken würde sie sterben, und es gab nichts, was sie dagegen hätte tun können.

Wieder sah sie das letzte Bild von Sid vor sich. Der verwunderte Ausdruck und dann die ekelige, blutige Masse, die einmal sein Gesicht gewesen war. Bitte, lieber Gott, betete sie, lass mich nicht wie Sid sterben. Lass Mac nicht wie Sid sterben. Wir haben uns doch gerade erst gefunden. Bitte, lass uns leben. Bitte!

Es war alles sehr schnell gegangen. Plötzlich war der Strahl einer Taschenlampe auf ihr Versteck unter dem Baum gerichtet worden, als hätte der Suchtrupp genau gewusst, wo er zu suchen hatte. Mac hatte sich vor Julie gekauert und wollte sofort das Feuer eröffnen. Aber es war nichts passiert. Julie hatte nur ein metallisches Klicken gehört. »Scheiße, die Munition ist nass geworden«, hatte Mac geflucht, dann war er auf Kommando aus seinem Versteck gekrochen und hatte die Waffe fallen gelassen. Und als zwei aus dem Suchtrupp Julie unter dem Baum hervorzerren wollten, hatte Mac sich mit einem Schrei auf sie gestürzt. Er hatte keine Chance. Sie hatten ihn zusammengeschlagen, bis er sich nicht mehr rührte.

Und jetzt liefen sie durch den Wald und kamen der Ewigkeit mit jedem Schritt ein Stück näher. Julie hatte nur noch ihren Rock und ihren BH am Leib, aber sie war so verdreckt, dass auch so keine Haut zu sehen war. Außerdem war sie so vor Mücken geschützt. Nicht dass sie sich in ihrer Situation noch große Gedanken um Mückenstiche machte.

Sie wandte den Blick zum Himmel und sah, dass es eine wunderschöne Nacht war: Der volle Mond ließ die Lichtung in sanftem Licht erstrahlen. Diese Nacht war wie geschaffen für die Liebe, für einen Spaziergang am Strand, für ein fröhliches Fest mit Freunden.

Für Sid, Mac und sie war es eine Nacht zum Sterben.

»Vorwärts.«

Der Kerl mit der Hand in ihrem Haar gab ihr einen

Stoß, so dass sie fast gefallen wäre. Gerade kamen sie an dem schwarzen Kombi vorbei, auf dessen Fahrersitz immer noch die Leiche von Sid saß. Julie musste würgen.

Sie hatte Sid viel Schlechtes an den Hals gewünscht, aber das nicht. Niemand hatte so ein Ende verdient.

Inzwischen standen da noch andere Autos. Julie erkannte den großen BMW neben Sids Lexus. Er gehörte John Carlson. Für einen Augenblick schöpfte Julie die absurde Hoffnung, dass John sich vielleicht für seine Schwiegertochter einsetzen würde. Doch dann fiel ihr ein, dass John Carlson auf der anderen Seite stand.

Wusste er, dass sein Sohn tot war? Er wäre von Trauer überwältigt.

Eigentlich war ihr egal, was John Carlson empfand. Ihr ganzes Leben war umgekrempelt und zerstört worden. Nichts, woran sie geglaubt hatte, hatte noch Bedeutung.

Als sie an den Wagen vorbeigingen, löste sich etwas Kleines, Weißes aus dem Schatten und schloss sich ihnen an. Josephine. Auch sie schien zu spüren, dass etwas nicht stimmte, denn sie ließ Kopf und Schwanz hängen. Bei aller Aussichtslosigkeit der Situation freute sich Julie doch, den kleinen Pudel zu sehen. Gleichzeitig hatte sie Angst um Josephine. Am liebsten hätte sie sie weggescheucht, aber sie wollte keine Aufmerksamkeit erregen.

Vielleicht war dieser Mörderbande ein kleiner Hund egal. Vielleicht hatten sie aber auch Spaß daran, eine unschuldige Kreatur zu quälen. Zumindest Josephine aber sollte leben.

Am Ende der Lichtung war eine kleine Erhebung, von der aus man auf den See blickte. Es musste Lake

Moultrie sein, überlegte Julie, da Sid, Basta und sie nach Norden gefahren waren.

War ihr Vater nicht in diesem See ertrunken? Bis zu dieser Nacht hatte sie seinen Tod immer für einen Unfall gehalten, jetzt war sie nicht mehr so sicher.

Auf der Erhebung wartete der große schwarze Schatten eines Mannes auf sie. Man konnte sein Gesicht gegen das Mondlicht nicht erkennen, aber man sah, dass er eine Pistole in der Hand hielt.

Und doch wusste Julie, wer das war. Sie kannte diesen Schatten: Basta.

Ihr Magen krampfte sich zusammen, und ihr Herz schlug so wild, als wollte es ihr die Rippen brechen.

»Wo ist der Boss?«, fragte einer der Kerle, die Julie und Mac aus dem Sumpf geführt hatten.

»Der musste mal«, sagte Basta.

Er machte einen Schritt auf die Gefangenen zu. Julie konnte jetzt sein Gesicht und vor allem seine geschwollene Nase erkennen. Schreckliche Erinnerungen stiegen in ihr hoch, und sie musste sich zwingen, möglichst flach zu atmen, um nicht zu hyperventilieren.

»Hallo, Julie«, sagte Basta lächelnd. Dann warf er einen Blick auf Mac, den die zwei Kerle einfach fallen gelassen hatten. »Ist er tot?«

»Nee, aber so schnell steht der nicht mehr auf. Dye hat ihm wohl ein bisschen oft mit der Pistole auf den Kopf geschlagen. Wo ist eigentlich Stark?«

»Beim Boss, oder glaubst du, der geht allein pinkeln?« Bastas Augen waren zu schmalen Schlitzen geworden. Julie kannte diese Grimasse, und sie begann zu zittern vor dem, was folgen würde.

Du musst Zeit gewinnen!

Gute Idee.

Basta hob seine Pistole, die im Mondlicht matt und kalt schimmerte.

»Mein Vater hat euch etwas gestohlen, und ich weiß, wo es ist«, sagte sie hastig.

Langsam drehte sich Basta um. Und er hielt die Mündung der Pistole genau auf ihr Gesicht gerichtet.

»Du hast keine Ahnung, worum es geht«, sagte er.

36

»Trotzdem weiß ich, wo es ist.« O Gott, dachte sie. Sie spielte also wieder Scheherazade. Hoffentlich ging es diesmal besser aus als das letzte Mal.

Basta starrte sie sekundenlang an. Dann wandte er sich an den Kerl, der sie immer noch am Haar festhielt.

»Ihr könnt alle bei den Wagen auf den Boss warten, während ich mich mit der Lady unterhalte.«

Der Kerl ließ sie los. Julie bemerkte, dass ihre Hände unkontrolliert zitterten. Sie faltete sie, so fest sie konnte.

»Setz dich hin«, befahl Basta.

Julies Knie waren so weich, dass sie ins Gras plumpste. Mac lag neben ihr. Sie hätte nur die Hand ausstrecken müssen, um ihn zu berühren. Ein Auge war zugeschwollen. An der Schläfe war die Haut aufgerissen, und Blut lief ihm über Wange und Hals. Er war in einem schlimmen Zustand, aber als sie ihn besorgt betrachtete, glaubte sie seine Lider flackern zu sehen.

Wach auf, flehte sie stumm, bitte wach auf. Doch was sollte er dann tun?

Irgendwoher kam Josephine und kletterte in ihren Schoß, wie sie es schon so oft getan hatte. Julie umarmte sie und drückte sie fest an sich. Wenn man keine Hoffnung mehr hatte, brauchte man alle Liebe, die man bekommen konnte. Josephine leckte zärtlich ihr Kinn.

Die Kerle vom Suchtrupp standen unentschlossen herum. »Das gefällt mir nicht«, sagte schließlich einer.

»Das hier ist nicht für eure Ohren bestimmt. Ihr wisst ja, dass es ungesund ist, zu viel zu wissen. Dann komme ich und kümmere mich um euch.«

Die Kerle sahen einander unsicher an. Sie wussten, womit Basta sein Geld verdiente.

»Okay.«

Mit einem Blick über ihre Schulter sah Julie, dass die vier Männer zu den Wagen schlenderten. Dorthin konnte sie also unmöglich fliehen. Sie würden Julie sofort erschießen.

Basta sah auf Julie und entdeckte Josephine. Er verzog angewidert die Mundwinkel.

»Wo kommt der denn her?«

»Sie war mit uns im Wagen.«

Er schnaubte verärgert und ignorierte dann den Pudel. »Also, wo ist es? Das, was dein Vater gestohlen hat?«

»Ich muss es Ihnen selbst zeigen.«

Basta hob wieder die Pistole und zielte auf ihr Gesicht. Julies Augen weiteten sich vor Angst.

Sie schnappte nach Luft.

»Ehrlich! Ich zeig's Ihnen. Es … es ist so schwer zu beschreiben.«

»Ich würde dir empfehlen, es zu versuchen.«

Scheiße!

»Lassen Sie mich frei, wenn ich es Ihnen sage?« Sie wusste es besser, aber sie wollte ihn hinhalten. Wo blieb nur die verdammte Polizei? Wie lange war es her, dass Mac sie gerufen hatte? Würden sie ihnen überhaupt helfen oder sich auf die Gegenseite stellen?

Basta lächelte ein gemeines Lächeln. Es ließ Julie das Blut in den Adern gefrieren.

»Klar. Klar lass ich dich laufen. Ich hatte nie persönlich was gegen dich. Und jetzt, da Sid tot ist, muss ich dich nicht mehr töten. Sid wollte dich nur loswerden, damit du nicht die Scheidung einreichst. Das sieht die Mafia nämlich nicht gern, wenn ein Scheidungsanwalt Einblick in die finanziellen Verhältnisse eines ihrer wichtigen Mitglieder erhält. Wer weiß, was da alles rauskommt? Aber ohne Auftraggeber kein Auftrag. Ich muss dich also nicht töten.«

Julie atmete tief ein. Auf einen Schlag fühlte sie sich ganz ruhig. Vielleicht hatte die ständige Angst und Anspannung auch nur ihre Sinne betäubt. Eine kühle Brise wehte vom See her und ließ sie erschaudern.

»Haben Sie Kelly deshalb ermordet? Weil sie sich von Sid scheiden lassen wollte?«

Basta schüttelte den Kopf. »Kelly hat einen dummen Fehler gemacht. Sie dachte, Sid würde sie betrügen, und um ihm das nachzuweisen, hat sie ein Tonbandgerät in seinem Büro laufen lassen. Leider hat sie ein Gespräch zwischen Sid, John Carlson und mir aufgenommen, das sie niemals hätte hören dürfen. Sie wusste danach einfach zu viel.«

»Wovon wusste sie?«

»Von der Beseitigung einer anderen Person.« Er presste die Lippen zusammen und zielte mit der Pistole auf Julies Stirn. »Und du wirst auch gleich beseitigt, wenn du mir nicht sofort sagst, wo ich das Tonband finde.«

»Es ist … also, es ist …« Julie hatte so einen dicken Kloß im Hals, dass sie kein Wort herausbrachte. Wieder blies eine kalte Brise in ihr Gesicht, und sie begann zu zittern. Nicht nur wegen der Temperatur.

»Wo ist das verdammte Band?« Basta war offenbar mit seiner Geduld am Ende. In seiner Stimme lag tödliche Bedrohung.

»Sie töten mich, wenn ich es sage, stimmt's?«

»Mach dein Maul auf, sonst töte ich nicht dich …« – er schwenkte die Pistole herum und zielte auf den leblosen Mac –, »… sondern Daniels kleinen Bruder hier.«

Julies Augen weiteten sich vor Entsetzen, aber als sie Mac betrachtete, bemerkte sie, dass er sie durch kaum merklich geöffnete Lider ansah.

O Gott, was sollte sie tun? Wenn sie nichts sagte, tötete er Mac. Wenn sie ihm sagte, was er wissen wollte, tötete er danach sie.

»Die Zeit ist abgelaufen«, sagte Basta.

»Ich … ich …«

In diesem Augenblick begann irgendwo ein Handy zu klingeln. Basta war aus dem Konzept gebracht und suchte mit der freien Hand in seiner Jackentasche. Josephine, die bisher keinen Laut von sich gegeben hatte, wurde unruhig und knurrte, und ehe Julie reagieren konnte, flog der Pudel mit einem Riesensatz aus ihrem Schoß durch die Luft und landete einen Meter entfernt an Bastas Bein und biss herzhaft hinein.

»Ah!«, schrie Basta, tanzte auf einem Bein und versuchte, Josephine abzuschütteln. »Du verdammtes Vieh, hau ab, du Mistköter!«

Für den Bruchteil einer Sekunde beobachtete Julie reglos das Schauspiel.

Lauf!

Ein Schrei in ihrem Kopf.

Genau! Guter Plan! Sie sprang auf die Füße und zerrte an Macs blutigem T-Shirt.

»Mac!«

Mac hob langsam den Kopf. Es schien ihn enorme Kraft zu kosten. Er ging in die Hocke und kam dann auf die Füße. Julie packte seine Hand.

Der See!

Ihre kleine Stimme hatte wie immer die besten Ideen. Julie sah sofort, dass der See ihre einzige Chance zur Flucht war. Sie rannten los, stolpernd und hinkend, aber für ihren Zustand erstaunlich schnell.

Basta hüpfte und fluchte noch immer herum, als Julie und Mac den Rand der Anhöhe erreichten. Tief unter ihnen, wie es schien, funkelte das Mondlicht auf schwarzen Wassern. Julie drehte sich um. Mit einem brutalen Tritt befreite Basta sich in diesem Moment, Josephine flog durch die Luft, der Killer wirbelte zu den beiden Flüchtigen herum und zielte mit ausgestreckten Armen …

Und Mac und Julie sprangen ins Leere. Julie fiel wie ein Stein. Sie hörte das Peitschen der Schüsse, sah, wie die Kugeln das Wasser aufspritzen ließen, hörte Mac schreien, fragte sich, ob er getroffen worden war: alles gleichzeitig. Dann tauchte sie unter, und alles war still. Mac war neben ihr und ergriff ihre Hand. Er lebte, sagte sich Julie. Er lebte und war bei Bewusstsein.

Julie wollte auftauchen und nach Luft schnappen, aber Mac tauchte noch tiefer, schwamm unter Wasser vom Ufer weg und zog sie mit sich. Erst als sie glaubte, ihre Lungen müssten platzen, stiegen sie an die Oberfläche.

»Bist du getroffen?«, war das Erste, was sie fragte.

»Ja«, sagte er mit schmerzverzerrter Stimme. »Keine Sorge, es geht schon.«

Wasser wurde um sie herum aufgepeitscht. Erst Sekundenbruchteile später hörten sie die Schüsse. Julie holte tief Luft, und schon tauchten sie wieder, Mac voraus und Julie hinterher, und schwammen so lange, wie sie die Luft anhalten konnten. Sie klammerte sich an ihm fest, um ihn retten zu können, wenn er das Bewusstsein verlieren sollte. Aber wäre sie stark genug, ihn bis ans Ufer zu schleppen?

Schließlich mussten sie wieder auftauchen, und sie taten es so leise wie möglich. Julie blickte sich um. Das Ufer war nun ein gutes Stück entfernt.

»Ist dir schwindelig?«, flüsterte sie Mac besorgt zu. In der Dunkelheit konnte sie sein Gesicht kaum sehen. Er atmete mühsam und stoßweise, und Julie hatte den Eindruck, dass er seinen Kopf kaum über Wasser halten konnte.

»Ich werde nicht ohnmächtig, wenn du das meinst«, antwortete er.

»Wo bist du getroffen worden?«

»Am linken Bein. Darum kümmern wir uns später. Erst müssen wir aus dem Wasser raus.« Sie hatte instinktiv nach seinem Bein getastet, das er bei ihrer Berührung wegzog.

Julie erwartete, dass ihnen jeden Moment wieder Kugeln um die Ohren flogen, aber nichts passierte.

Vielleicht sind wir außer Reichweite, machte sie sich Mut. Außerdem waren sie im Dunkeln vom Ufer bestimmt nur schwer auszumachen.

Das Wasser war kühl, aber nicht kalt. Mac legte sich auf den Rücken und schwamm mit kleinen Bewegungen in Richtung der Bäume am Ostufer. Julie paddelte neben ihm her und achtete auf seine Atmung, um notfalls jederzeit eingreifen zu können.

Er schien ihre Gedanken zu lesen. »Es geht schon«, sagte er. »Bleib in meiner Nähe. Wir haben es gleich geschafft.«

Zu Tode erschrocken fuhr Julie zusammen, als wie aus dem Nichts ein Helikopter über ihnen schwebte und sie von einem grellen Suchscheinwerfer erfasst wurden. Hinter ihnen auf der Lichtung wurden Autotüren zugeschlagen, ertönten Schreie: »Stehen bleiben! Polizei!« Blaulicht zuckte über die Wasseroberfläche.

Der Helikopter kam tiefer, der Luftdruck der Rotoren wühlte das Wasser auf, dann hörten sie eine Stimme über Megaphon: »Hier spricht Greg Rice. Mac? Bist du das da unten?«

»Wurde auch langsam Zeit«, schrie Mac zurück.

37

Macs Schmerzen ließen langsam nach. Er fühlte sich immer noch beschissen, aber er spürte, dass die Mittel wirkten, die man ihm gegeben hatte. Er lag in einem

Krankenwagen, über ihm baumelte ein Tropf, und in seinen Ohren dröhnte die Sirene.

Die Sache hatte auch ihre guten Seiten. Zum einen saß eine erschöpfte, tropfnasse, aber unversehrte Julie neben ihm auf der Pritsche und hielt seine Hand. Wenigstens hatte ihr einer der Polizisten seine Uniformjacke gegeben, damit sie sich nicht doch noch den Tod holte. Ihre Füße wurden von Josephine gewärmt. Julie musste sie heimlich in den Krankenwagen geschmuggelt haben. Normalerweise waren Tiere darin strengstens verboten.

Aber Josephine gehörte nun endgültig zu ihnen. Nie mehr würde Mac damit drohen, sie ins Tierheim zu stecken, denn sie hatte ihm und Julie das Leben gerettet. Dieser selbstlose Einsatz machte eine Menge zerrissener Duschvorhänge wieder wett.

Gut war auch, was Greg Rice ihm gesagt hatte, kurz bevor die Türen des Krankenwagens sich geschlossen hatten: Dank Macs und Hinkles Ermittlungen war es der Polizei endlich gelungen, die größte Verbrecherorganisation im Südosten der USA auffliegen zu lassen. Außerdem würde die Polizei von Charleston die beiden Helden gern wieder in ihren Reihen begrüßen. Mac nahm sich vor, ernsthaft darüber nachzudenken. Die Detektivarbeit war spannend, aber nicht sehr einträglich, und wenn sie ihn wollten … Gegen Dorsey und Nichols würde Anklage erhoben, hatte Rice noch gesagt, da die zwei auch Teil des organisierten Verbrechens gewesen wären.

Besonders gut war, dass die Polizei Roger Basta lebend geschnappt hatte. Noch weigerte er sich auszusagen, aber das war sicher nur eine Frage der Zeit. Hatte er erst einmal die Anklagepunkte gegen sich gesehen, würde er singen wie ein Vögelchen, da war sich Mac sicher.

Und vielleicht würde er dann doch noch erfahren, wo die Leiche seines Bruders war. Er musste es einfach wissen. Der Gedanke an Daniel tat ihm weh, und er drückte Julies Hand fester. Es gab so viel, was er ihr sagen wollte, aber nicht in Anwesenheit eines Sanitäters, der am Kopfende der Pritsche ständig Blutdruck und Puls maß. Die Zeit würde kommen.

»Es war eine gute Idee von dir, Basta zu sagen, du wüsstest, wo die Bänder sind. Sonst hätte er uns wahrscheinlich gleich erschossen. Vielen Dank, Ma'am, *Peng, Peng.*«

Julies Augen blickten auf sein Gesicht herab. Sie waren blutunterlaufen, geschwollen und müde, aber sie waren immer noch wunderschön. Sie war immer noch wunderschön.

»Ich weiß wirklich, wo die Bänder sind«, sagte sie. »Das heißt, ich glaube es. Als mein Vater mich das letzte Mal in unserem Wohnwagen besuchte, schenkte er mir einen Teddybär. Es war das einzige Geschenk, das ich je von ihm bekommen habe. Er sagte, es sei ein verspätetes Geburtstagsgeschenk und ich solle gut darauf aufpassen. Und dass er in ein paar Wochen wiederkommen würde, um zu sehen, ob ich wirklich darauf aufgepasst hätte. Er ist natürlich nicht zurückgekommen. Aber ich weiß noch, dass ich die Geschichte damals schon seltsam fand. Warum schenkte dieser nahezu Fremde, der sich kaum blicken ließ, einem beinahe erwachsenen Mädchen zum Geburtstag einen Teddybär? Der Teddy ist eigentlich sehr flauschig, und ich weiß noch, dass ich ihn als Kopfkissen verwenden wollte. Aber dann habe ich gemerkt, dass sein Bauch ganz hart war. Damals habe ich mir nichts dabei gedacht, aber ich möchte wetten, dass die Bänder da drin sind.«

»Und wo ist der Bär jetzt?« Mac war fassungslos. Die Bänder waren der Schlüssel zu dem ganzen Schlamassel, und Julie hatte sie die ganze Zeit gehabt, ohne es zu wissen.

»Er liegt da, wo er immer lag: Auf meinem Nachttisch. Aber ich habe nie jemandem erzählt, woher ich ihn hatte. Du weißt ja, dass mein Vater mich mit meiner Schwester verwechselt hatte. Sie hatte Geburtstag, nicht ich. Aber ich wollte den Bär trotzdem behalten, darum durfte ich Becky nichts erzählen.«

Sie sah ihn reumütig an, und ihm schmolz das Herz.

Mac vergaß den Sanitäter und führte ihre Hand an seine Lippen. Er küsste ihre Handfläche. Sie sah immer noch unglücklich aus, darum nahm er seinen ganzen Mut zusammen und sagte: »Julie, ich liebe dich.«

Ihr Mund verzog sich zu einem schamhaften, schiefen Lächeln, und es war, als würde nach einem langen kalten Winter die Sonne aufgehen. »Ich liebe dich auch.«

Als Mac daraufhin jeden einzelnen Finger an Julies Hand küsste, wusste der arme Sanitäter gar nicht, wohin er gucken sollte.

»Hast du eigentlich Sid jemals die Geschichte von dem Bär erzählt?«, fragte er nach einer Weile. Sid hätte sofort Verdacht geschöpft und den Teddy auseinander genommen, sagte Mac sich.

Julie schüttelte den Kopf. »Er hat sowieso immer schlecht über meine Familie geredet. Wenn er gewusst hätte, dass mein Vater mich mit meiner Schwester verwechselte, wäre das nur Wasser auf seine Mühlen gewesen. Das wollte ich ihm nicht gönnen.«

Mac musste lachen. Es war unglaublich. Des Rätsels Lösung hatte die ganze Zeit direkt vor Sids Augen gelegen. Er hatte es nur nicht gemerkt, weil er so ein Arschloch gewesen war. Es gab doch so etwas wie Gerechtigkeit.

»Das müssen wir unbedingt gleich Greg sagen«, sprudelte es aus Mac heraus, und wäre er nicht an der Pritsche festgeschnallt gewesen, wäre er wohl aufgesprungen.

Julie legte ihm beruhigend eine Hand auf die Brust und drückte ihn sanft, aber bestimmt zurück. »Das habe ich bereits getan«, sagte sie. »Er hat schon ein paar Leute losgeschickt, die den Bär holen. Er hat versprochen, dass er repariert wird, nachdem sie die Bänder herausgeholt haben.« Sie seufzte. »Dann werde ich Becky wohl doch noch beichten müssen.«

»Du bist mir vielleicht eine Nummer«, sagte Mac mit einem sanften Lächeln.

Sie lächelte zurück, und plötzlich fragte sich Mac, was für eine Droge in der Infusion war, denn er kam sich vor wie auf einem Trip. Er war high – high von Julie.

Schließlich blieb der Krankenwagen am Eingang der Notaufnahme des Krankenhauses von Charleston stehen. Die Türen wurden aufgerissen und die Bahre ausgefahren, und Julie und Mac wurden vorerst getrennt.

38

Drei Wochen später stand Mac wieder am Ufer des Lake Moultrie. Es war ein schöner, heißer, sonniger Tag, und der Himmel war saphirblau. Doch für Mac hatte der Tag einen bitteren Beigeschmack, denn gerade zog ein Kran einen verrosteten Chevrolet aus dem Wasser. Mac erkannte den Wagen sofort. Sein Bruder Daniel hatte ihn zwei Monate vor seinem Verschwinden gekauft.

Er spürte einen Schmerz in der Brust, als er das tropfende Gerippe an das Ufer schweben sah.

Basta hatte ihnen schließlich gesagt, wo sie nach Daniel suchen sollten. Er hatte ihnen auch erzählt, dass er seit dreißig Jahren ein hoher Beamter bei der staatlichen Drogenbekämpfung war, wenn er nicht gerade als Killer arbeitete. Als Dealer, Erpresser und Betrüger hatte er bei seinen Nebentätigkeiten klein angefangen. Dabei kam er irgendwann mit John Carlson in Kontakt. Der wusste von Bastas wahrer Identität und hatte ihn schon bald in der Hand. Basta fiel es allerdings nicht schwer, sich auf die dunkle Seite der Macht zu schlagen. Auch wenn er praktisch John Carlson gehörte. Der bediente sich Bastas mörderischer Dienste nach Belieben – wann immer jemand wagte, die Wege seiner Organisation zu kreuzen.

Daniels Rolle war für Mac eine Überraschung: Auch er arbeitete bei der Drogenbekämpfung. Laut Basta hatte man Daniel schon angeworben, als er noch beim Militär gewesen war. Daniel kannte Sid seit Schulzeiten und war eng genug an ihm dran, um schnell festzustellen, dass er und seine Familie ihre Finger in krummen Geschäften hatten. Er ging zu seinem Boss und bat, ermitteln zu dürfen. Leider war ausgerechnet Basta sein Boss. Um selbst nicht in Verdacht zu geraten, hatte Basta seinen jungen und eifrigen Agenten ermitteln lassen müssen. Doch damit war gleichzeitig auch das Todesurteil über Daniel gesprochen worden.

Um ihren Mann auszuspionieren, hatte Kelly ein Tonbandgerät in Sids Büro installiert, und sie zeichnete ausgerechnet ein Gespräch zwischen John Carlson, Sid und Basta auf, in dem es um die Beseitigung eines gefährlichen Gegners für die Organisation ging. Als ihr klar wurde, was sie da auf Band hatte, bekam sie es mit der Angst zu tun. Sie wandte sich an ihren früheren Geliebten Daniel. Der meldete die Sache Basta. Und Basta gab Daniel den Auftrag, das Band sicherzustellen. Daniel holte es bei Kelly und war schon auf dem Weg zu seinem Vorgesetzten, als eine panische Kelly ihn anrief und ihm sagte, dass Sid von dem Band wusste. Daniel machte kehrt und fuhr zurück, um Kelly beizustehen. Ein tödlicher Fehler.

Daniel und Kelly wurden noch in derselben Nacht ermordet.

Basta sagte, dass Mike Williams damals als Handlanger bei der Rand Corporation arbeitete. Nachdem man Daniel im Verdacht hatte, bekam er den Auftrag, ihm zu folgen. Er sah, wo Daniel das Tonband versteckte, nahm es an sich und hörte es verbotenerweise ab. Wie Kelly war auch er erschrocken über das, was er hörte. Mike war klar, dass sein Leben in Gefahr war, weil er zu viel wusste. Er floh und nahm das Tonband mit.

Fünf Jahre später hatte er kein Geld mehr, und er kam auf die gefährliche Idee, die Carlsons zu erpressen. Das Band hatte er in einem Plüschbär versteckt und Julie gegeben. Die Carlsons schnappten ihn und wollten das Versteck des Bandes aus Mike herausprügeln. Er starb an der Misshandlung, bevor sie erfahren hatten, was sie wissen wollten. Allerdings hatte Mike vor seinem Tod genug gesagt, um die Carlsons vermuten zu lassen, dass Mike Williams Tochter Julie wusste, wo das Band war.

Daraufhin trat Sid in Julies Leben, und die Geschichte nahm ihren Lauf.

Das Band wurde inzwischen beim FBI ausgewertet, und der Inhalt war in der Tat explosiv. Kein Wunder, dass John Carlson, Sid und Basta hinter ihm her waren wie der Teufel hinter der armen Seele. Der Gegner, um den es in dem Gespräch in Sids Büro gegangen war, hieß Henry Jacobs und war Richter am Obersten Bundesgericht. Seine Ermordung war eines der spektakulärsten Verbrechen des Jahrzehnts gewesen. Und das Band bewies eindeutig, dass Basta den Richter ermordet, John Carlson den Auftrag dazu gegeben und Sid von allem gewusst hatte.

Als die Polizei an diesem klaren Sommertag den Kofferraum des aus dem See gezogenen Chevrolet öffnete und die sterblichen Überreste von Daniel und Kelly fand, war der Fall so gut wie aufgeklärt. Der Rest war ein Fall für die Juristen.

Mac weinte, als die Leichen der beiden in schwarze Plastiksäcke eingewickelt wurden. Er wandte sich ab und stützte sich mit geschlossenen Augen schwer auf die Krücken, auf die er angewiesen war, bis er sein Bein wieder voll belasten konnte.

Ich liebe dich, Daniel, dachte er.

Julie sah, wie niedergeschlagen er war, und nahm ihn in ihre Arme. Sie küssten sich, sie war sanft und süß, und Mac wunderte sich, wie groß sein Verlangen nach ihr war, sogar wenn er mitten im Leben vom Tod umfangen war. Sie war das Leben, sagte er sich.

»Es tut mir so Leid«, sagte sie, nachdem sich ihre Lippen voneinander gelöst hatten. Auch ihr standen Tränen in den Augen. Mac musste daran denken, dass Julie in letzter Zeit viel geweint hatte: Auf Sids Beerdigung, auf John Carlsons und Carlene Squabbs. Mac schwor sich, dass er alles daransetzen wollte, Julie glücklich zu machen, denn er wollte sie nie wieder weinen sehen.

»Schon gut«, sagte Mac. »Tief in meinem Herzen hatte ich die Hoffnung schon lange aufgegeben. Ich wusste, dass er tot war. Aber ich musste ihn trotzdem finden, um ganz sicher zu sein. Das war ich meinem Bruder einfach schuldig.«

»Ich hätte ihn gern kennen gelernt.«

Mac brachte ein schiefes Lächeln zustande. Es hatte keinen Sinn, über die Vergangenheit nachzugrübeln. Das Leben ging weiter. »Er hätte dich sicher gemocht. Heiße Bräute waren sein Hobby.«

Julie konnte nicht anders und musste lachen. Das fröhliche Geräusch machte sein Herz leichter. Ja, sagte er sich, diese schreckliche Geschichte hatte zweifellos auch ihr Gutes: Er hatte Julie getroffen – die Liebe seines Lebens. Sein Blick streifte ihr glänzend schwarzes Haar, das um ihre Schultern spielte, ihr makelloses Gesicht und den traumhaften Körper. Sie hatte ein kurzes, ärmelloses, gelbes Kleid an – ein wärmender Sonnenstrahl, so hell, dass Mac geblendet war. Ihre langen, gebräunten schlanken Beine waren – wie immer – nackt.

Er liebte das.

»Gehen wir nach Hause«, sagte er.

Seit den Ereignissen lebten sie zusammen in Macs Haus. Ihres hatte Julie über einen Makler zum Verkauf angeboten.

Kaum hatten sie die Tür aufgeschlossen, da stürmte ihnen schon Josephine japsend und schwanzwedelnd entgegen. Mac sah sich misstrauisch um, konnte aber kein größeres Werk der Zerstörung ausmachen. Während Mac im Krankenhaus gelegen hatte, war seine Großmutter zu Besuch gekommen. Als er ihr von Josephines schlechten Manieren erzählte, war sie peinlich berührt und gestand, ihm etwas verschwiegen zu haben. Macs Großmutter hatte dieselben schlechten Erfahrungen mit dem Pudel gemacht und war sogar zu einem Hundepsychiater gegangen. Wie sich herausstellte, hatte Josephine ein Telefontrauma, das aus ihrer Jugend herrühren musste. Wenn das Telefon klingelte, fühlte sie sich angegriffen und ging ihrerseits zum Angriff über. Aus Josephines Sicht war das reine Selbstverteidigung. Als Macs Großmutter davon erfuhr, hatte sie sich ein Telefon mit Klingelmelodien besorgt und danach keine Probleme mehr gehabt.

Genau das tat auch Mac, nachdem er aus dem Krankenhaus entlassen worden war. Eigentlich kam ihm diese Lösung zu einfach vor, aber sie wirkte. Josephine hatte seither nichts mehr gefressen, was sie nicht sollte.

Mac lehnte seine Krücken an die Wand neben der Tür, warf Josephine einen Hundekeks hin, von denen er immer einen Vorrat im Auto hatte, und umarmte dann Julie.

Sie lächelte zu ihm hoch und ging auf die Zehenspitzen, um ihn zu küssen. Doch er wollte sie nur anschauen, wollte nur dieses Geschenk des Himmels anschauen, dieses Geschenk, für das er den Rest seines Lebens dankbar sein würde: Julie.

»Ich liebe dich«, sagte er. »Willst du mich heiraten?«

Ihre Augen weiteten sich. Er erschrak, als er in diese großen braunen Augen blickte. Was auch immer sie antworten würde, sagte er sich, diese Augen würden für immer sein Schicksal sein.

Julie runzelte die Stirn. »Gilt der Antrag inklusive Pudel? Den schlechten Manieren, dem pinkfarbenen Halsband und so?«

Er lächelte. »Sicher.«

»In dem Fall sage ich ja. Ja, ich will dich heiraten.«

Sie küssten sich. Dann hörte die Erde auf sich zu drehen, und die von ihrer Leidenschaft elektrisch aufgeladene Luft um sie herum begann zu knistern. Er liebte sie mit einer wilden Kraft, die ihr auch ohne Worte deutlich machte, was er für sie fühlte. Und als sie danach wie ein schlaffes, nasses Handtuch in seinen Armen lag, liebte er sie erneut.